黎荔 ——— 著

南方有棵木瓜树

There Is a Papaya Tree
in the South

南方出版社（海口）

图书在版编目(CIP)数据

南方有棵木瓜树／黎荔著. —海口：南方出版社，
2024.5

ISBN 978 - 7 - 5501 - 8926 - 3

Ⅰ．①南… Ⅱ．①黎… Ⅲ．①散文集—中国—当代
Ⅳ．①I267

中国国家版本馆 CIP 数据核字(2024)第 049959 号

南方有棵木瓜树
NANFANG YOU KE MUGUASHU

黎 荔 著

责任编辑　李春蕾
出版发行　南方出版社
邮政编码　570208
社　　址　海南省海口市和平大道 70 号
电　　话　(0898)66160822
传　　真　(0898)66160830
印　　刷　西安盛业印务有限公司
开　　本　787mm×1092mm　1/16
印　　张　21.25
字　　数　323 千字
版　　次　2024 年 5 月第 1 版
印　　次　2024 年 5 月第 1 次印刷
印　　数　1—1000 册
定　　价　68.00 元

序
Preface

黎荔的《南方有棵木瓜树》

李晓恒

《南方有棵木瓜树》这是黎荔新的散文集子。《领悟了西北高地》，再回《南方有棵木瓜树》，这本身就是一种自我精神的不断挑战，更是一种寻求精神回归的集约。

"但在刹那之后，我便从桥原来的一端，回到桥的另一端，世界由另一个世界，变回了眼下的世界。"

黎荔是个典型的智性女性，生命里充满智慧，她将北大的人文精神融入写作，追求自由，博学审问，慎思明辨。生命的态度就是北大人的"情不自禁，欲罢不能"。每一个夜深人静之时，她都会在冥想与情不自禁里放纵自己，去探索思考，一次次完成精神洗礼，在度人与自度中丰满自己的生命质量。无论为人还是为文，可与民国才女相媲美。

黎荔在匆忙的日子里，总会寻找到属于自己的时间，让生命里的有限成为有效，绝不让无效的犹豫与困惑干扰自己的生命节奏，在每一个宁静的夜晚，静下心来梳理生命里潜在的美好，打捞沉淀在生命深处的故事，编织成一篇篇美好的文字分享给世人，让零碎的日子变得可感可触，有了更加有意思的存在。

黎荔作为一个南方温婉如玉的女孩，在岁月的蹉跎里，求学谋职，在秦岭以北的古长安驻足扎根，并成长为一个有着北方人的果敢、豪爽、干练、坚毅的女性。她为扎根的古长安、秦岭以及秦岭以北的以北，写下了许多优美的、脍炙人口的文字。也许在北方她要奋斗、打拼，终其一生，但绚丽多姿的妙龄青春却深深根植在南方，不管后来的生命如何漂泊，走不出去的就是那方生她养她的记忆划痕，"岭南水乡，落日桥头，滩岸水鸟，渔舟返棹，流水人家，这些水乡的景物，自然而然成为灵魂文身的起点，成为一种根深蒂固的眷恋"。

四下无人，阳光明净，绿叶轻垂，蕉叶舒展，在凉风中轻轻摇曳，犹如娇羞女子午睡初醒，闲寂慵懒的静好光景。从小在小巷里长大，这巷弄深深的童年，凝结成了我一生的初心与底色。每次读《论语》，读到颜回箪食瓢饮在陋巷，我都会觉得特别亲切有情味，因为我也是生长于陋巷的人啊！满覆青苔的石阶，游荡在巷口的懒散的猫狗，屋檐上起落扑棱的鸟雀，时光的利刃被散淡的阳光或丝丝的烟雨挫钝，一切都还停留在旧时光的模样，充满古旧斑斓的平和柔软。如果你走进这条小巷，推开某扇木门，一直在耳边的喧嚣会突然退去，这里的安静有种墨绿的幽深感，而小巷深处，人字坡斜屋顶上一个小小的阁楼，有人正推开小小的朝北的窗，一个小巷姑娘探出了头，一对长长的羊角辫忽悠忽悠——这就是童年时代的我呀！

在旷远、干燥、苍茫、裸露、晴爽、混沌的北方，她总会情不自禁地想起自己童年生长的那个南方。会让记忆在南方的时空里展翅飞翔，捡拾起散落在时空里的零碎，一一串联，重新组合，生成比本来更丰富的模样，这样貌里一定融入了北方人的视角和情节阅读，让南方的山水生发出南方人长期生活而被麻木不能触碰到的更广阔丰富的内容，不只是简单的温暖的十八岁之前的江南记忆，更多的是一个漂泊者流落北

方，回头审视打量、比较，让一种简单的记忆存在，成为一种更加饱满、更加丰富的生命存在，融入更加广阔的人文关照，跨时空、跨领域的精神显示。除了南方的温婉、秀美、水灵、氤氲、绵长，还有北方的浩远广袤、雄宏大气。

我早已适应了北方冬日里的天干地燥，但儿时水乡绵长的生活记忆，还是在我身体里贮藏着一份淋漓的水汽。轻轻打开手掌，那纵横的掌纹似密布的水道，其间游动着无数解语而多情的鱼儿，让人能够梦回少年时代的画卷。是的，那些感受过大地之美的人，能从中获得生命的力量，直到一生。当有风吹过我的发，飘于天际，一切一切，恍惚重新看见。但在刹那之后，我便从桥原来的一端，回到桥的另一端，世界由另一个世界，变回了眼下的世界。

时空转换，过去、现在、未来，纵横捭阖，纵横交错。时空缩结，不再是一段简单的生存记忆，而是饱含着博大的人文精神和丰富的美学内涵。

黎荔的散文显然是对诸子散文，特别是唐宋八大家的继承与发展。在她的散文结构和表达中，明显有着这样的气质。文章表现思想气度恢宏，才气纵横驰骋，集诗、文、词、赋于一身。其文章汪洋恣肆，清新自然。把叙事、写景、抒情与议论熔为一炉。其文笔秀杰洒脱，风趣悠远酣畅，汪洋淡泊、纡徐条畅的风格，令人有超然物外之思。

黎荔的美文以丰富渊博的知识结构做支撑，每一个细节，都能把自己要表达的知识点交代得清清楚楚。读她的《童年野果之地菍》，你不仅能享受到她的童真童趣，更是一次植物学知识的有效补充。

地菍是野牡丹科、野牡丹属的匍匐状小灌木，虽然并不高大，但匍匐在山野草坡，一丛丛的也生长得十分茂盛。每年的春天，地菍探头探脑出现在大地上，一大片一大片的，贴地而生，铺地蔓延……小小的地菍果是不打眼的，但是地菍一大片一大片匍匐在山坡地皮上，最容易摘采，天然地与童年有着最近的距离。可以弯着腰双手齐动，右手摘一颗肥肥的地菍塞进嘴里，左手跟着又摘一颗地菍送到嘴角，右手一颗，左手一颗，不停地摘，不停地吃。吃得紫黑色的汁水顺嘴角流下，空气中飘荡着清淡淡的野果香。地菍吃多了，满嘴紫色……

读着读着，一个草本植物完整的生成过程活灵活现地在你的面前形成。可知、可感，可触、可摸，甚至舌尖上自然生出酸酸甜甜的美好来。

黎荔是个诗人，她的行文感觉更敏锐，嗅觉更灵敏，跟学者型、教授型写作有着本质区别。不只有学术态度，更兼备了诗人气质，使文章少了学究气，诗意和情趣则韵味更足。更重要的是灵动，可读性更强，更有感染力，更能走进读者的灵魂深处。

从黎荔行文的字里行间，你能捕捉到这样的情景画面。黎荔像个调皮的孩子，蹑手蹑脚地躲在一个角落里，充满好奇与重拾生命般地看着童年的自己，在那个深深的湿漉漉的飘着炊烟的巷子里蹦蹦跳跳，顽皮地舞动着手里的小青蛇，抑或圈起来挂在自己耳朵上，就是一对碧绿的翡翠耳环；要么就是偷偷潜入宫庙祠堂做各种手势，比画着其中塑像的情态；要么在池塘里看着一寸寸生发的花草的情态充满好奇困惑，还有难得偷来的对生命生长的莫名的喜悦。

少年的她更是无惧无畏，是不加修饰的自在状态，看见喜欢的事物就充满喜悦，看见美的东西被破坏就会泪流满面。不加掩饰，毫无顾忌。哪像现在的成人世界，哪有这样的自在轻松。

小时候，喜欢在小河里捞鱼、树林里捕蝉、草丛中采集昆虫，手持抓蝴蝶的网子，在野外一走就是一天，采桃金娘、山

莓、拐枣、棠梨子、野山楂，酸酸甜甜或者略带涩味的野果子，在山林中漫游，四处找找就能发现，连同果子上的柄一起摘下来，再提着果柄将果实塞进嘴里……那时，抬头看见满天的星星可以很容易辨认出星座，银河像地上的河流一样奔腾。长大之后，在城市的雾霾中，钢铁的丛林里，那个天光明澈、风物灿烂的自然世界，已渐行渐远，通往活泼泼的自然万物的道路，好像已经湮没了。

跟随着她的叙述，你得到的是无限的美好，是难得的快乐与逍遥，更多的是得以"身处异地"，与一个美丽可爱的小女孩一起享受无拘无束的童年快乐。你曾经有的这里有，你曾经没有的，这儿也有。在她的散文世界里，可以拥有从未有过的高质量的生命体验。

城市这个庞然大物，把人类不断地挤进了犄角旮旯，人类自己创造出来的孩子，自己终究无法控制，只能不停地讨好和满足她的贪得无厌，这样人类自己只能被圈养在狭小的钢筋混凝土盒子里，来自土地、自由地生长在土地上的他们离土地越来越远，想吸一口纯粹大自然的风还得开着汽车狂奔几千里去追逐，想想都是苦难。黎荔在追忆有机绿色环保的童年少年青春美好时，不得不常常质疑当下人类发展背离人的本心且渐行渐远的困境。

此时此刻，我正站在城市十余层楼的高处远眺，眼前是这些疯长的楼群，而我的村庄已经荡然无存。我巢居在城市的钢筋混凝土森林之中，城市繁茂如大树，根须下面，是要不断记忆才能找回的，无数默默无语的村庄。

午夜，人们都熟睡在火柴盒一样的筒子楼里，被白天的焦虑和狂躁追逐、纠缠，终于放下一切酣然入梦时，黎荔却一个人静静地坐在书房里，以梦的方式梦回的时候，可以看到在时空的对面，有一片无边无际的金黄稻田。稻花香里，点着灯的老屋，铺着乌黑瓦片。门静静地虚掩，一个你住在里面，梳着童年的羊角辫……

黎荔在逃离的时候，带着我们一起逃离，躲过喧嚣与嘈杂、灰暗与丑陋，尽享青山绿水、鸟语花香、深街曲巷、路边闲草的美好。

曾经，我们这一代人的童年记忆，就是那些草长莺飞、鱼戏虾翻，那些夏夜流萤、遍地蛙声，还有古老的祠堂、绕村的小河和隆重的民俗，抬头就能看见满天星汉灿烂，银河像地上的河流一样奔腾……

我还记得自己终日游荡森林的童年，雷雨过后我站在山腰上，看到傍晚渐渐幽暗起来的草木深处，成群飞舞的萤火虫在放胆地野游。它们一闪一灭的，你隐约能跟上它们黑夜里穿行树林的行踪。闭上眼睛，能闻到香甜的空气，能感受到山与树的血脉无声地流入身体。小小的萤火虫，那是一盏盏清凉似风的小灯笼，那是明明灭灭、影影绰绰的小精灵。淡淡的光点仿佛无处可归的游魂似的，在你身前身后飘忽着，在浓暗中不停地徘徊。黑暗中，一次次伸出手去，但却什么也碰不到。那抹小小的光线总在你指尖就快碰着的地方。

这才是孩子们该有的童年，但现在的孩子哪能有这样的自在与快乐？背负着父母的"理想抱负"，在钢筋混凝土构筑的世界里，从这个笼子，走进另一个笼子，年复一年地长成不合时宜的"小大人"。

我们一直在制造着人类的悲剧，一直又自以为是地在不断强化这种理念，让这样的生存成为一种人人追求的"崇高与伟大"。黎荔一直在寻找回归，通过自己的方式告知世人，我们不如归去，不如归去。

《南方有棵木瓜树》还有更美好的事物和存在，你不妨去看看，最好在日子疲惫和灰暗的时刻。

目录

Contents

第一章　一碗童年的甜米酒

3　童年的李子

6　童年野果之地葱

8　一碗童年的甜米酒

12　鱼肠煎蛋

14　故乡的牛杂摊

17　夏天快乐水

20　丝瓜分阴阳

23　童年的拐枣

27　飘坠到舌尖上的柳絮

30　永远的橘子香

32　你不懂的柚子

34　南方有棵木瓜树

38　故乡的酸

42　中秋节的田螺

45　中秋夜的柚子

48　小满吃豌豆

51　新米

54　咸味的探究

57　春天的新鲜

60　少了粽子不过年

63　玉扣纸与纸包鸡

66　清明采艾去

69　苦尽甘来的余甘子

72　启动魔法的蛋糕

75　我们的肠胃记忆

第二章　打水漂的少年

81　想念故乡的河边

83　儿时的屋檐

85　童年时代的耳环

88　儿时的扇子

90　割草养兔的童年

94　童年的紫珠树

97　童年的那一炉火

100　那一股药香

103　小时候

105　打水漂的少年

109　一点漂流的渔火

112　一个带天窗的阁楼

114　大暑之日，萤火虫来了

117　一次溺水的经历

120　小巷女儿

122　有一份童年乐趣叫钓青蛙

125　儿时的足球

128　少年的山坡

130　从前慢，人们细致地生活

133　孤独的秋千

135　一条小路细又长

第三章　潮湿的精灵

141　白兰花的穿越

143　茉莉花的神情

146　芭蕉的陶养

148　蛇缘

151　蛙跃古池内

153　五毒中的蜈蚣

157　潮湿的精灵

159　那时的森林

162　水边洗衣的女子

165　大地上的柴火

167　水上的野鸭子

170　人世如空蝉

173　故乡的水月

175　夏夜飞蛾的集体婚礼

177　鲁迅没有尝过龙虱

181　南方的果园

183　芋——一种让人惊呼的植物

186　想念雨水的气味

第四章　南方之南

191　烟波之上的渔父

196　地下世界的召唤

200　中国人的草木香

203　生为岭南人

206　大降温中回望南方

209　南方之百越

213　南方之疍族

216　南方蟑螂与原初大地

220　南方之南植物凶猛

224　热带南方的回忆与想象

227　南方的尤加利树

229　在南方之南

231　南方的轻盈

233　中国古代文笔塔

237　鼠曲草中的民族伤心史

242　故乡的锁龙三局

246　夏至：北回归线的节日

250　燕燕南归

254　南方的潮湿

第五章　谁在马不停蹄地离开

259　时钟的断章

261　后来还是很孤单

264　仍是旧时碧波

266　小小的阁楼之上

269　等待一场滂沱

274　夜雨数红豆

276　那一道追赶我的闪电

279　被浪费的时光

282　流动的感觉

285　旧日的码头

288　时光深处的气味

292　一去江湖远，但求归心宁

294　消夏的妙方

297　回到故乡，我放慢了节奏

301　用记忆找回来的村庄

303　回不去的故乡

305　故乡的桥洞

308　西西弗斯故事的另一种解读

311　丢失了的钥匙

313　谁在马不停蹄地离开

317　河流的女儿

320　渐远的阡陌之美

323　最是客途秋恨

326　翻看一张旧照片

第一章　一碗童年的甜米酒

童年的李子

李子，蔷薇科李属植物，是人们最喜欢的水果之一，在世界各地广泛栽培。超市里常见的黑布林，也是李子的一种。其名源自英语"black plum"的意译，即黑李。果皮呈紫黑色，果肉却是黄色的，黑布林其实是从中国李和欧洲李的杂交后代中选育出的一个新品种。

在我家乡，盛产的李子叫三华李。这种李子，果大核小，色如碧玉，成熟后由青绿转红紫，表面有一层"白霜"轻覆。要辨别何为三华李，只要看到红中带"银霜"的就是。用手轻轻抹去那层霜，便露出紫红色的外皮，泛着点点黄绿色的斑点，非常惹人喜爱。一口咬下去，肉质鲜红，味道脆爽，清甜带点蜜味，比黑布林要甜得多，吃了一颗你还想再吃一颗。拿一颗三华李在手上把玩，用力掰开紫里透红的果肉，诱人的果汁滴滴沁出。熟透的李子只要你掰开，果核与果肉已经分开了，空心三华李就此得名。一想到家乡田园里满树缀枝、诱人的三华李，就忍不住垂涎。也许是太久没吃过了，怀念儿时的那种味道。而今超市或水果店里的水果虽然是琳琅满目，但根本唤不起儿时那尘封已久的记忆。黑布林这样的洋李子虽然个头大，但太酸了，远不及三华李的味道。

北方的李子是七、八月成熟，此时正是盛夏时节，所以是消暑佳果。三国魏曹丕《与朝歌令吴质书》："浮甘瓜于清泉，沉朱李于寒水。"说的就是将甜瓜放入清泉，在凉水中沉入红色的李子，以为消夏之乐事。冷水中浸泡过的李子，一个个饱满圆润，缀着水珠，玲珑剔透，形态美艳，口味想来应该更耐品尝。风亭水榭，雪槛水盘，浮瓜沉李，流杯曲沼，古人真是风流潇洒的生活艺术家。

而南方的三华李，是在四、五月份成熟，有时候三月份人们就忍耐不住要品尝了，此时还有些酸涩，怎么办呢？记得家乡人将未完全成熟的三华李，放在辣椒混白糖的秘制水里泡上几个小时，制作成酸果吃。假若有耐心让它浸泡一晚上，等充分入味之后再品尝，那就更加好吃了。而大多数孩子还是急性子的，才泡上半个小时的工夫，就有人偷吃了，而且吃得特别带劲，既皱眉头又不断吸着口水，场面十分有趣。这种酸果吃起来入口生津，酸酸甜甜带有小辣，清爽解腻又开胃。也有用三华李酿酒的，挑选新鲜的青李，去除果蒂，用小刀在李子上划一刀，将处理好的李子放入可密封的容器中，加入 38 度以上的米酒，加入冰糖和甘草，盖上盖子封好，放阴凉处保存，三个月后即可以启封。

李子的甜，是一种特别清香的甜，同时，李子的甜中，一定有挥之不去的酸，提醒着你的味蕾。酸酸甜甜，就是李子的本味。小时候，我备受祖母宠爱，夏天时桌子上总有一盆水汪汪的李子。玩得汗流浃背时，一个接一个吃李子解渴，那股滋味现在回忆起来，不亚于酷暑中来了一杯清凉果汁。那时候，我常常陶醉在对李子大快朵颐的快乐中，尽情吸吮着李子发散出来的香甜气息，直吃到牙齿染成紫色、牙龈发酸方才罢休。

每当我想起让人垂涎的美食的香味，怀旧与快乐常使我不禁涕下。在记忆中，我再次见到南方灼热的阳光，一间带阁楼的二层岭南民居，屋旁种着紫珠树和芭蕉，院墙上密密麻麻地爬满了恣肆的藤蔓，一张低矮的木桌子，几把坐起来吱吱呀呀的小椅子，随意放在门口的树荫下，桌子上的白瓷盘，堆满了熟透的红紫李子，有的已经绽裂。李子用清水洗过了，外皮上缀着颗颗晶莹剔透

的水珠，在盘子里盛着，更显灵巧可爱。墙角下种植有几株夜来香，每到黄昏便会散发出浓郁的香味，混合在渐深的夜色之中。对我而言，南方就是在晚风里注满芬芳的李子和夜来香的气味。

童年的食物对于我们来说，总是人间美味。那时的人生喜悲，总是入心入肺。得到的一点酸甜，都会被无限放大，留存在记忆里，日后魂牵梦萦，刻入乡愁。

> 从那时，
>
> 大地，阳光，雪，
>
> 十月忽来的倾盆雨，
>
> 沿大路，万事万物，
>
> 光线，雨，遗留在
>
> 我的记忆中。
>
> 气味，透明感，熟李子：
>
> 人生把一只高脚杯捏成椭圆
>
> 来容纳，它的澄澈，
>
> 它的阴暗，它的冷冽。
>
> 喔，亲吻果实之唇，
>
> 牙齿与嘴唇洋溢
>
> 芬芳的琥珀
>
> 汁液般的李子之光！
>
> ——聂鲁达《李子颂歌》

童年野果之 地菍

有一种紫葡萄是长在地上的，它就是野果地菍。

地菍是野牡丹科、野牡丹属的匍匐状小灌木，虽然并不高大，但匍匐在山野草坡，一丛丛的也生长得十分茂盛。每年的春天，地菍探头探脑出现在大地上，一大片一大片的，贴地而生，铺地蔓延。它们的叶子总是密密实实地紧挨在一起，连片生长如地毯般干净平整。因为地菍总是低调地匍匐在地，人们不在意有没有这些绿色的地毯，它们也不在意人们是否在意，只管尽情地开花结果。

当地菍花星星点点开放时，你就很难忽略它们的存在了。因为浓绿的地毯上绣上了一朵朵别致的花，花色浅时轻红色，浓则艳紫红色，就像一朵朵单纯明媚的笑脸，一下子点亮了山坡。这些小红花，不只开得如火如荼，点缀暮春时光，它们还尽情尽性，把花果期无限延长，几乎全年开花结果，乐此不疲，好像有着永不衰竭的蓬勃生机。

不知什么时候起，地菍的小果子结出来了。花朵好像长了翅膀随风而去，然而，飞走的花朵落下了它们的果实，一个个圆球形的小浆果。一开始小浆果是青绿色的，随着时间过去，慢慢从绿到红、从紫到黑，经历微妙的色彩变化。熟透之后果子会变成紫红色或者紫黑色，一颗颗就像紫葡萄。有的地方称

地蔜为"猫眼睛"，有的地方称地蔜为"地眼子"，这些名字都很形象贴切地诠释了地蔜果的神态气质。因为，地蔜真的很像一只只炯炯有神的眼睛，当你在草丛中到处寻觅它的时候，它也在淘气呆萌地瞅着你，用圆圆的会说话的眼睛。

　　记得小时候，我和伙伴们一放学，就钻林子捉鸟儿，下河捉鱼虾，或者上坡摘野果……秋天山上的野果多，柿子、山楂、毛栗、山茱萸、拐枣、覆盆子、棠梨子，次第成熟，小小的地蔜果是不打眼的，但是地蔜一大片一大片匍匐在山坡地皮上，最容易摘采，天然地与童年有着最近的距离。可以弯着腰双手齐动，右手摘一颗肥肥的地蔜塞进嘴里，左手跟着又摘一颗地蔜送到嘴角，右手一颗，左手一颗，不停地摘，不停地吃。吃得紫黑色的汁水顺嘴角流下，空气中飘荡着清淡淡的野果香。地蔜吃多了，满嘴紫色。小时候，当伙伴们饱食了一顿地蔜，大家会把舌头伸出来，比比看谁的更紫更红。地蔜的果实汁液，可能是一种天然的红色素染料，那紫色的印记会在舌头上停留几天才慢慢消失呢。

　　地蔜果什么味道？吃起来甜甜的，有一丝儿酸，有一丝儿涩。果实还是青色时，尚未熟透的地蔜有点苦涩，过迟采摘又容易开裂或烂果。乌溜溜的、紫黑色的时候最好吃，要熟透一般要到寒露前后了。

　　尽管时光易老，童年已去，然而，散不去的是那曾经缠绕在舌尖的滋味。这时节，山上的野果子，正在慢慢地由青转红吧？在哪一处山坡上，初起的秋风吹来，满坡地蔜果肥了熟了，小指指头尖大小的果子黑亮黑亮的，喧闹着上山的孩子们，弯着腰双手轮动，一个个摘下果子扔进嘴里，吃得满嘴乌黑，吃得满口生香。没有被孩子发现的一颗地蔜，掩藏在密密的椭圆形叶片下，被夜晚的露水打湿，第二天被一只早起的小鸟啄食了。孩子跑过，小鸟飞过，总还有一两颗遗留下来的地蔜吧？偷偷地躲在暗处，瞅着这个静静来临的秋天。

一碗童年的
甜米酒

　　用蒸到半熟的糯米拌上甜酒曲发酵，可以做出乳白飘香的甜米酒。所谓甜米酒，也叫酒酿、醪糟，虽然各地的叫法不同，做法都是糯米、发酵、酒曲这些简单的原料加上时间掺和的过程。在我记忆里，甜米酒总和一处南方的深巷老屋叠印在一起。

　　许多食物的源头，有着记忆里的幽香和童真的过往。记得我第一次尝到甜米酒这种东西，是在一个独居老人阴暗的堂屋里。那时我们全家住在一条深深的小巷的尽头，小巷分出一条窄窄的岔巷，那里有一幢孤零零的砖木结构三层民居。门头极狭窄，进深极幽深，还有两侧参差驳落的院墙，青苔遍布，阒静无声，总让人觉得这是一个人迹荒落的门庭。里面有一位五保户老人独居多年，祖母让我叫这位老婆婆"二姑婆"，至今我不知道她的姓氏，只知道她的身世神秘，与一般的婆婆不一样，她是一位自梳女。

　　自梳女就是已届婚龄的女子，自己把发辫盘在头上梳成髻子，表示终身不嫁的意思，又称梳起。过去珠江三角洲的未婚女子都梳着一条长辫子挂在背后，结婚时，由母亲或女长辈替其把辫子绾成一团紧贴在后脑勺，称为髻。自梳女通过一种特定的仪式，自己将辫子绾成发髻，表示永不嫁人，独身终老。但一经梳起，终生不得反悔，父母也不能强其出嫁。在我们那里"姑婆"的

意思，是未婚的大龄女性，这位"二姑婆"大概是排行老二，所以邻里街坊便如此称呼。她没有冠夫姓，也无儿无女，在我的记忆中整条街只有她有"姑婆"的称呼。

二姑婆是我们那条街上一个独特的存在，她深居简出，独来独往，不太与人来往，也几乎无人登门拜访。偶尔出门，她的穿着打扮一定是整洁大方的，发髻梳得纹丝不乱，油光水滑。祖母说二姑婆专门用出油质的树木，比如榆木、樟树、桐木、松木，木匠做家具刨下来的刨花，放在一个刨花缸中浸泡出黏稠的水，来梳头抿头、整理鬓角，难怪她那么大的年纪还能梳出光可鉴人的髻子。关于二姑婆的年龄，谁也不知道，也无从猜测，因为她走出来，一张白白净净的脸上皱纹并不多见，身形也挺拔不佝偻，还有一头还算丰盈的头发。

一条街吸溜着鼻涕的小孩子都害怕她，因为她从未对哪个孩子表示过亲近。甚至有些调皮孩子还编排出关于她的颇有些阴森的故事，说听到她那个狭长如刀把的独居屋，半夜时会传来一阵阵婴儿的尖弱哭声，细听又好像是野猫的叫声。反正我们都不敢往她家门口走，更没有人知道她堂屋里是什么样子。那时我读过一个豪夫童话《矮子鼻儿》，讲一个小男孩雅各在菜市场帮母亲卖菜，一个五十年出来买一次菜的老巫婆，因为被小雅各嘲笑相貌丑陋，心生一计，让小雅各帮忙送菜到她的家里，然后，小雅各喝了老巫婆的汤后竟然变成了松鼠沦为奴隶，七年后得以逃生却变成了一个丑陋的长鼻子矮人，连亲生父母也认不出来他了……那个童话给我带来了好长时间的惊吓，在儿时充满了魔幻、成天噗噜噗噜地冒泡的头脑中，《矮子鼻儿》和小巷深处神秘独居的二姑婆，不知何故纠葛到了一起。总觉得如果走进她家里，就像走进了一个神秘的山洞，里面有一间间装满故事的小房子任你推门而入，好像走进每间房里都会上演一幕幕离奇怪诞非同寻常的事件。

后来有一天，我真的走进了二姑婆的堂屋，那天狂风大作，豆大雨点密密地落下，二姑婆晾晒在门口的一匾匾地瓜干、苦瓜干、豆角干来不及收，我刚好在旁边抓蜻蜓，被她招呼着一起将这一堆干菜往屋里搬。等我走进去了以后，才发现这是一个萧索又落寞的家。屋里非常狭长，地面不太平整，采光极差，拢共才一扇小窗，开在后墙。因为前厅无窗，屋内光线阴暗，墙上一盏油灯或许是没断过亮，油烟沿墙熏出一道浓浓的黑痕。依着墙砌了一个简易灶台，这就是二姑婆平时做饭的地方。油灯略微照亮了厅堂的一隅，几幅发黄微卷的挂历年画挂在墙上。小厅的另一面墙，墙上有个小神龛，坐着个看不清面貌的菩萨，前头一只小碗，里头尽是香茬。也许是二姑婆常年在屋里抽烟，空气中总有一种似有若无的烟草香，混合着老旧房子那种潮气霉味，待久了就有些不舒服。

当我还在发呆、扭头四处看的时候，我的手里已经被塞了一只小碗，里面盛着圆滚滚、晶亮亮的糯米粒，珍珠般煞是漂亮，米粒中渗出一汪浓稠的乳白浆汁。"你尝尝，我刚刚酿好的甜米酒。"二姑婆笑眯眯地对我说。那是我第一次吃到甜米酒这种东西。做好的米酒汁看上去有点混浊，尝起来酸酸甜甜还带着一丝酒香气。没有经过过滤和提纯的甜米酒，度数非常低，二姑婆让我当点心吃。孩子的心是简单的，我埋头就吃，很快吃了个一干二净，连汤带米吃下去，满满的饱腹感，一股滚烫的热流迅速传遍全身，暖暖的、润润的。糯米绵软香糯，在舌尖轻巧地碾过，便融化在了心里，米酒汁水清甜温润，又夹杂着几分酒的酸涩和甘洌。那是我这辈子吃过的最好吃的甜米酒，馥郁从舌尖缓缓蔓延到心底，无声无息地驱散了风雨天的所有寒冷。

时光如桥下的流水，似缓还急，一辈人成长，一辈人成熟，一辈人老去。后来，我们全家搬离了那条小巷，没过几年，曾经健旺的祖母就走了。二姑婆无儿无女，守着一间屋，自己起火过日子，有个三病两痛，也没个人照应，过世很久之后，我们家才辗转听老街坊说起。也不知她的丧事由谁操办的。我费力地回想着，始终记不起二姑婆的面容，只记得她用刨花水抿梳的光亮发髻，狭窄的堂屋中暗光下的神龛年画，还有那一碗甘醇的甜米酒。她年轻时把头发像已婚妇人一样自行盘起，以示终身不嫁、独身终老，从此不婚不嫁，一生枕边无夫、膝下无儿，在孤苦日子里，一点一点活到高寿。她选择这样一份人生，想过不受人气、恬淡平和的生活，这一生她得偿所愿了吗？

　　后来的我，大江南北尝过很多甜酒醪糟，但再也没有一碗酽酽温热的酒酿，能和二姑婆阴暗堂屋里的旧时味道相比。食物常常都是时间和心意的凝结，我一直记得那一碗孤老手酿的甜米酒，曾在一个风雨天带给我成长岁月里罕见而激烈的幸福感。

第一章 一碗童年的甜米酒

鱼肠煎蛋

　　小时候，祖母隔三岔五就给我做鱼肠煎蛋。市场上的鱼肠极其便宜，买鱼可以叫老板送，单独买最贵也是一毛钱一副，具体价格记不清了，反正就是价贱如土。为什么呢？因为吃的人不多，市场上也不太供应，只能偶尔买到。人们吃过鱼的各个部位，但很少人能吃到鱼的内脏，原因是如果不是新鲜捕捞，渔船当天回港，鱼的内脏就保留不下来。很炎热的天气，市场上也难觅鱼肠的影子。渔民一抓到鱼，便即刻把内脏丢掉了，不然渔船回岸时鱼会腐坏。所以，吃鱼肠煎蛋，在以前，基本上是水乡和海港才有的食俗。

　　鱼肠一副，草绳一串，提回家以后，料理工作麻烦着呢！祖母告诉过我，处理方法是：一通二冲三盐擦，用盐反复搓，用水冲洗，去掉内脏异物，也可以先用白醋浸洗，用剪刀剪开鱼肠，然后用刀刮掉鱼肠内壁的所有脏东西，再用清水漂清醋味。最要紧的是先除去又腥又苦的肠膜。要清除肠膜，理想工具是削成三棱形的竹刀，要慢慢卷、慢慢剥，再以淀粉、精盐仔细洗净，细致得像清理燕窝。洗净鱼肠，倒掉多余的水分后，切小块，用少许酒、适量盐和姜蓉腌味待用。祖母是顺德人，烹鱼肠是生活在桑基鱼塘、鱼米之乡的顺德人的传统饮食习俗。据祖母说顺德民间烹鱼肠方法有焗、煎、炸、蒸、焯、滚、浸等 30 多种。

鱼肠有多种吃法，在我们家，一般是做鱼肠煎蛋，因为鱼肠本身带点苦味，用蛋味调和会更适口一些。那时候，除了祖母和我，家里其他人，根本不碰鱼肠煎蛋，嫌这道菜和猫食狗食一样，上不了台面。所以，这道菜祖母只做两个人的份。把两只蛋打散，加入葱花和少许盐继续打至起泡。起油锅，先把鱼肠爆炒至熟，再将打好的葱花蛋浆倒入锅中，然后将火调到最小，拿起锅慢慢旋转，让聚在中间的蛋液流向四周。煎到蛋液边缘微微金黄，就小心用锅铲铲起翻转，将两面都煎至金黄，就可以用锅铲斩成小块上碟啦！

小时候的我，最爱吃祖母做的饭，鱼肠的鲜美融入鸡蛋的滑嫩，甘香可口，吃了会上瘾。我实在不理解其他人为什么不吃鱼肠，会觉得它脏、难处理，任其成为猫和狗的美食，浪费大好的美味。其实食物不分贵贱，只分好吃与难吃，可鱼肠就因为处理麻烦，并且价格便宜，所以一般都会被弃置。不过，没关系，这些都影响不了它的美味。不懂的人看鱼肠藏污纳垢，奇腥极腻，是等而下之的粗料，当废物丢进垃圾桶。而在懂得的人眼里，却是一块"未经雕琢的璞玉"。

记忆会随时间消退，肠胃留下的记忆也一样。但是在人生快速生长发育期，食物留下的记忆常常会对一生产生影响，这就是为什么祖母菜、妈妈菜决定孩子一生的味觉。我在北方生活那么多年，还记得儿时鱼肠煎蛋的味道，如同有什么细长又柔韧的东西牵绊着我。我们所经历过的一切，其实在我们身体的条件反射中，历历在目，一切都是有因有果。

故乡的牛杂摊

在故乡的大街小巷，经常可以看到牛杂小摊。"北有卤煮，南有牛杂"，牛杂是南方最接地气的小吃。

牛杂小摊隐藏于不起眼的街头巷尾中，简易的小推车或者几平方米的街边档口。一个热气腾腾的大铁锅，炖着牛骨、牛肺、牛肠、牛肚、牛板筋、牛蹄筋等下水杂碎，浓汤在大铁锅里沸腾翻滚，牛杂在酱汁里此起彼伏，一股浓郁的香气直往人鼻孔里钻。牛杂汤底主要有八角、草果、陈皮、丁香、桂皮、干辣椒、孜然粒、花椒面。做法很简单，就是清汤熬煮，使牛杂的肉香味与汤的鲜甜味充分融合，牛杂之间味道相互渗透。每个牛杂摊主，对牛的每一个部位都了如指掌，他们把锅里的牛杂分门别类，按厚薄层层叠叠码于锅内，让这些精心清理过的牛杂下水，经慢火焖煮变成一锅美味。在没有客人时，摊主也不会坐下喝茶歇息，而是拿起一支铁钩来回试探牛杂的软硬程度，不断变动牛杂位置，哪些继续浸卤水，哪些能盛碗奉客，他们在心里有着精准的掌控，不同部位的焖煮时间皆不同，需要逐样分开处理。

对于南方孩子来说，校门口的那碗牛杂大抵是他们曾经最美好的记忆。牛杂是学校门口的标配零食，便宜不贵还能自选。一到放学时间，学生们都会拿自己的几块零花钱，去买一碗热腾腾的牛杂过过嘴瘾。从小我就喜欢吃牛杂萝卜，小时候不知多少次，一放学便一溜烟冲出校门，跑到牛杂小推车前面，着急地掏出兜里的零钱："老板，来一碗!"摊主一边问要哪几种，一边将你要的几种牛杂，从滚沸的热汤中捞出，用一把剪刀麻利地"咔嚓咔嚓"剪成条状。牛杂是用剪刀剪切起锅的，食客可以看着锅里堆叠的牛杂，随意点，点了什么，摊主就剪什么。如果加萝卜的话，摊主再捞上一大块炖得软烂的萝卜，倒进一次性纸碗里，舀上些浓稠的汤汁，撒上一撮绿嫩嫩翠生生的芫荽葱花，浇上甜面酱或蒜蓉辣椒酱、沙茶酱、黄芥末酱等多种酱料。吃牛杂萝卜一定要蘸些配料，既可以压腥，又添酸、甜、辣之个人口味。吃的时候，用竹签插起个中美味，大快朵颐，这是最原始、最具风味的牛杂享用方式。

一个个往来食客，一手拿着一个小小的纸碗，一手拿着竹签，站在繁华的街头，无视来来往往的人群，毫不顾仪态地站在路边吃得津津有味。牛杂的每一部位，有着不同的丰富口感。有的非常爽脆 Q 弹，比如牛心、牛肺、牛百叶、牛脆骨、牛黄喉。有的非常筋道，比如牛肚、牛腩、牛板筋、牛双连，牙齿切开牛杂时，可以感受到它足够的紧实，但到了口腔中，舌头又能触碰到肉质纤维的丝丝缕缕，过瘾又奇妙的味觉体验。还有的非常软糯，比如牛膀、牛粉肠，饱吸汤汁后，吃起来又软又粉，令舌齿陷入温柔陷阱。还有萝卜，吸饱了牛杂和酱汁的味道，清甜无渣，肉味十足，甚至比肉还好吃。萝卜自身有着清热生津、消食下气的功用，恰好可以中和牛杂里带来的火气。

除了萝卜，锅里往往还有善于吸收汤汁的面筋和大白菜，还有一颗颗弹牙的鱼蛋，有些摊档还能点上米粉、竹升面等作为主食，便宜又管饱。牛杂除了有风味，还有人情味。吃牛杂的过程中，牛杂摊主的阿婆阿伯会和你聊天，就像老街坊见面拉拉家常。还记得小学校门口那个牛杂档的胖阿姨，每次总是亲热地叫我一声"阿妹"，站在铁锅旁边那团团热气里，伴随着胖阿姨铿锵的剪切牛杂声，时常东拉西扯地聊很久。

每个南方人，都一定有自己挚爱的一碗牛杂，藏在记忆的巷子里：一部小推车、一口大铁锅，锅盖一掀开，立刻就能感觉到"牛气冲天"，牛香四溢，让经过的行人怦然心动，走过路过都会来上一碗，大快朵颐。任何一个城镇和人一样，都是生命系统，如果一个城镇没有这些千姿百态的小摊小贩，就根本不是一个活着的热气腾腾的城镇。

如今故乡小城早在时间里变了一番模样，巷子拆了，建了高楼，马路也变宽了，纷乱的汽车来来往往。部分河流被围堵，换起了新装，弯弯石桥与渡口码头，都慢慢消失了。当年在水边许下梦想的少年们，也都各自奔天涯，活到了自己的"未来"——与少年憧憬并不相似的"未来"。也不知那些故乡的牛杂档、小推车是否还在旮旯拐角里存在着，默默守着大铁锅，将一汪厚重的牛杂浓香，融化在一片嘟嘟嘟的慢炖声中？

夏天快乐水

　　夏天，最喜欢痛痛快快地喝汽水。从冰箱里刚拿出来的汽水瓶上，还挂着因为突遇高温而迅速凝结的水珠。用启瓶器打开后，一股绵密的气泡便咕噜咕噜地从瓶口冒了出来。一仰头，猛地喝下一大口，透心凉的刺激感上头，冲劲十足的气泡瞬间打通五脏六腑。嘴里还有不安分的小气泡，咕噜咕噜地叠起来，又在舌头旁接二连三地破掉，溅起清凉的温度。有个习惯，喝前先把瓶子左右轻轻摇晃，让气泡扩散开来再喝，这样打开的时候，能看到很浓密的气泡，感觉空气都跟着变得清新了！那冰气泡会从喉咙咕噜咕噜到胃里，然后打个嗝咕噜咕噜到鼻孔，感觉简直不要太爽！

　　今天，又是一口气喝完一瓶冰镇橘子汽水，在喉咙中升腾起一串串气泡。酸酸甜甜的味道酝酿出一个嗝，飘散在炎炎的天气里。感觉整个夏日的燥热瞬间消散，空气似乎都变得轻盈了。发现喝汽水，得一口儿闷才过瘾。将汽水一股脑儿灌入口中，气泡会瞬间在舌尖产生微妙的物理反应——一种被称为"沙口感"的酥麻口感，有点儿甜，有点儿虐，有点儿猝不及防。

　　突然想到，如果将初恋具象化，它就像摇晃生成的气泡，咕噜咕噜的怦然心动。初恋的滋味，其过程必然有甜有虐，甜的时候甜到让你觉得微醺，虐的时候虐得你找不到方向。那些让人全身内外咕噜咕噜冒泡的，是多巴胺，是荷尔蒙，是某些化学物质的疯狂形式。

"毫无原因地，我心脏就那么漏跳了一拍。我的人生中第一次有了那样的感觉。就像整个世界在你四周，从你身体由内而外地翻滚，而你漂浮在半空中。"这是我读美国作家文德琳·范·德拉安南的长篇小说《怦然心动》中的句子，这就是初恋，让人措手不及，又备感温暖美好。那种感觉应该和喝下一大口汽水差不多吧？炸裂的二氧化碳气泡就像伊人带来的心跳，连空气中都在冒着粉红泡泡。瓶盖一开白气儿一冒，舒爽劲儿从嗓子眼直窜进胃里，在那一刻，脑中甚至不会有任何其他的思绪了，只有惊心动魄的暗流与漩涡，只有身体中那股横冲直撞的气流。青春的起心动念，就像突然打开了一瓶汽水，酸酸甜甜的气泡就一涌而出。在那一段时间里，少男少女的大脑每天都咕嘟咕嘟地浸在这复杂的混合物中，根本不需要对方的回应来发生什么化学反应，自身就旺盛澎湃得不能自已。

不过，有很多这样的时刻，你惊心动魄，而世界一无所知；你翻山越岭，而天地寂静无声。这份心动，只是你一个人的事情。你怦然心动过，一颗心为一个人激烈跳动过，但后来的后来，世界上所有的关系都会变得熟悉，最终变成理所当然；那些理所当然的关系，变得不再让人心动和充满感激。少年心动，是仲夏夜的荒野，割不完烧不尽，长风一吹，野草就连了天。但慢慢地，成年之后，工作之后，很多人就陷入了激素干涸的危机当中，几乎不再有心跳加速的经历了。可能是人变得现实了，失去了憧憬的能力，知道荷尔蒙是不可靠的，用理智满打满算，才是经营生活之道。

少年人的心绪和汽水一样躁动，他们在骄阳下挥汗如雨，迎着天空看附在杯壁的气泡轻轻破裂，咕噜噜、咕噜噜，崩开浓郁的橘子气味。他们痛痛快快地喝着汽水，那种快乐入心入肺。而他们的父母长辈，在喋喋不休劝告少年们：不要喝那么多碳酸饮料，都是糖精、香精和色素，喝多了会变胖，还会损坏牙齿！你们还是多喝白开水、矿泉水、纯净水，一天喝满八杯水，头疼、肚子疼、感冒，多喝热水……

今晚，还是为少年们写篇夏天快乐水吧！能够奔赴一场热烈盛夏时，为什么要拒绝这夏天快乐水呢？总有一些日子，是一过，便知道这是一生中最闪亮的时光。总有一些滋味，是尝过了之后，便知道后来再不会这么上头了。

你喝的是汉口二厂、北冰洋还是大窑嘉宾？我喝的是西安冰峰！

第一章
一碗童年的甜米酒

丝瓜分阴阳

丝瓜，是我儿时的味觉记忆。由南方到北方，丝瓜是常见的菜蔬，很多人家在庭院里或院墙边，常会种上一两棵丝瓜。谷雨时节栽种，等过了夏至，嫩绿的丝瓜秧就会破土而出。伴随着阳光雨水的交织，丝瓜藤像一位灵巧的杂技演员，巧妙地攀上了墙头、篱笆、竹架，一尺又一尺伸展着，从一头攀到另一头。丝瓜藤蔓牵着翠绿的叶子左缠右绕，爆发出无比旺盛的生命力。一想起丝瓜，就想起童年时代被丝瓜占领的那面墙，在墙头爬着的丝瓜，匍匐在架子上错落交叉，蔓延的丝瓜藤有的勾在石头缝里，有的相互交缠，有的挺立空中。绿油油的丝瓜叶郁郁葱葱的，像手掌似的一片连着一片，此起彼伏地叠压在一起，密如鱼鳞。

不知何时，从叶隙中长出了一朵朵小黄花，那么的鲜明可爱，装满了盛夏的风光，一波一波地荡漾着。小黄花连绵地开着，不久藤上就缀满了深绿的果实。到了夏秋之际，一条条碧绿的丝瓜，像个硕大的惊叹号从棚架上垂下来了，组成一个丝瓜联军的阵仗，大有千军万马压架低的阵势。终于，一个个窈窕的丝瓜被摘下，变成了餐桌上的风光，鸡蛋炒丝瓜、香菇烧丝瓜、虾仁炒丝瓜、丝瓜榨菜汤、丝瓜鸡蛋汤……

在南方，丝瓜品种繁多，常见的有两种。一种是有棱丝瓜，表皮绿色有皱纹，具七棱或九棱，呈翠绿色或墨绿色，表面棱角鲜明，而且外皮比较厚，比较坚硬。另一种是无棱丝瓜，表面相对光滑，圆润柔软，棱角不明显，只呈现一条条浅浅的墨绿色纵沟，表皮比较薄，可以不削皮食用。有棱丝瓜通常长得比较长，这种瓜也极易被折断。而无棱丝瓜，则呈短圆柱形或长棒形。

古人认为，食物分"阴阳"，阴性的食物性凉，能消火去燥，使人的身体镇定清爽；阳性的食物偏热，刺激性强，能增加活力。我们的祖先从"象"出发，根据食物的外形、味道，食物进入人体产生的寒热温凉作用，以及食物生长的地点、气候、季节的不同等等，把食物的性质分为了阴性和阳性。阳主火，阴主水，含水分多的食物偏阴，水分少的食物偏阳；软的食物属阴，硬的食物属阳。古人认为丝瓜也分阴阳，明朝《永乐大典》中之《卫济宝书》多次说到丝瓜，其中这句话让我印象特别深刻，"此物亦有阴阳，长瘦为阳，短肥为阴"。

看来，我从小吃的有棱丝瓜都是细细长长的，应是丝瓜中的"阳瓜"。不知是不是"阳瓜"的缘故，有棱丝瓜的口感甜润，味道比无棱的丝瓜更甜，水分较少，吃起来更加有嚼头，而且削皮之后也不会变色，煮熟之后不会变形。而那种圆胖的无棱丝瓜，口感软嫩，水分较多，这也是它们被人们称为水瓜的原因，削皮之后容易氧化发黑，煮熟之后会变得非常的软塌，吃起来没有爽脆感。我个人不喜欢吃无棱丝瓜，总觉得这种丝瓜虽然肉质很软，但吃的时候好像多少有些腥味，很难去掉，必须要焯水才能减弱。

在我们南方，有棱丝瓜因为肉质比较结实耐煮，除了炒菜，也很适合煲汤，煲出来的汤更鲜甜，是广东人夏天特别喜欢拿来煮汤的食材。有棱丝瓜吃的时候，削皮一般不会削得那么干净，要将皮保留一部分，这样吃着柔中带清脆，会比较有食欲。当然，也是因为有棱丝瓜外皮比较厚，如果你把皮全部削掉，其实瓜肉没有那么多，而且很容易弄断。再加上很多有棱丝瓜，外形没有那么规则，长得歪扭弯曲，削起皮来也不是那么顺手，干脆保留部分瓜皮，吃起来口感更脆。

写到这里，突然想到，茄子也分长茄子和圆茄子，两种茄子口感也是有差异的：圆茄子肉质厚，相比起来纤维粗些，所以吃起来口感也比较硬，焖、烧、炖会更好吃，不容易炖烂；长茄子含有的水分比圆茄子多一点，而且纤维较细，口感软滑一些，更适合蒸着吃或者拌着吃。不知道茄子是不是也分为阳瓜和阴瓜？

　　有棱丝瓜在南方常见得很，而在北方菜市场却是难得一见。我已经好久没有吃过有棱丝瓜了。真想在北方种一棵有棱丝瓜。光这么想想就很美：如果家中有院子，墙角可种丝瓜，丝瓜沿竿而爬，将浓浓一蓬绿云撑开，开出一朵朵灼灼黄花。夏日可以坐在翠蔓绿荫处纳凉，黄昏的草丛中，丝瓜的花是一种让人感到温暖的黄色，就如一盏点燃的灯。六月开出黄花，九月丝瓜满架，一根根长长弯弯的丝瓜垂下来，就如蟠结垂挂的秋天的青蛇……

童年的拐枣

入秋了，在两场细雨之间，秋把冷与暖的门打开复又合上。恍似一夜间，视觉上繁杂的东西消退了，自然万物形象变得单纯，山和水的轮廓比夏日更清晰。一派深深浅浅的黛绿黄棕，自远山一直铺展到了眼前。在葱郁的树林、田野和灌木丛那边，山楂、毛栗、山茱萸、拐枣、山葱、野柿子、覆盆子、棠梨子，这些野果子次第成熟。这个时节，秋天正在摘取所有植物的籽实，之后才会逐一拾掇余下的纷飞落叶。

在九月的山林，有一种神奇的果实，正在悄然成熟，它就是拐枣。

拐枣，顾名思义，形状独特，弯曲扭转，呈"7"或"T"的形状，像迷人的小拐杖，故名拐枣。又像弯曲的鸡爪，所以民间也叫作鸡爪子。同时形态上又很像"卍"或"卐"，即"万字符"，因此这种野果子还有一个名字，叫作万寿果或万字果。一开始看到拐枣，灰不溜秋、歪七扭八的，颜色从浅黄到深棕，透出岁月的沧桑痕迹，你都不敢相信这种长得这么丑的东西居然还能吃。可是当你放在嘴里细嚼慢咽后，才觉得它是如此甘甜，好像桂圆的味道，还有点像葡萄干呢！后来，我才了解到，拐枣树是现存最古老的树种之一，经科学家证实，它在地球上已有五百万到一千万年的历史了。这种长得千奇百怪的植物果实，其实是折射着远古的生物界面貌，凝固天地之运化，穿越漫长岁月之洗礼而来到我们眼前的。

　　拐枣早在《诗经·小雅·南山有台》中就有记载："南山有枸，北山有楰。乐只君子，遐不黄耇。乐只君子，保艾尔后。"诗中的"枸"是指枳枸、枳椇，即拐枣。拐枣像个绰号，它的学名其实很文艺——枳椇，枳椇属于鼠李科，枳椇属，和枣、酸枣是一家子。我们平常吃的并非它的果实，而是它膨大肥厚的果序轴，那棕灰色的、弯弯曲曲、奇形怪状的棒状部分。真正的拐枣果实是球形的，大如豌豆，坚硬而干燥。拐枣可直接生食，只需要将它外表的果皮剥掉就可以吃。没打过霜的拐枣是涩的，不能直接食用，要放在火中爆一下，味道才会变甜。

　　拐枣还有一个特别之处，就是采摘回来洗净，去掉果序轴末梢的种子，将之浸入烧酒中，密封后能够浸制拐枣酒，据说具有祛风胜湿的功效，适宜于风湿性关节炎的人饮用。《史记》记载，公元前135年即西汉建元六年，汉朝使臣唐蒙出使南越（即现在的广州），在南越王的宴席上被一种来自"鳛"之地（今贵州仁怀古属鳛国）产的枸酱制作的酒惊艳了味蕾。作为一名使臣，不仅自己吃得高兴，唐蒙立即想到为皇帝带一些回去。所以后来唐蒙特意绕道经过鳛地，收取了一批枸酱，千里迢迢献给武帝。没想到武帝一喝，为之倾倒，大赞"甘美之"。这里说的枸酱制作的酒，就是将拐枣采摘下来，去除果梗，蒸煮，晒干，打碎后加曲发酵制作的拐枣酒。这种酒到底是什么香味？我想是独特的拐香型。看过贞观上的一篇文章《在安康第一次喝拐枣酒，差点把自己交代了》中描述，拐枣酒喝起来很温柔，入口不辣喉、不烧心，喝下去，"像是一场小雨初晴之后，太阳映照山林，从林间小路到每一棵树的树叶，都发着温柔的光"。正是这温柔的拐枣酒，让喝酒的人放松了警惕，一盅一盅还一盅，最后醉倒在巴楚韵味与秦楚流风中，一阵山风吹来，眩晕在好像奔跑起来的寂寂群山中。

　　其实啊，说起来，拐枣本身就是解酒的良药。酿制拐枣酒时，不是要去掉果序轴末梢上圆圆的种子吗？这些种子就是醒酒药。在古代，民间和官宦都会

收存一些枳椇子，作年节宴后解酒之用。民间流传着"千杯不醉枳椇子"的民谣，意思是说葛花、枳椇子能够解酒。唐代《食疗本草》在"枳椇"的注释中讲了一个故事，说以前有一个南方人用枳椇木材盖房子，不小心将一块枳椇木片掉进了酒瓮中，结果那坛子酒的酒味全都跑光，只剩水味了。看来拐枣树枝也有解酒的作用。后来，人们发现拐枣的种子解酒作用更好，于是枳椇子就成了解酒的良药。苏东坡的《苏东坡集》中记载了这样一则故事：苏东坡的一个同乡揭颖臣得了一种饮食倍增、小便频数的病，许多人说是"消渴"，也就是现今的糖尿病。揭颖臣听从了一些医生的意见，服了很多治消渴的药，病非但不见好转，反而日渐加重。后来苏东坡向他推荐了一个名叫张肱的医生，张肱诊后认为此病不是消渴，而是慢性酒精中毒。酒性辛热，因此病人喜饮水，饮水多，故小便亦多，症状极似消渴却不是消渴。于是张肱用醒酒药为他治疗，多年痼疾就此痊愈。张肱所用的一味主药就是"枳椇子"。苏东坡不仅记录了这个小医案，还常以枳椇子作为醒酒良药向友人推荐。不知东坡先生每次对酒当歌、大醉之后，是否会嚼几粒圆圆的拐枣子来醒酒？

记得小时候，每到秋天时节，会有老奶奶在街边摆个地摊卖拐枣。童年零食匮乏，这些野花野果是孩子们最喜欢的美食。吃的时候，一大把拐枣握在手里，像是一束拐枣花，也像是拿着一把曲里拐弯的树枝。这是多么奇特的花束啊，茶褐颜色，状如鸡爪，枝枝杈杈，随性洒脱。用鼻子轻嗅，散发着森林系的一股子幽隐甜香！吃拐枣不可能大口大口地，而是要一点点摘掉旁边的球形种子，轻轻剥下肥肥的果梗肉柄，一根一根放入嘴中咀嚼。别看拐枣长得丑，吃起来却很甜，味道有点像甘蔗，又有点像红枣，嚼一嚼，嘴巴里甜甜的，丝丝细腻回荡在唇齿之间。吃完了，口中还弥留着苹果味的清香。当然，成熟的果梗才是甜的，青色的果梗会略带一丝涩味，就像没有储藏过的柿子。吃拐枣要耐心等到秋霜之后，才香甜可口。

因为没有大规模推广人工种植，拐枣的产量是很小的，位列"稀有水果"之列，这个东西只产在山里面或山坡上，平原上是没有的。拐枣树又高又大，爬树采摘不易，人们通常是用力摇晃树枝，让拐枣如雨滴一样随着树叶一起飘落下来，再在树下寻寻觅觅，捡拾落果。落果如果落在了草丛深处，灰不溜秋的，很难发现，即使有一天发现了，因为落地时间太久，果梗已经干瘪了，就没法食用了，拐枣还是得新鲜饱满、脆嫩多汁才好吃。所以街边卖山货拐枣的老人是可遇不可求的，每次拐枣的出现都是一种不期而遇。因为拐枣天生就是掰扯不清的一串串或一嘟噜，在采摘的时候就是一枝一丫扯下来的，所以卖的时候只有捆扎成一"把"，大约也就是手握满盈的分寸，作为它出售时的计量单位。记得小时候，一点点的零钱就可以买到一把拐枣，七扭八拐状如枯枝，欢天喜地拿在手上，是一把秋日限定的丰盛的棕色花。每一枝拐枣完全靠它自己的意志来展现形象，没有两枝拐枣能长得一模一样的，但每一枝都很甘甜，甜得让人回味无穷。

一串小小的拐枣，唤起了满满的童年回忆，那特别的滋味，至今记忆犹新。秋风吹过大地，大自然蕴藏着无穷无尽的收获，什么时候才能和街边地摊的拐枣不期而遇呢？

飘坠到舌尖上的柳絮

中国人的餐桌上，食材往往包罗万象，人们无所不食。吃菌，吃野菜，吃花，吃草，吃各种虫子，这些都不在话下。虽然两广人号称，"天上飞的除了飞机，地上跑的除了汽车，四条腿的除了桌子"，天底下都是老广的菜，没有什么植物不能吃，连苔藓都可以熬汤。但是，我在来到北方之前，还真的没吃过凉拌柳絮。

某次餐桌上，吃到了一盆翠绿的凉拌小菜，口感清香脆嫩，有一丝丝的苦味，清凉爽口。一问，居然是凉拌柳絮。其实准确来说，应该叫凉拌柳穗。因为食用的柳絮不是满天飞的，而是它的幼年时期，俗称柳穗，在每年雨水之后、惊蛰之前，柳树生叶之时生出。当一簇簇柳芽破开黄绿色的芽孢，露出三两片带着绒毛的嫩绿叶片，不出三日，一穗更加喜人的柳花便在一夜之间钻出叶心。为什么用"一穗"来形容柳花呢？因为它是毛虫状花序。柳花的结构很简单，没有蜜腺，不能分泌花蜜引诱昆虫传布花粉，只能借风力传布花粉，所以是风媒花。花序有雌雄之分，老熟时整个脱落，雌花序中的果实裂成两瓣，具有白色茸毛的种子随风飘散，柳絮里面的小黑点就是种子。每年春天漫天飞舞的，其实是柳树的种子和种子上附生的茸毛。

凉拌柳絮这道小菜，吃的是鲜嫩的柳叶和柳穗。青绿的嫩柳穗，形如桑葚，是春天带给人们的一道美味。柳芽柳叶、柳花柳穗，都是苦涩的，为了除去这苦涩，要在沸水中焯水两分钟，捞出后过三四遍凉水，再用清水浸泡五六小时以上，甚至泡上一两天，浸泡过程中换水三到四次，处理过程和处理鲜竹笋一样。凉拌时，要用吃奶的力气，把柳絮中的水挤干净，加入芝麻油、蒜汁、味精和适量盐、糖调味，如果还怕带有苦味，再加点葱花和花生碎，这时柳穗的苦味就基本没有了。据说柳穗性寒，经常食用有清热解毒、去火明目的功效。

凉拌柳絮，之所以不易吃到，是因为料理起来很烦琐，太花时间，而且柳穗的花期很短，几天就会变成柳絮。得到雄杨柳的花粉，雌杨柳就结出果实，果实内含有白色絮状物，这个白絮里面有种子，一旦果实成熟后，白絮就会带着种子随风飘散，寻找适合生根发芽的地方。柳花老时出白棉，如下雪般随风飘落。一旦到了四、五月份，北方的柳絮可谓是无孔不入，甚至向来只管天气的中国气象台，也不得不预报起柳絮爆发时间。这些天，我走在交大校园里，脚底下已是一堆堆滚动的白絮，天空之中柳絮漫漫搅天飞。在有些路段，柳絮如蒙蒙细雨一般，缭乱地扑向经过的行人，上下前后，从里到外，没有一块无飞絮之地。近几年，人们出行都戴着口罩，否则这满天飞絮，一不留神就能体会到一张开嘴就满嘴"长毛"的感觉了。

我一直认为"春城无处不飞花"这句诗，最精彩在这个"飞"字，比"开"字立体。从地上飞到天上，这是一幅何等立体的春光图！"开"字呆，"飞"字灵，一个"飞"字，缤纷落瓣，柳絮杨花，春风浩荡，春花飞舞，意境全出。年年春来，春深如海，飞花扑面，春风中的一派春意，既浩大又灵动，既柔情万种又奔腾热烈。不过，如果有一位过敏症患者，读到"春城无处不飞花"这句诗，就会很烦恼。因为到了飞絮季，就意味着打喷嚏，皮肤痒，流鼻涕，眼睛红肿，呼吸道水肿。

从人类的角度来看，柳絮给人类制造了很多麻烦，但从柳树的角度来看，

这是它们豪华的、奢侈的、不计成本的生命投资，也许在不分昼夜的飘散之余，只有一颗种子足以成树，但柳树乐于做这样惊心动魄的壮举。春天的柳树，就像一座座无限的云库，它们可以从早到晚，漫天地散播带着茸毛飞行的种子，它们组团飞行的时候，就如同一朵朵小型的白云。在漫长的进化过程中，在地球上，柳树有这么高的保有量，跟它们的繁殖方式有很大关系。从自然进化的角度来看，柳絮是非常合理且很有优势的。在生命的竞争中，植物与人类是平等的。

怎么对付这恼人的漫天飞絮？在它们还在柳穗阶段，还没有发育成絮之前，"凉拌柳絮""柳絮酥卷""柳絮炸丸子""红油银丝柳絮""柳絮茶""柳絮包"，这些统统都安排上，让柳絮轻轻飘坠到我们舌尖上去，也不失为一种解决方案呢！

永远的橘子香

不知为什么，特别喜欢吃橘子，剥开橘子皮，一瓣一瓣放进嘴里，在清新怡人的香味中，一阵一阵酸酸甜甜的清凉，会欢快地冲进每一个细胞。觉得每一枚橘子，都像一盏灯笼。大灯笼、小灯笼，有的青绿如月亮，有的红黄如太阳。团团一轮，浑圆如璞，那么光亮圆润的灯笼。有时，我把这自然的精巧造物，拿在手上来回摩挲，像一个玩具小皮球，在手里揉啊揉，就是不敢轻易剥开。因为，无端端觉得，对于一只橘子，任何剥开的方式，都是一次完整的破坏。春天橘子花开时，一群群蜜蜂前来赶集，满树满地，尽是白皑皑的一片，繁花如雪，如梦似幻。雪白的橘花衬着蓝天，行人们纷纷驻足，他们仰起了头，一起来感受生命的美丽和挥霍，一起沦陷于这铺天盖地的白色的香甜。之后，要等过了大半年，当秋风掠过原野，当天空上雁阵南归，挂在枝头的嫩绿小果，才一树一树变成了压弯了枝的硕果，如断鸿声里落日的朱红，如白露庭院里新月的金黄。

像苏轼在诗里说的那样，"一年好景君须记，最是橙黄橘绿时"，秋天时，橘子一个一个挂在枝头上，除了是能够尝到的甜蜜滋味，也是眼睛能看到的红巧可爱。每年总要买回来很多的橘子，在正式吃以前，总是要摆上一些时间，那明晃晃的属于秋天的色彩，看着就很开心。秋冬之际，万物萧瑟，经过夏天的茂盛生长后，草木和虫子都要休息了，也许此时也有些许惆怅，但除了天气的寒凉和草木的摇落，我们还有果实的丰收和满眼的暖意。每日光是看看橘子的颜色，从橘红到橘黄，在篮子或瓷盆上堆了一堆，热热闹闹，挨挨挤挤，从中就可以体会到鲜活的乐趣。橘子的表皮，有的光滑，有的不很光滑，甚至略有点疙疙瘩瘩，但凑近了嗅一嗅，都有一股清幽的香气逸出。当片片橘皮从手中弃落如凋落的荷花之瓣，收藏了四季的香气盈盈绕于指间。橘，它坦然地裸露着，脉络分明如网——这网网下一颗心，其色殷殷。吮吸一口，留香在唇齿，果汁饱满在飞溅。你买回的橘子堆满了餐桌与案头，你剥开了一个又一个，从青橘到黄橘，从大橘到小橘，你的味觉交织着酸和甜。

如果买到了很酸很酸的橘子，也不要紧的，可以自己加工冰糖橘。方法特别简单，就是橘子去皮，撕去橘肉上白色的筋膜，锅内加水，倒入适量冰糖，冰糖煮融化之后，倒入橘子再煮五分钟，晾凉了装罐即可。吃的时候，用干净的勺子舀上一勺，可直接吃，也可以冲调温开水，味道酸酸甜甜的，带给你一整天的活力。年关将近，准备南归。在岭南之南，大部分人家每到春节总会从花市买回一盆年橘。年橘，就是过年时的大橘，蕴含着大吉大利。在南方，年橘是家家户户必摆的，只是大小风格不同而已，有人讲究大气磅礴，有人讲究小资情调。一棵金橘就能热闹庭院，自带丰收的气场。南方人家在黄澄澄的橘果中间，还要再挂上中国结、小灯笼、利是封，寓意着来年财源广进、开门见喜、好运滚滚来。在故乡小城，父亲一定已经在家中准备了一棵金橘树，那寓意吉祥的果实，正在将甜美的气味、明亮的色彩，充盈于我们家的门庭。据说柑橘是所有的孩子最喜欢的味道之一，而对辛苦的成年人而言，闻到橘子的味道就像回到孩童时代，心情变得放松而轻盈。"开我东阁门，坐我西阁床，脱我战时袍，著我旧时裳"，很快我就会在一种淡淡的橘香味中入眠了，宛如在儿时的幽静安逸中。

你不懂的柚子

在南方，有很多草木长得极其恣肆、狂野，走在这样的植物下面可得小心。比如从木棉树下走过，不经意间，"啪"的一声，一朵红艳艳的木棉花就会砸在你的脑袋上、脖子上或脚边，那么红硕又沉重的花朵，其冲击力远超你的想象。比如我家楼下的大王椰子树，大大小小的落叶重量从十余斤至二三十斤不等，叶茎坚硬，从手中掉落至地面也会发出"砰"的巨大响声，而从十余米高的树干上掉落，更是威力惊人。当地市政园林部门需要定期巡查，将大王椰发黄的叶子摘除，以免误伤行人。

还有柚子，其实柚子树不算高，但极为挺拔，主干直，少分权，叶子浓绿肥厚，柚子成熟时就像一个个黄色的大皮球，沉甸甸地挂满树枝，浓密的树叶也掩不住它，大风起时，柚子叶频频地拍着滚圆的柚子，悬挂在树枝上的果实个头那么大、那么重，摇摇晃晃的，走在树下的人总觉得它们就要扑通扑通地坠落下来了，若砸到头上可不是闹着玩的。

其实，柚子没有自然落下的习惯，一般都是被人打落的，而打落的柚子，裹在厚厚的皮囊里，落在地上有一定缓冲，再骨碌碌地在草垫上滚上几下，一般都不会摔坏。很少有水果，能生得像柚子这样大而圆，就像动画片里的熊大熊二一样傻胖敦厚，或像时下流行的大唐不倒翁似的，上尖下宽，圆圆滚滚。

剥一只这样的厚皮柚子，可是一件吃力的事。在用力剥离那金灿灿的外表时，柚子皮沁出汗水一样细密的汁液，黄澄澄的，里面呈现出一层洁白的棉絮状的海绵体，一层一层地清理掉，里面才是可吃的柚瓣。原来，柚子密藏着一瓣一瓣的心事，要那么用力掰开来，才羞答答地露出一个个淡黄的弯弯的小月亮。揭去那一层白色的薄薄的皮，柚肉露出来了，晶莹剔透，玉润嫩脆，馨香入鼻。这么憨拙的外表，竟然有这么温柔的内在。我甚至觉得"柚子"这个名字，也美极了，你试着念这俩字，唇齿开合间，就是无尽温柔。

挑一个水分十足的好柚子，晚上吃完晚饭，一家人围坐一堂，你一瓣我一瓣，别提有多温馨了。剥上一只柚子，就可以消磨一个晚上，一家人其乐融融，柚子实在是承载了太多人美好记忆的水果。但是，很多没有见过柚子树的人，并不能确切地感受柚子的滋味，他们只知道柚子来自遥远的广西或福建，对他们来说，柚子树是一株陌生的树木，一个个离树的柚子经过舟车辗转，从远方被成箩盈筐贩运而来。

我来告诉你吧！在南方，有那么多看似凶猛的植物，裹挟着一股从林莽间蹿出来的野性，比如木棉、大王椰，比如柚子。没有人敢徒手去攀摘柚子，因为柚子树枝上长着锋利的坚刺，刺多且长，足有寸长。想吃柚子，只能用长长的竹竿去打落。只有当你真正接近并且慢慢剥开这铜墙铁壁、凛不可犯的果实，才会惊奇地发现它内在如水的柔情与蜜意。

柚子成熟在秋冬的清冷里，极像一轮柠檬色的、满满的月亮，高高地挂在树梢上，把大地照得温馨透亮，悠香绵长。

南方有棵
木瓜树

　　"金色的阳光，翠绿的蕉林，银光闪闪的河水，都是色彩鲜明……村子周围，沿着河岸的，小园子里的，屋墙地上的，荔枝树、龙眼树、番石榴树、芭蕉树、木瓜树，都将近开花了，仿佛使人闻到香喷喷的花果味……"这是作家陈残云笔尖下美丽的南粤大地的模样。纵横交错的河流田地，一年四季永不停歇的高温日照，在屋前屋后、田边地角，人们一般都会种上一两棵木瓜树，任它们没有规划自由自在地生长。木瓜树，一种常绿软木质小乔木，树干笔直，不枝不蔓。树的顶端，曳出一柄柄缕着花纹的浓绿大叶片。远远看过去，木瓜树就像一把亭亭玉立的阳伞。伞柄的下端，一个个碧绿的椭圆的木瓜，像一颗又一颗碧莹圆润的下坠水滴，一层层紧密地悬在枝叶间。木瓜树速生快长，结果早，随着植株的长大，需要消耗更多的营养物质。所以，长得高大粗壮的老树结的木瓜很少，而矮小纤细的小树倒会结出很多的木瓜。常常可以见到，一棵两三米高的年轻木瓜树，却结有五六十个木瓜，大的木瓜足有一斤多重……

　　看木瓜的叶片拥挤着往上伸展，在日头下织出碎影斑斑，不知不觉中，枝干上已长满了累累果实，是我那么熟悉的夏天的滋味。有木瓜树的夏天是黛青的，那是一种宁静的颜色，让人感到生活的平和、淡泊和隽永。因为，只要种有一棵木瓜树，就有长年不断的木瓜可吃，当水果吃，或者煲汤、凉拌、晒干做果脯，只要在屋前屋后的木瓜树上，左看看右看看，摘下一个合用的木瓜就可以。摘的时候用一个长长的竹竿，竹竿一头绑着一个网兜，把木瓜采摘在网兜里。木瓜结果多，挂果期长，花果相重叠，可以连绵不断地开花结果。种下一棵木瓜树，几乎一年四季都能吃到新鲜的木瓜。一只木瓜的成熟，是不知何时起，碧绿中已平添了几缕黄色。夏日的阳光，用一种微醉过的颊红，投在木瓜上，使木瓜的颜色跳跃了起来，从青到黄的跳跃，就跨入了成熟。但即使是这种绿中带黄的木瓜，刚刚摘下来也硬如苹果，要放上一两天才会变得绵软细腻，且温度越高这种转化越迅速。放上两天后，用刀剖开木瓜，是一瓢满满的金黄色瓜瓤，闪烁着珍珠般的光彩。中间聚集的一窝籽儿，粒粒如黄豆般大小，黑得晶莹剔透，似乎籽不再是籽，而是经工匠打磨后的墨玉珠儿，隐秘地躺在瓜中做着甜美的梦。只有潜入木瓜的内质，才能真正体会木瓜的滋味。最好的吃法，就是把木瓜一剖为二，拿出勺子一勺又一勺地挖着吃，那金黄的果肉入口即化，一股绵软香甜直透心间。

不是太熟的青木瓜，正好用来煲汤。在青木瓜的身上轻轻一划，有白色的浆汁像乳汁，以一种浓得化不开的形态缓缓地滴流出来，而熟了的木瓜没有汁流出来。未熟的青木瓜耐煮，可以炖排骨、煲糖水。我喜欢吃木瓜炖鲫鱼。煎锅倒入适量植物油、姜丝，将鲫鱼煎至两面金黄，立即倒入沸腾的开水，大火继续煮沸两三分钟至开水变奶白色，青木瓜切块，倒入鱼汤中熬煮二十分钟，就是一锅鲜美的木瓜鲫鱼汤了，清香微甜，营养丰富。小时候母亲经常煮给我吃，有一次家里养的黑白花猫生下了两只小猫，生产过后的猫妈妈疲惫不堪，母亲给母猫开小灶，也煮了木瓜鲫鱼汤，晾凉以后给它喝，母猫用舌头卷着乳白的汤汁啜饮，吃得香得不得了，不一会儿工夫，整个汤碗给它舔得一干二净。

法籍越南裔导演陈英雄的《青木瓜之味》，是一部只有淡淡情节的文艺电影，背景设定在 20 世纪 50 年代的越南西贡。整部影片行云流水般地流淌，对白极少，BGM 一直是不断的鸟鸣与蛙叫。一个小时四十四分钟的电影不算短，但看起来非常舒服，并不枯燥，极美的画面与动听的 BGM，是视觉与听觉的双重享受。翠绿欲滴的木瓜树，浓得化不开的木瓜的汁液，一点一滴地滴在肥绿的叶片上，还有妖艳的红得耀眼的热带花朵，孩子用烛蜡滴蚂蚁、用竹竿吊青蛙这些属于童年的事物，还有用清水洗一只沉浮的木瓜，青木瓜刚刚剖开时，洁净饱满、绿珍珠一般的嫩白木瓜籽。电影很有诗意，镜头感很强，故事虽然简单，叙事节奏缓慢，但因为有了浓浓的诗情画意，却显得格外清丽、隽永。陈英雄那么细腻地描绘那年那月那方水土的感觉，整部影片散发着温婉宁静的气息。试想，如果没有了越南炎热的夏日里，一院子绿荫荫的木瓜树，还有恬淡水灵的东方女孩，像青木瓜一样拥有珍珠般美丽洁白的内在，安然自在，散发着淡淡的清香——如果没有了这些，不知如何撑得起陈英雄的这一场故国旧梦？

中国人对木瓜的认识可追溯到两千多年前的《诗经》："投我以木瓜，报之以琼琚。匪报也，永以为好也！"但是，《诗经》中的木瓜，是中国本土原产的另一种木瓜，个头小得多，肉质较硬，口感偏酸，多用来泡酒，与南方的木瓜完全不同。南方的木瓜也称番木瓜，是一种热带水果，原产于美洲，一般认为中国栽培番木瓜已有三百多年历史。但也有说法认为，最早在唐宋时期，番木瓜就被引入中国了。宋代王谠的《唐语林》讲到了番木瓜，而这本书是根据唐人小说的旧材料编写的。因此，番木瓜传入中国，最晚也应该在 12 世纪初，最早可能推至唐代。《唐语林》中，讲到番木瓜传入中国引起了一个风波的故事：湖州有个郡守为朋友饯行，有人送来一个番木瓜，由于人们都未见识过就相互传观赏玩。当时在座有个太监就将番木瓜收藏起来，说此果宫中都还没有，应该先拿去进贡才是。太监收起木瓜后很快就乘船回京了。郡守为了此事十分懊恼，生怕太监回宫后皇上怪罪下来。这时，在旁助酒的一个官妓就说请不用担心，估计这个番木瓜过一夜就会被抛到水里去的。不久，送太监回京的人果然回报番木瓜次日即溃烂已经抛了。郡守听后很佩服官妓的见识，经详细询问后才知道番木瓜是难于长期保鲜的，特别是熟了的番木瓜又经好多人的手触摸过更不易久藏。这个故事蛮好玩的，充满了一种对外来事物的好奇感，其中记载的，不耐贮运、容易腐烂的木瓜，分明是一种来自南方的热带水果。

　　永远不能忘记，我曾生活在木瓜茂绿的叶和累累的果实下。突然想起小时候，学校门口常有卖木瓜丝的小摊，那是鲜食木瓜的另一种方法，将木瓜切成细丝，放入醋、酱油、辣椒粉、味精等佐料凉拌生吃，清脆酸辣，略有回甘。此刻一闭眼，就能想起南方艳阳下，路边小摊上，塑料袋装盛的酸辣青木瓜的青涩酸爽，那种记忆，直达味蕾，缠绕于心。

故乡的酸

　　酸甜苦辣咸，说起酸这种口味，陕西的凉皮、山西的陈醋、四川的泡菜、贵州的酸汤鱼、云南的酸木瓜……天南地北的酸，也算尝过不少。不过，心里最惦记的，还是广西的酸。每次想起老家的酸，胃口就活泛了起来，心里有一股强烈的冲动，想翻山越岭，回到故乡，冲向大排档，冲向酸嘢摊，一头扎进"酸爽"的海洋中。

　　在中国"酸食"界，广西酸别具一格。广西的酸，斑斓多彩，个性十足。其表现形式之丰富，当地人都很难细分、归类。蔬菜瓜果、茎叶块根，天上飞的、水里游的、地上跑的，万物皆可酸。什么腌酸、泡酸、糟酸、醋酸、禾酸、水果酸，什么萝卜酸、胡萝卜酸、笋皮酸、红薯酸、凉薯酸、蒜头酸、辣椒酸、木瓜酸、桃子酸、荞头酸、刀豆酸、豆角酸、佛手瓜酸、西芹酸、芥菜酸、黄瓜酸、菠萝酸、芭乐酸、杨桃酸、芒果酸、西瓜酸、橄榄酸、三华李酸、西兰菜梗酸、空心菜梗酸、包菜酸、棒棒菜酸、蒜心酸、莲藕酸、马蹄酸、莴苣笋酸、姜芽酸、苦瓜酸、紫甘蓝酸、鱼腥草酸……品类之丰富，根本就数不过来好嘛！如果要问广西酸是什么流派，那绝对是狂野派，原始而有趣的酸，刺激而有特点的酸，充满想象力、大胆而执着的酸。

　　广西民族众多，口味多样，大家都共同热爱的当属米粉和酸笋。不管是鼎

鼎大名的柳州螺蛳粉、桂林米粉、南宁老友粉，抑或是小有名气的梧州粉、玉林粉、生榨粉……其中都少不了酸笋的调和。酸笋是泡出来的，南方特有的大甜笋经过数日的封缸、浸泡，散发出馥郁的酸味。去过柳州的人都知道，柳州满城飘散着臭酸笋和螺蛳的味道，柳江河边，经常可见从上游运送酸笋的船在渡口码头起岸，酸笋用一只只木桶盛装着。那已是柳州市井坊间的生活构形的一部分，一般外地人还不习惯这种气味，但是在这里生活惯了又觉得离不开。如果说汤是螺蛳粉的灵魂，那么酸笋一定是它的心脏——一碗粉全靠酸笋提味。酸笋除了赋予螺蛳粉灵魂，搭配豆豉和番茄，成就了南宁老友粉；放入有股淡淡酸馊味的生榨粉里，则有了难得的鲜味。这是来自亚热带南方的浓郁的饮食，这是自然对于广西人民的馈赠。酸、甜、苦、辣、臭和咸，冷、热、甘、寒，皆因当地的自然气候特点而生成。"一半是海水、一半是火焰"，是酸笋的最好概括，有人爱它，也有人恨它。无论如何，酸笋无愧为最有名气的广西酸。

广西酸除了能够调味各种米粉，也能作佐料搭配鸡鸭鱼猪等肉类，比如柠檬鸭、杂酸焖鸭、牛肠酸、酸鱼、酸肉；还能作主材独挑大梁，比如红糟酸、白糟酸、黄皮酱、木瓜丁。"柠檬鸭"是广西的一道名菜，以腌制三年的土柠檬与放养田间的土鸭炒制。新鲜出锅的柠檬鸭，鸭肉的油脂与酱汁收得刚好，观其色，金黄多汁，鲜亮诱人；闻其香，柠香四溢，香而不焦；品其味，酸辣适宜，酱香悠长。如果没有炒至五六分熟之后再放入的酸辣椒、酸芥头、酸姜、酸柠檬、酸梅、生姜和捣好的蒜泥，"柠檬鸭"就不是那种酸辣味浓、异香冲鼻的口味了。

除此之外，广西还有一种酸品是可以独立成户的，叫"酸嘢"。"嘢"字在粤语里泛指"东西"，"酸嘢"即一切酸的东西。广西酸嘢摊可谓聚集了五花八门的水果蔬菜种类，每一家酸嘢摊的酸水比例配方，也都各有家传秘制，概不外泄，所以演绎出的酸嘢风格各不相同。食客可以托一个小塑料盆，拿起夹子，任意挑选，酸嘢摊老板则论斤计价。通常一个小小的流动酸嘢摊，摊位上整齐摆满各种水果蔬菜，有用玻璃缸装着的；有用塑料桶装着的；还有直接装在特制的方格里的。拍扁的李子，长条的木瓜，外表稚嫩的青芒果，能变出星星的杨桃，被削得面目全非的菠萝，在南方才能见到的沙梨……品种多达数十种。最后打包带走时，还有一道不可或缺的工序——加佐料。常见的佐料有辣椒水、椒盐、酸梅粉、甘草粉、芝麻和香菜，老板会根据个人的口味添加佐料，盖上盖子，上下摇晃几次，以达到雨露均沾的效果。如此一波操作下来，最终成品的酸嘢，乍一看像黑暗料理，只有尝过的人才懂，这是广西新鲜果蔬最独特的吃法。

闷热的午后，穿过街头的人流，拎着一袋酸嘢边走边吃，咀嚼发出的响声，像在耳边打鼓，大开大合，这时唾液不断涌出，一口下去，胃与天灵盖一起茅塞顿开，犹如芥末一般叫人猝不及防，酸爽瞬间贯通身体。又酸又甜又咸又辣的"神仙滋味"，构成了一场热闹的味觉冲撞。所有味道都在嘴里开会，争先表达自己，大脑不停地接收味蕾传达的信息，酸甜咸辣，五彩缤纷，奇妙的滋味让人欲罢不能。为什么说吃酸嘢很上头，因为，最后会汇成一种难忘的味觉经历，直达你的海马体深处，从此缭绕于心。

在亚热带的艳阳下，一年四季，挥汗如雨，没有哪个人能离得开酸。那是一片立冬后依旧炎热的土地，得用酸中带甜、酸中带辣、酸中带咸的味觉刺激，给人传送一丝丝清爽。而到了暑气当头的夏日，湿热的天气让人抓狂，人恹恹的没什么胃口，也提不起劲，但好在还有酸嘢，唯有那点酸，能让舌尖重新涌起冲动。有人靠咖啡提神，而家乡人靠酸嘢，当酸辣脆爽直冲脑门，何等刺激神经、提神醒脑。而开胃也靠酸嘢，再食不知味，也能消灭掉一大盆酸嘢，连酸嘢汁也不放过，冰冰凉凉的口感，还伴随着淡淡的米醋香，让人忍不住喝个精光。吃完酸嘢胃口大开，深深吸一口气，远远又飘来了螺蛳粉的"臭酸"和老友粉的"馊酸"……

生活百态，酸甜苦辣的味道不可胜记。诸般滋味在口中衍化，味道是看世界的另一种方式，它能营造独特的空间，那些不断扩散的分子，虽不可见，却

在无形中打动着每个灵魂。想念我酸里酸气、拈酸吃醋的故乡了，在暑热滔天的夏日到来之时。对于身在他乡的游子而言，翻山越岭，只为一碗人间烟火。那熟悉的味道，就像那风筝的线，总能牢牢牵制着游子之心，无论他流浪到天涯还是漂泊到海角。

2021
09.21

中秋节的田螺

作为舌尖上的中国人，我们过个节容易吗？为了过春节发明了饺子；为了过元宵节发明了汤圆；为了过清明发明了青团；为了过端午发明了粽子；为了过中秋发明了月饼……不过，从小到大，在我的中秋美食记忆中，月饼充其量只是一个配角。我对月饼从来就不是特别上头，无论是五仁、莲蓉、豆沙，甜味、咸味、咸甜味，还是广式、京式、苏式……月饼嘛，切小小一块，浅尝辄止即可，过节应景而已。中秋之夜，心头好是什么？当然是炒田螺啦！对于广东人来说，中秋节不仅有月饼，还要有一碟炒好的田螺。炒田螺才是很多广东人家中秋节的压轴食品。

为什么中秋节要吃田螺呢？大家说法不一，有说中秋前后正值秋收，也是田螺肥美之期，此时田螺空怀，腹内没有小螺，因此吃起来也不硌牙，肉质肥美，吃起来超香；也有说八月十五吃田螺，可明目，能够使眼睛"明如秋月"；也有说中秋作为节日，源于对月亮的崇拜，八月是收获的季节，要感谢大地的恩赐，这就有了"秋祀"，"秋祀"中一项重要活动就是祭月，祀月食螺，"螺"字与粤语"罗"字同音，即中秋夜吃田螺，有丰收之意，代表五谷丰登；还有说田螺有壳，剥壳食肉为"食心（新）转运"之兆义，以求祛邪气、晦气。我个人观点，中秋节食田螺，应该是从民间兴起的一种习俗。中秋时节，家家户户阖家团圆、大鱼大肉的，可"明月悠悠照九州，几家欢乐几家愁"，无奈穷得叮当响，总有人买不起鸡鸭鱼肉。但穷人也有穷办法，只要下河塘摸半盆田螺，用清水养一养，然后夹去尾端，放点葱、姜、紫苏、辣椒煮熟，足以抵得上鸡鸭鱼肉的鲜美。于是每逢中秋，吃田螺便成为风俗。如今在岭南民间，不少家庭在中秋期间，还保持着炒田螺的习惯。

记得小时候，每逢过中秋节，父亲总要掌勺生炒一锅田螺。田螺的烹法一般就是炒和煮。酒楼多用煮的方法，调料、佐料较少，不过因为蒸煮时间长，浓郁多汁。而大排档和家庭一般用生炒。买回家的田螺，要提前在清水里养上一两天，最好滴几滴植物油，帮助田螺吐尽泥沙。也可以用手搓一搓，类似于搓麻将的手法，多淘几次水，直至水清。田螺吐沙的过程，要给田螺多点耐心，让其慢慢吐净体内的淤泥污物。生炒前为了入味，还要剪去田螺的尾部壳尖，其实也是为了多次冲洗，去掉黑肠。记得那时候，我按捺不住一天要看个十几回，蹲在大盆边观察清水中的田螺吐沙，还勤快地帮着大人每隔四小时左右换一次水，皆因眼巴巴地太想吃田螺了。

中秋夜，银月光满，缓缓升高，炒田螺的时间终于到了！父亲先要烧一锅热水，把水烧开后，将剪过尾巴清洗干净的田螺放进去焯水，焯到差不多田螺的螺盖会掉下来的时候即可；焯过水之后捞起，锅里热油、蒜粒、姜丝、豆豉一起爆香，加入八角、香叶、花椒，翻炒一会儿，下入田螺大火爆炒。田螺非常吃调味料，配料不好一点都不香，所以在配料上要下足功夫。翻炒均匀后，父亲通常还要加点料酒、生抽和白砂糖，放入小半碗开水，盖上盖子焖煮几分钟。最后在起镬前，再撒上一把紫苏叶调味。用紫苏叶炒田螺不仅可以除去田螺本身的泥腥味，更能带出田螺的鲜味，会更加清香诱人。

一盆咸鲜入味、鲜香四溢的生炒田螺端上桌了，如何才能充分感受田螺的美妙？丢掉筷子，捏住螺壳，对准螺口嗍一下，将咸鲜入味的汤汁与螺肉一同吸进嘴里。不要怕吃得满手都是汤汁，只要嘴里滋滋有味、回味无穷。看似简单的吃法，小时候我却要费不少劲儿，因为这个嗍的方法和力道都极其微妙。

舌头顶住螺口，用力一吮，气力要猛，又要短。不猛，吮不出；气长，则会将螺肠子也吸进嘴里。有时，左嗍右嗍总是嗍不上来，使尽浑身解数也不得章法，只有用竹签儿帮忙。长长的竹签儿出场，轻轻一挑，饱满的螺肉弹了出来，吃螺虽然变得简单了，却少了几分嗍的乐趣。不过，也有说法认为，中秋夜食螺就应该用竹签儿挑着吃，这叫"挑鬼眼"。"挑鬼眼"即挑螺肉，至于为何称之为"挑鬼眼"，民间有几种传说，但都找不到依据，想来是民众对于仲秋时节想要驱邪求吉的一种美好期盼吧。

离开家乡那么多年了，再也没有吃过父亲的中秋节生炒田螺。不要说田螺了，在北方菜市场也很难见到一束束绿中带紫、清香油润的紫苏叶，摆在菜摊上鲜得水灵灵的，如朝花初露。只有在吃日本料理时，才能见到吃生鱼片时必不可少的陪伴物紫苏叶。时近中秋夜苍茫，乱云又飞渡，遥望千里烟波处，正是旧时庭院。岁月如驰，汤汤川流，中秋节食田螺，依然是我记忆中不变的家乡味。在我的心里，吃田螺的乐趣，不仅在意犹未尽的一嗍里那满嘴的咸香鲜嫩，还在于这种"甘其食，安其居，乐其俗"的生活态度，哪怕是平头人家、小门小户，食小鲜、过日子，也同样怡然自得、有滋有味。父亲用他的勤勉巧手为我无忧的童年撑起了一片晴天，让被温馨生活滋养过的我从此一生精神富足。

"桂魄飞来，光射处，冷浸一天秋碧"，多想在一轮遍洒银辉的中秋月下，再嗍嗍家乡的紫苏田螺！

中秋夜的柚子

在我的故乡，说到中秋节的必备品，还有一种是不可或缺的呢！那就是一只大柚子。

大概因为"柚子"与"佑子"谐音，是希望月亮保佑的意思；或是谐音"游子"，中秋是团圆节，取游子回家团圆之意；理解成"有子"也可以，有人丁兴旺的吉祥寓意。从食品的角度，吃了甜月饼，再吃点甜酸的柚子，既开胃，又解腻，还补充维生素 C，大鱼大肉的家宴后，吃几瓣柚子，口腔有清爽感，让中秋月圆的美好夜晚荡漾在一种淡淡清香中。吃完了果肉，柚子皮可以剥成花瓣一样的形状，给小朋友做帽子玩；可以用来做柚皮糖、蜂蜜柚子茶；削去柚子皮绿色部分，白色部分切片，焯水后挤出水分，反复浸泡去涩，可以做成柚皮酿肉等很多南方菜；还可以放进鞋子里、冰箱里除味，柚子皮是天然的除味剂。柚子皮如果能保存完整，晒干后就是一个在米桶里舀米的柚皮碗，超级结实好用，防虫防蛀；如果在完整的柚子皮底部掏一个洞，还可以用来做花盆，种一些薄荷之类的小植物，柚子皮做的花盆通风透气，野薄荷长得蓬蓬勃勃，挺立着一身明亮的嫩绿，与圆润明黄的柚子花盆相得益彰。

每一个打开的柚子，都像一个完整的小小星球，黄澄澄的果皮，海绵状的白瓤，汁水丰富的果肉，排布其中的种子，所有的内部结构都紧密地互相契

第一章
一碗童年的甜米酒

合。慢慢地剥开芳香厚实的柚子皮，一瓣一瓣地吃，通常得一大家子人才能共同分享吃完它。在我们家，每年中秋夜都得备这么一只特大的柚子。离开故乡这么多年了，这种中秋夜的家庭仪式感依然印象深刻。仪式感不是说要多么隆重的场合，也不必准备过于奢华的装备。只要使得某个时刻、某件事情与日常生活中的有不同之处，就能让人印象深刻。什么是仪式感？就是某一天与其他日子不同，某一时刻与其他时刻不同，中秋夜的柚子比所有时候的柚子都好吃。

为了这一只中秋夜的柚子，要用一年去等待这只果子的轮回。春天，柚子树开出了花，当你走近，那阵阵香气扑面而来，在油亮翠绿的叶片烘托下，簇簇白花格外耀眼。夏天，柚子树结出了像青色的小皮球一样大小的柚子，看起来充满诱惑，可这时吃起来还又酸又涩，因为这时柚子还没有成熟。秋天，青柚子变成了椭圆形黄色的柚子，一串串压弯了树枝，远远看去像一个个黄色的小葫芦。这时候千万不要有台风天呀！柚树高大，树冠开张不抗风，这时满枝丫高举着沉重的果实，台风过境可能会引发大量的落果。中秋节前后，心心念念的柚子终于熟了。实大如瓠，香甜多汁，单果重一般有三四斤，特别大的柚子会有六七斤。如果你在春天站在繁茂的柚子花叶底下，被浓浓的香味笼罩过，你一定会被那些隐匿在花叶下不动声色的洁白娇小生命所打动，感叹它们所隐藏的浩瀚的能量：盛开时花香四溢，收获时硕果累累。

这些年，老家的柚子，总会穿越千山万水来到我身边，仿佛在提醒我这个游子，它们来自故乡。每年中秋之夜，在北方的月下，一只大大的柚子总是分吃不完，这只过于丰硕的金黄果实啊，还是最适合相聚一堂共享美食的团圆餐桌。

在亚热带的阳光下

风中吹送来柚子香

夜晚到来，就坐在柚子树下

看柔和的闪电照亮枝头

亚热带季风的河岸

洪水来回涨落的桥

少年的你穿过岁月

手捧着一只圆滚滚的柚子

一定有人离开了会回来

回到漫山遍野的柚子林

如同飞鸟在远离山林的地方

从未真正与山林分离

第一章
一碗童年的甜米酒

小满吃豌豆

每到春夏之交，餐桌上少不了一盘鲜嫩翠绿的豆。区别只在烧法不同，有时青豆是配角，炒青豆虾仁，和红椒、胡萝卜、鸡肉搭配在一起，做一道滑嫩清脆、五彩缤纷的五彩鸡丁，或者做各种什锦炒饭；有时青豆是主角，用盐水煮或是油盐清炒，又或者加点雪里蕻、加点肉末，怎么烧都好吃。这里说的青豆，就是豌豆或毛豆。

青豆这个概念很奇怪。一般大家说青豆都是说青绿色的大豆，但维基百科给出的"青豆"词条会直接跳转到豌豆。同时维基百科的大豆词条又有说青绿色的大豆为青豆，并与青豆仁的豌豆区分。人们经常不能将这两种豆分辨得明明白白的。毛豆，就是黄豆只长到八分熟时采收的鲜豆荚，因为外皮有很多细毛，大家叫它毛豆。这时的黄豆正值豆蔻年华，豆荚尚未完全饱和，一颗颗豆子也非常鲜嫩青翠。其实在剥豆的时候，豌豆和毛豆的区别非常大。豌豆豆荚坚实而圆润，剥开后豆子紧挨豆子，豆子间没有很宽的豆荚间隔，每荚有豆子五到七颗，豆子几乎呈球形。而毛豆的豆荚毛茸茸的，密被褐黄色长毛，每荚有豆子两到三颗，豆子呈椭圆形。当然，现在市场上也经常出售剥好的青豆，新鲜的或冰冻的，一般来说也是能辨别的，个头大些的是毛豆，豌豆相对更小。

五月是豌豆的全盛期，买一堆带回家，把豆荚去掉，就可以享受到这个季节独有的乐趣——煮青豆。青青的小豆子，透亮温润，饱满浑圆，像一颗颗翠绿的宝石，让人看着就心生欢喜，有一种悄然而至的清爽感。春末夏初，是青豌豆先登场，等到盛夏时节，天气闷热的时候，才是毛豆的主场，这个时候就可以开瓶冰啤酒，搭配盐水煮花生、毛豆了。无论豌豆还是黄豆，都是极其年轻的时候，才是一个个嫩绿色的豆荚，里面是如珠如玉的小青豆，只要豆荚再长一长，变老之后都会发黄，只是颜色稍有不同，干豌豆表面的颜色呈青色和黄色，干黄豆表面的颜色呈淡黄色。

　　说起来，黄豆原产自中国，但豌豆是外来的农作物，原产地在地中海和中亚细亚地区。早在张骞之前，豌豆的茎蔓就已经过印度，顺着中亚细亚蔓延到中国了。豌豆是地球上最古老的蔬菜之一，在全球范围内广泛传播，当前是世界第四大豆类作物。在西餐中，我吃过豌豆培根意面、豌豆泥配煎鳕鱼，还有豌豆浓汤，看起来豌豆受到全世界人民的热爱。难怪在欧洲文化中，有不少与豌豆有关的故事和传说。比如，在安徒生童话中，《豌豆公主》绝对算得上耳熟能详之作。故事讲述的是一位王子想要娶一位真正的公主为妻，而一位睡了一晚后浑身变得青一块紫一块的公主成了合格的人选。原来，公主睡觉的时候，身下垫了二十层床垫子和二十床鸭绒被，但仍然被床板上的一颗豌豆硌得浑身不自在，因为皮肤太过娇嫩，被一粒豆子折磨得浑身是伤。换作是别人，在豌豆上睡醒了，大概也没有什么感觉吧？这一切，只能发生在一位真正的公主身上。这个故事的道具不是钻石，不是魔笛，不是玻璃鞋，只是一颗小得不能再小的豌豆。

　　这颗致命的豌豆如此硬邦邦的，说明它是一颗干豌豆，而不是新鲜到冒出水来的青豌豆。在人类食用豌豆的历史中，大多数时候都是吃完全成熟的干豌豆。如今更流行的青豆、荷兰豆、甜豆（甜豆是荷兰豆和豌豆的杂交品种）和豌豆苗等吃法，是最近几百年才流行起来的，这和现代社会的物流系统、保鲜技术直接相关。在欧洲，中世纪之前的人们一般都是吃晒干的豌豆，吃的时候需磨成粉或是煮成粥。有一首欧洲的古老童谣就说得很清楚："豌豆粥吃热的，豌豆粥吃冷的，豌豆粥在锅里，整整吃九天。"个中原因不难分析，新鲜豌豆的生命很短，不耐储存，晒干之后才能远距离运输、长时间保存。但豌豆的口感是这样的，采摘时是它们最甜的时候，一旦豆荚打开，豌豆里面的糖分便开始向淀粉转变，这也是豌豆越放甜感越差、粉质感越强的原因。新鲜的豌豆，粒粒都是软糯清甜的，豆荚结得再老一点，就作为主食杂粮来吃了，晒干磨成豌豆粉，是制作糕点、豆馅、粉丝、凉粉、面条、风味小吃的原料。

我还是更喜欢吃青玉年华的豌豆，春末夏至，在这郁郁葱葱的季节，有什么比一盘鲜嫩翠绿的豌豆更诱人呢？趁着豆子青春正好，赶紧烹饪吃掉它们。一个个豌豆荚，绿莹莹的好像一个个绿色的小房子，里面并排坐着一颗颗绿莹莹的豌豆。当小房子被打开，豆豆们一个个欢快地冲出来，滴溜溜地滚出来，就像小朋友一样蹦着跳着，十分顽皮。剥青豆的人，指间的香气，又鲜又野。用手捧起剥好的青豆，一把流动的绿，在掌间滚动着，骨碌骨碌，圆润可爱，闪着新鲜的光泽。那种丰盛而美好的感觉，也在心头滚动着。

小满的当令蔬食，首推豌豆。豌是豆苗，柔弱弯弯；豆是嫩果，其色青青。豆在豌上生，嫩为时蔬，老作饭食。我理解的小满，既与气候降水相关，雨量增多，江河涨满，同时也与作物的饱满程度有关。而此时，小麦绿嫩，还不能食用，只有青豌豆，豆荚鼓胀，清鲜腴嫩，一盘秀色，可以赏心悦目地端上餐桌。豌豆青，豌豆黄。豌豆黄熟以后，可磨面做杂粮点心，我吃过用干豌豆做的北京传统小吃豌豆黄，虽然入口即化，也很好吃，但未免有些美中不足——它们已经失去了那种新鲜的、喷香的青春味儿了！

新米

千山之外，仿佛看见，在南国的艳阳与蓝天之下，一望无际的水田里的禾苗，在日出而作日落而息的时光中，不知不觉，变成了一片金灿灿又沉甸甸的稻穗。丰收的巨幅画卷让人心醉，一曲丰收交响乐荡漾在天地之间。当农人将第一担谷挑回家之前，总要万分珍重地，手捧一把稻谷，放在鼻子下深深嗅闻。那时节，整个田间，整个河谷，都流淌着淡淡的稻谷清香。那些最虔诚的农人，还保留着最传统的留种方式：每年收获时，到田间去找出最长、最好的那穗留作谷种，来年再将它播下，世代耕种，绵延不绝。平静的村庄，就这样与稻谷捆扎在一起，在田野深处静静地生长，静静地生长。

当谷子脱粒变成了白花花的新米，在手上揉搓，晶莹剔透的，粒粒饱满壮实，带给人最充沛的安全感。这是新碾的米，最干净、最圣洁的大米。新米是乳白或者淡黄色的，透明度高，有光泽，硬度大，用牙咬一下生米，就能分辨出是新米还是陈米。

记得祖母还在世的时候，总有乡下务农的亲朋故旧送来新米。每年吃新米饭，祖母都会选择在一个阳光明媚的日子，桌上摆着几碗白生生的新米饭和几个家常菜，斟上几杯薄酒，敬天敬地还要敬"谷神"。敬完以后，我们才能上桌吃饭。祖母会亲自来煮这一锅新米饭。那时还是柴火灶台的时代，用柴火煮

第一章 一碗童年的甜米酒

饭，其实是一门技术活，饭煮得硬了软了都不行，焖饭也得有技巧，锅巴不能烧煳，但饭要熟、香。不过，当时家家户户都用柴火灶，架火烧饭是过日子的基本功课，自然不成问题。

祖母总是把柴火松松架好，用松毛来引火。将淘洗好的大米放入锅内，稍加搅拌，就细心侍弄起灶火。松毛烧起来吱吱呀呀，柴木烧起来毕毕剥剥，米饭锅里也有响动。祖母时不时拿起灶门口的拨火棍，把柴拨一拨，让灶火烧得旺盛。有一燃就哔哔卟卟的柏树枝，最好玩的是烧那种小竹子，筷子粗细的，烧着烧着，突然噼啪一声，像放爆竹一样，炸得灶里柴灰飞溅。经过干柴与烈火的一番激烈交锋，生米煮成了熟饭。还没揭锅盖，已经闻到带点煳味儿的饭香了。当听到锅里发出噼噼啪啪的响声时，祖母就将旺柴火退了，将灶膛里的剩火拨均匀，让火势慢慢地幽下来，是到焖饭的时候了。一闻到饭煳味就要将灶火扑灭，稍等片刻，柴火饭就算煮好了。为了让年幼的我有零食吃，祖母有时会在灶里留一点微微炭火，可以烤一张又黄又脆的锅巴吃。

刚刚蒸出来的新米饭，米香四溢。每次我都眼巴巴在一旁把火，不顾刚出锅的高温，迫不及待挖上一勺白米饭，轻轻一咬，饱满的米粒在齿间绽开，一股纯美的清香溢满嘴巴，一直向喉咙深处蔓延，最后抵达内心。用新米蒸出来的饭，米粒晶莹饱满、黏糯有嚼劲。那是刚从田间收割回来的新稻谷，就如一曲丰收的赞歌，在空气中弥散着浓醇的稻香，令人着迷。对着冒着热气的米饭深深呼吸，满满的是阳光和大地的味道。

记得祖母最喜欢吃猪油拌饭——从前中国南方人常吃的主食。她有一个有盖的小盅，存放熬制好的猪油凝脂肥膏，每次挑一小块乳白色的猪油，放进热腾腾的米饭中，撒上一把切碎的绿葱，加点海鲜酱油捞饭，非常香口惹味，连菜肴也不用，我们祖孙俩可以吃光一大碗饭，把个五脏六腑安抚得妥帖舒畅。一碗简单的猪油拌米饭，香喷喷的好吃还管饱，白米粒粒分散，颗颗熟透，融化的荤油和绿绿的葱花，泛着诱人的光润，奇香扑鼻，就如香膏瓶打破了一样……那是我温暖的童年底色，难以用词语描述的诱人味道，每一粒米都充满

了幸福的香气，那种幸福和满足只有曾经经历过的人才能体会。

春日栽秧投苗

期待稻花与鱼儿一同丰收

夏至太阳走到西江

便不想往北走了

在北回归线上小憩

温暖的阳光照耀着

照耀着高山和田园

稻米、水牛、香蕉

这里有无穷的生命

这里有丰盛的土地

只能在如潮的乡愁中涌动

那是无法被带走的美丽

在离开泥土的那一瞬间

某种香气就慢慢消失了

咸味的探究

　　端午节就快到了，又是一年粽子节，粽子究竟是甜的还是咸的，甜方辩手与咸方辩手，当然又要一番唇枪舌剑了。北方人打小印象里粽子就是甜味的、塞蜜枣的，而我们南方人，粽子品种丰富多彩，但标配是咸肉粽。如果我在南方老家，这时节，父母该张罗着买粽叶、泡糯米，包一锅四角咸味粽了。对我来说，粽子天经地义就是用五花肉配上五香粉、盐、老抽、曲酒，再加上花生油、白芝麻等调料一起腌制，最后裹上脱皮的绿豆、泡好的糯米，一起用箬叶包好煮熟。吃的时候，或是水煮后直接剥开粽子吃，或是将粽子切片在锅中油煎，一口咬下去，肉质鲜嫩，甘香溶化，香而不腻，唇齿留香。如果嫌味道淡的话，还要加一点海鲜酱油和蒜蓉辣椒来蘸食，咸鲜可口。

　　看过一项研究，婴儿时期，人类会对甜味表现出天然的渴望，但咸味从来就不在喜好列表中，除了母乳或配方奶粉中的少量盐分，我们不会再额外摄入任何盐。随着成长环境的变化，婴儿跟随父母，逐渐开始享用含盐的美食。而一旦孩子过早摄入盐分，可能会使他们一辈子拥有对盐的偏好。我无法解释自己为什么不喜欢甜食而偏好咸味，也许在幼年阶段，由于母亲要上班，断奶早，将我交由祖母来喂养，在那个配方奶粉没有普及的年代，我的饮食肯定受到祖母影响，过早地食用了添加盐分的食品，慢慢建立起了对咸味食物的耐受性，于是培育了我偏好咸味的习惯。

我知道身边有很多人都是这样的。这并不意味着他们的味蕾没有被充分开发过。不少人遍尝过各国特色饮食，去德国吃猪蹄酸菜，去意大利品尝意面、比萨，去西班牙吃海鲜饭，去法国吃焗蜗牛，去日本吃生鱼寿司，去韩国吃冷面、拌饭、参鸡汤，去泰国吃菠萝饭、冬阴功汤……经历过一顿顿觥筹交错的盛宴，经历过生猛的饱食时代之后，他们对于日常饮食的要求，反而是一碗热粥与一碟腌咸菜，就甘之如饴了。如此的纯真单一，带着繁华过后回归本色的倦意。除了他们小时候应该吃过比较多的腌制食物，每个人其实都坚决捍卫着自己一生难以忘怀的童年味觉。此外，还有一个科学解释就是：人年纪再大一些，随着味蕾退化，容易出现"食之无味"，于是越吃越咸。

看来，人和盐有一个稳定的发展关系，在一生中，从无感到适应，从适应到喜爱，再从喜爱沦为上瘾。咸被中国古代称为五味之首，就是甜酸咸辣苦五种味觉里，咸是主味。人类天生就有寻找盐的动力，因为这是生存所必需的。特别是当我们出汗时，身体已经耗尽了钠，这就需要食用更多的钠来恢复血清中正常的钠含量。过度运动、长距离跑步或任何剧烈运动都可能因电解质失衡而引起对盐的渴望。当人脱水的时候，得赶紧补充点盐水，当身体没有足够数量的液体来正常工作时，脱水是身体告诉我们多吃多喝咸味食物的方式。人体本来就是微咸的，盐随着水分在人体运转，是汗的味道，是血的味道。血汗微咸的身体，在人世间的奔波，充满了一种辛苦的味道。

不光人的身体是微咸的，我们所处的地球环境也是微咸的。地球上海洋总面积约为3.6亿平方千米，约占地球表面积的71%。在海上或海边生活，空气中都是咸咸的味道。海洋能给邻近的陆地带来盐分。海浪里的海盐通过海风沉积在海边的环境和物体上，这种盐更接近于牡蛎、海胆等体内的碘化海盐，不光是咸，还有海腥味。即使不在海边，在内陆地区，环境中的盐也是真实存在的，盐来自土壤和水分中的矿物质。"沧海桑田"的意思，就是过去我们的土壤也是海洋的一部分，所以盐是确实存在于土壤中的。含盐量的多少，也是各地风土的一部分。还有以钠的形式存在的矿物质含量，这些钠离子作用于人的神经受体，也会让大脑产生"咸"的感觉。

　　一粒粒咸咸的晶状体，可以碎成更加细密的千万颗微粒，它们用独特的手段，无声无息地参与了我们的生命，让我们的生命津津有味。除了维持人体健康运转和调味的作用，盐还常用来防腐。在没有冰箱的年代，盐是能够"留住时间"的神奇颗粒。用盐腌制各种蔬果肉奶可以保存数月甚至数年之久，盐也腌制了我源自童年时代的味觉记忆并延续一生。

　　生命的光华，铺满了腥咸的海洋和微咸的山川田野。不知道一个人一生的汗水和泪水，到底能提炼出几勺盐？

春天的新鲜

　　惊蛰一过，鲜嫩翠绿的野菜盛宴拉开了帷幕。春天的餐桌上，香椿、荠菜、榆钱、白蒿、苋菜、苜蓿、马齿苋、马兰头、灰灰菜、枸杞头、豌豆尖，都是不能放弃的时鲜。这些春天新鲜萌发的小嫩叶，绿油油的，叶子薄嫩，茎枝细软，甚至用指甲掐一下还带着汁水，让人忍不住想尝尝鲜。清炒，氽汤，拌凉菜，做馅饼，蒸麦饭，熬菜粥，包饺子、馄饨、春卷、汤圆……这些可爱的春菜，吃到嘴里，滋味清爽鲜美，甘腴甜润，溢满清鲜之味。那股独特的清香味儿，就好像坐在了河边，闻到了新涨的春水的气味，好像整个湿润的时节都溅开来了。

　　经历了漫长的萧条寒冬，开春后的盎然绿意怎能错过？人要被困住了，就想去新鲜的地方。每年春来，从身到心，重新活在一个新鲜的世界当中，真是太好了！不说别的，光是转一转春天的菜市场，看那些碧绿生青、新鲜水灵的野菜，热热闹闹、挨挨挤挤的，在一个个篮子里排排卧好，浑身裹着剔透的水珠，一抖便扑簌簌落下来，声响欢快，你能不感到生之喜悦吗？

　　春天是野菜的舞台，没有人能抵御这份碧绿清鲜的诱惑。带一把水灵灵的春菜回家，吃的就是一口鲜嫩和青翠，吃一口，感觉把整个春天都含在嘴里了。不过，这个品尝春鲜的时间周期，是如此短暂。这几日市场上的香椿芽，

第一章　一碗童年的甜米酒

已经不再是油润的暗紫红色，叶片变大了，颜色也由红转绿，开始慢慢变老了。还有春笋，也得在分秒流逝的光阴中，快马加鞭地品尝。记得有一次，我快递收到朋友从江浙寄来的一箱春笋。当天我做了一盆炒春笋，笋肉极其鲜嫩，无涩味、有弹性。可是有整整一箱春笋，只有将当天吃不完的去壳，切去老的部位，入冷水锅，煮滚后转中小火，继续煮三五分钟，全过程保持开盖，然后用冷水冷却，保鲜袋装好，放在冰箱冷藏存放。这样处理后的春笋，第二天吃起来，已经少了几分笋的鲜香了。朋友说，在春意葱茏的江南竹海，一场绵绵春雨后，小竹笋争先恐后地冒出来，清晨，踩着露水进山，看到这样的小竹笋，皮薄肉厚，挖出来之后可以立即生食，入口无渣，散发着竹子的清香，微甜无涩。一根根从泥土中唤醒的笋子，采挖的每一锄、每一寸，都需要特别细心，不能磕碰太多，挖掘后要尽快装运。竹笋要好吃，产地是关键，但另外一点则是时间，越新鲜越好吃。

记得中学课本里读鲁迅的《社戏》，印象最深的不是鲁迅怎么描绘社戏，而是青蚕豆的香味。鲁迅小时候，跟伙伴们搭船去邻村看社戏，途中，一群孩子饿了，上岸偷摘了田地里的青蚕豆（罗汉豆），在甲板上支起小锅煮了吃……你说这样的青蚕豆能不好吃吗？它是刚采摘下来的，新鲜得不能再新鲜了，又直接用河水来煮，洋溢着清新的乡野气息。再加上跟小伙伴们一起摘、一起煮、一起吃，在夜行船上剥食新煮的蚕豆，眼看繁星，耳听流水，肯定别有一番滋味。天下最好的美食不是昂贵、精致、高档，不是靠烹饪技巧制作出来的，而是原始、新鲜与独具个性，而且是食物与环境的完美结合。发现许多食物，都是小时候吃到的最难忘。人在幼年，饮食方面的阅历尚很有限，味蕾还保持着童贞般的敏感，能品尝出食物的原汁原味。这正如初恋，纵然青涩稚嫩，却不可复得。我们常常感叹某些食物不如小时候好吃了，是因为我们舌尖的味蕾在老化，在凋零，逐渐消退了那种对食物的原始热情和新鲜感受。

在孩童阶段，人类的探索和变化能力都处于巅峰，对所有事物好奇，对一切物质都有新鲜感，有一种小鹿来到野生森林的状态，看到什么都有意思。但是，随着人慢慢长大，渐渐地，就像一块易于变脏的木头，落了灰尘，有了油渍，需要不断刨去表面，才能露出新鲜的花纹。此时此刻，阳春三月，万物的新鲜弥漫在空气中，春天的新鲜跳动在舌尖上，大自然的轮回重生，唤起我们久已湮没的童年的感觉。我真希望能够随心所欲地召唤童年，我真希望在我的文字中，可以通过一个永远专注的孩子的眼睛来观察行为和氛围，使用一种与泥土接壤的语言，使句子如同春天生长一样自然，让人一句一句读来，打开所有感官去品味，漫不经心就走进了春天的旷野，看到一行行摇曳的嫩绿新鲜。

第一章 一碗童年的甜米酒

少了粽子不过年

在我的家乡过年，一定要包粽子。没有粽子和年糕，怎么能叫过年呢？

《舌尖上的中国》对此的解释是："几乎所有的中国人都知道一个概念：北方人喜欢吃面食，而南方人则离不开米饭。这是因为一千年前形成的两大农业布局，一个是黄河流域以黍和麦为主的旱作农业，而另一个则是长江流域的稻作农业。因此出现了中国独特的'南米北面'主食格局。"作为面食的一种精致形式，饺子是中国北方的最重要主食，尤其年三十晚上，吃饺子取"更岁交子"之意，在中国人的习惯里，无论一年过得怎样，春节除夕夜合家团圆吃饺子，是任何山珍海味所无法替代的重头大宴。而南方的年夜饭则是鸡鸭鱼肉和米饭，在丰盛的春节餐桌上，少不了由米食转化而来的热腾腾的肉粽子和柔韧筋道的年糕。年糕用粳米制作，经过浸泡、磨粉、蒸粉、揉捣的过程，揉捣后的米粉团在铺板上使劲揉压，再揉搓成长条，一条普通的脚板年糕就成型了。而粽子由于每家制作的馅料配方不同，则承载着家庭的味道，长留在南方孩子一生的记忆里。

小时候，每年春节我们家都要包一大堆粽子。包粽子的主要原料，就是冬叶、糯米、绿豆、半肥瘦猪肉，外加一些调味料及香料，可是工序却极其繁复。首先，采摘回来的碧绿冬叶（当时可以直接上山采摘粽叶），每张先要仔

细洗干净，然后略煮（就是在开水里过一下），接着用冷水再漂洗，程序完成后就可以晾干备用了。猪肉以肥多瘦少相间分布的为佳，用热水过一下，加盐和适量五香粉、曲酒，还有花生油、白芝麻腌制。糯米洗净，泡过，加少许盐拌匀。绿豆经浸泡以后脱皮。包的时候先在手心里铺上冬叶，窝成一个漏斗的形状，然后按一层糯米、一层绿豆、一块猪肉、一层绿豆、一层糯米的顺序铺好、包紧，用水草绑牢，出来就是一只有棱有角的美味肉粽子。我记得母亲包的粽子形状总是特别漂亮，呈枕头状或四角山包形。有时在我的央求下，母亲会包一只特别大的专门给我，一只未经蒸煮的粽子重达一斤以上，绑绳打结时做一个标志，这个爱心粽子只为我私享。当然，其实每次吃这只粽子，我都要邀请母亲和我一起分享，因为一个人根本吃不完。

粽子包好了之后，父亲用砖头在路边搭出一个大灶，用一个大水缸来煮粽子，要煮足八到十二个小时，中间不能断火，加足水量，用柴火，通宵值班烧制，因为一边蒸煮一边还要加入大量的开水。左邻右舍都在这个时间包粽子、煮粽子，于是家家户户都火光熊熊，大人小孩守到天亮，煮粽子的香气飘满了整条巷子，那种热热闹闹的景象真是让人开心。现在回想起来，心里总有点暖暖的感觉。刚煮出来的粽子最好吃了，香香糯糯的，我总要一口气吃上两三个。粽子煮熟煮透之后，满溢的绿豆和融化的肥猪肉不分彼此，香气四溢，入口甘香溶化。如果嫌味道淡的话，可以加一点海鲜酱油和蒜蓉辣椒来蘸食。如何表达它的美妙呢？来北方那么多年，还是吃不习惯北方的甜粽子，因为吃过南方那种用糯米、绿豆、猪肉、花生油、白芝麻等精制而成的咸粽子之后，其他粽子已是浮云。

虽然在现代化流水线上，粽子这种古老的食物，已呈现出与传统方式不一样的生命力，许多食品车间里，每一个工作日，就会有大约一百万只粽子被生产出来。但是，在春节来临前，许多恪守传统习俗的南方家庭，还是会忙忙碌碌地买粽叶、泡糯米，自己下厨来包一锅南方咸味大肉粽。现在，我们家每年只包十只左右，用高压锅来煮，再也不见当年横街窄巷，家家户户在路边砌灶，用大水缸煮粽子的热闹景象了。时代的变迁，让粽子这样的传统美食逐渐消失在坊间，包粽子的工艺繁复，大费周章，让许多快节奏生活的年轻人望而却步。

母亲再也不需要为一大家子人包小山堆一样的粽子，我们都长大飘零在外了。但母亲心态好，开始如绣花一般精致地包粽子，除了用传统的糯米、绿豆和半肥瘦猪肉外，她还在其中加入冬菇、腊肠、腌肉、蛋黄、干贝、叉烧、海米、栗子等等，馅料可以说相当丰富。就像小时候可以吃到母亲为我制作的打上标志的特号粽子一样，如今早已成年的我，每年依然可以幸福地吃到母上大人牌的私房粽子，馅料配方独此一家、别无分店，与满街都有得卖的那些大路货完全不同。在几乎所有的传统手工食品都已经被放到了工业化流水线上复制的今天，中国人，这个全世界最重视家庭观念的群体，依然在一年又一年地重复着同样的故事：北方在围桌包饺子，南方在洗米包粽子。

如果过春节觉得年味越来越淡，一定是哪里出了问题。多少离家在外的人，少了家人的张罗，过节的时候，即使存心想好好过一下，也不知道该如何下手了。记得的话，就从超市买点现成的饺子、粽子、元宵什么的来吃；不记得或者是嫌麻烦的时候，干脆就一切照旧地蒙混过去了。其实，无论饺子还是粽子，无论是什么节日，只要是一家人聚在一起，热热闹闹的，相互分享，吃吃喝喝，笑语喧哗，就已经有过节的浓浓气氛了。

玉扣纸与纸包鸡

　　我的家乡广西梧州，有一道名菜叫"纸包鸡"。据文化学者考证，纸包鸡作为宫廷贡品和日常主菜的历史至少已有 2200 年，始创于岭南地区。公元前 204 年，赵佗建立南越国，定都番禺（今广州），当时的南越王宴就是以纸包鸡作为主菜。公元前 202 年，刘邦称帝，建立西汉王朝，赵佗以纸包鸡作为贡品献与刘邦，刘邦诏封赵佗为南越王，天下归于大一统，纸包鸡成为南越国向西汉王朝年年进贡的贡品。民国时，梧州著名饭店粤西楼，聘请粤菜名厨官良坐镇，以纸包鸡作为酒楼的招牌菜，名声大振、客似云来，粤西楼成为岭南饮食业中首屈一指的"金漆招牌"，名扬海内外，社会上流传着"食在岭南，不能不尝纸包鸡"的说法。在我小时候，已经很少吃到纸包鸡了。纸包鸡的做法是，以本土农家散养三黄鸡为原料，切件后，配以老抽酱油、姜汁、八角、茴香、陈皮、草果、红谷米、古月粉等调味料及葱白粒腌制，缀以少量白酒，以玉扣纸逐件包裹，再以花生油入锅浸炸而成。独创的隔纸浸炸烹饪法，可以锁住鸡肉及调味料原有的味道，鲜嫩甘滑、醇厚不腻、色泽金黄、气味芳香。其实菜本身不难做，然而问题出在了纸上。"纸包炸鸡"的点睛之笔在于纸——玉扣纸。

　　玉扣纸，是一种传统手工造纸。《天工开物》记载："凡造竹纸，事出南方，而闽省独专其盛。"这种用春笋作为原料，采用最原始的蔡伦造纸法制造的土纸，普通的叫毛边纸，其上品称"玉扣纸"，因纸质细嫩柔软，色泽洁白如玉而得其名。"扣"，是计量单位，等于现行的"刀"。兴于南宋时期，在当时被列为皇室贡品，因其托墨吸水性能好、耐老化，既适宜于毛笔书法，又可用于印刷古籍和作画，备受历代书法名家的喜爱，在中国书画界颇具名气。这种纸张颜色特别清洁，拉力强、吸水性好，质地结实，不易老化腐蚀，不仅历来为国家档案、史集、佛经、族谱、账本、重要契约等所选用，在我家乡还可以用来做菜。先用猪油把玉扣纸浸透，再包裹腌好的鸡块入高温中油炸。玉扣纸具有透气功能，纸张吸油后变柔韧不易烂。没有这种卫生无毒、色泽洁白、张片均匀、柔韧坚致的纸张，纸包鸡是根本无法做出来的。如果这种纸失传了，这道菜也就逐渐消失了。

　　玉扣纸的制作可谓传统手工纸制作中的典范，其制作工艺十分复杂，耗时也比较长。玉扣纸的每个制作过程都十分讲究，是选用新生的笋竹、散开枝丫上的未开叶的竹子作生产原料。每次吃纸包鸡的时候，一层层剥开那张又大又薄、光滑柔韧的玉扣纸，一股奇香扑鼻而来。想到玉扣纸是以清香的春笋和清澈的山泉水为原料制作而成，就觉得自己像一只幸福的大熊猫。为什么呢？因为大熊猫原本是吃肉的动物，为了躲避人类，退缩到人迹罕至的密林深处，改吃竹子，并且它几乎完全靠竹子为生。一只体重100公斤的大熊猫，在春天里每天可以吃进50公斤以上的新鲜竹笋。采食如此大量的食物，大熊猫每天需要花费12至14小时的时间才能填饱肚子，勉强维持其新陈代谢的平衡。如果一只大熊猫能够以新生的鲜嫩笋竹，包裹着肉块大嚼，该是多么幸福啊！笋是竹子整个植物机体活动最旺盛的部分，厨师偏爱以笋入菜，是因为笋的材质单纯，极易吸收配搭食物的滋味。由前世之笋衍化而来的玉扣纸，包裹鸡块成春卷样，铺平在油锅中炸制，纸的光滑面朝外，这样可以起到隔离油的作用。以花生油入锅，在高温浸炸中，玉扣纸的香味完全渗透到鸡肉中。清香与厚实都蕴藏在这一个小小的纸包里面。

突然格外想念家乡的纸包鸡，拆开纸包的瞬间爆发出的香气，只能用震撼来形容。当下，冬日里那些滞呆、那些笨重，已次第走远，欣欣然的一个懒腰里，一切都在苏醒。夜里梦中，恍恍惚惚，听见了春雨淅沥中笋的拔节声。三月，江南的春笋开始上市了，那些带泥的尖尖笋子，正在迎来一年之中最甜嫩的季节。没有绵绵春雨润如酥，何来一年一遇春笋鲜？越是在湖边、溪畔的竹林，发笋发得越是旺盛热烈。一根根初春的竹子，先是冒出笋尖，然后生长、生长，终于，向着天地之间，缓缓地展开今春第一片纯净的嫩叶。它会有成为玉扣纸包裹一道美食的命运际遇吗？

第一章　一碗童年的甜米酒

清明采艾去

"彼采艾兮，一日不见，如三岁兮！"那个采艾草的女子啊，他已经一整天没看见了，好像隔了三年啊！每每《诗经》读到此处，我都在想：那采艾的纤纤素手，落在了哪一枚翠绿叶片上呢？那采艾的女子，去了哪儿呢？她，可知晓，他，已望眼欲穿了呢？千百年来，艾草素幽的清香一直氤氲在已然泛黄的诗卷里。

那是一种在春天萌发、茂盛的芳草。一夜春雨潺潺，田间地头、屋角树根，苏醒过来的春天，用她那双神奇的手，此处彼处，丛丛茸茸，绣上了一层绿莹莹的艾草。这是早早到来的报春草，一下子大片大片地涌了出来，顶着春寒，长出嫩嫩绿绿的叶片，叶片上还覆盖着一层薄薄的白色绒毛，就好像是拂晓的霜露沾在上面。走近细看，艾草是纤弱细巧的，一棵就那么四五片翠白相间的叶片，叶片只有无名指大小，贴着大地生长，在风中柔柔地招展着。茸茸叶片，脉络清晰，叶形如菊叶，饱满莹润，泛着清亮的光泽。轻轻揉捻那锯齿形的叶片，会闻到艾草特有的清冽香味，就像霜降的早晨打开窗户，扑面而来的气息一样，清刚明亮，让人头脑为之一醒。

艾草是很重要的民生植物，一直萦绕在民间的烟火里，那样真实，那样洁净。在南方，端午节重要的活动内容是采撷菖蒲和艾草。艾草为医家最常用之药，我最喜欢采集初生的新鲜艾草，用水洗净后装入袋中绑紧，放入适当的锅中，在不使之冒出的情况下，煮半个小时左右，将煮好的汤汁倒入浴水中，就可以好好地享受一个充满森林气息的泡澡了。还可以煮成艾草茶饮用，最好是热饮，那种温煦的味道缓缓入喉，流过胸腔，全身便由内而外地温热起来，平时手脚冰冷、腰酸背痛的症状会大大缓解，脸上也散发出血气良好的明亮光泽。

艾草还含有多种维生素！日本食品和糕点中经常使用艾草，韩国人也常用艾草作烤肉佐料。在我的故乡，艾草可以单独加工成小吃，乡人叫作艾糍。春艾可以任意采摘，不像夏季艾草茂盛时，只能选采叶芽茸白的。初春的艾草通体翠白、叶嫩枝脆，最是蕴含着早春时节的微妙滋味。提个篮子到山间泽畔走走，所谓水草丰美，水盛处，艾草必定长得繁茂肥嫩，大自然的馈赠是何等的丰足，还没走出多远，竹篮子里的艾草就要满出来了。把艾草采回家以后，拣择洗净，用开水将艾草汆一下，那艾草顿时就绿油油的，褪却了白色的绒毛，随着热水的蒸气，一种淡淡的沁人心脾的山野清香飘溢满屋。

艾草入锅烫过，切碎后再入干锅加糖拌炒，这就是窍门所在，经这一道手续，会让艾糍更有 Q 劲。接着趁热混入白米糯米和成的米团中，经巧劲揉捏均匀，米团呈青绿色，就可准备馅料了。不要用什么搅拌机之类的，用洗净了的双手轻捻慢拢吧，焕发的春日就在你的手掌中软融。这是最原初的加工艾草方式，这样既不损害艾草的纤维，也使艾草很自然地变成深绿的草茸状态。通常的比例，是百分之三十的糯米粉和百分之二十的大米粉，以及少许的糖与艾草泥搅拌均匀，做成一个个圆圆的粑粑。

馅料可甜可咸，咸的话用猪油做底，先下香菇虾米爆香，再置豆干肉丁爆炒，最后放入萝卜干丁及切碎的青蒜拌炒至喷香扑鼻即可。甜的话就是捣碎的花生芝麻或枣泥红糖之类。将馅料包入柔韧有劲的米团中，一个约莫手掌心大小即可，接着放进已铺好芭蕉叶的蒸笼里，或是用剪成长条状的芭蕉叶子包裹起来，放在蒸笼里面。蒸个十来分钟就可起锅了。很神奇的是，明明是浅绿色的米团，经过一番蒸腾却变成了墨绿色，且那艾草芳香也慢慢溢了出来。刚出笼的艾糍是什么滋味？幽幽的清香，淡淡的甜味，唇齿之间柔柔的、糯糯的口感！在初春里，品尝艾糍，就是品尝春天的味道，凝露翠叶的纯净美味！那股艾草的异香，化进嘴里，便也烙进了记忆里，回味悠长，令人难忘。写到这里，瞬间儿时的记忆都回到眼前来了。

窗外，春雨似有若无，润物无声，多少幼嫩的艾草正在潜滋暗长啊！风轻云淡，翠色连天，陌上青草绿如织。一条清浅迂回的溪流边，艾草临水而居，青碧碧的，在那青翠浓密的百草丛中卓然挺立，淡淡然，浅浅笑，如临水照花的女子，温婉柔美。

苦尽甘来的
余甘子

近年来，某茶饮店开始推出"玉油柑'这个概念的茶饮，号称66个油柑榨出一瓶350ml的果汁——可见玉油柑不是橘子，而是很小很小的一种神秘果实。这款创意饮品的口味比较特别，喝下去"三秒微涩，五秒回甘"。其原材料，来自北方人不熟悉的一种南方野果——余甘子。

余甘子是大戟科叶下珠属的植物，又名油甘子、牛甘果、庵罗果等，两广地区、云南、福建、四川等地多产。南方很多省的"余""油"二字的读音差不多，所以可能就误读成油柑子了。余甘子起源于喜马拉雅山脉和印度方向，不过它来我国安家落户的时间比较早，1700多年前就来"报到"了，因此在中国有着悠久的历史，在我国南方很多省份都有野生和栽培的余甘子。在英语当中，把余甘子叫作"印度醋栗"，也说明了它的原产地。余甘子的梵语名字叫 āmalaka，意思类似于"无垢之果"，意义颇为神圣。据印度经卷记载，阿育王送给佛教僧伽最后的礼物就是余甘子。我国就把它翻译成庵摩罗或者庵摩勒。甚至直到清朝，庵摩勒还是余甘子比较官方的名字。

余甘子这种野果，植株可长到10余米高，但仅1米高时即可结果。果实为小圆球状，小如弹丸，比葡萄、橄榄都要小，一颗颗颜色介于黄绿之间，似李似杏却又非李非杏。生吃余甘子，肉质细腻、圆润。刚入口后略干，满口青涩的味道，嚼含一会儿后，口里回甜回甘，吞咽后口里一直长时间保持舒润甘甜。这种野果的得名，就由此而来，回味甘甜，故名"余甘子"。很多人第一次吃余甘子时，都是一副痛苦的表情，仿佛吃了一个还未脱涩的柿子。但忍住这股酸涩多嚼几下后，慢慢地，就有一股清爽的甘甜回荡于喉舌间，细闻还有类似葡萄的淡淡香气。这时喝上一口白开水，仿佛水都变甜了，满口清香，回味悠长。这大概也正是余甘子滋味的妙处。

如果生吃觉得涩味较浓，可以装在一个容器里，再泡上些辣椒盐水，泡久了苦涩之味就会被掩盖。这时可以把它拿出来像梅子一样含在嘴里慢慢品尝。儿时记得有人专门做盐渍余甘子的，装在罐子里沿街叫卖，等着赶路的人停下脚步，买上一勺润润嗓子。也有用酱油浸泡，做成下粥的清口小菜的。在余甘子成熟的季节，大批采摘回来，有人会做余甘子果脯。上屉蒸至半熟，这样便于果核剥离，一个个剥核后，用刀拍碎果肉，便于入味，然后用白糖、冰糖腌制，再在大日头下晾晒上好几天，就是好吃的余甘子果脯了。除此之外，我的家乡也有拿余甘子煮汤的，余甘子蜜枣煲猪瘦肉，余甘子木瓜雪梨汤，都是有润肺功效的汤水。记得儿时邻居家经常煮余甘子猪肺汤，买回来一副猪肺，泡入水中用手挤洗干净，放入开水中煮五分钟，捞起过冷水，滴干水，再把猪肺、余甘子、雪梨、川贝母放入开水锅内，文火熬制两到三个小时，这道汤据说可以治哮喘。还有做余甘子糖串的，做法和北方做山楂糖葫芦完全一样，长一点的糖串会串上十多颗余甘子，短一点的至少也有四颗。经过糖浆的"美化"，原来还是涩口的余甘子，就已经华丽变身为孩子爱吃的零嘴了。

余甘子还可以酿酒，看过《长安十二时辰》的朋友可能记得，里面提到了"进口美酒"三勒浆，酿造原料里就有余甘子。三勒浆的名字的由来，与它的原料有关。据《唐国史补》记录："又有三勒浆类酒，法出波斯。三勒者谓庵摩勒、诃梨勒、毗梨勒。"这种来自波斯的胡酒，是由三种外来的药用果实庵摩勒、毗梨勒、诃梨勒（合称三勒，因为它们都是"勒"字辈）经过加工而酿成，应该算是一种果酒。三果之中，毗梨勒就是今天的油榄仁，诃梨勒就是藏青果，庵摩勒就是余甘子。因为三勒浆"味至甘美"，"饮之醉人，消食下气"，所以它在唐代社交宴饮的场合里有一席之地。因为它跟葡萄酒一样，属于当时的舶来品范畴，所以我猜测价格应该不菲。除了高官名流使用三勒浆宴客，彰显各自的身份和地位，与此同时，皇家也关注到了这款尊品。元代文献《秋涧先生大全文集》载："唐代宗大历间幸太学，以三勒浆赐诸生。"当时，三勒浆是皇帝赐给各位太学生的佳品，作为考科举的学生而言，是荣誉的象征，可见三勒浆的地位相当于中唐时期的拉菲，是成功人士的标配。唐末，三勒浆的配方一度失传。直到元代御医许国祯根据史料，复原了三勒浆，进献给忽必烈。但元朝覆灭后，三勒浆又随之烟消云散。反正如今没有这种酒了，一声长叹！

不过，就算不能喝到三勒浆，下酒嚼食几颗余甘子也是好的。苏东坡是出了名的喜欢吃的诗人，他在《游白水书付过》中写道："到家，二鼓矣。复与过饮酒，食余甘，煮菜，顾影颓然，不复能寐。"苏轼与儿子苏过游玩一天之后，回到家中饮酒，还不忘嚼些余甘子下酒。黄庭坚与秦观、张耒、晁补之都游学于苏轼门下，合称为"苏门四学士"。黄庭坚为余甘子写过很多诗词，妥妥的余甘子代言人。我印象极深的是一首《更漏子·余甘汤》，词中黄庭坚称余甘子为"席上珍"。秦观被贬广东雷州时所写的《海康书事十首》也提及"余甘汤"，以"粲粲庵摩勒，作汤美无有"赞美余甘子做汤鲜美无比。不知道是由于苏轼喜欢就经常请四学士吃，还是当时汴京上流社会文人雅士中本就有食余甘子的风尚。

唐宋有余甘，悠悠越千年。大部分人吃水果，第一印象就是"甜"，甜滋滋的味道让人心情舒畅。余甘子那有点涩又有点甜的独特口感，让它不能被当作普通水果来对待，人们需要加工，榨汁、泡酒、腌制、蜜饯、熬煮……如果有一天，你碰到了这其貌不扬的圆球状小果子，可以尝试生吃一下，记住一定要熬过前面几秒的酸涩考验，然后味蕾就会转化一份惊喜给你。这种小小的果子，完美地诠释了什么是"苦尽甘来"。余甘子的味道，就是反对简单直白，支持纵深的味觉探索，只有回味思量，才能一点点品出它富有层次的微妙滋味。

启动魔法的蛋糕

"母亲着人拿来一块点心，是那种又矮又胖名叫'小玛德莱娜'的点心，看来像是用扇贝壳那样的点心模子做的。那天天色阴沉，而且第二天也不见得会晴朗，我的心情很压抑，无意中舀了一勺茶送到嘴边。起先我已掰了一块'小玛德莱娜'放进茶水准备泡软后食用。带着点心渣的那一勺茶碰到我的上腭，顿时使我浑身一震，我注意到我身上发生了非同小可的变化。一种舒坦的快感传遍全身，我感到超尘脱俗，却不知出自何因。"

这是法国作家普鲁斯特小说《追忆似水年华》（*À la recherche du temps per-du*）中的一个段落，叙述者马塞尔（显然是以普鲁斯特本人为原型的）把一块玛德莱娜蛋糕浸泡在茶水中吃，这味道使他瞬间想起了他的童年。他不自觉地记忆回放，回想起小时候礼拜天去教堂做弥撒之前，姑妈给他吃蘸茶的小蛋糕的情形。原来，玛德莱娜蛋糕的滋味，一直镌刻在他的脑海里，让他日后一尝到这种"精致的欢愉"就会想到永远逝去的童真、亲情和家人。

当年，吃货属性的我读到此处，立马有个疑惑萦绕在心中：玛德莱娜蛋糕究竟有多好吃呀，居然有这么神奇的时空穿越力？很多年后，我终于吃到了心心念念的玛德莱娜蛋糕，不过是平凡无奇的小海绵蛋糕，丰满肥腴的贝壳形状，金黄色的诱人色泽，基本成分是面粉、糖、鸡蛋、杏仁或其他坚果。稍特别之处，就是吃起来有一股清新的柠檬味。因为这种蛋糕在烘焙之前，在面糊中特意加入柠檬皮屑，需要事先将洗净的柠檬用擦丝器擦出细屑，只要表皮的黄色部分，因为柠檬皮的白色部分会发苦。应该没有人不喜欢这种阳光明媚的柑橘类香味吧？柠檬的香气和酸度给人以清新感，连那一抹清浅的黄色都自带小清新风格，而烘焙成海滩假日风格的贝壳小蛋糕，实在是一种绝妙创意。玛德莱娜蛋糕最好是出炉时趁热吃，口感细腻，香甜细滑，带有柑橘的清香和黄油的浓郁，酥脆焦香的饼底，柔嫩香甜的饼芯，吃在嘴里，让人的味蕾如同在夏日的南方海边轻盈游荡！其实当时我可以选择各种口味的玛德莱娜，柠檬、肉桂、焦糖、果酱、抹茶、卡布奇诺、巧克力……但我还是坚定不移地选择了最忠实于原著的柠檬风味玛德莱娜。

享用这小巧圆润、散发柠檬香气的玛德莱娜蛋糕，配合一杯醇香的红茶或黑咖啡，或一杯温温的牛奶，固然是非常美好的下午茶时光，但可能我对玛德莱娜蛋糕没有什么记忆贮藏，所以根本体验不到普鲁斯特式的震撼瞬间。当然，玛德莱娜之于普鲁斯特，完全只是一个象征，也就是说，在他的书里，玛德莱娜换成巧克力蛋糕，或者萨瓦林蛋糕、马卡龙蛋糕，其实是一样的。一种东西所存在的形式根本不重要，重要的是它所承载的一段记忆。普鲁斯特《追忆似水年华》中关于小玛德莱娜蛋糕的味道，他在门廊等待弗朗索瓦斯的时候潮湿而陈旧的墙壁散发出的清凉霉味、下午五点钟的钟楼、太阳照临广场时的颜色、气温、市场上的尘埃、斯万夫人所用的香水的气味，以上种种，以他的神经系统奇妙地接收到的过往的信息，似乎极其真实而细腻，但实际上也是非常主观的。那是独属于他的神启时刻！

玛德莱娜小蛋糕，是普鲁斯特追忆似水年华的起点。起初，他不知道这种感觉是什么，但后来他突然意识到，混杂着蛋糕渣的红茶的味道，打开了他孩童时代隐藏的记忆之门。每当把祖母送来的蛋糕浸在茶中，往事随即汩汩而出……上锁的记忆陡然被触发，让人再度与流逝的时间重逢。正如普鲁斯特所说："当人亡物丧、过去的一切荡然无存之时，只有气味和滋味长存，它们如同灵魂，虽然比较脆弱，却更有活力，更加虚幻，更能持久，更为忠实，他们在回忆、等待、期望，在其他一切事物的废墟上，在它们几乎不可触知的小水珠上，不屈不挠地负载着记忆的宏伟大厦。"当童年的气味和滋味浮上心头，所有的描述和叙述都是苍白的，唯有记忆，是最真实的。

如果没有这种若干年之后的记忆重建，人生中一段时期的事情就会被长久地遗忘了。普鲁斯特因为对这种蛋糕的味觉回忆，写出了长篇文学巨著《追忆似水年华》，因此也将玛德莱娜蛋糕推上了历史舞台，成为一款带有怀旧情感的小蛋糕。不过，我怀疑是不是每一次，茶水浸过的小玛德莱娜蛋糕，都能以独特的气息和味道，不折不挠地支撑起普鲁斯特的记忆巨厦？重建记忆或许可以分为两种，一种与视觉和空间有关，比如有人重走某处古村落或历史遗址，每到一处总是要依赖文字（日记、回忆录、地方志与档案）和语言（与当地老人的谈话）来重建遥远年代某个地方的模样，这是智性的，需要动用逻辑、耐心和想象力。但另一种重建是偶然的、浮现的、突如其来的，为了恭迎它有时甚至需要关闭视觉，这样其他感官才能充分打开。这种不由自主的回忆，倏然而至，无法把握，人只能谦卑地去期待。不是每次玛德莱娜蛋糕都有魔法，人也不是总能得到"重获时间"的机会。

我们想方设法追忆往事，常常总是枉费心机，绞尽脑汁都无济于事。它藏在脑海之外，非智力所能及；它隐蔽在某件我们意想不到的物体之中（藏匿在那件物体所给予我们的感觉之中），而那件东西我们在死亡之前能否遇到，则全凭偶然，说不定我们到死都碰不到。普鲁斯特找到了他的魔法蛋糕，玛德莱娜被普鲁斯特推上了世界的舞台，绝不仅仅在于它本身的美味。它更多时候是一种气味回忆的代名词，人们因为共鸣而为它着迷——毕竟我们人人都有过这样闪回的记忆。

我在什么物件上可以体验到普鲁斯特式的震撼瞬间呢？它轻盈、绵密、气味独特、小小一枚，却可以轻易地在深渊般的记忆里激起千层浪。

我们的肠胃记忆

世界存在太多的未解之谜，仅仅人类自身就有太多的迷惑。人类身体上很多的难解之谜是存在于我们大脑中的。大脑是一个让人感到迷惑的器官，尤其是有关生与死、意识、睡眠、幻觉、记忆等问题，一直困惑着人们。就说记忆吧，科学家估计 21 世纪的人类大脑一辈子可以保留大约一千万亿笔的资料，人脑才是真正的超级处理器。记忆是一种自然现象，是过去的痕迹，是一种运动的轨迹。以人脑的大数据、云计算能力，凡是经历过的、运动过的都会留下记忆。所以说，凡是我们体验过的，都不会被遗忘，只不过是被埋藏。

人脑中神经元的数量是已知的，大约为 1000 亿个，其存储量，全球电脑存储器总和也比不上一个人脑，据说，如果硬要给这个终极计算机定义一个多少 G 的内存的话，最少 1824320G，而且只是一个人一生能回忆起的内存。但为什么我记不起三岁以前的事情呢？科学家说，人类在两岁时拥有最多脑细胞，比其他任何年龄段都要多。我想，那个混沌时期、开天辟地的幼小的自己，大脑每秒钟爆炸着超过十万种的化学反应，如同宇宙超级化学实验室，长大其实是一种降维的过程。想想看，即使我们成年，大脑还不是和我们出生时一样大？这也是婴儿有不成比例的大头颅的原因之一。

记忆属于大脑，这是我们已知的认识，人体还有许多未知的秘密，比如肠胃也有记忆。人类的肠胃有一套独立的神经系统，大约有 5 亿个神经元。从某种意义上说，这意味着肠胃也可以"思考"，如同另一个大脑。大脑偶尔会记忆断片，但肠胃一定会帮你牢牢记得，想忘也忘不掉。在熟悉的味道碰触舌尖的一霎，肠胃会发出渴求的指令吧？无论你作为游子身处何处，都能一秒将你拉回过去。哪怕一切都烧了毁了沦为废墟了，只要肠胃记忆支撑着生的希望，一切都可以从头再来。记得在川人向东先生的《路边的川菜史》中有过一段记述，讲的是在汶川大地震后，一对中年夫妇从自家垮塌房屋的废墟中刨出一个大泡菜坛子，夫妻二人抬着坛子，脸上显露出乐观开心的笑容。外乡人可能不以为然，可川人都打心底明白这个泡菜坛子的分量。对这夫妻俩而言，找回了泡菜坛子，也就等于找回了生活的希望。

肠胃记忆是什么样的呢？胃肠有自身的运动，同时又受内分泌和大脑的影响，因而记忆包括胃肠自身、消化腺、神经和大脑。从口开始，我们就可见到记忆的痕迹。面部虽然受遗传的影响，但是不同的生存环境和不同的饮食结构，会使我们的上下颌和牙齿留下不同的痕迹。常吃硬食的人，特别在发育较快期常吃硬食，上下颌比吃软食的发达，生活在艰苦年代的人，上下颌比生活在富裕年代的人发达，农村的普遍比城市的发达，特别是现在的大城市，许多小孩在快速发育期缺少必要的咀嚼，牙齿发育不良的比例相当高，看看身边的小孩子，牙齿长得整齐的真不多，过多的零食让他们常常有龋齿。满街的牙套小孩，都是吃得太精细的结果。

这些记忆或许是可以看见的，而神经和内分泌、消化液留下的记忆常被忽视，与胃肠消化器官一样，为了适应不同的饮食，消化器官分泌消化酶，内分泌腺分泌同消化有关的激素，以及植物神经的支配都会有些差异，这些差异保留下来就是长时记忆，这种记忆对饮食有很大影响。比如吃肉食的动物不吃草，吃草食的动物不吃肉，是因为胃肠有着不同的记忆。常吃素食的人并不喜欢吃肉，而常吃肉的人若几天不吃肉将会很难过。为什么有些人无肉不欢？这是肠胃记忆的结果。记忆会随着时间消退，肠胃留下的记忆也一样，但是在人生快速生长发育期，食物留下的记忆常常会对一生产生影响，这就是为什么妈

妈菜可以决定孩子一生的味觉。小时常吃素食，大了同样喜欢吃素。小时候的常吃肯德基、麦当劳、必胜客，大了也同样喜欢吃。小时饮食风格对成人有很大影响，这就是肠胃记忆的结果。小时很胖的小孩，长大变瘦不易，儿童肥胖可能是终身的，这是因为体内代谢已保留了使其长胖的代谢方式。生物总会去适应环境，适应的过程总会留下记忆，记忆会留下深深的烙印，成为我们此后的路径依赖。

肠胃记忆会记住喜欢的口味，有些人吃饭无辣不欢，有些人吃什么菜都要放点糖，这是因为胃肠道会记住那些给它留下美好记忆的食品，久而久之就会形成某种饮食习惯。肠胃记忆会记住病痛，一旦经历过一次上吐下泻的肠胃炎，约有三分之一的人会留下胃肠不适的"后遗症"，或者容易再度发作。肠胃记忆会记住不规律，过饥、过饱、进食不定时也会给肠胃留下"不良记忆"，破坏其正常的工作规律。我们所经历过的一切，其实在我们身体的条件反射中，历历在目，一切都是有因有果。

记得当年高考过后，领到北上求学的录取通知书，父亲带我取道柳州，坐当时的绿皮火车奔赴北国。临行前在一个小饭馆里，父女俩吃了最后的一顿广西特色饭。广西柳州多山，山中多竹，春天里漫山遍野的笋子开始冒尖，提着篮子上山砍笋，砍回来的鲜笋不宜久放，最好是马上剥壳，切成片或丝，用凉水泡一晚，次日便可拿来炒肉末或辣椒，多放点油，味道一定鲜甜。但是在柳州，最经典的吃法还是将笋先腌制成酸笋，然后才用来炒牛肉或烧鱼，或者加上嫩豆腐做汤。把笋泡酸，是为了便于贮存而形成的味觉转换。要论柳州的饮食，其香辣不及川湘，清雅不及闽粤，能杀出一条血路的，就只有柳州独有的酸笋螺蛳粉了。来过柳州的人都知道，柳州满城飘散着臭酸笋和螺蛳味道，柳江河边，经常可见从上游运送酸笋的船在渡口码头起岸，酸笋用一只只木桶盛装着。那已是柳州市井坊间的生活构形的一部分，一般外地人还不习惯这种气味，但是在这里生活惯了又觉得离不开。如果说汤是螺蛳粉的灵魂，那么酸笋一定是它的心脏——一碗粉全靠酸笋提味，其他的配料如花生、木耳、油炸腐竹、小葱等，只不过是锦上添花而已。记得当年那顿饭，父亲点的有酸笋黄豆焖鱼仔、酸笋豆腐汤、螺蛳焖猪脚，吃得又酸又辣，满头流汗，眼泪都出来了（父女临别那些难以言说的情感，可以巧妙地掩饰其中了），这家乡的味道从此深植在记忆中。

北地无笋，但秦地重酸重辣，这些年生活下来，居然也很好地适应了西安的饮食，而且比嗜酸嗜辣的地道陕西人更重口味。但这终究不是那种魂萦梦牵的家乡味啊！那种采掘自春天和山野、制法古拙、带有浓郁乡土气息的味道。十万大山的广西，山环水旋，茂林深竹，所产的毛竹笋，有的一根就有十多斤重，有着泡制酸笋的天然条件。集市上，一个个大盆里盛满了个头极其壮观的酸笋，粗大的笋节，肥厚的肉壁，经泡制后有着一种近似象牙般的通透质感，看起来如同婴儿肌肤般娇嫩。这是来自亚热带南方的浓郁的饮食，自然的馈赠，一半是海水、一半是火焰，是酸笋的最好概括，有人爱它，也有人恨它。此为经典的广西风味菜，假如有一天你路过广西，别急着因为味道从它身边逃跑，也许你也会像《舌尖上的中国》总导演、吃遍全国的美食家陈晓卿一样，一经品尝，从此热恋，再难忘记。

掺和着记忆和情愫的家乡口味，就像那风筝的线，总能牢牢牵制着游子之心，无论我们流浪到天涯还是漂泊到海角。肠胃对于家乡口味的记忆功能，来自生物机能，但是更主要的，还是来自情感文化。就像一部刻录机，物理机制决定它的声光转换，情感文化决定它的记录对象。肠胃记忆的，其实就是岁月划痕和情感印记。无论什么吃食，里面只要掺和了情感的味道，它就令人回味无穷，令人经年不忘。

据说大脑的密度和豆腐差不多，然而却有超过十万英里的神经轴突，信息在大脑中以每小时 260 英里的速度飞转，人类大脑的成长可以一直持续到 50 岁。我想，这些年来我甘愿留在西安，也有对多姿多彩的西安美食以及背后的人情故事的肠胃记忆吧！因此，半世长倚古都，恋恋终不能忘。

第二章　打水漂的少年

想念故乡的河边

炎天暑月，挥汗如雨，此时真的很想念故乡的河边。

小时候我住在河边，河边的房子，河边的童年，卧室的窗户可以俯瞰夜晚的河流，以及那散落在水面上的月光的宁静。而在白天，水里的天空也飘着白云，飘着鸟儿的身影，小河弯弯曲曲地流着，时而湍急，时而舒缓，流淌出各种声音，往下游去了。起雾了，细细的雾水扯地连天。下雨了，雨落个不止，河面一片烟，几乎要看不清氤氲在雨雾里的一舟一桥、一草一木。

在雨水格外多的年份，小河里蓄满了水，河水悄悄上涨到堤岸，岸边湿湿的土壤软塌塌的，走一步就往下陷一下，生长在水边的植物长得格外青翠碧绿。而在河水落下去的时节，河床上只留下中间一条湍急的河沟，小小的水流潺潺流泻，能看到河底蹒跚爬行的乌龟，还有动作敏捷、快速移动的小毛蟹。沿着细细流水，在阳光明媚的日子，从一片荆棘丛到另一片灌木丛，还可以追逐一只美丽的蓝色或绿色蜻蜓，追逐它紫色和碧蓝色的翅膀挟着嘤嘤的响声刮起的微型旋风。直到后来，那蜻蜓在一枝芦苇尖上栖息，这时，就可以屏住呼吸，好生观看它薄若轻纱的长翼、釉彩斑斓的长袍，以及一对水晶眼球了。

在早晨的时候，推开窗户，会看到河水在光斑中流动，这是一种不间歇的流动，还有河边的房屋、草丛，以及树梢上栖息和飞动的鸟，轻掠过的羽毛光

第二章
打水漂的少年

辉闪烁。在傍晚的时候，夕阳把河水染成橘黄色，像煎得很嫩的土鸡蛋蛋黄。漫步在金色的河边，看夕阳西下，河中船只轻轻荡漾，有情侣在亲密拥抱，有老人在慢慢散步，有一人一狗并肩坐在河边，一起静静眺望着远方。有人站在河边，从地上捡起一块鹅卵石，投向水中，荡起层层涟漪。有人沿着河岸踽踽独行，走着走着，顺手揪片小小的树叶，含在嘴里，吹出单调的声音。河里的渔船离岸很近，船上男人们晒得黝黑，好像随时会赤裸着跳到河里洗掉一身汗气，而女人们则蹲在船上拿着把扇子，准备生煤炉烧饭。

夜晚来了，劳累了一天的河流的儿女们，来河边乘个凉、拉个家常。不一会儿，来了好多人，人声喧嚷，人影杂沓。硕大的月亮给夜空画上一圈淡黄的光晕，月光的披拂下，人们三三两两走在河边，人影在水面上婆娑荡漾。河水散逸出白日残余热量的燠热水汽，水边的风带来水草淡淡的清香，堤岸上青草的芬芳混杂着泥土的荤腥……直到后半夜，夜深人静时分，才能听到河边纺织娘以及一切虫类如雨的声音，在草丛深处，鸣叫得越来越响。

我曾是河流的女儿，如一枝芦蒿秆儿在河边生长。后来，离开了故乡小城，离开了故乡的河，在一个大过一个的城市里住了很久很久。总是要离开，总是和人告别，流经一个又一个风景，感觉自己也如一条河，翻越群山在向前奔跑。想起故乡的河，那种感觉，似悲似喜，是一种天地悠悠之念。蓦然回首，往昔的那个自己，似乎还站在河边，眺望总是漾着微波的河面，映衬着远处入黛的山。幼时的月光还照在脊背上，即使这脊背已增添了岁月的重量。

儿时的屋檐

南方多雨，阴雨连绵，淅淅沥沥。旧时岭南民居中，为了排雨，屋脊大多是尖顶高耸或人字倾斜，加上房屋多建在山坡上，房屋顺着地势起伏，于是屋脊一律飞檐斗拱，钩心斗角。在那个还没有千篇一律房地产开发的时代，老百姓自建房很少有平房，大多是二层三层的小楼，楼顶一律起伏，人字坡斜耸在屋顶上。鳞次的墙檐泛射着暗涩的光，人们在屋脊下、瓦檐下安放自己的一生。

雨来了，房顶滴滴答答落下一串串柔美的雨滴，雨水从屋檐缓缓滑下，仔细辨听却又觉得雨声似有若无，仿佛一位素衣女子，依稀能见到妩媚的眼波流转，再抬眼，却又消失得无影无踪。潇潇雨歇的晚上，夜深了，四下阒静，一滴蕴蓄已久的檐下的雨，就像一句憋了很久很久的话，终于訇然落下，砸在了谁午夜梦回的恍惚上。如今住在城市的高楼上，昔日的屋檐，被四四方方的水泥钢筋取代。窗外没有檐篷，再大的雨，也只能遥遥地看着雨线从落地窗外唰唰而过，再也听不见那记忆中的淅沥绵密之声了。

还记得小时候，檐上的世界，属于四季，属于青苔、荒草、风雨和花鸟。瓦楞中有杂草丛生，有怯生生绽放的明黄色的蒲公英，有蹦蹦跳跳的麻雀停在上面，它们也在屋脊下的瓦缝里，安放漂泊的一生，衔草筑巢，产卵育雏。你时常会遇到一只飞檐走壁的野猫，隐在层层叠叠檐间暗影中的猫儿，爬高蹿低，弹跳自如，敏捷优雅，无声无息。你还会遇到，檐间的蜘蛛织出一张大大的网，满空飞舞的红绿蜻蜓在檐前来去。在一些古老的宅院，甚至还可能遇到纷乱的一大群蝙蝠，如一片化不尽的雨云，倦展在苍郁的老树顶上，掠过檐前作圆形的舞旋，如同从地底下啾啾地飞起的幽魂们。

老屋的檐角里嗅得到时间的霉味。檐上四季轮回，檐下人生百态。祖上富贵过的那些深宅大院，重脊高檐，檐头瓦当虽然残破，分明有着精细的雕花。纯净而又丰美的生活之爱，凝练于这些小小的结构要点上。就这么个檐头上的团花，一望而知是何等工艺水准。团花里面是"昨夜雨疏风骤，浓睡不消残酒"，团花里面是"悲欢离合总无情，一任阶前、点滴到天明"。

而普通的人家，没有那高高翘起的飞檐，那方方正正的牌匾以及大门两边极其工整的楹联让人心生敬畏，但是，檐下有一树老梅，枝干虬结，有一枝静静探于窗上，梅香慢慢散开来，细而清冽，熏染心肠。檐下光影绰绰，因了花木繁荫而愈发深静。花覆茅檐，疏雨相过，也有一份小日子的岁月静好。

西斜的落日映照在荒村瓦屋檐间的余晖，与照射在北京故宫的太和殿琉璃屋瓦上的一样光芒万丈。夜来，古老的历尽千载的月儿，悠悠然，独步中天，以一份银白洒遍无数屋瓦、窗扉、庭院，让人间千壑生烟，月色茫茫，重重叠叠的此檐和彼檐，并无差别。

四月天，想念南方的梅雨湮湮，淋湿的小鸟躲在屋檐下。沉甸甸的檐角，已然很钝了，不再飞翘张扬，早已偃旗息鼓。四月天，总是带伞的思念，挂在屋檐的珠帘，断了线，大珠小珠纷纷洒落，在地面上敲出一场叮叮咚咚。风雨之后，屋檐上到处是随风飘落的花瓣，扎着一对羊角辫的小女孩，还痴痴地，坐在屋檐下看春去夏来。

童年时代的耳环

从来不喜欢穿金戴银，环佩叮咚在身，只觉累赘多余。不过，一对璀璨的耳环，在发丛间悬垂晃荡，这种感觉想想还是很美好的。只是，一想到要打耳洞的痛，立刻就作罢了。

小时候，我还是偶尔戴过耳环的，只是从来不走寻常路。我开发过两种有趣的天然耳环。一种是青蛇耳环，另一种是薯梗耳环。

先说青蛇耳环。记得小学二年级的时候，我在家附近的草丛里，逮到过两条碧绿娇弱的小蛇，不到一尺长，柔弱可爱，我就放在纸盒子中，养在学校教室的课桌抽屉里，课间拿出来盘绕玩耍，日常喂饭粒小虫子，小青蛇最喜欢吃青灰小蚯蚓。世界上的生物千百万种，有些不同品种的生物甚至长得十分相像。这两条小青蛇虽然长得和剧毒的竹叶青差不多，但其实人家是一种脾气非常温顺的无毒蛇，性格非常内向，胆小又敏感，被一个活蹦乱跳的顽童各种揉搓，也依然情绪稳定，默默忍耐，对人几乎不具攻击性。

最有意思的一次，我把两条小青蛇紧紧地盘成两个圆饼形状，用彩线系好，拴挂在耳朵上当耳环戴，带两颗闪亮小黑眼睛的蛇头，还在那里挣扎着一动一动的。其实，从外貌就可以判断，这是无毒小青蛇了。竹叶青的蛇头明显呈三角形，眼睛为红色或黄色，而无毒小青蛇脑袋是椭圆形的，眼大呈黑色，长得萌萌的特可爱，通体纯绿色，不会像竹叶青那样有焦红色的尾部。这副个性耳环实在酷得不行，结果只炫耀了一回，因为太拉风，不知给哪个同学举报了（太坏了!），校长直接来没收了我的宠物蛇。从此，我永远地失去了那对童年的碧绿耳环。小青蛇后来怎么样了？我也不敢去问校长。根据我的养蛇经验，小青蛇那么容易受惊，估计也活不长久，一旦死了，小青蛇体内的色素会发生变化，从翠绿色变成碧蓝色，仁厚黑暗的大地之母，最终将在她的怀里收藏这对深蓝色的耳环。

至于薯梗耳环是什么东西呢？就是红薯梗做成的耳环呀！在我们老家，红薯叶不是用来喂猪或其他牲畜的，而是人人喜爱的一种绿色蔬菜，清鲜脆嫩，爽口宜人，是餐桌上的美味。怎么做成耳环？先挑选一根粗壮的红薯梗，摘去红薯叶，剥去红薯梗表皮的筋膜，标准动作是两只手并用，配合着折弯一节薯梗，扯掉薯梗肉，留一节，再折弯，又去掉薯梗肉，如此反复，正反依次，梗皮相连，断成均匀的小节，直到把那根薯梗打理成凹凸相间的长流苏才住手。然后就可以挂在耳朵上当耳环了。

看那薯梗耳环，青翠垂挂在耳间，凉凉的，轻巧又摇曳，伴着头部的摆动，一漾一漾的，自我感觉灵动又可爱。那时，班里的女生们都会做薯梗耳环，而且相互之间还要比拼谁的薯梗耳环更漂亮、更结实。还要在课间来个走秀，大家各自挂上手作耳环，迈开步子，有意大开大合，把薯梗耳环摆动成优美的弧线，看看谁的台步最拉风。不过，一定要注意把握好迈步的"度"，不能让薯梗耳环在行走中掉落。如何让耳环甩得霸气侧漏，同时又保证全程安然无恙，并不是一件容易做到的事。在教室秀场，不时有女生大叫一声，薯梗耳环不慎掉落，只能狼狈地弯腰捡起、重新戴上，旁边的小伙伴们往往情不自禁地开怀大笑。清脆的笑声荡漾着，一串串耳环也荡漾着，童年的光阴在薯梗耳环的装点下，如此顽皮、天真而可爱。

童年时，做过耳环的植物，还包括紫茉莉和地黄。紫茉莉在我们当地叫指甲花，在傍晚时分开花，因此又有一个名字叫"晚饭花"。摘下整朵花，轻轻

拔出绿色的总苞，让里面的雌蕊卡在长长的花冠管中，让整朵花通过花柱悬吊下来，一个简易的"耳坠"就制作完成了。基部的绿色总苞是一个小球，把小球塞进耳朵里，紫茉莉就挂在耳朵上了。紫茉莉有白色、黄色还有玫红色的花，可以一天换一副不同颜色的耳环。这副耳坠花在你的脸颊间晃荡，散发着类似于茉莉的淡淡清香。耳环戴腻了，还可以揪下来，把花瓣捣碎后染指甲。还有地黄的花，也适合做耳环，因为有着鲜艳的色彩和回环的形状，摘下来刚好可以卡在耳朵上做装饰。只是，这些鲜花耳环的使用期都太短了，稍为脱水就会萎蔫，远没有它们在枝梢上的样子好看。

童年时代，没有珍珠耳环，没有黄金耳环，有的只是来自山野大地的鲜花耳环、果实耳环、草叶耳环，还有，闪动着一对黑豆眼睛的青蛇耳环。如今成年之后的我，已经很多年没有戴过耳环了，轻轻呼唤童年时代的耳环，回应我的只有一串隐约在风中的叮当声。

儿时的扇子

突然地，想念一把扇子，不是扑流萤的轻罗小扇，不是美人遮面的团扇，不是谈笑间樯橹灰飞烟灭的羽扇，只是一把单纯的扇子，蒲扇、竹扇、芭扇，儿时的扇子，乡间的扇子。

拿着这把扇子轻摇，风就悠悠地吹。一把小小扇子，把时光一点点摇碎。

白天时，空气火辣辣的，蝉儿不停地鸣叫，小鸟都躲进了树荫，了无声息。邻里街坊聚在一起，在门口纳凉，小时候的我坐在户外纳凉玩耍，祖母在旁边扇着竹扇。街坊们每人一把蒲扇，扇热风也拍打蚊虫。大家以最散漫的姿态，侃天南地北。从传奇到神话到天文地理，再到家长里短，像绕线团一般抛出去又绕回来，到最后，东一句、西一句，也不知道聊了半天聊的什么。抬头看天空，厚重的蓝，一层层密集的颜色，云朵一团团的像是棉花糖，恬淡的幸福那么近，又那么远。

到了晚上，依然酷热难忍，繁星满天，蛙声一片，偶有凉风袭来，忽然大雨倾盆。抱着西瓜端坐竹凉席上，热得像烙饼一样来回翻身。祖母在旁边摇着竹扇，摇着慢悠悠的时光。摇篮曲时有时无，伴随着窗外的蝉鸣声，人逐渐慵懒混沌起来，不知不觉就睡着了。突然被骤雨声惊醒，发现祖母还一直在旁边扇着扇子，那个不慌不忙的摇摆，就是童年时的安心安宁，被宠爱的节奏。

一个个夏夜的满天繁星下，应该有无数祖母和外婆不知疲倦地摇动扇子。然后，扇子的凉风下，就响起了细微的鼾声，圆圆的小脸蛋上，鼻翼微动，咂嘴，浅笑，睡得那么香甜。祖母和外婆们，摇来了满船的故事，摇来了花果芬芳，摇来了山外青山楼外楼。挥汗如雨的夏天被摇得远远的，还有嘤嘤嗡嗡盘旋着的蚊子。

没有空调的年代，扇子是日常生活中不可欠缺的存在，一阵凉意十足的风刮来，就是夏天最美好的一部分。那种家常的蒲扇竹扇，曾经构成了我们童年里每一个夏日鲜活的感官记忆。

对一个人来说，故乡的感觉，就是你度过少年时光的方式，特别是那些渗透到身体和性情里的颜色、气味、温度。故乡的竹扇，恍惚在我的记忆里，穿越万水千山，随我漂泊至此。可是，那把儿时的扇子，它在何处？一把普通的扇子，跟其他的扇子一样，往往只张开一个夏季，然后就不知被丢在哪里了。还有摇动这把扇子的人如今又安在？二十多年前我就弄丢了那把扇子，丢失了一切，从此，不再拥有。

只余下我曾经享受过的，由这把扇子带来的悠长而恋恋不舍的夏意，苍藓盈阶，松影参差，萤火飞舞，一扇温柔的清风，深深地永留记忆里。

割草养兔的童年

今晚，想起小时候养兔子的经历了。

那时候，父母工资低，上有老下有小，为了帮补家用，在家里养兔子作为副业增加收入。刚开始找来的是一对，兔子繁殖力很强，把公兔母兔隔离开养，一般三个月大的母兔即可受孕，怀孕三十天即生产，一次可产仔六到十只。这样，不到一年下来，我们家很快就繁殖了好几窝，最多时家里有足足几十只兔子。断奶后的小兔子拿到公园门口卖掉，卖不动的小兔子留着养成肉兔，有专门的贩子来称重收购。家里养过鸡鸭，养过猫狗，还养过好多好多兔子，我就是在这样一片鸡飞兔跳中长大的。

那时候养兔子，不像现在养宠物兔，喂兔粮兔豆和成箱的干牧草（主要是提摩西草）。其实，鲜牧草的适口性肯定普遍优于青干草（绿色脱水青草），我们那时养兔子，都是每天到河滩边去割草。说起兔子，很多人会想起来一首童谣："小白兔，白又白，两只耳朵竖起来，爱吃萝卜和青菜，蹦蹦跳跳真可爱。"别被这首歌误导了，首先兔子的主食不是青菜白菜胡萝卜，而是草，鲜草干草都可以，对兔子只需要无限量地供应草，没有任何东西能代替草！尽量不要给兔子喂水果蔬菜之类的东西，就算要喂，也得晾干后再喂，吃带有大量水分的白菜兔子会拉稀而死。每天还要给兔子喝水（用凉开水，不要用自来水，免得有寄生虫），地球上没有生物不需要喝水，兔子也不例外。兔子天生自带吃货属性，消化系统必须要一直吃东西才能正常运作，它们好像不知饥饱一样，会一直吃吃吃，累了睡一下下，又起来吃吃吃，如此无限循环。为了应付几十只兔子的三瓣嘴的长时间嚅动进食，家里就得准备大量的青草，这么多的青草得一家人都出动去割草。父亲母亲到山上去割草，我和姐姐则放学之后到河滩边去割草。

那时候上学每天只上六节课，周末休两天，也没有家庭作业，割兔草这个任务，当然毫不犹豫就指派给小孩子了。养兔子那几年，一放学我就带上小铲子和篮子，到距家五六公里远的河滩去给兔子拔草。给兔子拔草，不是见草就拔、是草就行，而是要有针对性地挑选一些兔子喜欢吃、也没有毒性的野草。牛筋草、剪刀草、马唐草、野燕麦、野葛叶、蒲公英、三叶草、鸭跖草、车前子等等，换着来，反正兔吃百草嘛！狗尾巴草摘采时，要去掉毛茸茸的部位，因为毛茸茸的部位一般是小虫子栖息和产卵的地方。河滩上杂草丛生、百草争荣，青青野草棵蔓茂盛，遍地扎根，星星点点开花，简直是割之不尽。不一会儿，就可以采到满满的一篮草，拿回去喂养兔子。回到家，倒草入兔笼，兔子们一拥而上抢食，它们看上去很高兴，二话不说，痛痛快快就吃了起来。兔子吃东西时，耳朵一动一动的，圆圆的眼睛左看右看，三瓣嘴快速地咀嚼着，发出咔嚓咔嚓的声响。吃的速度非常快，如同收割机那般，我那辛苦的劳动成果，仅够它们一天的食量。无论割草时多累，头顶骄阳烈日，遭受蚊叮虫咬，被锋利的草叶将脸和胳膊划出一道道口子，但只要看到兔子争先恐后吃草的样子，就感觉高兴，心里头有一种成功和满足的喜悦！

这样的工作，可不是有兴致就做一做，家里有几十口活生生的小生命等着投喂，只能日复一日地重复着每日的割草拔草工作。兔子胃口极大，每只兔子每天大约要吃自身体型两至三倍的草，而且草不可以放在笼子里超过一天，不然草味会流失，兔子就不爱吃了。它们好像永远也吃不够，无论吃什么，都一律转化成黑豆般的一颗颗粪便。割草割草，每天割草，回报是什么呢？首先，有了这项工作拴着我，我就不会无所事事，满山遍野地闲玩，到了饭时也想不起回家。其次，一篮篮青草割回来，家里的兔子肉眼可见地一天天长大，一窝窝繁殖，兔丁兴旺，瓜瓞绵绵。喂养兔子为每月家中补贴的生活费用，在当时应该也算一笔不小的数目吧？反正，养兔子之后，父亲常常带我到书店买喜欢看的书，给我充足的零花钱买喜欢吃的东西。

有一段时间我们还养过安哥拉长毛兔，这种兔子全身披白色丝状绒毛，毛质细软，可以给它们定期梳理剪毛，剪下来的兔毛雪白、细长、柔软、蓬松，有人专门收购兔毛，用来制作成纺织品。父母要给兔子定期剪毛，一边是增加收入，一边也是帮它们减轻负担。兔子非常怕热，它们没有专门的散热系统，气温超过二十七八摄氏度就有不适感，皮毛很厚的兔子更容易中暑，把兔子身上的毛剪掉一些，这样就可以让兔子不那么热了。当天气特别热的时候，常常可以看到兔子趴在地上发抖，这是它们在调节自己的体温，看起来好像生病了一样。兔子这种生命很脆弱，除了容易生病，还不能被惊吓。兔子喜欢安静的地方，因为它们是很胆小的动物，所以要将兔舍建在僻静、通风好、光线不是太强的地方。它们的耳朵非常灵敏，噪声太多会伤害它们。

无论是未断奶的小兔子，小小的软软的，明显的眼睛无法睁大，走路不稳，还是从小时候的一只小乖乖，养成了一只圆头圆脑的肥硕大兔子，一眼望不尽它庞大的身躯，兔子无论大小老幼，看起来都是青涩畏缩的，这是它们天生的个性。它们吃东西是一点一点的，咬咬、看看，东张西望，又咬咬、看看。兔子是一种又傲娇又蠢萌的动物，不如猫狗那么聪明乖巧，但是是绝对的可爱。它们看着就像学龄前儿童，懵懂呆萌，让人心疼。

现在回想，小时候养兔子那几年真累啊！后来，实在撑不住了，兔子慢慢减少，直至有一天，被大人们全部卖掉了。那曾经兔丁兴旺的小屋子，过去兔子们生生不息的地方，重又恢复了往日的寂静和安宁。儿时那长满鲜嫩青草、开满点点野花的河滩地，也因为防洪堤坝的修筑，而消失无踪了。河滩上的世界曾经是那么美好，每一缕阳光都是那么灿烂，每一束鲜草都是那么青翠，每

一朵野花都是那么纯粹，每一次割草都是向着大地的鞠躬。

如今，多年没有亲近过兔子的我，有时抬头看夜空，星星亮得像一眨一眨的眼睛，凝望久了，望得出神了，月亮里好像真有一只蹲在月桂树下的兔子，耳朵还在微微动呢！

童年的紫珠树

　　童年屋子后方的那棵紫珠树，我好像又闻到了它的气味，那气味幽幽地穿越时光而来。

　　从小，住在那种古朴的深深小巷里。那是一条很有年代的老街旧巷，窄窄的小巷两侧，是一家又一家鱼鳞黑瓦老屋，一直走尽这条小巷，巷尾有一户花木簇拥、安逸清幽的人家，那就是我成长的老屋。斑驳的老墙上长着绿毯般的爬山虎，屋后一棵开着细碎小花的紫珠树，散发着淡淡的药香味。

　　很多人不知道紫珠树什么样子，应该说对于绝大部分的北方人来说都是陌生的。那是马鞭草科紫珠属植物，紫珠属全世界一百九十余种，中国有四十六种。我家屋后种的这种紫珠树是裸花紫珠，分布于广西、广东、海南地区，印度、越南、马来西亚、新加坡也有分布。这是一种常绿小乔木，高可达七米，夏季开花，颜色在紫红色和粉红色之间，聚伞花序开展，细细碎碎的带香味的小花，到了秋天，结出小小的球状浆果，只有几毫米大小，也是紫红色的。紫珠树的叶子是深绿色的，长椭圆形，又大又厚，背面密生着灰褐色星状茸毛。

　　我家屋后的这棵紫珠树，在我还没有出生的时候，由父亲所手植。在我的童年时代，这棵亭亭玉立的紫珠树，已有五六米高了，是我们周边一带远近闻名的一棵树，为什么呢？因为紫珠树是一棵药树，紫珠叶止痛止血的功效比云南白药见效快多了。周边居民有个跌打损伤什么的，都来我家向祖母讨要一把紫珠叶回去疗伤。紫珠叶可以干用也可以鲜用，夏秋采摘紫珠叶晒干，可长年保存，晒干后干叶卷曲皱缩，从深绿色变成深褐色，很容易研磨成粉状，如云南白药一样撒敷在伤口上，外伤出血很快就止住了。鲜用的话就直接去摘一把紫珠树叶子，直接切碎或者嚼碎，将这把青色的敷料湿答答地包在伤口上，也很快就止痛止血了。如果有咯血、胃肠道出血、月经崩漏，紫珠叶也可以发挥作用，用干叶或鲜叶煎汤内服，收敛止血，清热解毒，慢慢就调理好了。

紫珠树不仅是药树，同时在不同的季节也有不同的美。盛夏时节，紫珠树开出密密的粉红色小花，小花太小了，不怎么起眼，一簇簇地开在深绿枝叶间。到了秋天，便能呈现出颗颗闪着金属光泽的紫色果实，如一粒粒小珍珠布满树冠，晶莹可爱，且经久不落。秋天果实的颜色通常为红橙橘黄，少见有蓝色和紫色。紫珠树以其紫色似珍珠的小果子，在秋天时节给人带来暖色调的"紫气氤氲"的美。不过这小紫果虽然好看，但是不能吃哦，记得小时候我和邻居女孩用这小果子做过紫色手串玩。

那时候民风淳朴，周边人家都很爱护这棵紫珠树，不会乱摘叶子，起码先和主人打打招呼，不会自行攀爬采摘。祖母为人慷慨，与人为善，只要紫珠树状态良好，通常就帮人找长竹竿采摘鲜叶，如果紫珠树有点萎靡或叶子稀少，就拿出平常积攒的紫珠干叶。祖母有一个药箱，把平时收集的紫珠叶子，一片片晒干存起来，如果邻居们不小心划伤了、摔伤了，她急忙拿出来帮人止血。时间久了，远近皆知祖母之名，她是邻里们十分敬重的有德长辈。

成年之后，我已离家千里，但只要抚摸着额头发根处的一处伤疤，我就会想起童年时代帮我疗伤的紫珠树。三四岁时，一次我不好好吃饭，端着饭碗在小巷子里，咋咋呼呼追猫打狗，结果不小心绊了一下，碗打破了，一块锋利的瓷片划到了额角，血哗哗地流了一脸。祖母听到我的哭声，跑过来一看，二话不说就去采摘紫珠叶，将研碎之后的青色湿料敷在我的伤口处，再用纱布一层层包扎好，眼看着血就不流了，好像也没有那么痛了，伤口处凉丝丝的，散发着浓浓的药味。如此每天换药，大概过了一周我好了，但因为碎瓷片切入很深，我留了一个伤疤，让我深刻地记住了这次教训。我还清晰地记得当年的情景，祖母为我忙前忙后地换药，温言安抚哇哇大哭、血泪交加的我，还有伤口处丝丝的清凉与药香。这样回望往事，紫珠树就像我童年时代的一个无言的朋友一样，远隔这么多年，我与紫珠树之间依然有着深深的联结，我忍不住要去叙说这复杂的、温柔的感觉。

后来我们搬离了老屋，那座二层砖木结构的岭南民居。那时候紫珠树依然枝叶繁茂，静静地目送我们离开。等我离家千里北上求学，有次电话中，父亲告诉我他回了一趟老屋看看，发现紫珠树已经不在了。父亲说是邻居给伐掉的，原因是紫珠树萌枝能力强，需要通过修剪控制株型，否则易生长得比较凌乱。父亲当年是定期修剪的，当这棵树缺乏护理，长得让周边邻居都嫌碍事，引发抱怨，再加上药店里的止血镇痛药也容易买到，紫珠树就沦为了一棵毫无价值的树。那时候的紫珠树也老了，估计也有病虫害，邻居向父亲解释，说这棵树已老朽，成了危险的树了，怕伤及屋瓦或行人，所以干脆把树给砍了。听到这个消息，我的感觉是说不出的难过，并且长久沉浸在对我童年的无言的朋友的深深怀念中。

虽然如今世界上并没有这样一棵紫珠树了，在一个边远小城的主峰山脚下，一个幽深的小巷子的尽头，与一所中学一墙之隔的道旁，一棵舒枝展叶、紫花细碎的树，一走近，总是一阵香息拂面吹来。但在我心的角落里，这棵紫珠树还活着，它的那种烂漫和芬芳是永恒的。它代表了我的童年，成为我重要的依托。它生长在泥土里，几十年如一日，不会乱跑，安静厚道，帮助所有受伤的人。它是我的童稚的年头里交往的一棵树，我们友谊长存，彼此相亲。过去发生了多少事，大多淡忘了，只有这棵紫珠树依然亭亭玉立在那里，守护着那个树下的小女孩，它是别的任何其他东西都无法替代的。因为，它属于我最本色的过去，属于那个最为原初的世界。

童年的那一炉火

绿蚁新醅酒，红泥小火炉。晚来天欲雪，能饮一杯无？

白居易的这首《问刘十九》历来为人所称道。全诗只寥寥二十字，没有深远寄托，没有华丽辞藻，字里行间却洋溢着热烈欢快的色调和温馨炽热的情谊。风雪、火炉、好酒、故人，千言万语不过一句真挚的邀请："能饮一杯无？"可以想象，刘十九在接到白居易的诗之后，一定会立刻命驾前往。天色将晚，雪意渐浓，粗拙的红泥小火炉朴素温馨，炉火正烧得通红，两位朋友围炉而坐，熊熊火光照亮了暮色降临的屋子，也照亮了浮动着绿色泡沫的新酿米酒。

数九隆冬，外边飘着大雪，这样的天气就适合拨弄红炉烧点儿小酒喝，围着炉子唠唠家常。冬天里的一炉火，不光温暖了人的身子，也温热了人的心窝。炭火熊熊、光影跃动的情境，更是能够给寒冬里的人增加无限的热量。

想起我小时候，家里一开始是烧劈柴，后来才用上蜂窝煤炉。从小就喜欢看祖母烧柴，她用劈柴、柴草、松针、刨花，几分钟时间就可以烧一把旺火，起了火之后，祖母还要趁着火势，手脚利落地随时架柴、添柴。被引着的柴火在锅底下毕毕剥剥直响，家里一下子显得很热闹、很有烟火气。做好了饭，祖母把灶里烧得旺旺的火退去，单留一点儿火星微明，放上一个烧水锅，晚上临睡时的洗脚水、早上起来的洗脸水，就可以用这点余温热好。炉灰里再煨上几只红薯，如果遇上风雨摇窗、寒意侵人，捧上烤红薯坐在自家灶头，这一点点的温暖香甜，别提有多幸福了。

劈柴火炉总是一边燃烧一边发出噼噼啪啪的声音，让人想到捡拾柴火的森林、丛林和原野，一颗心慢慢安歇下来，浸透了松脂的冷杉木、松木，燃烧时还会散发出好闻的味儿，那种感觉，只有劈柴火炉才有啊！在呵气成霜的冬日，用劈柴或木炭生起火炉，可以围坐灼火，但劈柴火炉是不能搬到室内的，因为会满屋的青烟，熏得人两眼流泪睁不开眼。为了取暖，祖母会拿出一只小菜篮般的灼火笼，是用竹篾编织而成的烘笼，其上多孔，可手提，用时在笼内放入木炭盆，烘笼可以使由热源发出的热，暖得非常柔和。

后来，家里用上了蜂窝煤炉。到了冬天，大人把蜂窝煤炉移到室内，在房间里装上长长的铁皮烟囱排烟，室内比较高的地方还安装上风斗，以利于燃烧后的气体排放。只要铁皮管子接得严密，一丝烟都不漏的，火还上得特别快，早晚炉子都烧着，无烟无味。房间里暖暖和和，飘着各种食物的香。安装了取暖炉的冬日，家里常吃暖锅菜。就是置一口锅在炉上，小火熬着蔬菜肉类。锅中食材在沸水里咕嘟翻滚，起落浮沉，等待被挑选而食。雾气缭绕间，一家人大口地吃着肉，夹着菜，脸庞因为汤水、热气而映照得红通通的。任屋外风雨飘摇，只要在屋里，一口汤锅，两碟小菜，一起围炉而坐，热气从冒着泡的锅中升腾而起，潮湿的寒意，以及诸多的烦恼、不平、愁思，便都在这欢声笑语间，慢慢消散了。

吃罢饭，撤了汤锅，蜂窝煤炉就用来烧开水。小时候家里没有热水器，到了冬天，水温低，煤炉烧水更慢，加上家里人口多，一到晚上，洗脸洗脚便要排队。等着热水烧开的时候，大家就围坐在炉子旁边，烤火，聊天，或者打盹。炉火映着人的脸，人人脸上的表情都很幸福。只要会动脑筋，在这炉子上可以做出许多文章。烤红薯，烤馍片，在一个个天寒地冻的夜晚，有许多吃食在蜂窝煤炉上发出细碎的声音和细碎的香味，将寒风撕开的世界的缝隙填满。

临睡前，蜂窝煤炉要封炉子，留多大进气口是个手艺。留大了，封的煤前半夜就被烧没了；下半夜全家会被冻醒；留小了，不热，一夜全家受冻。另外，炉壁是很暖和的，可以用来烘干衣服鞋袜，尤其是下雨天，从外面匆匆奔走，到了家，将濡湿的袜子和鞋垫搭在铁丝上，贴着炉壁烘干，第二天一早起来鞋袜都变干了，还留有微热的余温。

20世纪80年代的时候，我们家还在使用蜂窝煤炉烧水、做饭，直到后来出现了煤气罐，蜂窝煤炉才渐渐被淘汰不用。如今，从劈柴火炉到蜂窝煤炉，都是离我们越来越远的事物了，但童年的那一炉火，那早已经不存在了的炉火，还一直在我的记忆里红光闪耀。还有那些随意围坐在炉子边上，和家人一起烤火闲谈吃喝的日子。这是火炉边最温情脉脉的时刻，哪怕屋外风雨大作、天塌地陷，又能怎么样呢？人们只有眼前的围炉而坐、融融暖意，炉膛里的火迸发出火焰，房间四壁被琥珀的光辉照得通明。生活的欲望全化为一个相偎相依的需求，别的都不去管它了。

那一股药香

　　一直以来很痴迷中草药的味道，经过中药铺也会忍不住深呼吸几口，闻到谁家熬中药时随风飘过来的药香，也会停下脚步，静静闻一会儿。也许，这就是植根于生命深处的嗅觉记忆吧？一想起儿时的老屋，一股药香便轻轻缭绕鼻端。

　　父母早年都在林场工作，谙熟各种山间草木习性的缘故，他们常常从山里采回来各种草药，在家里二楼的阳台上晾晒，晒干后分门别类贮藏使用。

　　那时家里老屋是砖木结构的，一楼采用红砖砌筑，二楼楼板、屋架等采用原木结构，人字形斜屋顶多搭出一个小阁楼用。在二楼悬空伸出的小阳台上，年久月深的木栏杆、木地板，色泽泛着暗褐色，上面总是密密麻麻晾晒着各种草药。有的平铺在地板，有的倒悬在房梁，有的搭挂在栏杆。不外乎是各种植物的茎、叶、花、果、根，生出来的气味也是各种各样的，有的散发着草籽气，有的裹着野菊味儿，有的是嫩树叶气味，有的是柑橙调的香气，有的略带土腥味，有的弥散着一股浓烈的茫野之气——一种难以描述的草木的辛辣青生之气。林林总总的中草药，你叫得上名字的，或者叫不上名字的，带着露水的青翠新鲜草木，已经晒干发蔫、捆扎起来的草药……它们一齐散发着浓浓的药香味儿，让人观之悦目，嗅之神清，如同走入山野林间、草木深处。

什么是药香？那是一种复杂、微妙的味觉，难以精确，不好言说。但真要说，就是如人置身中药铺所闻到的中草药气息，是一种经历采摘、杀青、晒青、陈放等不同阶段而氤氲合成的草木香味。也许有人会说，这些又不是什么香花香草，哪有什么香味儿呀？

我想到在《红楼梦》中，薛蟠新过门的妻子夏金桂，出身于豪门富贵之家，取名金桂，是因为她家有"几十顷地种着桂花"。她家又被称为"桂花夏家"，专为宫中供应花卉盆景，是管理长安城里城外全部桂花局的顶级皇商。之所以是桂花，因桂花乃贵气之花，为帝王所喜爱，故天子居住之地多种桂花。夏金桂被寡母纵容教养长大，这是一个"爱自己尊若菩萨，窥他人秽如粪土"之人，嫁到薛家，使得薛家上下吃尽了苦头。善妒的夏金桂以"菱角无香"为由，责令香菱更名"秋菱"。心思简单、一派纯真的香菱，却用娴雅的心态和充满诗意的语言，向蛮横不讲理的夏金桂，细细描写菱角的淡雅之香。香菱说："不独菱角花，就连荷叶莲蓬，都是有一股清香的。但他那原不是花香可比，若静日静夜或清早半夜细领略了去，那一股香比是花儿都好闻呢。就连菱角、鸡头、苇叶、芦根得了风露，那一股清香，就令人心神爽快的。"

香菱本名甄英莲，黄髫时被拐，十一二岁时被卖，本有一线生机，奈何冯渊被薛蟠打死，她不由自主地成了薛蟠的小妾，如此黑暗的人生遭际，香菱却还是天真未改，浑然天成，天性一段天然风度，如秋水菱角一样清香悠远。可遇到了"河东狮"夏金桂，立马让她改名，把香字抹掉，改为"秋菱"，秋天正是浓烈的桂花香四散之时，哪里还有一点菱香存在的余地？

但是，真的如香菱所说，植物的茎、叶、花、果、根，生出来的山野气味，细细领略也是香的，不一定是很浓烈的香味。药感可能不是大众认知里"好闻"的香味，但是我觉得药香是能够悦己的香，是一种特别对我品位的幽香。新鲜采摘的植物，味道青绿甘苦，带有汁液感；晾晒干燥的草木，那种绿意与根茎气息依然十分明显，还带有点儿土腥感，淡淡的清苦气息，充满了大自然盎然生机的感觉。我觉得只要是真正热爱山林的人，都会喜欢这种山野药根的味道，仿佛走在一座无人的松林里，静谧，安静。丝丝缕缕的药香弥漫其中，清苦通透，深沉丰盈，别有一番韵味，比起那些过于腻鼻的甜香、花香，要好闻多了。

儿时，父母上山采摘回来的那些根根草草，有的煲成了自制凉茶，有的熬成了老火炖汤，有的烧成洗澡水用来泡浴，有的制作成香包，放在了枕边、衣柜、书橱，还有的做成芳香四溢的枕头，夜来可以安睡在一枕药香之上。对我来说，从小饮用中草药汤就如家常便饭一样，一般有个头疼感冒，并不急着上医院，父母先采了夏枯草、金银花、鱼腥草、牛蒡子、板蓝根煎水服，一般三两天均可见效。南方湿热，要每天沐浴，家里常用多种草药配伍来烧一锅洗澡水，洗完特别清爽舒适，可以消瘀止痛、舒筋活血，防病于未然，除疾于无形。如果出了湿疹，父亲会背上背篓上山采药，摘回来一大枝新鲜的尤加利叶，投入冒着热气的热水中，让我浸泡洗浴，水汽蒸腾中散发一股清冽的香味，味道凉凉的，略带冲鼻的樟香味，清新而具有穿透力。洗过尤加利药浴，原先一身疹子很快就好了。

真想念老屋那个药香满溢的小阳台啊！一年年堆放和晾晒着草药，一走近，总是一阵香息拂面吹来。细细辨别，里面有各种层次的草叶香气，草叶香中有一份淡淡的芳幽，让人心神摇曳，仿佛步入丛林幽谷之中，只想深深呼吸那一刻的温柔静好。如今童年的老屋早就拆迁了，我也离家千里，工作繁忙，一年只有一两次机会返乡探亲，但是只要走入中药铺，或到长有野草芦苇的河边，或到林间郁郁葱葱深处，闻到那种散发着草木清香、泥土腥气和山野气息的味道扑面而来，我就会瞬间穿越回到童年时代，置身于温馨醇厚萦绕不散的空气中。

小时候

小时候，总盼着自己快快长大，以为长大了就自由了，想干什么就干什么。长大了才发现，求学、书本、体制、工作，是很多人逃不出的牢笼。

小时候，最不明白，大人们怎么能成千上万天做同一件事，每天看同一幅风景，回到同一个地方。长大了才发现，无论熙熙攘攘还是冷冷清清，无论刮风下雨还是烈日当头，你总要出门上班，日复一日然后年复一年，为了生活、为了家人，你上班上班，不厌其烦。

小时候，喜欢在小河里捞鱼、树林里捕蝉、草丛中采集昆虫，手持抓蝴蝶的网子，在野外一走就是一天，采桃金娘、山莓、拐枣、棠梨子、野山楂，酸酸甜甜或者略带涩味的野果子，在山林中漫游，四处找找就能发现，连同果子上的柄一起摘下来，再提着果柄将果实塞进嘴里……那时，抬头看见满天的星星可以很容易辨认出星座，银河像地上的河流一样奔腾。长大之后，在城市的雾霾中，钢铁的丛林里，那个天光明澈、风物灿烂的自然世界，已渐行渐远，通往活泼泼的自然万物的道路，好像已经湮没了。

小时候，偷穿妈妈的高跟鞋、姐姐的连衣裙，搬着小板凳看动画片，和小伙伴组成探险队，在校园的操场上、走廊边、家门口的空地上，丢沙包、跳皮筋、踢毽子、翻花绳、丢手绢、捉迷藏、滚铁圈、跳房子、弹玻璃球……那时的玩具很简单，那时玩耍的场地很广阔，但却玩得不亦乐乎，玩得开心无比，玩得忘记时间，玩得回味无穷。长大以后，即使有时下风行的一款又一款网游手游，令人眼花缭乱的一个又一个短视频，却难得空闲时光，难得肆意嬉闹的伙伴，难得彼此之间面对面的互动，还有难得发自内心的纯真快乐了。

记忆中，小时候的天空，总是那么碧蓝如洗，光线清亮。那时的你想做一只远行的候鸟，你渴望的白云和青天，远在不可知的天边。于是，你总喜欢仰头看飞机，当一架亮澄澄的银色飞机，在高大的凤凰木翠绿的枝丫间掠过，目送着那一条长长的洁白航迹云在天际慢慢消失，你曾竭力在这片生命的虚空中无声地呼喊。长大之后，你终于离开了家乡小城，像一只长大的鸟离开那个曾经孵化它的窝。曾经以为有了翅膀，就会变成一只鸟，以为变成鸟之后，就可以拥有自由。而今，拥有了期盼的翅膀，却也只能在小小的空间里飞翔。也许因为你并没有一对足够强壮的翅膀，可以腾飞于人间的种种事物之上。

小时候，想吃的糖果，现在再看到时，第一反应是甜腻、高糖、发胖和幼稚，一旦开始关注商品背面的各种参数，小时候那种懵懂的幸福，就变得实际而有限。小时候，有大片空白时间可供挥霍，慢悠悠地喂兔子吃菜叶，沙沙作响；看着蝴蝶破茧后，边爬边舒展皱巴巴的翅膀；小时候可以傻傻发呆一下午，无忧无虑；小时候可以一觉到天亮，早早就睡去。如今，属于自己的时间总被打碎，常常做一件事，还没尽兴就要停下来，切换到另一个状态中去，穷于应付种种，常常顾此失彼，就像上了发条的机器，驰骋于繁杂的任务中，疲惫不堪。

小时候，有过许多奇奇怪怪的见解，坚信这世界上存在着精灵。从童年过渡到成人时期，世界急剧变化，小时候相信的很多事物，还不是在某一个瞬间就消失了？小时候，每个人的梦都不一样，长大的过程中，我们还不是都趋向于同样的追求，开始变成了单一无聊的大人？记得小时候犯了错就会面壁思过，想着我怎么还不长大。小时候可真傻，竟然盼着长大。

打水漂的少年

　　打水漂，儿时最有趣、最开心的游戏之一。记得小时候，一群小伙伴去到湖边或河边，总会情不自禁在河边捡上几块小石头，像扔飞盘一样朝河面上扔出去。在玩得特别溜的伙伴手上，那些石头仿佛练就了一身"轻功水上漂"的功夫，就像一条矫健的飞鱼，钻入水面，又跳出来，在水面上一蹦一跳地逐渐飞远。

　　我属于那种不太会打水漂的，超常发挥时最多三连漂，经常是用尽吃奶的力气扔出去，石头却仿佛像一只旱鸭子，沉下去后就再也没有起来过。向高手讨教怎么才能打得好、打得远，有人教我选石头，首先要选一块又扁又平滑的石头，只有这样的石片或瓦片，才能在水面上欢快地一蹦一跳，就像一只青蛙一样。有人教我用一只脚使劲蹬地为支点，另一只脚尽力旁伸成弧形，然后大幅度地斜侧过身子，直至手中的石片与河里的水面成水平，再使劲抡动臂膀将石片又稳又快又准又飘地甩出去，秘诀是入水时石头和水面的夹角，不要垂直地把石头丢到水里，丢的时候要尽量弯下腰来，和水面尽量保持水平，如果石头的运动方向和水面夹角过大，那么石头就不会跳起来，而是直接砸入水中了。有人教我手劲要大，石头丢出去时的速度越快越好，要想打出很远的水漂，手臂一定要有力，这是最基本的条件。有人教我像扔飞盘一样把石头扔出

105

去，因为自转中的物体会比较稳定，只要让石头旋转，它就会在水面上不停地跳动，当然，想让石头旋转起来，手握石头的方式非常重要，要给石头一个旋转的初始推动力。小伙伴们教了我很多很多，但我始终难见长进。打水漂这件事讲究的是手上功夫，有些火候是嘴里说不出来，只能从手上体会来的，是应于心而得之于手。也许是一直未开窍，我打水漂始终很菜。当看到吉尼斯世界纪录中也写入了几项关于打水漂的纪录，打水漂跳得次数最多的人，是日本一位水漂爱好者，其纪录是持续 91 下；打水漂最远的人是一名叫作道吉·艾萨克斯的男子，他创造出了打水漂 121.8 米的超远距离成绩。对我这个菜鸟来说，这是两个根本不可能的数字，真不知那些顶尖高手是如何实现的。

想起华文现代诗坛有一则关于打水漂的趣事。1983 年，台湾著名诗人罗门到香港大学演讲，与任职于香港中文大学的余光中同游九龙船湾长堤等风景区。这两位 56 岁的同庚诗人，对着海天之空阔，忽然兴起了打水漂的童心。小伙伴之间玩打水漂的游戏，总要按照石头的弹跳次数比出一个高低，不知那一天，他们之间胜负如何，只知一番打水漂的嬉戏之后，余光中回去写了一首《漂水花——赠罗门之二》：

在清浅的水边俯寻石片

你说，这一块最扁

那撮小胡子下面

绽开了得意的微笑

忽然一弯腰

把它削向水上的童年

害得闪也闪不及的海

连跳了六、七、八跳

你拍手大叫

摇晃未定的风景里

一只白鹭贴水

拍翅而去

　　余光中用白描手法写漂水花的过程，写罗门从俯寻石片，到说话、得意、微笑，继而弯腰，削向水面，六下、七下、八下，又拍手，又大叫，这一连串动态，写得好一个一气呵成、生动传神。用的都是短句，短小精悍、节奏短促，显得生动明快、活泼有力，就好像扔出去的石片，刚一接触水面，又弹了起来，留下一圈圈的波纹荡漾开去，一下、两下、三下……石片继续旋转着，向远方飞掠而去。在这首诗中，笔法之妙，音韵之妙，倒是其次，更关键的是，"削向水上的童年"的谐趣充满在字里行间，一派天真烂漫、跌宕有致。结尾部分荡开去，如同蒙太奇镜头缓缓叠印着，摇晃未定的风景，一旦静定下来，打水漂的少年，倏忽已成为两鬓染灰的半百老人，如箭的时光飞掠得好快啊！全诗以景结情，余音不绝，曲终人散之后，只见一川江水，几峰青山，一只白鹭上青天，多少不尽之意，尽在言语之外。

　　心有戚戚焉的罗门，回赠了余光中一首同题诗《漂水花——赠余光中》，全诗如下：

六岁的童年

跳着水花来

找到我们

不停地说

石片是鸟翅

不是弹片

要把海与我们

都飞起来

一路飞回去

　　"六岁的童年"跳着水花飞回来，整片的海天之空阔，两个童心未泯的老诗人，好像都在心灵的刹那欢喜中，一路逆着时光河流，跳着水花飞回去，回到那"六岁的童年"中。"石片是鸟翅"，让我突然忆起儿时我扔出去的那些石片瓦片，犹如一只只振翅的小鸟贴着平静、清澈的水面轻盈地飞行，不时与水面柔柔地碰擦出几缕晶莹剔透的水花，荡开层层细腻轻柔的涟漪，萦绕在耳畔的声音，宛若鸟儿展翅的唰唰声、沙沙声。数不清了，究竟有多少枚石片瓦片，在天空的怀抱里以那样一种优美、浪漫的姿势，掠过清波、掠过童心、掠过岁月，抵达了一方幸福的彼岸。

时光如同一条裹挟万物的河流，永不停息地从过去流向未来。时间不倒流，过程不可逆，是我们生活于此的这个实在世界的铁律。我们怎么可能再回到原来的世界中去？只有诗篇中的石头可以起起落落，似乎连绵不绝，河面上一圈又一圈的波纹，伴随着穿越回到童年的快乐，悠悠地荡漾开去……

2023
05.03

一点漂流的渔火

渔火，指的是渔船上的灯光、火把和炊烟。

在多少年年月月里，黄芦岸白苹渡口，绿杨堤红蓼滩头，白鹭沙鸥惊飞处，烟波深处有渔舟。在日落之后，渔父们收起了渔网鱼篓，点亮了船上的一烛灯火。

从小在南方江边长大，惯见大江东流，水波漾漾，舟楫摇曳，一河渔火。家乡梧州是水陆通衢、内河港口，街市烟火气息浓郁，沿岸码头众多，货物装卸频繁。在环绕家乡的三条大江上，船帆往来，分剪江水。有的是满载而来、空载而去的货船，有的是人们提着行李远行或归来的客船，也有撒网渔郎驾着一叶轻舟掠过，也有近郊农民挑着鸡鸭菜蔬摆渡过江……入夜后，点点渔火浮游江面。那时，我常常想象渔火处的人生。这一边是岸上，街市上是摩肩接踵的行人，商贾迤逦、五行八作声响起伏；而那一边，是渔火远远地在河上闪烁。

和渔火有关的古诗，最有名的莫过于唐代诗人张继的《枫桥夜泊》："月落乌啼霜满天，江枫渔火对愁眠。姑苏城外寒山寺，夜半钟声到客船。"唐朝安史之乱后，张继途经寒山寺时写下了这首羁旅诗。这是一个秋天的夜晚，诗人泊船苏州城外的枫桥。上弦月升起得早，月落时分天将晓，树上的栖鸟发出凄然的啼鸣，秋天夜晚的霜露透着浸肌砭骨的寒意，从四面八方围向诗人夜泊的小船，使他感到身外茫茫夜空中正弥漫着满天霜华。此时，诗人在静夜中，忽然听到远处寒山寺传来悠远的钟声，面对着霜夜的江枫渔火，诗人心中萦绕起缕缕轻愁。

"江枫渔火对愁眠"这一句诗的美感，来自情景交融的描写。"情"是"愁情"；而"景"则是"岸上的枫"和"水中的渔火"。"枫"是秋天的物候，是最为艳烈凄恻的秋色。"枫"用在此处，无疑是秋思、悲秋的符号。残月衔山，乌鹊悲啼，满目寒霜，洒遍江天，孤舟客子，长夜无眠，这些景象的描写，有景有情，有声有色，将诗人的羁旅之思，家国之忧，以及身处乱世、尚无归宿的感慨充分表现了出来。如果说寒山寺的"钟声"空灵旷远，代表着宗教的抚慰与解脱，那么，一棹涛声中的"渔火"，则是从《庄子》《楚辞》以来绵延千年的隐士高人散舟江湖的象征。

狂者进取，先天下之忧而忧，然而狂者多命舛；而那些独善其身的人，逸者逍遥，逸者陶然，逸者静穆。像司马迁、李贽、徐渭那样的狂者，在中国文化史上毕竟是极为少数的异端人格，其哀乐激烈而过于人，必然自毁。大多数的人更愿意像王维那样，选择用江上渔火、明月烟霞来息心。山林之思，在魏晋之后一直是士大夫的隐身草。政治斗争的失败者或仕途上的失意者，一旦失去了权势的依靠，骤生"人生如转蓬"的失落感和孤独感。他们通常都是很有智慧的，有自己的价值观，是一个明白人。只是外面的世界太黑暗，自我的挣扎也很无奈，于是，只有俯仰天地，逐浪而去，用想象中的江湖山野，将自己洗净，使自己心安。然而，真的那么容易放下吗？正如《枫桥夜泊》中，面对江岸寂静的枫林，江中孤独的渔火，诗人还是无眠，还是成愁，所谓的超然物外，只是一个苍凉的手势。

每读这首《枫桥夜泊》，仿佛置身于千年前的霜夜，一个漂泊的游子乘着夜航船经过姑苏城外，被点点渔火触痛了客愁，远远传来寒山寺夜半的钟声，更衬托出秋夜的无尽静谧与深沉。千年以后，桨橹划过的地方涛声依旧，只能

寄情山水的失意人，却不知到哪里去寻那独钓秋江的半篷渔火。

此时此刻，如果有夜行人从我的窗下走过，他将抬头仰见，有一盏灯还亮着。灯亮着——在晦重的夜色里，它像不像一点漂流的渔火？我想象我的小屋，就像被狂风推送的一叶小舟，但小舟并没有覆没，因为灯还亮着。灯还亮着，窗帘上映出了影子，在这个枫未红、钟不鸣的长夜里。

一个带天窗的阁楼

　　小时候，我住过带天窗的小小阁楼，在南方的一座小城，一条山脚的街道，弯弯小巷的尽头。那时的岭南自建民居，大多是二层的小楼，楼顶一律起伏，人字坡斜耸在屋顶上。楼层之上的高低平仄的小阁子，就是阁楼。因为阁楼是大斜坡屋顶，所以采光不好，光线幽暗，为了解决这个问题，在屋顶上面开一个小方洞，装一块玻璃，叫作天窗。

　　在阁楼上铺上席子睡觉，高低不平的室内房顶，就像外面起伏的屋脊，这个小小的空间，有一个可爱的慰藉，就是那小小的天窗。在晴朗的夜晚，阁楼上方的天窗会漏进来月光，水一样地流淌和溢满了阁楼，抬头就可以望见星斗。在下雨的夜晚，透过那小小的玻璃，可以看见雨脚在那里密密地跳，卜落卜落地跳。偶尔，带子似的一道闪电一划，刺透雨雾蒙蒙的天窗向你招手，幽暗的阁楼骤然被照亮，瞬间，你好像看清了许多隐藏着的事物与真相，那是什么呢？你心里似乎意识到了，但又无法清楚地说出来，也许是关于为什么要活着，生命的目的、本质、诉求……天窗外，电闪雷鸣，风狂雨骤，你想象到这雨、这风、这雷、这电，怎样猛厉地扫荡着山河大地，冲刷着无数纵横的道路。生命是什么呢？生命也许是时时刻刻不知如何是好。

　　还记得某个午夜，睡得恍恍惚惚的，突然被什么惊醒，看到那小小天窗上面掠过一条黑影，不知道是灰色的蝙蝠，夜游的野猫，还是出来觅食的猫头鹰。然后，透过清辉洒落的玻璃，我看到了一轮冷冷的月亮，刚好出现在天窗的上方。月亮的这份美丽与清冷，无法与任何人共享，只有我独自一人眺望。那一刻觉得整个世界那么大，但自己已经被遗忘在阁楼里，月亮美丽的清辉，无声地缓缓降下，却寒冷得触手成冰，孤独深不可测。

阁楼的生活是另外的生活，是一些脱离了日常琐事和惯常约束的生活，是一种古怪的、蜷伏于窄小倾斜空间的生活，是一种从无限的角度来观察和置身事外的生活。多少年过去了，那些微不足道的陋巷女儿的童年记忆并未遗忘，现在也仍记得清清楚楚。阁楼的情景，那时的心情，绝对不是轻易可以忘记的，大概永远都是。

曾住过一个带天窗的阁楼，只需在雨夜闭上眼，便如置身汪洋上漂浮的船。那是穿洋过海的船，漂到海上的房子，头顶上有北半球所有的星辰，还有浩渺的水域，在一轮美丽而清冷的月亮下无边闪烁。我总会想起它，每当生活再次摇晃时，总想回到儿时的阁楼。

大暑之日，萤火虫来了

今日大暑。按《汲冢周书》的说法，"大暑之日腐草化为萤"，古人认为萤火虫是由腐烂的草变化而成。在大暑时节，萤火虫卵化而出。萤，是大暑迎立秋的诗意之虫。当萤火虫在静夜里穿梭时，凉爽的秋已经不远了。贾岛有诗句"一点新萤报秋信"，意思就是说，秋天是随萤火虫出现而始。萤火虫三月出幼虫，没有翅膀的幼虫要经六蜕成蛹，雄虫蛹羽化后才漫天飞舞。为什么是从腐草而化？也许因为秋是阴气开始逐渐弥漫的季节，水边腐草正是阴气滋生之处。萤火虫之所以代表阴气之物，是不是因为点点萤虫流动着神秘的碧磷，它们尾上的光仿佛是绿色的幽魂？

曾经，我们这一代人的童年记忆，就是那些草长莺飞、鱼戏虾翻，那些夏夜流萤、遍地蛙声，还有古老的祠堂、绕村的小河和隆重的民俗，抬头就能看见满天星汉灿烂，银河像地上的河流一样奔腾……

我还记得自己终日游荡森林的童年，雷雨过后我站在山腰上，看到傍晚渐渐幽暗起来的草木深处，成群飞舞的萤火虫在放胆地野游。它们一闪一灭的，你隐约能跟上它们黑夜里穿行树林的行踪。闭上眼睛，能闻到香甜的空气，能感受到山与树的血脉无声地流入身体。小小的萤火虫，那是一盏盏清凉似风的小灯笼，那是明明灭灭、影影绰绰的小精灵。淡淡的光点仿佛无处可归的游魂

似的，在你身前身后飘忽着，在浓暗中不停地徘徊。黑暗中，一次次伸出手去，却什么也碰不到。那抹小小的光线总在你指尖就快碰着的地方。

我们曾经体验过的，是何等本真的自然和童年啊！可是，当时只觉是平常，而现如今，让年轻的孩子们看到一只萤火虫，已是很稀罕的事情了。萤很单薄，水污染、光污染、农药化肥，都会致命，美丽的东西都脆弱。而且，即使现在还有流萤于公园水滨出没，明亮的城市路灯下也根本难以观察到。只有真正的暗黑，才能看到萤火虫微弱的小灯。更何况，一年到头，萤火虫只有二十余天的寿命，夏末初秋以后，它们只会剩残骸葬于荒草。熄灭了幽幽碧磷，死去的萤虫，将自己捐给不息的大化，它们汇入草下的泥土，营养野地的杂草与荆棘，蛰伏着，等待着，来年再次于腐草中重生。从这个角度理解"腐草化为萤"，其实，就是流萤在草木间生死轮回。

"我徂东山，慆慆不归……町畽鹿场，熠耀宵行。"这是《诗经·豳风》里的景象。在诗经的时代，一位思乡心切的戍边男子，他想象家园已经荒芜了，无人修剪的瓜蒌爬到房檐上结果子，屋内潮湿生地虱，蜘蛛结网当门挂，田舍旁的空地变成野鹿的活动场所，还有萤火虫的闪闪磷火，到处飞来飞去。但这也没有什么可怕的，因为这是他日夜思念的地方。缥缈的流萤，清澈的小河，静谧的黑夜，飞户穿堂的燕子，鹿鸣猿啼的荒野……这些美丽风物和古老时空，曾经是我们的祖先所生活和经历的，而现在，早被现实一一篡改了。

萤之美，首先在流动，那种若即若离、稍纵即逝、亦真亦幻的飘曳感；其次更在于光，那是一种难以形容的光，或说青色，或说黄绿，或说冰蓝，皆似，又皆非，明明灭灭之际，与你始终隔着一段距离。大暑之日，物候惊秋。今夜，一只只流萤，已从腐草中涅槃重生了吧？

在漆黑的夜里

荧荧如鬼火般的冷光

是缭绕重生的萤火

萤火虫的小灯做着梦

黉夜点亮，四处游荡

梦见前世，梦见另一个夏夜

梦见曾经的短暂爱情，一颗星的葬礼

梦见一闪光的伸延与消失

梦见上一次的灭亡

年轻又苍老的虫，点燃又熄灭的火

无言无语，只是静静地望向远方

一次溺水的经历

　　有过刻骨铭心的童年溺水的经历。

　　那时候大概五岁，终日一个人在父亲的森林公园里漫游嬉戏。好像是五、六月间，穿裙子着凉鞋，拿个小瓶子去水塘边捞蝌蚪。独自越走越远，来到了一个人迹罕至的水塘边，我发现了一个兴旺喧闹的青蛙家族。在碧绿的湖水中，小蝌蚪只剩尾巴还是蝌蚪，前半部分已变成了青蛙，还有一些更早完成蜕变的小青蛙，欢快地游走在湖水中和岸滩边，打破了这片野塘的宁静，一群扎在芦苇中的鸟儿们都被吵得扑棱棱地飞了出来。我左一扑、右一扑，忙着逮四处乱蹦的小青蛙，不知不觉走到了水岸边厚腻的青苔上，突然脚下一滑，重心不稳，眼睁睁就落入了水塘中，呼喊着乱扑腾，溅起了大片大片的水花。

　　在南方，五、六月已经是比较炎热的天气，我滑进水塘时，却发现水很凉很凉，也许那是一种"死亡的凉意"。我拼命想用双手去抓住什么，但脚下的石上全是湿滑的苔藓，还有不断沉陷的大片淤泥，四周根本无可攀缘。本来，水中所植的荷花莲大如盖，高一丈有余，荷叶舒展，荷梗挺立，但在我落水处偏偏没有荷花，无任何攀缘物。我就像那渐渐沉下去的黄昏里的夕阳一样，沉下去，沉下去，融入恬静的湖水里，水底深处更黑更冷更静谧。水精灵像活了一样往我的鼻子和耳朵里钻，一股湿湿的苔藓味道。像是有人在湖底生拉硬拽着我的腿，不知是体力不支还是恐惧，只觉全身类似瘫痪，耳朵能听到自己发出的类似于咕噜咕噜的声音。从某一个瞬间开始，我的毛孔仿佛被无声地打开，整个人的重量开始变轻，觉得自己变成了河面上的一片树叶、一条小鱼——或者随便是其他的什么。我睁开眼睛，似乎看到了深碧的湖水中生长着缠绕的荇藻，似乎看到了快速地潜入水底的青蛙，以警惕的目光，用腾跃的姿势，从我的身前身后轻轻掠过。闭上眼睛，觉得自己好像一株金鱼藻、狐尾藻那样，在水中沉浸、转侧、漂浮、向下潜游，好像从来不曾感到这么自在、这么安全，只有不断沉溺，沉溺，渐渐变得透明，与碧水融为一体。感到似乎生来就在这池碧水之中，从来都在这凛冽与清凉之中。

后来，突然听到什么被撕开和搅动，人声杂嚣，远远近近，凌乱破碎，有一个东西强力地劈开如碧玉凝冻的巨大水体，托举着我的身体一下子跃出水面，炫目的阳光劈头盖脸地打下来，迎面扑来满满的春夏草木的味道。是闻讯而来的森林公园工作人员，用捞水中杂物的大网兜将我直接打捞上来了。我像条鱼一样在岸边草丛上吐着水，吐了许久才把水吐干。据说我在水上载沉载浮时，双手在水中乱抓乱扑，穿着的红纱裙散开如一朵喇叭花。护林人说，他们如捞一尾红金鱼一样把我从水中打捞起来。他们还说，湖神要诱惑我当"贡品"，小蝌蚪小青蛙就是她派出的诱饵。一个深湖试图吞掉一个孩子，但最后这个湖没能得逞，因为这个孩子命大……

父亲从此禁止我下水，也许他怕失去我。造成的结果就是，在水绕三江的岭南水乡长大，至今我不会游泳。但我时常会做一个梦，在梦中，有像一块软绸般的深湖，水从四面八方柔软地合拢过来，我就是那倒影里的一尾红金鱼，游来游去，总也游不出。有时候，父亲会和我说起五岁时溺水的事情，但许多许多细节，都已忘记了、散失了。留在记忆深处的，是在半透明的苍绿湖水中缓缓下坠，水流在身体四周游走，密如鼓点的蛙鸣从不同的地方擂响，蛙声一片，处处皆是，无处可避。但奇怪的是蛙鸣水更幽，静静的涟漪仿佛将人带向远古之幽深。在这个过程中，全身软软的，是放弃，是懒散，是不小心坠入了其中，再也难以跳出来，没有丝毫恐惧，只有全然的温驯和归依。

现在回想起来，那算是湖水对我的一次启蒙，湖水告诉了我一个孩子和自然的关系。当然，一个生活在山林水畔的孩子，举目皆是青山绿水，随时随地接触的都是自然。但正是这样，才会对身边的一切过于熟习。那一泓幽水古池，分明在启示我一些什么。正是载沉载浮在水中的时候，深藏隐秘的自我却分外清晰地浮现出来了，这种孤独时刻是危险的，但也是最本己的，自我的存在历历分明，如此真真切切。长大之后，学习法语时，我发现"大海"（mer）与"母亲"（mère）在法文中是同音词，也就是说具有某种相似性。大海有囊括万物、摧毁一切的力量，同时也滋养生命，蕴藉深沉，一如母体。自然既带来万物并作、欣欣向荣，同时也带来幽幽暗暗、随时伏击的死亡，人类在溺死于其中的恐惧与全身心浸没蜷藏的愿望之间纠结不定，因为这两种感觉总是同时到来。

不知为什么，今天一整天都在想溺水的事情，仿佛看到一只苍青色的葫芦在水中蠕动，那长长的藤蒂在浮沉中飘拂。尘世是一湾深潭，这个江湖的水很深，时时刻刻，风云变幻，巨浪洪涛，亦无舟可渡。但我们每一个人总要漂浮在大地之上，满不在乎地老去，让生命在汩汩流动中最终汇入无限。看啊！存在透明纯粹又神秘莫测，既滋养你又要吞没你……

小巷女儿

　　从小，住在那种古朴的深深小巷里，我们家在小巷的尽头，旁边一墙之隔是一所中学。祖母说我们家旁边的小学和中学，都是民国时期由我祖父一手创办的，可见这是一条很有年代的老街旧巷。我家屋旁种有芭蕉和紫珠树，紫珠树亭亭如盖，由父亲当年所手植。如果有人随意乱逛，走入了这条名叫"西三巷"的小巷，窄窄的小巷两侧，是一家又一家鱼鳞黑瓦老屋，空气中充满了谁家爆锅炒菜或文火煲汤的香味，小巷里闪过遛街狗或墙头猫的小小影子。不经意间，他就会走尽这条小巷，发现巷尾有一户花木簇拥、安逸清幽的人家，那就是我成长的老屋。斑驳的老墙上长着绿毯般的爬山虎，开着细碎小花的紫珠树，散发着淡淡的药香味。四下无人，阳光明净，绿叶轻垂，蕉叶舒展，在凉风中轻轻摇曳，犹如娇羞女子午睡初醒，闲寂慵懒的静好光景。从小在小巷里长大，这巷弄深深的童年，凝结成了我一生的初心与底色。每次读《论语》，读到颜回箪食瓢饮在陋巷，我都会觉得特别亲切有情味，因为我也是生长于陋巷的人啊！满覆青苔的石阶，游荡在巷口的懒散的猫狗，屋檐上起落扑棱的鸟雀，时光的利刃被散淡的阳光或丝丝的烟雨挫钝，一切都还停留在旧时光的模样，充满古旧斑斓的平和柔软。如果你走进这条小巷，推开某扇木门，一直在耳边的喧嚣会突然退去，这里的安静有种墨绿的幽深感，而小巷深

处，人字坡斜屋顶上一个小小的阁楼，有人正推开小小的朝北的窗，一个小巷姑娘探出了头，一对长长的羊角辫忽悠忽悠——这就是童年时代的我呀！

我出生和成长的老屋带有阁楼。顺着楼梯攀爬到阁楼，高低不平的室内房顶，一如外面起伏的屋脊。阁楼上有窄窄小小的窗，从那里我可以看到楼下老人孩子和小狗小鸡在嬉戏，有人从长长的小巷中大步走过，左顾右盼，人们在楼下做着各种零碎的事情，我可以轻而易举地把一条长巷里的这些生活状态尽收眼底。各家的吵嚷声，伴随着炖汤的热气，伴随着老屋旁边那棵开花的紫珠树散发的异香，顺着楼梯飘了上来。我喜欢从阁楼的视角去观察这条小巷，把身体靠在窗框上，但又不敢出去太多，外面就是瓦片的屋顶，开着一蓬蓬的瓦松花，瓦楞中有杂草丛生，有麻雀和鸽子停在上面，窗户一打开，鸟群就扑扇着翅膀，哗啦啦地纷飞而过。一个边远小城的主峰山脚下，镶嵌着一条悠扬的小巷。当一抹朝阳在小巷中游荡，牵着新的一天启航，墙头的一声猫叫，抑或是谁家晨起的一声咳嗽，便能填满整个小巷。当一缕斜阳在小巷中浸染，整个小巷便汩汩地盛满了琥珀色的黄昏。小巷每一家的门口，几乎都坐着一位老人。他们一样的表情，一样的姿势，在悄然领略、享用着迷人的夕阳。深街曲巷，路边闲草，这就是我的灵魂的本色。从穷街陋巷这样的生活走来，无论走到哪里，都没法让我变异成另一个人。翻山越岭，漂泊千里，我内心还是那个南方边城的小巷女儿，记得当初的自己，记得自己的本来面目，记得小巷岁月的淳厚质朴。秦岭之北，多少次梦里依稀，独自彷徨在悠长、悠长又寂寥的南国小巷，四周是弯曲的暗调，走不尽湿漉漉的青石板路……

有一份童年乐趣叫钓青蛙

那时，青蛙还很多。那时，青蛙还不是保护动物。那时，我们有一份童年乐趣叫钓青蛙。青蛙平时栖息在沟壑、河堤、水田、池塘，或者溪流沿岸的草丛中，在草浆气息漫溢的早晨，在充满植物馨香的中午，在暮色四合的傍晚，只要听到蛙声响起的地方，就是钓青蛙的孩子们发起冲锋的猎场。首先，得去找一根竹竿，在南方，山坡上长满细长匀称的翠竹，这是钓竿的最好材料。找到一根一米左右的竹竿就可以，竹竿不宜过长，否则不够趁手。然后，竹竿的末端系上一米二到一米五的绳子（通常我们用毛线，那个时候妈妈会给我们织毛衣，家里毛线很多），绳子一头绑在竹竿上，一头用来绑诱饵。用什么来做诱饵呢？小鱼小虾小虫都可以，有的男同学随便在家里找点棉花球出来，系在绳子上，然后直接就在上面撒点尿液，弄完就跑去钓青蛙了。我记得我在绳子上系上一朵黄色的南瓜花，也钓上过傻傻的青蛙。夏天的时候，我们一放学就拿着工具出门了，几个小伙伴一起相邀钓青蛙。对了，必备工具还要有一个竹篓或者蛇皮袋。用铁丝把袋口外翻，撑成一个圆形，就成了一个桶状的袋子，再把铁丝绕个圈合在一股做个手把，那样抓在手里，就成了一个装青蛙的袋子。到了沟渠水塘边上，挖条蚯蚓，逮个蚂蚱，绑在绳子的最下面，用来做

诱饵。一般用蚯蚓，因为蚯蚓最容易获得，随便撬开一块水边的石头，就能挖到好几条蚯蚓。钓青蛙和钓鱼差不多，不过与钓鱼不同的是，拿钓竿的手要上下一动一动的，不停地升降起落，忽高忽低，伪装成虫子跳跃的样子，以吸引青蛙的注意。这对青蛙来说是致命诱惑，躲在附近水草中的青蛙，它们看到那摆动的钓饵，观察一阵后，瞅准诱饵，奋不顾身地高高跃起，跳过来猛地一口紧紧咬住。这个时候，任你提起钓线把它吊在半空中，它也不松口。这样顺势一提，青蛙在半空中划过一个弧线，就成了你的囊中物。等到青蛙咬钩了，要像钓鱼一样突然用力收竿，眼疾手快地把竹竿提起来，一个活蹦乱跳的青蛙就挂在绳子那里，瞪着圆鼓鼓的眼睛和你对视。右手提绳子起来，左手的袋子送过去接住青蛙，往里面一落，青蛙就跑不掉了。落进蛇皮袋的青蛙就像跌落深井一样，弹跳力再强，也跳不出来，只好束手就擒。

用这种方法钓青蛙，一般一个小时能钓十多只青蛙。当然，也会有抓错的情况，一不小心就抓到一只癞蛤蟆，又肥又大，满身疙瘩，等到抓上来的时候恶心坏了。记得有一次，一位钓青蛙的同学用力提起沉重的钓竿，映入眼帘的却是一条长长的花色怪物，它死死地咬住诱饵，悬在半空中，拼命地扭动身躯——原来他钓上来的不是青蛙，竟是一条花蛇。他一声尖叫，撇下钓竿就跑。听到他惊慌的叫喊，我们也吓得跟着跑，大伙儿稀里哗啦地跑出很远。钓上来的青蛙后来怎么了？记得那时候我们并不怎么吃青蛙，望着那些活蹦乱跳的东西，我们没有过多地去考虑它们的味道，大多的时间是钓着玩儿。钓上来的青蛙后来大多都被我们放了，或是带到教室被老师没收了，留下一些被我们玩死了，最后成了鸡鸭们的美餐。为什么不吃呢？因为不知道是不是食用蛙。我们南方吃的是"食用蛙"中的大类"虎纹蛙"，即俗称的"田鸡"。菜市场里有卖田鸡的小贩现场活宰，那些小贩腰间系一条塑料围裙，坐在长条木凳上，从竹篓里抓鲜活的田鸡，当脖颈一刀，熟练地一把剥掉皮，掏掉内脏，露出白嫩的尚在抽搐的四肢。在他的脚下，四处扔着绿色的蛙皮、黑黑红红的肠肝肚肺，一个红色塑料大盆里是宰剥完毕的田鸡，横竖堆压着相连的大腿小腿。买了田鸡，小贩常会送一两张新鲜荷叶，鲜荷叶拿回家用开水烫软，再放冷水中漂洗干净，在蒸笼上铺上荷叶，放入做好的米饭，然后铺上用姜葱调味腌过的蛙肉，将荷叶合拢，用牙签穿好固定，大火隔水蒸十到十五分钟，就是一道唇齿留香的荷叶田鸡饭。我已经很多年没有吃过荷叶田鸡饭了，事实上，"蛙"几乎是国内唯一见到可以公开在菜市场贩卖的两栖类动物——当然，随着去年最新公布的野生动物保护法规，"田鸡"已经不能再售卖了，目前市场上可以销售的食用蛙类，仅有人工养殖的"牛蛙"一种——个头巨大的牛蛙是地道的"舶来品"，并非中华田园蛙。光阴似流水一般，逐渐把儿时的流光记忆慢慢磨去。儿时曾经一起奔跑的小伙伴们，也随着时代激荡，或游走四方，或迁徙他乡。童年时在骤雨过后的池塘中，那些踮踮跳动的青蛙，蛙声喧响一片，如同一曲"野趣横生"的宏大交响乐。而现在在城市中居住，听见蛙鸣的机会越来越少了。任何一种天籁都值得聆听、感念、回想，因为，不知何时，它就会消失了，就像自然里和村庄那些消逝的事物一样，被连根拔起，再也无处可寻。

儿时的足球

　　岁月如流，青春也不过是几届世界杯的时间。最近又一届世界杯开赛了，全球进入世界杯时间。虽然平时极少看什么英超、德甲、意联，但大力神杯的光芒与荣耀永不暗淡，有时间了，偶尔还会看看荧屏上瞬息万变的球场风云，隔着荧屏感受下现场的炽热氛围。因为，绿茵场上那充满激情的日子，还有足球永不言败的向上精神，在我心中仍是一道永远难忘的风景呢！

　　我的家乡广西梧州地处北回归线，四季如春，气候温润，有质地最好、连片面积最大的全国足球冬季训练基地。所以，从小到大，没觉得足球是很遥远的事，一放学就可以组队踢球，足球是一项可以很自然地参与其中的体育运动。我所在的小学门前，就有一片向市民开放的标准的足球场，每天不同的专业或业余的足球队都来这里龙腾虎跃地练球，当然也包括我们云盖路小学足球队。

　　那个时候，我的小学同学们纷纷组建一支又一支足球队，天天比赛，不亦乐乎。我每天放学就踢足球，前后踢了整整五年，风里雨里、泥里汗里，今天的体质全靠那五年的女足岁月打下的底子。那时候的父母们，在子女的教育上也没那么看重"出路"。搁在今天，中国大部分的家长肯定会认为踢足球没出路，对孩子的这个爱好百般阻挠，学奥数、学英语，哪怕考钢琴十级、中国美术书法十级才是正经事。我们那个时候，父母对我们这群野生动物般的泥孩子，基本上就是扔到广阔天地中去放养。

踢球的童年，谈不上有什么严明的纪律，出色的爆发力，精湛的射术，细腻的脚下技术，但我们也像模像样地中路、边路，传中、远射，穿插跑位，凌空抽射，点射、头球、单刀破门，踢得状态好的时候，一停、一挑、一射，也曾经带球如入无人之境，各种假动作晃到对手怀疑人生，凭借闪电般的速度给对手以毁灭性的打击。那个时候，我们各班自己组织了班级间的足球赛，放学之后就约战绿茵场，书包堆放到一起，"石头剪子布"定好哪方先开球，大家就轰轰烈烈、热热闹闹地开始了踢球，没有规则，没有裁判，甚至没有计分的……这和现在看球赛完全不一样，在那个时候，我们甚至没什么"比分"的概念，只是大伙一窝蜂地扎堆踢球，不知道为什么而踢球，同样不知道为什么那么欢乐……

孩子们身上都是满满的电力，必须每天都要放放电，折腾到精疲力竭才能倒头就睡。放学之后，我们来到球场，没有一身球衣，也没有什么像样的球鞋，慢跑拉伸一下，就开始快跑、疾冲，就像一只小鹿打了个响鼻、试一试蹄脚，然后一溜烟地开始了撒欢奔腾，左冲右突地加入群体对抗。只要场地上有球，就会不由自主地去触碰它们，控球、传球、变向、抢断、射球，踢得尽心尽力，只为单纯的激情和热爱。无数次地尝试进球，没有一方松懈，大家都为荣誉而战，脚下运球，快步如飞。足球飞来，无人后退；身体碰撞，无人畏缩。就是这样满怀喜悦和亢奋去踢球。如果偶尔潇洒地来了一个香蕉球或倒钩，小伙伴们一片欢腾尖叫、击掌叫好，不只能带来心理愉悦，还能获得自我确认，会得意扬扬好长时间呢！

后来，小学毕业了，到了中学只在体育课踢球，没有校队，高中还是没有校队，大学已完成了从野姑娘到淑女的变身，不再踢球了（身边也根本组不了队了）。感觉校园系统足球教育完全不够，中国孩子从足球体能、技战术水平、比赛经验到身体条件，都远远落后于人。如今我所在的西安交大，最常举办的足球比赛，也常常是五人制足球赛，小场地，小球门，小尺寸的足球，缩短了的比赛时间。今年的西安交大五人制足球赛上个月才举办过，十八支教工队、五支学生队经过两周激烈角逐决出胜负——为什么如今踢足球的学生越来越少了，足球这项充满激情的运动项目，为什么在中国很难全民推广？这么多年过去了，感觉我们的足球环境不但没变好，反而更差了。孩子们踢球的更少了，踢球的地方更少了，校园足球还是匮乏甚至没有……

孩子们放学后在做什么？奥数班、英语班、钢琴班、舞蹈班、小主持人班，就是看不到孩子们课后激烈地追逐着一只足球的景象。没有一个课后班叫足球班！也很难看到一个供孩子们玩耍的开放足球场！想想在巴西，就算是破破烂烂的贫民窟，也不缺像样的球场！他们爱足球，沙滩、街头，想玩就玩，足球带来快乐！足球改变命运！足球是他们生活中最重要的一部分。从这个角度来说，也许中国就是一个没有足球群众基础的国家！越来越没有足球氛围，一代一代的孩子走上了教育的流水生产线，鼻梁上架上了越来越厚的近视眼镜。整个民族的足球意识和足球文化这么贫薄，十一个会踢足球的中国人从哪里选拔而来呢？中国足球的青少年人才无米下锅并不是什么秘密。足球在中国没有大批的人参与，没有一个制度支持它，这项运动完全失去了群众基础，那么你们还期望中国足球有什么成果呢？难道就凭换几个大牌教练就能点石成金了?!

有时候在梦中，我还会梦到自己回到了儿时的绿茵球场，和邻班或邻校的足球队在进行一场激烈的比赛。梦中的我充满了进攻意识，摧枯拉朽般摧毁了对手的防线。顶着耀眼的午后烈日，我带球晃过了一个人，发现前面有大片的空间而我的步伐还可加速，于是我一路狂奔起来，撞向无限自由。一阵阵微风吹拂着大汗淋漓的皮肤，而我跑得如此迅疾，呐喊助威的声音好像都远了，我带着那只球，无羁无绊的，好似将永远地跑下去，飘然抵达世界的尽头……总是在这样的时刻，会突然惊醒过来，醒在异乡的四壁幽暗的漫漫长夜。

2023
03. 12

少年的山坡

常常在梦中，回到少年时代的山坡。无论是高中校园长满了野杜鹃的后山，或是放学后和同学结伴去玩的野山坡。一群少年你追我赶，笑语喧闹，沿着弯曲陡峭的坡道向上奔行，好不容易来到山顶上，长长地呼出一口气。过山风从远处的重峦叠嶂吹送过来，四面到临的风，天顶的太阳，无以计数的草，绵延拜倒起身。少年们可以在山顶大声叫喊，可以在山顶上看到苍穹上高飞的鹰，少年们可以在山坡上安放自己无处释放的野性。

那时的城市开发还没有摊大饼，这里那里，总有许多这样的荒山坡、相对平缓的起伏丘陵，在厂区，在校区，在居民区荒草过人头的后山。不想早早回家的少年，总喜欢躺在山坡上感受茫茫黄昏。摘下和揉碎一朵朵小野花，野花在手中放出香味，香味略带苦涩，也许那是来自大地的无尽忧伤？

小时候看见的野花，都是开在山坡上的。各种各样的花儿，绵延着春夏秋冬不同的美，在广阔的天地之间热热闹闹地开着，把山坡染得一片粉白，一片绯红，一片金黄。走进花丛，摘下一朵别在头上，山坡的空气中洋溢着淡淡清香。满山坡开不尽的野花啊，松涛阵阵，草木葱茏，淡红色的晚云在最后静止不动——这就是少年时代我所感受的茫茫黄昏，远处吹来微风，山坡上顷刻沉入黑暗。

一个缓缓起伏的山坡，在南方的艳阳下，到处野花开放。阳光下的野花，雨中的野花，在这一面山坡上，自生自灭，无怨无悔。这满山遍野的花朵，像春天的嘴唇，朝向天空。一个少年唱着一支歌，谁能听清那含糊的歌词？

就是那样的一面山坡，不经意间深植进我的心中。一个个翻山越岭的梦里，总想回到开满野花的山坡。山坡上的野花，小小的，碎的颜色，仿佛时光中的碎片，从少年时代的缝隙中流出来，总会给人一种似曾相识的感觉，给人一种恍惚的惆怅的乡愁。

少年的山坡

初夏的蝉鸣，林荫。山坡上的女孩在等待着谁？安静得像一只猫。

放学的铃声，早已是很多年前的事了。年复一年，女贞花开花落。这一片葳蕤的初夏绿，盛放在时光里等待归人。

谁在梦中，又回到了那个小山坡，月亮缓缓升起的小山坡，映着坡前的树影，随风摇动。

从前慢，人们细致地生活

从前慢，人们细致地对待生活中的每一处细节。

一件衬衫，用长条肥皂细细地搓洗袖口和领子，一次次清水漂洗。一把青菜，要细细地择，摘去虫叶，抽去老的筋丝，一片一片在水中冲洗。一条鱼，刮去鱼鳞，剔掉鳃，加姜丝，用小火慢慢煎，直至煎得两面金黄，加水慢火熬煮，成一锅奶白浓汤，再加嫩豆腐，撒胡椒粉，最后点缀一把香菜葱花，细细碎碎的绿意，在汤中沉浮，白绿相间，春光明媚。

记得小时候洗头，母亲或祖母拿出一块厚厚的圆形褐色茶麸饼，用刀砍下拳头大小一块茶麸块，用布包裹，放到烧水锅里，煮沸满满一锅水。然后让锅中的沸水慢慢降温，这个过程也是为了等待茶麸浸出，让里面的有效物质更好地发挥出来。等温度降到不烫手时，就可以开始洗头了。哗哗倒到洗脸盆中，已是一盆棕黄色的液体，水汽氤氲，散发着醇厚而温暖的茶油芳香。洗头时，把头发浸入茶麸液中反复搓洗，用手轻轻按摩头皮，认真清洗五分钟左右，把水倒掉，然后再换上清水，把头发清洗干净就可以了。那时候，家里从来不用什么洗发水之类的洗发用品，每周用茶麸洗一两次头，头发就非常乌黑亮泽、顺滑清爽。只是每次洗头，步骤很多，耗时很长。茶麸，那是很古老又超棒的天然洗发剂，但需要捣碎、熬煮、过滤才能得到用于洗头的茶麸水，洗头是一

件需要细致地一步步去完成的麻烦事情。

从前慢，那时我们不怕麻烦。记忆里，祖母一整天都在忙着家事，父母下班回家也是忙前忙后，他们忙着打理的家事，就是细致地生活、用心地生活。让家人穿上日晒温暖的干净衬衫，吃上一盆清炒出来的翠嫩蔬菜，吃到一条煎到透黄香酥的鱼，喝到一口熬到火候的浓香豆腐鱼汤。回顾这一切，我真的心存感恩，因为我知道自己作为一个孩子，曾经被这样细致地照料过。即使当时家庭的经济条件并不丰裕，但是，我是享受福分的，我得到了长辈们精心的呵护。那时候的衣物、用品都朴素普通，日常食材也不是什么名贵之物，不足以待客，至于那种舒适的体验、奇妙的味道，不过是时间与用心的结果，这与父辈们的日常生活方式一样，没有什么特别值得称道与张扬的。

但是现在呢？衬衫要洗得雪白干净，得拿到洗衣店去，要不就是扔到洗衣机里转一下。一忙起来，经常是外卖续命，或者囤一堆泡面、预制菜、半成品，稍微加热下就可以食用。至于洗头，直接用市场上琳琅满目的洗发水得了，茶麸虽好，毕竟要熬煮要浸泡，把熬煮浸泡的时间用来看网剧、刷游戏，它不香吗？不过，虽然省去了食材采购的烦恼，简化了制作过程的繁杂，但吃外卖只能说是续命，实在吃不出来小时候那种慢慢做菜、围坐吃饭的滋味，洗发水和茶麸的效果完全不可同日而语，衬衫也经常因为扔进洗衣机混洗而染色或衣领磨损。如今，我们的生活都太粗糙了，没有了细致的纹路，更不用说有什么别致的花纹。

我知道不应该一味怀旧，曾经的细致生活方式，是农业文明或工业化初期阶段的产物，市场上各类商品不如今天满坑满谷，世界就如一个以超市形态存在的无限货架，那时很多东西需要手工制作，人们也有充足的时间，为生活做种种细致的准备和料理。在一个工业化、信息化不断加速度前进的时代，对往昔种种慢生活经历的追忆，只是一次不合时宜的个人抒情，只是站在此地遥望彼时的感怀。我知道怀旧于事无补，从更积极的一面来看，不同的社会条件，也应该可以缔造出独具特色的文明形态，主宰着衣食住行的新的美学走向。

不过，明知时代变了，怀旧于事无补，但我依然期待家人围坐饭桌共享美食。吃饭不但是个进食的过程，还是个享受的过程，一砂锅熬煮了大半天的老火靓汤，其中有十几味汤料，内在精致复杂，承载着家庭的味道，配合时令，原汁原味。离家远行之后，通常一年有一两次，我翻山越岭、千里返乡，就能饮到这样用心熬煮的好汤，根据家人的体质状况，养胃的、去湿气的、下火的，可以调养身体的滋补好汤。一口一口喝下去，从内到外都滋润舒展起来。汤的味道还是那么地道，还是雕刻在记忆深处的小时候的味道，只是，坐在桌子边的父母都老了，一年一年地老去。

　　从前慢，人们懂得用自己生命中的那份从容和细致来浇灌每一个平凡不过的日子。我知道比我小一代的人，已经无法享受我的福分了。被细致生活浇灌过的我，在身体里密密地贮藏着过往的一切，当时的风光、晴雨、温度、味道、气息，都像曲折回转的纹路一样被细致地雕刻在记忆的木匣里。

2022
04. 15

孤独的秋千

"秋千"一词在宋词中反复出现，说明它在宋代应当是民居庭院中的普遍设施。李清照《点绛唇·蹴罢秋千》："蹴罢秋千，起来慵整纤纤手。露浓花瘦，薄汗轻衣透。"苏东坡《蝶恋花·春景》："墙里秋千墙外道，墙外行人，墙里佳人笑。笑渐不闻声渐悄，多情却被无情恼。"还有苏东坡的《春宵》："春宵一刻值千金，花有清香月有阴。歌管楼台声细细，秋千院落夜沉沉。"……写的都是庭院中的秋千。

尤其"春宵一刻值千金"这句诗，大约人人得知，但真正了解这句诗含意的，可能就不太多，可以说这是自古以来就被误解的一句诗。原诗并不是指新婚之夜，而是指春天的夜晚。这个美丽的夜晚每一刻都价值千金，花儿散发着丝丝缕缕的清香，月光在花下投射出朦胧的阴影。远处的楼台，谁家还在轻歌曼舞？歌声与管弦的声音，细细地流荡空中。夜已经很深了，挂着秋千的庭院已是一片寂静。那轻盈的秋千，也是一刻值千金的春宵不可或缺的一部分。

秋千主要是古代女性娱乐玩耍用的设施。唐宋时，荡秋千活动盛极一时，家家庭院，竞竖秋千，以为嬉乐。一直到明清，秋千仍然是备受女性青睐的娱乐工具，这主要是因为，古代的女子常常闲闷于家中，身心上有巨大的烦恼无处宣泄，所以荡秋千成为众多女性的必备游戏，每家每户的院子里几乎都有秋

第二章
打水漂的少年

千。时至今日，荡秋千还是大家都喜欢的一项娱乐活动。

秋千有什么好玩的呢？

攀着两条长悠悠的绳子，轻轻地摆成弯月形，于是你便被高高举起，像飞鸟展开双翅，飞向碧天的一边，从半空中轻快地荡过永远脱离不开的地面。荡了一遍，草坪从脚下掠过；荡了两遍，冒过了如烟的绿杨树尖；再荡第三遍，好像白云在头上团团出现。随着秋千绳索一上一下地摆动，人也在空中翩翩飞舞。那些荡秋千的美好时光啊！一次次高高地飞向天边，飞上去还遥望着远处的云彩，你常常觉得好像有一个你，已从身体中荡了出去，如一只断线风筝一样飘走了。

小时候的秋千，就是把粗细长短相同的两根绳子拴在大树上，两边固定住，下面绑上一个小板凳，这简单的秋千就做好了。于是，坐上这晃悠悠的小板凳，你就荡漾在蓝天下，飞翔在云朵里。一群童年时代最好的伙伴，三五成群地就跑来，聚在荡秋千的地方争先恐后，一个人坐，一个人推，越来越高，越来越高，伴随着一声声笑语尖叫，那种悠游自在的感觉真的太美妙了！长大之后，想玩玩荡秋千也只能去游乐园了。在各处的公园里，基本上都可以看到秋千，周末很多家长带着孩子来这里荡会儿秋千，想重温儿时乐趣的成人放下刷个不停的手机，体会一下那种微风扑面、脱离地心引力的失重感，也活跃下乏味的身体。

多好的秋千啊！即使现在游乐园里有更多好玩的项目，比如大摆锤、过山车，比起单个秋千，这种项目荡得更高，速度更快，感觉更刺激，但是还是感觉秋千更自然环保、更锻炼身体。

今年春天，在二十四番花期的分秒流逝中，我已很久没去游乐园了。又一个春天，很快就将结束并走远。所有的秋千仍在继续荡来荡去，但是，没有人们的喧声笑语，只有风吹着秋千索的声音，回荡在空空的春天里。

一条小路
细又长

一条小路曲曲弯弯细又长，

一直通向迷雾的远方。

我要沿着这条细长的小路，

跟着我的爱人上战场。

纷纷雪花掩盖了他的足迹，

没有脚步也听不到歌声，

在那一片宽广银色的原野上，

只有一条小路孤零零……

这是一首苏联卫国战争经典歌曲，诞生于 1941 年苏联卫国战争的烽火中。《小路》20 世纪 50 年代传入并且风靡中国，曾经是一代人记忆中美好的歌声。这是一首描写年轻姑娘追随心上人，一起上战场抗击敌人的抒情歌曲。从小到大，街头巷尾时常听到这首歌，淡淡的忧伤，丝丝的希望，优美而不柔弱，情深而不缱绻，歌声中虽然浸透忧伤，但也透着勇敢和坚强。每当《小路》的经典旋律响起，心里就柔软起来，如同穿越了一段长长的光阴。眼前展开一片宽广银色的原野，上面只有一条小路孤零零、孤零零地伸向遥远的边疆。

在这个世界上有很多大路，车水马龙，人来人往；也有很多小路，悠长而慵懒地，在某个地方静静悄悄。大雪纷纷飞舞时节，小路被厚厚的冰雪所掩埋。乍暖还寒的时候，小路的两边，枯草下掩映着点点绿色，空气里弥漫淡淡青草香。天真烂漫的少女，她们大约也在这样的时节，挎着竹篮，且歌且行，穿过这样的小路，到山野间去采摘。弯弯的小路，芳草萋萋，如一条柔软的飘带般延绵。向小路的尽头极目望去，它蜿蜒拐进丛林深处。

想起童年时，我最喜欢一个人在小路上徜徉，沐着漫天云霞，好多思绪纷至沓来，有时又一片空白，心里宁静得像空旷的山谷。童年的小路通往落日和森林，通过河畔和田野。它们那么普通，普通到你走过却会忽略，不曾发觉它在你脚下陪伴过你；但又那么可爱，可爱到你会为一株花一棵草驻足、低眉、轻嗅。那时，我和童年的伙伴们，每天小野马似的奔跑在小路上，来来回回，追着、闹着、笑着，抛洒着无忧无虑的歌声。而这一切，都像脚印一样嵌进了小路的每一寸缝隙里。

小路曾穿梭于我们的整个童年，然而我们总想着外面的大道。于是，某天我们离开了，没有告别仪式，没有一句留言。风轻轻地吹，空中掠过一只只伶俐的小鸟，再也不是曾经徜徉小路的那只了，我们也渐渐在时光中换了模样。

如今，在城市的钢筋水泥森林中，我更喜欢扬着灰尘的大路，而不喜欢看似诡秘的小路。每一条大路的拐弯处，可能都隐藏着一些小路，又深邃，又生疏。走上一条生僻的小路，便有些心慌，怕越走越远，走入迷途。尤其夜深时分，月亮的幽辉，昏黄的路灯，都照不亮小路的脸，足音敲响在这样的路上，一步一惊心。好不容易穿过小路，回到了灯光明亮的大路上，回头看看，风还在小路上，像个迷路的孩子，东奔西撞的，呜呜地吹着口哨。城市中的小路，躲在无数条宽敞的马路后，用苍老的面容窥探着我们，用低沉的嗓音小心翼翼地呼唤着我们。

也许小路未变，然而我们在变。昨天较之于今天，今天较之于明天，都是不同的。我曾走过生长着杂草野花、覆盖着落叶的泥土小路，如今走过黑黝黝的、发出工业哑光的柏油路。就像那首叫《小路》的歌曲中所唱的，"一条小

路曲曲弯弯细又长，一直通向迷雾的远方"，我是一个从这条小路出发的人，我的小路伸向远方，如今我已抵达迷雾的远方。远行的我，再也没有返回（即使返回，也找不到原先出发的地方了）。童年的小路静静地躺在某处，身姿还是那么消瘦细长。

第三章　潮湿的精灵

白兰花的穿越

北风卷尽秋色，落叶随风飘荡。冬天晚上，最美好的事情是：蜷在被窝里看书，喝滚烫的水果茶，整夜整夜开着音箱听音乐。然后，不知不觉睡着了。在沉沉的睡眠里，我们藏起了自己。在梦境的深潭中，色彩斑斓，光影交错：沉睡的花蕾等待着开放；清溪中美丽的小鳟鱼，欢快地跳跃，闪着银光；还有长满了红红浆果与小小蘑菇的森林；还有新摘下来的白兰花，被一双灵巧的手穿针引线，串成手环，串成项链，串成胸花，剩下一些散落的花瓣，撒几片在枕头底下，连梦都是香甜的……刚才是打了一个盹呢！恍然梦到家乡的白兰花了。这种花准确的学名，叫黄桷兰，别名芭兰、白兰花、白缅桂。是一种高达十几米的常绿乔木，枝叶广展，呈阔伞形树冠，花白色，极香极香。很多北方人从不知道这种花，因黄桷兰生长在温暖的南方，喜阳光充足、温暖湿润的环境，不耐寒，冬季温度不得低于五摄氏度，只在广东、广西、福建、云南等省区栽培极盛。黄桷兰初夏开花，一树繁花洁白清香、淡雅清丽：含苞时，花瓣紧紧合拢，好似毛笔的笔头；盛放时，花瓣向四面展开，如同信手拈花的佛手。一阵微风吹过，以黄桷兰树为圆心，方圆一公里都沐浴在氤氲的花香之中。

在南方长大的姑娘，或许都曾走过一条开满白兰花的林荫道；或许都曾在耳根处别过一朵小白花，任花香熏染着乌黑柔亮的发丝；或许都曾从提着小竹篮子的老婆婆那里，买过用铁丝串成胸花的黄桷兰，一般是三个串成一束，像个倒挂的毛笔头，可以别在衣服纽扣上；或许都曾捡起一朵粉雕玉琢的鲜花，用细绳穿过坠在手机上；或许包在手绢中放入裤兜，放入书包，可以香一整天；或许夹在书页里，整本书都是花香，时常忍不住打开书页细细地嗅着。白兰花香气馥郁，经久不散，既有茉莉花的清雅，又带着含笑花的甜蜜。那种富于穿透力的香味，能让人从日常生活中脱离，在沉醉的嗅吸中，敞开心胸接受感官的真实，仿佛活在花香浸透的另一重世界中。亦舒小说里描写的 80 年代的香港人家，晚饭后女子"捧满满一碟子白兰花出来，幽香扑鼻"，是南国初夏的韵味。记得我家里也是这样过日子的，爸爸下班常常带回从道旁随手采下的白兰花，奶奶会先挑出几朵颜色最洁白的，放入盛有浅水的白瓷碟里，将白兰花梗朝里浸在水里，沿着碟边摆上一圈。白兰花遇水，会渐渐张开，缓缓吐出幽然的暗香。

南方多雨，而黄桷兰开的时节，最怕下起"龙舟雨"，暴雨过后，树下一片狼藉，花瓣全被打落在地上，"零落成泥碾作尘"。被雨水打过的白兰花，香味强烈地释放出来。记得小时候，雨后随便走过一条路，白兰花瓣随着水滴掉落，粘在发梢，飘落裙上，在地上随着蹚水的凉鞋起落，在不经意间白兰花的清冽香气就烙印到了你的心里，挥之不去。真可笑呢！在隆冬时节想着春夏的香气。在北国之地想着南方的草木，白兰花的幽香冲破时空的隔阂，扑面而来，在梦与醒之间，若即若离，若远若近。

2017
09.20

茉莉花的神情

繁忙工作的时候，我喜欢泡上一杯茉莉花茶，那淡淡的香气就让人心生欢喜，仿佛置身于安静芬芳的茉莉花庄园，一扫一整天的困顿和疲倦。举起手中的茶杯细细端详，冲泡后的茶汤淡黄明亮，花香清幽别致，细品之，甘香醇爽，回味悠长。一杯花茶的恬淡中，一颗心宁静下来，安定自若，如在春天的气息里安坐。有时，茉莉香，不需要香满整个世界，仅仅茶杯里那一缕，就足够了。

制作茉莉花茶，采花时间须在晴日午后，挑雪白晶莹、含苞待放的花蕾，赶在开放前择花，使茶叶趁鲜抢香，再以手工精心窨制。茉莉花香要达到浓郁相叠、经久不散的地步，取决于优质的伏花、丰沛的投花量与充足的窨花次数。平时所品，四川峨眉山所产碧潭飘雪足矣，我觉得小罐茶的茉莉花茶更多是概念营销，因为我的家乡广西有一个县叫横县，是中国最大的茉莉花生产基地，被国家林业局、中国花卉协会命名为"中国茉莉之乡"。全县种植面积达10万亩，花农33万人，年产鲜花8万吨，茉莉鲜花产量占全国总产量80%以上，占世界总量60%以上。从小就见过采摘鲜花、茶花拌和、堆窨通花、收堆起花到最后烘焙的茉莉花的窨制，我们当地茶厂所制的茉莉花茶的投花量及投花次数（七八次以上）都超出基本标准，但再高级的茉莉花茶也没到百元一个小罐（一次冲泡量）的地步啊！可见小罐茶更多的成本都用于广告投放和创意策划了，用于花茶品质这种当行本色之上的可能极其有限。在口味上，我也不喜欢小罐茉莉花茶用茉莉香、玉米香、兰花香进行众香相聚的手法（所谓混合出特有的冰糖甜香），要知道，真正最新鲜最纯正的青茶与茉莉花茶原料，只需要最简单的手法来窨制，那清婉的香气就会沁人肺腑，令人陶醉。来到北方以后，喝到了那么多难喝的茉莉花茶，许多一喝就知道是用调香的手法做出来的，里面并没有若隐若现地流动着的纯白茉莉花的香魂，既不鲜灵，也不纯真，只有一股厚得过分的化学香。

小时候，家中养过那么多茉莉花，摆满了阳台窗台、屋前屋后。茉莉花开的过程，分为以下几个阶段：先是碧绿光润的叶子上，长出咧开小嘴的白色蓓蕾，然后是绿叶掩映中一个个白色花朵绽放，像是一个个纯白的小铃铛，最后进入盛花期，小巧玲珑、洁白如雪的茉莉花，衬托着摇曳的翠绿枝叶，像少女一样清秀可爱、天真顽皮、气味芬芳。现在市场上有一种引种的茉莉叫虎头茉莉，又叫巴西茉莉，三叶轮生，擎举起一朵朵团团满满的白色大花，层层叠叠的重瓣离披，开得又丰满又艳丽，一派艳光四射的少妇风情，全然没有中国茉莉那种清秀的少女感。

也许离开南方的时间太久了。我对茉莉的记忆，总是停留在少女时代。总觉得茉莉有一种独特的少女气息，那藏于绿叶丛中的白白的小花，像羞涩的待嫁闺中的少女，想养在深闺人不识，可四溢的清香，又泄露了她的芳踪。也许每个少女十几岁的时候，都做着温柔而多愁的梦，梦里缤纷着玫瑰与茉莉，带给她们的，是美丽亦伤感的蓝色忧郁。不知从哪天开始，她们在深宵时分，不再写流水账似的日记了，换成了密密的、模糊的字迹，在一页又一页深蓝浅蓝的泪痕里，有着谁都不知道的语句。那些文字是茉莉花缀成的环，有一点点寂寞，含一点点傲气，是点点萤火在常青藤的浓荫里游弋，是将火热的颊、海藻般的发，独倚在月华流照的窗棂前。

简简单单的茉莉，清清静静的茉莉，可我们现在，只有众香聚合调制的茉

莉，只有肉感又艳态的虎头茉莉。这不是我少女时代的茉莉。那时候的茉莉，像一首无忧无虑的台湾校园民歌。不知道你听过没有？台湾民谣中的一首，邱晨词曲的《小茉莉》，曲调和歌词都简单得像是小孩子的胡言乱语："夕阳照着我的小茉莉，海风吹着她的发。我和她在海边奔跑，她说她要寻找小贝壳。"这个时期歌手和听众心目中的美学典范是清澈亮丽的嗓子，一派天真率性，因为不做作，因而有一种天然焕发的拙巧，那么可爱，那么美。即使有忧愁，也是轻快的眼泪，是少年的眼泪，少年不识愁滋味，却有那么多无由的感伤。当他能够最深切地体会青春的珍贵和美好时，他的脚已经踏进了成人社会，世界突然开始加速度了。青春依然那么真真切切，却已一去不回。

夜深忽梦少年事，有时真想念茉莉花的神情。我用一款名字叫作"偶遇"的私家调制香水，她们家的茉莉香水，运用单方茉莉香精油调制而成，用一点点就可以，前味茉莉花味稍浓，过几分钟稍淡后，散发着若有若无的幽香，素洁、清芬、久远。很长时间过去，还感觉到那份洁白淡雅如影随形，又非常非常的柔和。在气味中穿越，恍似回到茉莉花开的日子，可以安安静静沉淀自己的心事，点点滴滴流泄细微的美丽，在晨风中绽放，沾着露水流转，那种最纯净的春天的气息，才刚刚在一朵小小蓓蕾中轻轻打开。

> 恍然一朵茉莉花儿开，你笑着笑着，说要绽放；
> 只是一朵茉莉花儿开，你摇着摇着，摇落花香。
> 那美丽的心事啊，宛若飘散的记忆，模模糊糊，凝不成点滴情感；
> 那摇坠的身姿啊，飞舞成隔岸的雪花，落啊落啊，落不尽眼底忧伤。
> 坐在岁月的两岸，只是一朵茉莉花儿开。
> 摇着摇着，摇落满园春色；
> 握着握着，只握住一缕幽香。

芭蕉的陶养

不经意间，夏风吹绿了芭蕉，夏雨打湿了芭蕉。

南国的芭蕉，舒展的姿态，大大的叶片，肥绿而圆润，风起片片摇曳，雨来叶叶低垂。

记得小时候，菜市场，一定有芭蕉，小鱼小虾都是用一张芭蕉叶包起来，茅草扎紧，一个绿莹莹的小包裹，光滑地拿在手里带回家。厨房里，一定有芭蕉叶，父亲把芭蕉叶采回来，顺着叶脉撕成对称两片，叠整齐以便包蒸时候用到。无论是哪种包蒸菜，配上芭蕉叶、香茅草的植物芬芳，都会清爽可口，有一种沁人心脾的鲜香。

屋前屋后，都是芭蕉。生活中大家常常会吃香蕉，市面上也会贩售香蕉，但是对于芭蕉却了解得少。其实，芭蕉属是一个大家族，香蕉也是芭蕉的一种。芭蕉还有粉蕉、红蕉、大蕉、小蕉、蕉麻、蕉王、小果野蕉等分类，只不过，香蕉经专业栽培，品种好，果大而较香甜，因而在市场上比较流行。在南方，有各种各样的芭蕉，总是一场雨落下，便绿得迅疾，绿得猛烈，随风招展，开花结果。天晴，看光斑透过芭蕉叶投在墙端，微风徐来，光斑摇曳。雨落，听芭蕉叶上滴滴答答，声声荡漾。

记得以前看怀素传记，他少时（十岁的年纪）出家，在经禅之暇，他就爱好书法这一样闲事：看蛇入草丛也想起笔画，看壁上裂纹也想到线条……苦无纸墨，仅仅为了练字，他在寺院后面种了百亩芭蕉，足足一万多棵芭蕉啊！在这透着无限清幽的后院里，他像一个蜜蜂儿，住在了卷起的蕉叶里，累了睡一会儿，醒了写……就这样，他以蕉叶代纸，日日夜夜地书写，不知道停止。每每大醉之时，更是在蕉叶上翻墨倒海，此时，山风啸啸，蕉叶滔滔，那些游走的线条，如天地间游走的精灵一般，自由洒脱，狂放不羁，啸傲于尘世之上。由于住处触目都是蕉林，因此怀素不无自嘲兼自得地把自己的住所称为"绿天庵"——倒也妥帖而诗意。芭蕉也是灵性之物，总是静静地生，静静地活，静静地永世无须看管，照样满枝满树的碧绿，它的绿不是那种深重的墨绿，是莹莹碧绿。怀素就在这一院深碧中，有一种情愫自灵魂深处悠悠升起。他伸手摸了蕉叶自在游走的笔墨，幽幽的清凉自心底缓缓滑落。千余年前唐朝的那个和尚，遍种芭蕉，苦研书法，而成为狂草大家，"颠张狂素"的美誉传为千秋佳话。

我的儿时，也是在芭蕉的守护之下度过的。屋外芭蕉绿荫拍窗，葳蕤挺拔。浓浓似遮阳之盖，擎雨之伞，傲立炎炎盛夏。风吹芭蕉绿，总嫌光阴短，如今，远徙北地的我，很少再看到芭蕉，很少透过忽明忽暗的窗纱，看到窗外那一摇一晃的绿影，很少在有风有雨的夜里，听雨打芭蕉之声穿越时空，氤氲着夜的幽远与寂寥。

不知为什么，中国古代文人，听雨打芭蕉，总惹愁绪，一叶芭蕉一片愁。其实，芭蕉是很大气的植物，枝叶离披，不修边幅，舒展自如，率性狂放，逸气里有着亲切，家常里又带点桀骜，活出了一派淋漓。书法史上"以蕉代书"的怀素和尚，酣畅淋漓的，正是芭蕉身上的那种气息。我多么希望，我也被儿时屋前屋后的芭蕉，陶养过这份自然、自由、自在的性情。

芭蕉帘外雨声急，匆匆而过的是时间。我梦中珠落玉盘的芭蕉雨，没有愁绪，只有欢悦。

蛇缘

在我的老家广西梧州，曾有世界最大的活蛇储养场——梧州蛇园（原名梧州外贸蛇仓），每年储蛇量达数十万条之多。在二十世纪五六十年代，这里是中国活蛇出口的最主要集散地，进入八十年代以后又逐步成为广东地区最大的蛇类供应基地。我家就在蛇仓附近，窗边、床下、水槽、厨房，经常会发现从蛇仓中逃逸出来的活蛇，蜿蜒游走。常见的是索蛇、水律蛇、广蛇和过树榕蛇，偶尔会见到有毒的眼镜蛇。见惯不怪，也不会惊慌失措，把蛇直接擒拿就了事了。当时家人都不太爱吃蛇，往往送给邻居家煮蛇汤尝鲜。蛇肉碰不得铁，否则会变腥，切蛇得用竹刀，一节节蛇肉载沉载浮于乳白色的滚汤之上，掀开锅盖的瞬间，一股热气挟裹浓香扑面而来，一条街的小孩子都会流口水。

记得小学二年级的时候，我还在家附近的草丛里，逮到过两条碧绿无牙的小蛇，不到一尺长，柔弱可爱，我就放在纸盒子中，养在学校教室的课桌抽屉里，课间拿出来盘绕玩耍，日常喂饭粒、小虫子。最有意思的一次，我把两条小青蛇紧紧地盘成两个圆饼形状，用彩线系好，拴挂在耳朵上当耳环戴，带两颗闪亮小黑眼睛的蛇头，还在那里一动一动的，这副个性耳环实在酷得不行。结果只炫耀了一回，因为太拉风，给不知哪个同学举报了，校长直接来没收了我的宠物蛇，从此，就永远地失去了那对童年的碧绿耳环。

后来，来到了北方上学和生活，才发现北方人不吃蛇，认为蛇是阴湿恶浊的东西，做药偶尔一用可以，当日常食材则对身体不利。而且，北方人普遍惧怕蛇，并将它与黄鼠狼并列，视其具有某种难以言说的神性或魔性。而不知何故，我天生与蛇亲近，有时候到农村、到山林，所到之处，常见到野蛇出没。记得有一回到农村，在土墙茅厕间，老觉得有什么东西在偷窥我，目光灼灼的，抬头一看，在黄土墙的缝隙间，一青蛇一花蛇，纹彩斑斓，蛇芯细长分叉，不停地吞吐，似乎在向我这个来自蛇乡的南方人急急地诉说着什么。

无端端地觉得蛇是女性的，而且是魅惑人心的美人。印度有传说美女都是蛇变的，佛教视蛇为邪恶的化身，所以，佛为了感化那些有良知的美女蛇，就将她们收为信徒，凡是接受教化的，佛便将朱砂点在她们的眉心，让其修成正果。从此，在印度，除了寡妇和年幼的少女外，都会将朱砂、糯米和玫瑰花瓣等捣成糊状，点在前额的眉心，成为吉祥痣。在中国汉族神话传说中，由蛇幻化成人形的妖怪，一般也以美丽的女性形象出现。最有名的蛇妖，当属其中的白素贞和小青。第一次在脑海里具象化了"媚"这个词，是看徐克电影《青蛇》中，江南丝丝烟雨朦胧了娇艳欲滴的红莲，两只修炼成人形的蛇在水里嬉戏，水光离合，柔若无骨，媚眼如丝，丝丝勾魄。她们在水中抬着初入世的妖的眼，好奇地看着许仙同一众书生念"春城无处不飞花"，指尖作法，随风散落的纸屑真变作漫天而舞的飞花。此刻，白蛇青蛇心中的爱欲，也如同这春日无限美好的花，层层叠叠绽放开来。

烟雨西湖，水色流音，乱花飞舞，如此妖娆的两条蛇精，一青一白，顾自开放，美得仿佛不属于这世上。这样的妖异的美，那种神秘的撩人之气，直教凡夫俗子看得眼直。连人佛合一的法海都躲不过，许仙一个庸庸碌碌的书生，如何逃得过？她们侧身回眸，嫣然百媚，抬眼看住你，发出无声的邀请，背后可能是赴汤蹈火、白骨森森。但是，如果连这都要忍，那在人世间浑浑噩噩地走一遭又有什么意思呢？这样致命的诱惑谁又能够抵挡？

在《青蛇》中，王祖贤饰演的白蛇将蛇妖气质展现得淋漓尽致，温柔的一面，直接的一面，果断的一面，加起来绘制成了一个完美的白素贞形象。只有五百年法力的青蛇，懵懂、天真、俏皮又任性，张曼玉也饰演得好像灵魂附体，表现出了那种野性难驯的混沌与自由。但无论再如何人蛇合一，也是以人性去揣摩蛇性，或者说表现的只是近人的蛇性。我常常想，蛇从来都躲在暗处生活，目光阴沉，行为诡秘。当一条蛇爬上云雾山峰的一棵高树，缠绕在繁密的翠叶枝柯间，遥望着山下万家灯火时，它是如何理解这个世界的？如何理解那十丈红尘中必将伤害它、带给蛇族深重苦难的人类的？

蛙跃古池内

　　酷暑难耐，西安多天持续高温天气。昨天和今天，西安地区已达最高温度四十一摄氏度，就跟到了火焰山一样，热浪袭人。置身于一片骄阳炙烤着的钢筋混凝土的森林中，耳畔响起的全是轰隆隆的空调声，内心感到的只是荒芜与空旷。这时节，只想到水面摇曳着荷花的池塘，化作一只穿着泛黄绿的半透明衣服的青蛙，扑通通地跳入清澈的湖水中，溅起的水花，溅到脸上、身上，一派凉爽，身上的烦躁闷热感立刻消失得无影无踪……

　　我们儿时的伴侣总是各种各样的昆虫，蜻蜓、天牛、蚂蚱、螳螂、蝴蝶、蝉、蟋蟀，此外还有青蛙和小鱼……孩子的快乐与悲伤不需要条件。一只飞过去的鸟，一只叶子下的西瓜虫，都能开心半天；一只捉不住的蜻蜓，一只死去的小仓鼠，都会难过半天。快乐是养一只蝌蚪，看着它变成青蛙。悲伤是养一堆蚕宝宝，看着它们千丝万绕，自缚成一个个雪白的茧子。

　　从小在一个又一个森林公园中长大，最喜欢拿个小瓶子去水塘边捞蝌蚪。记得一个盛夏的下午，在一个人迹罕至的水塘边，我发现了人丁兴旺的青蛙家族。碧绿的湖水中，小蝌蚪只剩尾巴还是蝌蚪，前半部分已变成了青蛙，还有一些更早完成蜕变的小青蛙，欢快地游走在湖水中和岸滩边，打破了这片野塘的宁静，一群扎在芦苇中的鸟儿们都被吵得扑棱棱地飞了出来。我左一扑、右一扑，忙着逮小青蛙，不知不觉走到了水岸边厚腻的青苔上，突然脚下一滑，眼睁睁就落入水塘中，呼喊着乱扑腾，溅起水花一片。那个时候大概是五岁左右吧。最后闻讯而来的森林公园工作人员，是用捞水中杂物的大网兜将我直接打捞上来的。说我在水上载沉载浮时，双手在水中乱抓，穿着的红纱裙散开如一朵喇叭花。不知为什么，留在我的记忆深处的，是在半透明的苍绿湖水中缓缓下坠，水流在身体四周游走，密如鼓点的蛙鸣从不同的地方擂响，蛙声一片，处处皆是，无处可避。我在水中似乎看到了快速地潜入水底的青蛙，以警惕的目光，用腾跃的姿势，从我的身前身后轻轻掠过。

在干旱少湖的北方生活多年，随着生态湿地在西安的涵养恢复，近年来每到夏天雨后，山溪、池塘、菜地、草丛、湖泊……开始有青蛙喧鸣不已，特别是在寂静的夜晚，叫声更加扣人心弦。或是几只轻呱三两声，或是数群呱叫不止，此起彼伏，像是一场精彩的交响乐。这样的时刻，我总会想起幼时玩耍过的一片又一片水塘。翠绿的荷叶或高耸如伞，风一来，摇曳多姿；或平铺若扇，水珠滚动，晶莹闪烁，一股清新凉爽的气息沁人心脾。早春时，摆着尾巴晃来晃去的蝌蚪，就像一个逗号，蹲在湖边，随便地用双手一捧，就会掬上来三三两两的小生命，在指缝间滑溜溜地跳动。随着季节慢慢地延伸，那些如墨一般的小蝌蚪，逐渐脱去了小小的尾巴，变成了一只只可爱的青蛙。从这片浮萍双腿一蹬，扑通一声蹦到那片浮萍的青蛙，绿色的身子，鼓鼓的眼睛，四肢矫健，鼓腮而鸣，活像个蹦蹦跳跳的孩子。你刚想伸手抓它，它腾的一下，就跃到岸边另一处，并跳到草丛之中，再也找不到踪影。

日本有一首俳句"蛙跃古池内，静潴传清响"，也有译作"古池塘，青蛙跳入水声响"的。描绘一只青蛙跳到池塘中间，泛起阵阵涟漪。小小的青蛙，跃动着蓬勃的"现在"之鲜活；沉沉古池，凝结着神秘的"过去"之幽深。而在青蛙跳水的一刹那，幽远的水声完成了一个欢悦的"顿悟"，绿色的涟漪把"现在"之鲜活注入到远古之幽深中，也把远古之幽深荡进"现在"之鲜活中，使"现在"和"过去"在"顿悟"中融合。这刹那顿悟，是东方人对此在存在的一种独特领会。

在全国第一高温的西安，在一年中最热的时节里，在记忆的一瞬间清凉穿越，蛙跃古池内。

五毒中的蜈蚣

蜈蚣、蝎子、毒蛇、壁虎和蟾蜍，是中国民间盛传的五大毒物，都可以入药。这里要敲黑板、画重点：蜘蛛不在五毒之列！记得金庸小说中有一个"五毒教"把壁虎换成了蜘蛛，误导了很多人。中国民俗认为每年农历五月端午日午时，五毒开始滋生。民间会用各种方法来预防五毒之害，如在衣服上缝制五毒图案，或在饼上缀五毒图案，均含有驱除五毒之意。有的地方人们会用彩色纸剪成五毒图案，贴在门、窗、墙、炕上，或系在儿童的手臂上，以避诸毒。

这里且说一说蜈蚣。蜈蚣，又称"百足虫"，密密麻麻的脚看着就让人头皮一紧。当这种黑褐色的多脚动物出现，两条短须左右横摆，身子蜿蜒，无声游走，很多人都觉得毛骨悚然。蜈蚣和一种叫马陆的多脚动物有些类似，两者之间的区别是，有好多张牙舞爪脚丫子的是蜈蚣，而更圆更胖、脚更小更多的则是马陆。

想起小时候捉蜈蚣的事来了。为什么要抓蜈蚣呢？因为我从小体弱多病，每月都要发一次四十摄氏度的高烧，每次都是因为扁桃体发炎，久治不愈，面黄肌瘦。祖母向人打听了一个治小儿扁桃体炎的偏方：一只蜈蚣，焙干研末，鸡蛋一个，磕一小口倒出一点，将蜈蚣末放入，把口封好，隔水炖熟，蒸熟也可，可加盐加糖，哄小儿吃下，永不复发。于是，我们家就开启了隔三岔五抓蜈蚣的任务。

蜈蚣是食腐动物，喜阴怕光，白天睡觉，晚上出来觅食喝水，所以抓蜈蚣都是在夜晚进行的。只要一到黄昏，日头偏斜，蜈蚣就会一条接着一条地爬出来，透透气，喝喝水，撒撒欢。我们家住在山脚下，往深山处走一走，那个时候偶尔还有土葬，山幽林密处，土坟累累处，随便掀开一块大石头，下面都有一窝蜈蚣，一个个养得肥壮壮、圆滚滚、黑油油的，不是红头就是金头。腐朽已久的树桩，枯叶杂草厚积处，凡是这种温暖潮湿的地方，都是蜈蚣喜欢藏身之所。挖蜈蚣所用工具，是一把锄头，一双长筷子，一个塑料瓶子装上些白酒。每次见到蜈蚣，便用锄头将其按在地上，用筷子夹进酒壶里。回家之后，将薄篾片两头削尖，对着蜈蚣的头尾各插一个小口一撑，就将蜈蚣撑得直直的。完全阴干之后，再火焙成粉末，就可以给我做那个稀奇古怪的蜈蚣鸡蛋了。

挖蜈蚣过程充满了危险，因为蜈蚣的第一排颚爪环抱呈两个半月形，爪尖锋利，能射出毒液。蜈蚣除了吃小昆虫，甚至能杀死比自己大得多的动物，如蛙、鼠、雀及蛇等。有一次，父亲在大雨之后去抓蜈蚣，在一个大石头后面发现了一条红黑相间的大蜈蚣，照例用锄头将其按在地上，用长筷子夹住它的后颈，准备提起来。可能是蜈蚣太滑，没夹住，泥泞的土太松软了，蜈蚣的身子全部陷进土里，已经掐不住了。父亲情急之下俯下身去掏，没料到蜈蚣从松土里抽转身回过头，狠狠地夹了他一口。父亲又疼又麻，急急提起手，一条大蜈蚣被他从土中带出来，正钳在二指头上，整个身子忽左忽右，在空中飞舞。直到父亲猛然一甩手，才将蜈蚣摔了出去。回家之后，父亲二指头上有两个红红的小爪痕，上半个手掌都肿了起来。从此，我再也不肯吃蜈蚣鸡蛋了。从此，只要在墙角边、枯叶堆、石头缝看见蜈蚣爬过，我就要多管闲事，捡石块把蜈蚣压住，看这条蜈蚣被按住身子后，拼命地翻转摇摆，露出泛着金黄光泽的强健肚皮，头顶上的红须左右颤动，一对颚牙不停开合，跃跃欲咬，张牙舞爪。

那时候邻居家养走地鸡，一大群鸡会贪婪地围过来游走在旁边，赶都赶不走，我才一转身，大蜈蚣就给鸡们啄食个一干二净。

因为我坚决不吃蜈蚣鸡蛋了，父亲也无可奈何。后来，不知从哪里，祖母又得来了一个古怪的民间偏方：每天以壁虎一条，与绞碎的金边吊兰一同上笼蒸煮，捣烂后滤去渣滓，饮服其汁液。那时候年纪小，其烦琐的炮制过程一般也不让我观看，只记得最后是一碗碧澄澄的神秘汤汁摆放在我的面前，为了哄我喝下去还放了冰糖，我总是很听话地端起碗来一饮而尽。每天一碗，如此坚持了数月。后来果然咽喉发炎的症状少多了。记得那一年夏天蚊子特别多，记得那一年，我的眼睛渐渐浮现出幽幽的蓝光，如同一只蓝睛尖腮的暹罗猫。长大之后，我知道吊兰不但是绿色空气净化器，而且也是食疗方，清热下火，以吊兰煮水，可以呵护扁桃体。但是作为五毒之一的壁虎，本身是有微量毒性的，用壁虎入药，取其祛风、活络、散结之功效。不知道我吃了那么多的壁虎，是不是就像《天龙八部》中所写那样，段誉因为肚子里爬入了蜈蚣，从而以毒攻毒，去除了已中的剧毒，实现了百毒不侵。总之，长大之后，我倒是身体很皮实，一年到头几乎不生病，也不知和体内有百条壁虎打底有无关系。

长大之后，有一次读一本关于湘西巫傩的杂书，里面讲到放蛊。所谓放蛊，就是将一种特制的药粉投入食物之中，使误食的人吃后心智迷乱，受到投药者的控制。这种药粉的制作方法千奇百怪，没有固定的配方，通常都是家传，有多少个草鬼婆（放蛊者的俗称），就有多少种蛊药。虽然蛊药制作方法各异，但其主要成分却大同小异。《凤凰县志》记载凤凰的草鬼婆制作蛊药的主要成分是蛇、蜈蚣、蚂蚁、蟾蜍等。草鬼婆将这些毒物收齐后阴干，研成粉，用罐子装了，在山麓之间藏匿一段时间后便成了蛊药。而《怀化大辞典》称靖州、晃州等地的造蛊者，是取蛇、蝎、蜈蚣、蟑螂、蜘蛛等藏于罐内，日晒雨露，使其自相吞食，独存者曰蛊。造蛊者将蛊晒干研粉，便成为蛊粉。——读完此书，我觉得自己分明就是一个被命运下蛊的人，也许注定拥有一份与众不同的人生。

端午时节，想起蜈蚣、蝎子、毒蛇、壁虎和蟾蜍这五毒，除了没碰过蟾蜍，我从小就吃过（做菜，吃过各种以蛇、青蛙、蝎子为食材的菜肴）和服用过（制药，蜈蚣鸡蛋、三蛇酒、壁虎吊兰羹）五毒中的另四种。五毒之中，我最喜欢的是壁虎。我总是对壁虎充满了歉意，它们成为一个小小病童的古怪药方，其实她也不想残害那么多飞檐走壁的天龙。如果我家粉刷过的平滑的墙上，伏着一只跃跃欲动的壁虎，我绝对不会伤害它，当然也不会像一般女孩子那样大惊小怪，而是很安然地与其同室。强大的攀爬能力，使它能在任何陡峭的地方健步如飞。灯光下，如果白墙上有那黑豆般的小眼睛凝神望我，我会如它一样长时间一动不动，彼此亲切地对视。五毒之中，蜈蚣尤其让我心生厌憎，甚至在我的噩梦中，也会有一千条脚的蜈蚣出现，巨大地横亘在水里，一对对毛茸茸的金黄小爪，从蜈蚣身体的两侧生出来，爪子的尖深深地嵌入微风荡漾的湖面。在梦中我总是无路可走，只有这一座巨大的蜈蚣桥，阴恻恻地横在前方，一伸一缩，腰肢扭摆……

潮湿的精灵

　　夜晚潮湿，地面潮湿。空气寂静，树林沉默。在多雨的季节，当一丛丛蕨类植物浓密地长满幽暗之处，当整个世界被浸润在一片潮湿当中，水灵，沉郁，单纯，暧昧……一切静默着，却又欲语还休。这样的夜晚，在树林深处一定会有许多事情发生。在我的故乡，阴雨连绵、湿气浓重的日子，正是出菌子的日子。被雨浇透的山间泥土，正是野生菌孕育成长的天堂。云峰龙岭的密林深处，十万大山的灌木丛中，松林脚下，幽谷两旁，一种天然美味正从林中厚厚的腐枝败叶覆盖下的泥土里悄悄生长出来，山林间开始弥漫一种特殊的芬芳和清新。晴雨不定时的温差和温润潮湿的环境，是造就优质野生菌的必要条件，这种有灵性的美味一般会在雨过天晴前的黎明时分萌生，并在几小时内与日出同步，迅速成长，生长的过程要不眨眼才看得完整。大自然无中生有的神奇能力，如此匪夷所思，被湿气所催的孢子菌丝，会在极短的时间之内就裂变出一朵朵野生菌子。出菌的过程，仿佛置身于某种旋律，那旋律既来自菌体，又来自大地，仿佛地球温和的脉动与交融的旋律在那些幽灵般的朵朵小伞内舞动，直达存在的深处。

　　树林里的野生菌子品种繁多，木耳、松菇、羊肝菌、牛肝菌、青头菌、干巴菌、松茸、鸡枞、灵芝……更多的是你不认识的菌子，有的长得朴素灰白，有的长得鲜艳妖娆。夜晚潮湿，大地膏腴，丰富的雨水积聚流向低地，在这样的密林深处，有采菌人匆匆走过。寻找野生菌不仅要凭运气，还要懂山、懂水、会认菌窝，更重要的是凭经验认准天晴前的雨夜，提前上山搭好帐篷守候。采菌人并不会住在帐篷里干等，帐篷只是用来临时挡雨和放置工具的。他们四处搜索，采集地打死也不会和别人分享。有时，他们在事先标记好的菌窝边一蹲就是半宿，盯着树边湿漉漉的松毛和覆盖着腐败落叶的泥土，焦急地盼望着菌儿破土而出的那一瞬间。日出时的松林，应该是采菌人伴着潮湿的斑驳晨光，收获着此起彼伏的菌子们的忙碌场景吧？他们用鼻子嗅闻着树林地底下菌蕈初生的气息，那种既深邃悠远又变幻莫测的醇香，迷人的气息一定经久难忘。他们从山林里捡回一篓又一篓的野生菌，采摘到的新鲜菌子必须尽快送到市场和餐桌，否则，菌子们香气水分的散发之是迅速惊人的，因为，它们本来就属于潮湿、属于幽暗。

松软的松针、腐草、残枝枯叶，孕育着自然熟烂的菌体细胞，只要山风吹过、雨水淋过、太阳晒过，菌丝就会变成新的菌种。可以说，菌种遇上雨季，是生了又没、没了再生，每一刻、每一秒都在演绎生命不止的故事。在浆果和菌蕈遍布的树林，细雨在不停地落下又落下，潮湿将崎岖小路也布满了苍绿苔藓。这些生生不息的生命，悄无声息地生长得到处都是。常常在下着雨的夜晚，你的翅膀淋湿了，哪儿也去不了，可是……在这潮湿的气息里，你却更加思念某个人、某些事，想要轻轻地触摸……潮湿的夜晚最容易潜滋默长，在时光的隧道中，一种浮动的暗香，一种味道，一道风景，一个人的样子，都可以沉睡或被唤醒，运转起来，直到过去某个时刻突然在眼前复活。你遥望着南方故乡，那里的树林中，细雨绵密无尽地落下又落下，散落一地的断枝残梗、花瓣叶片死寂寂躺在一片潮湿里，一朵朵蘑蕈却神奇地冒出来站在那里，撑着一把空空的伞，潮气濡湿了它们的衣裳，使它们获得了一个幽深的容貌。无端端地，你觉得很孤单，只剩下细雨还在数那些日子，落在远方的雨，落在过去的雨。

那时的森林

从小就在森林中疯跑，采集，眠餐，长大。因为，我的家乡梧州是一座名副其实的山城。梧州全城依山而建，临江而筑，遥连五岭，俯瞰三江。市区开门见山，四面环山，山在城中，城将水抱，整个城市融合在山水之中，城周围有较大的山峰 20 余座，单是城中的山就有白云山、北山、狮卧山、白鹤山、榜山、蝴蝶山、鸡爪山、火山等等。梧州的森林覆盖率达 74.8%，连续十年居广西第一。父亲在园林局工作，保护梧州各个森林公园内的天然林、珍贵树木，培育具有地方特色的风景林木，保持当地森林景观优势特征，提高森林风景资源的游览、观赏和科普价值，是他的工作职责。所以我的童年与别家小孩不同，我在父亲的森林公园里和花花草草一起长大。我的课外班，就是认知各种花草树木、鸟兽虫鱼；我的体育运动，就是爬山涉水、上树入洞。父亲让我到大自然中，让我自由自在地玩耍。

梧州的山算不得高，最高的白云山也只是 300 多米，相当多的一部分山只能称为丘陵。但是山不在高，有"绿"则名。梧州山林，生态涵养保护极好，山峦四季常绿，层林错叠，生机盎然。有时我独自探险，一个人走入到森林最深处。亚热带的南方，森林是浓郁的，阳光或月光只能点点滴滴地筛下来，那是一种浓得化不开的绿，树连着藤，藤挨着草，草拥着根。在森林里可以遇见

第三章
潮湿的精灵

各种各样的小伙伴，天牛、蚂蚁、蚯蚓、甲虫、蜈蚣、蜗牛、蝴蝶（遇见过整整一个山谷的蝴蝶，纷纷扬扬成千上万），神出鬼没的蜥蜴、蛇、野生松鼠，还见过呼啸而过的棕色猴群。顾影自怜、临水理羽的珍稀鸟类白鹇，雄鸟羽色不同于其他雉类的绚丽华美，而是一身银装素裹，仙风道骨，黄昏时，它们扑动翅膀，飞到树杈上栖息，藏于高大乔木密集的树冠下，距地面七八米那么高，发出满足的低低的鸣叫声。

在林中，幽静安逸，鸟语花香，日影月色，别有一番风情。感受和思绪会如同一条蜿蜒百折、四处流淌的河流，河水总是无拘无束地任意蔓延。如果相信自然的善意，那满山的草木都是大自然对我们的馈赠。没有恐惧，没有焦虑，越黑的夜晚，就越能看见大自然的神秘。获得一种静谧而舒畅的慰藉，感受到一处纯洁而慈爱的温暖。月光清冷的晚上，我喜欢爬上高树，森林一片寂静，真想坐在树上慢慢等待，直到青涩的果子转为艳红。

我不要青嫩的森林，我要一片古木参天。

我要一片幽寂清冷，我要坐在一株古树下。

把自己坐成一枚石头，很安静，很安稳，很安宁。

据父亲说，有一次，他看见我在林中空地上，一对马尾辫轻轻甩荡，缤纷山花插满头，在自编自导地跳舞，跳了十几分钟，就像一只花蝴蝶一样轻盈而爱娇，完全是一派无心无意，任乎自然。在我逐渐长大的年月里，父亲经常回忆这段故事，那个赤足跳舞的自然女儿已经一去不返了。到底哪里去了？大森林的幽静、清脆的鸟啼、黎明的雾、露珠的颤动、溪水的流唱、草地的松软，云雀疾掠树叶的声音，还有一个弯腰拾毛栗的小女孩颤颤的身影……

弹指一挥间，成年的我，已站在高楼的阳台上，感受着一座 800 万人口的石头森林，日夜疯狂生长。石头森林庞大幽深，只一个黄昏的转身，便会在熟悉的地方迷失。钢筋混凝土的森林，红尘滚滚，雾霾重重，白天黑夜、理性非理性、大街上和高楼里都很难分清。无数流动交织的边缘，机械、效率和结构性的刚硬冷峻，叠现出现代城市模糊的面影。总是在寻找意义，看到的却只有

霓虹。烟花万重后面，是荒凉无边的太空。

曾经，湖泊、河流闪烁于中国的大森林及无林区之间，参差的树枝，错落重叠，杂花生树，群莺乱飞，欢快的鸟兽出没其中。在这片可爱的土地上，每一个地方都充满了美丽和谐、善良与健康，充满了无尽的养分。而现在，我所在的这个西部城市，每天晚上，有800万人在这个城市睡下，不停地向它散发出气味，充满了从人类的毛孔中释放出来的蛋白质、酒精、香烟、欲望、仇恨、报复心、功名心、积聚着的毒素、排泄物……日复一日地罩在城市上空。怎么能轻易驱逐掉呢？于是，我常常在一夜又一夜的梦中，去找寻故乡的森林，那曾与人类朝夕相伴的自然。在池沼上面，在幽谷上面，越过山和丘陵，越过云和大海，越过太阳那边，越过轻云之外，越过星空世界的无涯的极限，凌驾于生活之上。前面就是一万公顷的幽暗森林，夕阳挂在山地阔叶林的树梢上，万物都在雨季来临时焕发生机，而秋天的日子则是半透明的，涂在森林金色的土地上……在最深的梦中，仿佛也能隐约闻到一缕草木香，清幽异常，轻盈灵动。

想起村上春树的一句话：每个人都有属于自己的森林，迷失的人迷失了，相逢的人会再相逢。

森林，总有一天我会变成一只不再垂涎自由的小鸟，在黄昏时扑动翅膀，飞到树杈上，在你的绿荫深处，陪着你慢慢衰老。

2021
01. 22

水边洗衣的女子

　　从前的年代，没有洗衣机，也没有脱水机，江河湖泊、水塘溪流，就是人们洗衣服的地方。一个木桶，一根棒槌，浸水，捶打，捻干，晾晒，要有条不紊地完成这一道道工序。以前的水源也不能说没有一点污染，但是和现在绝不能相提并论，因为以前基本没有工业，几乎没有什么有害污染源，所以很多水塘都清澈见底，走在岸边，可以清楚地看到鱼儿穿梭于水草之间，很多水源甚至可以直接饮用。洗衣服和洗菜当然也会对水质造成污染，但这都在水源可以承载的范围，流水潺潺会把一切杂质都冲刷而去、沉淀自净。我的岭南之南的家乡，三江环绕、大河奔流，从小到大，我生活的世界，触目都是青山绿水，潮来潮往，渔歌互答。记得小时候，水边经常可以见到洗衣洗菜的人。河水有时碧绿清澈，有时稍有些混浊，微微泛黄，但人们照洗不误。这样的做法就和农村使用土灶做饭一样，是一种习惯、一种风气，自古以来就流传着这样的做法、这样的生活方式。一般在傍晚时分，太阳偏西，沿着蜿蜒的河湾，洗衣的女人们出来了，三三两两，坐成蜿蜒的一排。水边有些大青条石，历经岁月的炼蚀，毫无棱角，正好用来做天然洗衣板。水边的每一块石头竟然都很光滑，不知见证了多少洗衣女子，光着脚丫在水边来了去、去了来，留下那一串串的笑声。

162

那时候也没有现在的什么洗衣粉、洗衣液，我那时在水边玩耍，常见到她们用一种长条肥皂在衣服上擦几下，当肥皂用到了最后的小小头，就把它泡软之后贴在大肥皂上。打了肥皂的脏衣服，要一遍遍地搓揉漂洗。洗衣服要先洗厚的，再洗薄的，衣服搓不动了，就用棒槌捶打，用刷子使劲刷，放在石板上用脚踩。她们一边洗一边说着话，还大声唱歌，唱刘三姐，唱昨晚电视剧里的歌："浪奔，浪流，万里滔滔江水永不休。淘尽了世间事，混作滔滔一片潮流。"棒槌捶打衣服的声音、刷子的唰唰声简直就是最好的伴奏。大地倚在河畔，水声轻说变幻。如果河水暴涨了，原先搓衣的石头就沉到了水底下。甚至，原先河边交荫着成一座天然凉棚的那棵大榕树，也淹没在水底下，只露出挣扎的树冠。在我的家乡，每年夏秋季节，每当台风过境，暴雨持续，河水便会迅猛暴涨，很快超过警戒线，污浊奔流的河水会漫上街面。这个时候，便很少见到河边洗衣洗菜的人了。洪水包围下的城区中，他们可能忙着在洪水洗劫过的屋中打捞杂物，或是在风雨大作中出行抢购食物。混合着碎片和污秽的凶猛洪水，冲刷出一个浑黄苍茫的新世界。冲决的洪水，像疯狂的野兽，将河道边的树木连根拔起，将河岸上的庄稼果蔬吞噬，将阻碍它的道路、桥梁冲毁，让惶恐的猪牛鸡鸭等牲口，载沉载浮，顺流而去，挣扎在激流中。

我生长在一个年年发洪水的小城，家乡人不但热爱河流的养育，同时也甘心忍受洪水的破坏。"水涨我退，水退我进"，人们那么从容地与水共生。每年洪水对于城区街道的冲刷与漫浸，也是自然母亲在哗哗流水中洗她的衣服吗？如今，洗衣机、冰箱、微波炉、烤箱、全自动热水器，众多的发明把我们从繁重的体力劳动中解放出来，再加上现在很多地方的水源污染严重，很少再见到水边洗衣服的景象了。那一槌槌洗衣棒的敲打声和妇女们清脆的谈笑声，多年来还一直保留在我的脑海中。岁月的河流流向深远，许多衣服就在不经意间洗旧了，又换了新的。许多大船小船就在女人们的捶衣声嬉闹声里穿梭而过，在细腻厚道的石头上，她们揉搓着各自的心情，揉搓着水里波动的天空，揉搓着两岸的山色，她们的容颜也渐渐在流水中褪色了。跨越了万水千山，隔

163

着那么远的辛苦路往回看，石缝中开着小黄花的青石板路，咯吱咯吱歌唱的木板楼，我看见有女子沿着河边长满青苔的石阶，拾级而下，一条油黑黑的长辫子，在她的脑后摇摆着旋律。她来到水边，把藤条筐里所有的衣物倒出来，泡在水里。她捧起一掬清凉，满河青碧山水的倒影摇曳不已，女人的手里，是湿漉漉正在揉搓的衣服。我听到了棒槌温柔敲打的声音，河水淙淙的声音，时不时有几条鱼从河心跃起溅起水花的声音，抖衣撩起的水波的声音，女人们的喧哗笑闹的声音……

大地上的柴火

"柴米油盐酱醋茶"，这是平常人每日的开门七件事。这七件事是必需的、不可缺少的。"柴"排在这七件事中的第一位。一般平民家庭，每天为生活辛苦奔忙，主要就是为"开门七件事"烦忙，也就是为吃饭问题操心。要吃上一口热饭，喝上一口热水，就得烧柴或烧炭。唐代诗人白居易的《卖炭翁》，描写了一位在秦岭山中砍伐柴木、烧制木炭的老人去长安城内卖炭谋生，却被皇宫太监把木炭强行夺走的悲惨遭遇。当时长安城里居住的百万人口过冬取暖所需要的木炭该是多么大的日常需求。而这种需求的来源，在诗中写得明白，"伐薪烧炭南山中"，这个南山在唐代指的正是秦岭。现在，多数人家里用的是电磁炉、液化气、蜂窝煤，城市居民家中都接入了天然气，再也不需要拾柴烧柴了，但是在从前，生活燃料主要是山上的杂草树木，也就是柴火。有财力的人家可以买柴火，买不起柴当然只有自己上山捡柴了，要上山捡柴的人家很多很多。小孩子放学后，通常也要完成家里交代的任务，从坡上砍来的柴草，从树林里捡到的枯枝，都可以用来生火煮饭。拾柴是有很多讲究的，一般都是捡干柴，有的时候实在捡不到干柴，就只好砍生的。但是砍生柴，如果是国家林地，那是不允许的；如果是私人承包的山林，会遭到当地农户的干涉。不过，大自然是如此丰盛茂密，到处都可以发现折断的树枝，那些树枝经过太阳曝晒之后，叶片已经发黄，枝干都是半干的了，很快就可以捡到

165

一大堆。尤其秋冬时节，风吹落叶成阵，密密的树林和草丛中，有的是捡不尽的柴火。

从小跟着祖母过日子，家里主要是买木柴来烧的。但如果我放学上山玩了，从来不忘拾些枯枝带回来给祖母，祖母会晒柴、劈柴，沿着墙根归拢整齐。在家门口的土灶上，她用劈柴、柴草、松针刨花，几分钟时间就可以烧一把旺火，十五分钟便能煮出一锅香喷喷的白米饭。"笼火"是技术性很强的活儿，有时冒半天烟，火都不易烧起来。"火要空心，人要虚心"，祖母常常拿烧火来教导我。生火时火堆中心要空才容易燃烧，人也不可以太自大，否则就会像实心火堆一样没有办法燃烧。烧起来的火，还要趁着火势，随时架柴、添架。我从小就喜欢看烧柴，喜欢挑上几根粗细不等的柴火，填进灶膛点着，看红红的火苗一哄而起。火苗如一条宽扁的舌头，从灶门口吐出来又缩进去，缩进去又吐出来，扑哧——扑哧——。被引着的柴火在锅底下毕毕剥剥直响，家里显得很热闹、很有烟火气。饭做好了，祖母把灶里还烧得旺旺的火退去了，单留一点儿火星微明，放上一个烧水锅，晚上临睡时的洗脚水、早上起来的洗脸水，就可以用这点余温热好。炉灰里再煨上几只红薯，如果遇上风雨摇窗、寒意侵人，捧上烤红薯坐在自家灶头，这一点点的温暖香甜，别提有多幸福。我庆幸自己见过大地，比如今的儿童幸运。大地有连绵的田野，有葳蕤的森林，有山坡、沙砾与河流、野草、树木、动物和昆虫是大地的原住民。那时的大地上风雨刮过，地上遍布枯枝烂叶，便有人拾去烧火。烧火，是居家过日子一件寻常又麻烦的事情。早晚时分，站在稍高的山坡上往下面看，就能看到每家每户的房顶上冒出一缕缕炊烟，在上空中不停地缭绕，这个时候大家都在生火做饭。我们都是凡夫俗子，都需要人间烟火。柴火的本义就是生活，每天生火做饭，生活就是无数次平凡、重复、单调地做同一件事。什么是家人？就是那些在柴米油盐酱醋茶的琐碎里一如既往陪伴你的人。每每在空气中闻到一丝丝柴火的味道，就会勾起我对往事和故乡的回忆，想起那些木柴在灶中噼啪作响、火星四溅的场景，想起捡柴下山的黄昏时分，站在高高的山坡上往下看，家家户户炊烟缭绕，绚烂的落日好像点燃了大地上无数个柴火垛。

水上的野鸭子

"落霞与孤鹜齐飞，秋水共长天一色。"这是唐代大才子王勃《滕王阁序》中的名句。落日映射下的彩霞与孤鸟一齐飞翔，秋天的江水和辽阔的天空连成一片，浑然一色。以前，我总以为这飞翔在暮色中的是一只大雁，后来才发现"鹜"是野鸭，野鸭是绿头鸭在北半球的俗名。也就是说，是一只绿头鸭飞翔在这千年流传的名句中。

绿头鸭，顾名思义，头是绿色的，不过只有雄性个体才这样。相比起漂亮的雄性野鸭，雌性野鸭的羽色要暗淡许多，总体呈棕褐色或黄斑色。我想起儿时的野鸭了。故乡河流纵横，湖泊密布。水乡，野鸭子自然很多。那时，时常见到一群群悠闲的野鸭，在河面上、湖面上成群结队地觅食。在蓝天白云之下，体形较大的那一些野鸭应该就是雄鸭，它们的头部在自然光下呈现深碧绿色，泛着辉亮的金属光泽。鸭绿色，应该是从自然中获得灵感并以之命名的颜色，就如柠檬黄、薰衣草紫、玫瑰红和橄榄绿一样。不过，在实际观察中，野鸭雄鸟头部的颜色介乎蓝色和绿色之间，因光线角度不同而呈现出明显的差异，有些情况下甚至接近于紫色。而且，雄性野鸭的头颈部并不是一年四季都是绿的。每年都会有一段时间，水面上只见到一些头部绿色很斑驳的雄鸭子，有时甚至几乎见不到一只绿头的鸭子，想来这漂亮的绿羽也有换毛期。至于雄

167

性绿头鸭宝宝，在小时候满身细密的绒毛，毛色棕褐暗淡，和它们朴素的妈妈差不多。

野鸭生性好动，又喜欢成群结队，它们折腾出来的动静可真不小。水面上，它们时常发出"嘎——嘎——嘎——"的叫声，响亮清脆，很远都可以听见。当野鸭浩浩荡荡飞起来的时候，在地上可以听见它们鼓翅的声音，呼呼的，好像刮大风。野鸭还特别容易受惊，据说它们具有半睡半醒的习性，在睡眠中睁一只眼闭一只眼，当岸边人过于靠近它们时，它们马上就警觉到了，于是，扑哧、扑哧，惊飞了野鸭，溅起了一串串水花。

沈从文小说《边城》，写湘西地区的端午节民俗，除了赛龙舟，"赛船过后，城中的戍军长官，为了与民同乐，增加这节日的愉快起见，便把三十只绿头长颈大雄鸭，颈脖上缚了红布条子，放入河中，尽善于泅水的军民人等，下水追赶鸭子。不拘谁把鸭子捉到，谁就成为这鸭子的主人"。端午节划龙船、捉鸭子比赛，是一种湘西特有的民俗文化。每次鸭子入水，各寨的男子们竞相争抢，各显神通。抢到鸭子的寨子和阿哥被认为是能力和幸福的象征。想想那场景就动感十足、生猛热烈，水面各处是绿头鸭子，同时各处有追赶鸭子的人。水花四溅，鸭子拼命逃窜，发出惊叫，捉鸭子的人都是善于泅水的，而这些泅水高手们还要彼此竞争，蜂拥而上，你争我夺，把结实精壮身子里的原始生命力宣泄得酣畅淋漓，张扬得纵情恣意。

《边城》中三次写到了端午节，翠翠、傩送、天保三人的情感纠葛都因端午节而起。端午节将一切的悲欢离合、人事命运都串接在一起。傩送、天保的父亲顺顺，年轻时就是一个泅水的高手，入水中去追逐鸭子，在任何情形下总不落空。但当次子傩送在十岁便能入水闭气把鸭子捉到时，顺顺解嘲似的说："好，这种事情有你们来做，我不必再下水和你们争显本领了。"捉鸭子，俨然成为一个成熟男性显山露水的手段，同时也成为小男孩长大成人的标志。边城一年中最热闹的节日端午节，傩送果然用娴熟的技巧使自己在水中成为最受瞩目的男子。他捉到的鸭子是最多的，他把水面上最难捉到的一只鸭子，也最

终捉到手了。人与鸭子的竞赛，直到天晚方能完事。站在石码头边等候祖父的翠翠，就在暮色四合中，无意邂逅了捉到最后一只鸭子、湿淋淋地爬上岸的傩送。傩送不仅捉住了最后一只鸭子，也捉住了翠翠初次萌动的芳心。

我想起傍晚时分故乡的水岸了，还有那些捉不住的野鸭子。黄昏降临，万物潜逃，落日亦在收拢它的血色大帐。河水散逸出白日残余热量的燠热水汽，水边的风带来水草淡淡的清香，堤岸上青草的芬芳中混杂着泥土的荤腥。滩涂里芦苇长成一道道曲折的屏障，放鸭子的小孩卷起裤管，光脚走在河边的青草上，摆弄着一根竹竿在照看一群肥硕的养殖鸭子。天空不断变幻色彩，从橘黄到玫瑰红，到紫色，到蓝灰，到烟灰。一种青色的暮霭弥漫着河流和四野，连翻滚的波浪也涂着青青的光。天黑了，放鸭子的小孩赶着他的一群鸭子回家了，家鸭拖着重重的屁股，看上去很是笨重，走起路来摇摇摆摆的，它们一望而知不是野生型，因为没有绿头标志。而在远处暮色四合的水面上，几对野鸭还在优哉游哉地游弋。一会儿一个猛子扎进水里，一会儿浮出水面，突然不见了踪影。原来它们已经扑棱棱展翅，飞翔在苍茫暮色中了。黑的天，轻的翅膀，一边叫，一边飞远。

人世如空蝉

　　幽静的夏日，日色变得悠长，枝头新蝉的声音，从最初的断断续续，渐渐开始宏大。

　　夏季午后常有暴雨，雨声浩大，在窗外汹涌回响。暴雨多不持久，雨声歇止，四周树林间却升起一片惊人的蝉声。其实，蝉声也是另一场落雨，时急时缓，不绝如缕。稠密的蝉声，满世界鼓噪，比花朵还繁茂。这声息在枝头作响，在各处作响，仿佛久远劫来，微尘与世界都如此发声，高亢激昂，如一季繁花烂漫，一停下来时，却又沉寂如死。

　　夏日午后常常小睡，在困意袭来的混沌中，在枕上听到一整个天地，蝉鸣独占天下，席卷起往复的巨大潮汐。在蝉声的满灌与卸空之间，一次次恍惚入梦，时光拖得如树荫一样深远。一觉醒来，还是冗长的白昼，看不到尽头。窗外的蝉鸣声，让人仍然流连梦境之中，心中充满了似梦似醒的迷蒙之感。

　　想起童年时，曾在树林深处，轻轻摘下过蝉蜕。那紧紧抓在树皮上的蝉蜕，黄棕色，半透明，有光泽，薄脆而纤巧，头部有丝状触角，纤细的肢，扁圆的头，斑驳的背，灰褐的节，能看出排序有致的纹理，连每一条小腿都毫无破损地保留着，乍一看就是一只蝉儿趴在树干上。但是凑近去仔细看，就会看到这薄薄的躯壳，早已被阳光长驱直入，那一道贯穿背部的裂缝，在热烈的阳光下趋于透明，就像剔透的琥珀。蝉儿早已远走高飞，只留下一具空壳。只消用手指轻轻地戳戳这空壳，小东西晃一晃，就会飘飘悠悠地落下去。

看，暗褐色的树干上，一只蝉——哦，不，确切地说是一只蝉蜕，它再也不能移动了。它静静地立在那里，仿佛是在倾听曾经灌满它身体的风声和蝉鸣。这是蝉儿最初的胎衣，是它护身的甲胄，也是它全力演奏的乐器、倾心歌唱的喉咙，最后，成了它出奔之后弃置的一间寂寞空屋。金黄的阳光使这透明的水晶小屋愈加透明，早晨的露珠和傍晚的风声，在里面轻轻地回旋。你能想象到吗？夏日最声嘶力竭的一把声音，如一线钢丝抛入天际，节节高起，越翻越险，千回百折，来回驰骋，以全部的生命力抵达一个不可思议的高度，那一把声音就是从这样一个小小的壳中发出的。

出奔的主人逐日而去，招摇在何处密林？竞相生长的草木，弄出了无穷的响动。草丛里绿色蚱蜢各处飞着，翅膀搏动空气时窸窣作声。小鸟们的歌声，长长短短，急管繁弦，细细辨别，可以听到不同的音部音色，高低错落，从旷远的天地间传来。而在这些夏日的错杂声息中，最充满生命狂热的，最持久强劲、一浪高过一浪的，就是蝉鸣。膨胀的蝉鸣，喧嚣地起伏在空气里，驰骋在夏日的最高潮。

日语中有一个词语叫"空蝉"，原意是蝉蜕变之后留下的空壳，后来表示人间世界、现世及生活在其中的人类。后来被佛家引申为"肉身"之意，即人除了灵魂其余的部分。因为蝉的生命非常短暂，故而又寓有"人生无常"之意。只要你曾见到过蝉蜕，就能领会"空蝉"的意味。什么是"空蝉"？中空、易碎、残缺的躯壳，放入手中觉得轻飘飘的，稍微握紧一点儿就仿佛会破碎似的那般脆弱。"空蝉"，说的是人生空幻的本相。在日本的忍术里，有一招就叫"空蝉之术"，表示用幻术脱身。

"是身如焰，从渴爱生"，"是身如幻，从颠倒起"。"空蝉"这个词汇，使我想到《维摩诘经》里的句子，眼前仿佛看到沉寂如死的蝉声里，从树梢高处一一掉落下来的蝉的尸体。人世如空蝉，生命短暂，我对自己说，你只是一个过客，所以要懂得停留，珍惜眼前的美：这人世间的花繁叶茂，月白风清，蝉声如雨，大江东流去，云深不知处。

在夏天，当蝉声流成了一条喧哗而缱绻的河流，我就像睡在河底，看看天，看看云，心里很干净，没有别的杂念。想吃好多好多水果，夏天到了，想好好生活。

故乡的水月

中秋月圆之夜，倍觉思乡之情。虽然已经远离故乡，但是故乡的云、水、月、人，依然是最最熟悉的温柔记忆，轻轻抚触，便生起一种精神上的喜悦和心灵上的平静。

我出生在岭南文化的重要发祥地——梧州，这座总汇三江、两广咽喉的城市，有着四千年以上的文明史，二千多年的建城史，是连接珠三角与北部湾的重要内河港口城市。从小到大，我的生活世界，触目都是青山绿水，"江流宛转绕芳甸，月照花林皆似霰"，潮来潮往，渔歌互答。等我渐渐长成，姐姐嫁入了西江船帮世家，夫家有船有码头，一门子弟个个是浪里白条，什么时候想散散心，就随意解开缆绳，驾上一叶轻舟去烟波深处兜风。明月之夜，三五家人，常常携上酒菜吃食，驾船在西江上任意漂流。在月光下闪亮的江流上，举杯邀明月，对影成三人。记得那时，举头望明月，金黄浑圆的月亮，飘得那么高、那么远，在云雾的波动中慢慢地滑行。只有经历过水中望月的人，才能真正领略江上明月不可思议的美丽光泽。

十八岁离家远行，无论我如何天涯颠沛，故乡的月光，总是莹莹的一抹，湿漉漉地浸在一汪水里。什么是水月之境？是一条大河滔滔地流淌，间或涌起几朵浪花，月色自天际绵绵飘洒，一切都消融在水光月色之中，天地一体，无

173

边无际。明月君临这个世界，将一切都收敛在自己的光芒里，于是宇宙中就只有月光：澄明而颤动着的空气，永不停息的潋滟水波，还有朦朦胧胧隐约着的岸滩。面对着这样宁静而深邃的月色，每一个试图追问的人，都会感受到"永恒沉默"所带来的震撼。只有无言地把自己完全浸在这飘动、闪烁的月光中。月光如此轻灵通透，无处不在，坐深了月色，好像我们自己也不存在了，只是月光的某种属性，只是月光的一部分。

记得那些荡漾江中的水月之夜，有时会想到，古人与今人何止恒河沙数，却只如流水般流逝，我们共同仰头看到的，其实是同一轮高悬千年的明月。月亮在天际漂泊，此去经年的等待里，这是李白、杜牧、柳永、苏轼曾经守望过的月，也是我们今人的月，是古往今来唯一不变的月。这一轮明月普现于一切水面，形成了无数个水月，而无数个水月其实是一个月亮的影像。天上只有一个月亮，印在江湖河川里的千万个月亮虽然各不相同，却不是这个月亮的部分，而同是这个月亮的整体。在它的光影里，时间的界限模糊了，它以如水的清凉荡涤世人心中的尘埃，使世界在夜色里回归到无限的澄明。水月茫茫的尽处，带走了所有人间的幸与不幸，挣扎、焦虑与困惑，唯有空静的月光与水波，自在，无言，永恒。

故乡的山，故乡的水，无论漂泊千山万水，回顾那湿漉漉的月色，只有满溢的乡愁、汹涌的思念。今夜，又忆起故乡那一轮明艳缥缈的水月。大地倚在河畔，水声轻说变幻，铺天盖地的潮水中，一轮金黄的圆月冉冉升起，澄明的宇宙里充满了灵动的生机。所有的烦躁和喧嚣都隐去了，宇宙间纤尘不染，江水中荡起美丽的波纹，在一叶轻舟沉浮之间，人凭着自己的一腔深情，在寂静的夜晚，和月光汇而为一，那是一种自由，与天地同一的自由。明月皓皓，流水潺潺，何时能再度轻舟横渡、江上望月？如何去掬起心中无穷无尽的白月光，为故乡写下最美的诗？但愿山河常在人长久，千里共婵娟！

夏夜飞蛾的集体婚礼

　　记得从前在南方生活，每到夏天暴雨连绵的日子，某个郁热的晚上，在家中，或是在学校上晚自习的时候，会闯入一批带翅膀的不速之客，如果没有及时关闭门窗，这些入侵者将如雪片般密集，纷纷飞进房间围着灯光"狂舞"，闪着光泽的翅膀在灯光下，窸窸窣窣，漫天掉落。它们，就是大水蛾。并不是作为昆虫的蛾子，实际上它们是白蚁的繁殖蚁，即有翅白蚁。夏天暴雨的前夜，就是那种天气闷热、湿度较大的夜晚，正是它们义无反顾奔赴爱情"婚飞"的主要时间点。成群的大水蛾登堂入室，铺天盖地，劈头盖脸，特别是有灯光的地方，总是密密麻麻地飞着，前赴后继地飞着，窗户、门口、电灯下、墙角，到处都是大水蛾！数不清的成百上千的大水蛾！

　　记得上高中的时候，夏天的晚自习有时会被扰乱，大水蛾一爆发，这个晚上基本上就没法学习了，教室里顿时炸开了锅，同学们忙着驱赶眼前飞来飞去的一大片飞蛾。胆子小的女同学吓得书包遮头、落荒而逃。满身过剩能量的男同学和飞蛾苦苦"缠斗"，但飞蛾的数量实在太多，不免有些手忙脚乱了。扑落的大水蛾翅膀很快脱落，但会顺着衣服四处爬，会释放蚁酸，让人产生痛痒感。有时躲避不及，飞虫还会飞进他们的嘴巴。仓皇离开学校的时候，发现教室外也是情形不妙，大群的蛾子从四面八方聚拢，绕在路灯周围飞舞，如同一个不断汹涌的小型龙卷风。第二天，学校地面随处可见成群落地的蛾子，气味刺鼻，满目疮痍。回顾高中时代，这样与大水蛾搏斗的夏夜可真不少，可能因为我的高中位于草木葱茏的蝴蝶山上，山下又有潘塘的一池碧波荡漾。白蚁具有土栖性，在山间，在水滨，有太多的树干空洞和树根下部，可以让白蚁筑巢。一般某个区域内有大水蛾在夜晚大量出现并绕着亮光飞行，证明在该地附近，肯定有一个以上大的白蚁巢穴。

大水蛾是什么样子的？它整个身体是棕褐色的，尾部呈椭圆形，有触角，有两对翅膀，位于躯干两侧，翅展达两三厘米，这对透明翅膀的长度，约是大水蛾躯体的两倍。也就是说，大水蛾是一种身子小、翅膀长的东西，所以看过去，就是成片成片细细长长的蛾子飞来飞去，身体像虫子，但是有翅膀。虽然它们不会咬人，但是，它们从空中掉下来，落在你身上、头上、书本上、茶杯中，也是够烦人的。大水蛾的翅膀很脆弱，一碰就脱落，随风飘扬。少了翅膀的大水蛾，跑得更快，比蚂蚁有过之而无不及。这些大水蛾，一般是从地上一堆一堆涌出来，漫天飞舞的时候，你随便抄起一个什么家伙，啪啪啪打蛾子，一番大战后，不一会儿就会收获成堆的尸体，密集恐惧症的人看了要晕死。即使不是特别敏感的人，看见这满天飞舞的虫子，也会起一身鸡皮疙瘩，全身麻嘎嘎的不舒服。最好的对付大水蛾的办法，是利用虫子的趋光性，端一盆清水放在灯下，很快水面上就漂浮起一层飞虫的尸体，黑乎乎的，挨挨挤挤。白蚁的繁殖需要有三个条件：温暖、潮湿、低气压。所以，在夏季暴雨来临时，会看到大水蛾的"婚飞"——白蚁的繁殖蚁从洞穴中飞出，实行雌雄交配，寻找缝隙另外安家。飞出洞穴的繁殖蚁，通常几小时后就会自行死亡。我曾看过一个科普资料说，白蚁配对成功率仅有千分之一，大部分配婚失败的都会脱翅死掉。不过一旦配对成功，蚁后寿命可长达二十年，一生可以产下几百万只卵。我见过郁热的夏夜，漫天飞舞寻找伴侣的疯狂大水蛾，它们在死亡之前，以全然无所顾忌的姿态，奔赴一生中唯一一次的肆无忌惮的爱情。大自然以豪华的、奢侈的、不计成本的投资，组织一场场灯光下的盛大集体婚礼。即使在纷乱的婚宴上，只有一小部分幸运儿能够繁育后代，但造物者总是乐于做这样惊心动魄的壮举。

鲁迅没有尝过龙虱

1926年，年轻激进的广州姑娘许广平，给正在厦门大学任教的老师鲁迅写信，描述广州丰富多彩的美食，他们的两地书，在大量谈工作情况之外，已经点点滴滴在分享生活中细微有趣的事物。鲁迅的心，曾长久深埋在漆黑的孤独里；鲁迅的恋爱，是内敛型的，艰涩，闪躲，犹豫。在当年那场轰轰烈烈的女师大风潮里，许广平是学生方面的领头人，鲁迅则是老师方面的代表，他们相互鼓励，相互扶持，在北京时期他们就开始通信。1926年6月，许广平从女师大毕业，8月26日，鲁许二人同车离开北京，鲁迅去了厦门，许广平去了广州。在厦门—广州的两地通信里，鲁许感情的进程才开始迅猛发展。不知是被年轻姑娘的青春活力感染，还是真的倾慕广州的美食，鲁迅在回信中约定了年末一定来广州，并说："我想吃一回蛇，尝一点龙虱。"结果后来大家都知道了，1927年1月，在厦门大学工作不到半年的鲁迅，毅然决然地辞职，赴广州中山大学任教。寓居广州的那一年，鲁迅在美食带路党许广平的指引下，应该品尝了许多南方的美食。又一年后，鲁迅与许广平一起定居上海，正式开始共同生活。鲁迅先生有没有吃蛇，书信日记没有记载；至于龙虱，我敢打赌，鲁夫子一定见了却不敢吃！龙虱也叫水鳖虫、水龟子，又名射尿龟、尿缸贼等，属于昆虫纲鞘翅目龙虱科东方潜龙虱昆虫，广泛分布在长江以南如湖南、湖北、江苏、浙江、广东、广西、福建、四川等地的沼泽、水田，或者河沟等水草繁盛的地方，以捕捉小鱼、蝌蚪为食，有着很强的游泳能力，到了夜里，龙虱还会飞行半空。龙虱不但可以入菜，并且可入药，也可泡酒，据说有滋阴补肾、活血强筋之功效。专治老人夜间小便频多、小儿遗尿等病症。所以，在南方常有家长在夜晚上街买龙虱给老人、小孩吃，既解馋又有食疗作用。在我老家广西梧州，当地习惯叫龙虱为赖尿虫。当小朋友尿床了，老一辈人就会教导：食赖尿虫吧！

龙虱的字面意思是龙身上的虱子，但龙虱可不像虱子那样小偷小摸，那可是捕食起来凶猛无比，连猎物的骨头渣子都不会剩下的水中杀手。它们是水生昆虫中的狮子，甚至会集群攻击比自己大得多的猎物。龙虱极会伪装，它们会躲在茂盛的水草之间或者用沙土将自己掩盖，一旦有可猎之物出现便会以迅雷不及掩耳之势划出，猎之。龙虱的幼虫俗称为水虎，幼虫也能在空中飞行。幼虫为虎，成虫为龙，龙虱的一生可谓完成了从虎到龙的蜕变。龙虱无论长幼，都是相当贪婪的捕食者，它们永远也吃不饱，一天中的大部分时间都花在了捕猎上，而且会同类相残。这只水下猛于虎的昆虫，何时起成了南方人的一道风味美食，已经渺不可考了。梧州的龙虱制作已有数百年的历史。要问龙虱味道如何？一般没吃过的人会觉得极其恶心，而爱吃的人从小吃到大，觉得百吃不厌。外来人一般是不敢品尝的，因为，他们觉得装盆端上餐桌或沿街贩卖的龙虱，一只只好比蟑螂似的，因为害怕蟑螂，所以也连带害怕起龙虱来而未敢一尝。其实，一只只黑黝黝的龙虱，你仔细端详一下，模样不像蟑螂的灵活狡猾，而更加贴近于硬壳虫，闪着乌金铠甲般的光亮。而蟑螂是有点发棕色的，从生物学分类上，它们是两种不同的昆虫。

龙虱通常有两种吃法：和味龙虱和椒盐龙虱。前者用沸水焯一下，停火浸泡片刻，用沸水氽了以除去昆虫的异味，然后用油盐香料调味，把它腌渍一阵，入味之后隔水蒸熟。后者是焯后油炸，再拌上花椒盐。前者味厚，后者香口。我觉得龙虱最好的做法是"和味"，所谓"和"，就是平和清淡的意思。

粤菜讲究"鸡有鸡味，鱼有鱼味"，同理"虫有虫味"，其核心要义，就是不能用油炸、油辣椒之类的重口去掩盖虫子的本味。街上的小贩制作更简单，把龙虱焯过，调味，沥干水，用油炒一下便成。龙虱中最极品的是金边龙虱，也就是母龙虱。因为虫体边缘有一圈淡金色的镶边而得名。金边龙虱个体小，甲翅软，没有异味，可以像吃花生米那样整个扔进嘴里。母龙虱比公龙虱好吃！怎么区分？展开看前足有没有吸盘，公龙虱有，母龙虱没有。金边龙虱不常见，因为体型小，不好捕捉，所以通常吃的都是公龙虱。怎么吃呢？拿起一只龙虱，拔掉头部，剥掉足翅，便见颈部露出肚腹里白白的奶色样内容物，黑色硬翅底下，衬有白褐交替的背纹，除头时要注意用拇指和食指轻轻旋动，连带拉出龙虱连接头部的内脏，以除去内脏的苦腥味。不懂的人在拧龙虱头时用力过猛，一下把线状物扯断，肠肚还留在体内，吃下去便有点儿腥味，毕竟龙虱可是凶猛的肉食性昆虫啊！龙虱本身有轻微咸味，不用额外调味。放入口中，稍微一嚼，咯咯作响，其实没有多少肉可吃，只是有点儿咸鲜味，完全是过个嘴瘾的感觉。

记得上小学时，父母工作忙，每天给我三毛钱，让我自己上学路上吃早餐。馋嘴上来了，我会刻意省下一点早餐钱，比如将三毛钱一碗的扣肉河粉（或者牛腩、叉烧、牛排、猪脚、田螺等荤菜搭配的河粉）改为两角钱的腐竹素粉、青菜素粉，甚至是一毛钱的净粉斋粉，这样放学以后，就有一两毛钱的零花钱可花了！一毛钱能买到什么？可以买到一把乌黑发亮的和味龙虱！小贩还可以让我自己挑，虽然都差不多大小，但总有个头略大一些的肥龙虱，快半个手掌心大，感觉吃起来味道更醇厚！小贩用一张牛皮纸包了个三角包给我，一路走一路吃，龙虱就是当作零食吃的，一只只咸香酥脆，饱满肥美，可以在嘴里嚼半天。记得以前我写过一篇《南方蟑螂与原初大地》，起因是当时网络江湖掀起了一场北方蟑螂和南方蟑螂的大论战，所谓一方水土养一方小强，据说来到南方的北方人，没有一个不对嚣张至极的南方蟑螂产生敬畏之心，受到了强烈惊吓。南方蟑螂简直不要太可怕！从广州到厦门，从南宁到海口……北方人的尖叫声遍布在南方很多城市，来到了蛇虫出没的南方，北方人只能感叹"笑着活下去"！其实，把南方蟑螂说成是飞天神武大将军，多半是恶搞吧？哪有那么可怕、让人瑟瑟发抖。所谓穷山恶水之处，瘴气蚊虫妖冶，其实就是大自然的生态环境好，万物皆悠然而生。你说，生活在小强们活蹦乱跳、四处出没的地方，当它们出列上街甚至当空起舞时，还有那闲工夫甩手爆哭尖叫什么的？拿起手边随便什么物件，小心翼翼地靠近，然后快狠准地迅速拍死它，或者上前一脚踩扁，这不是一件稀松平常的事情吗？有什么怕得不要不要的？如果对肥大的南方蟑螂都有心理阴影，那么与蟑螂有些相似但更为乌黑油亮的龙虱，岂不是一道令人毛骨悚然的"暗黑料理"？你说，当北方人看到大街上走来的一个老广，将一只椒盐龙虱咬得嘎吱脆，误以为那南蛮正在口吞蟑螂，会不会大惊失色、落荒而逃？哎哎别跑呀！我还没有说清蒸沙虫（一种海生蠕虫）、爆炒蝎子、白焯地龙（地龙就是蚯蚓）、水煮桂花蝉（一种长得像蝉的水生昆虫）、油炸竹虫（一种寄生在竹筒内的虫子）、油炸蜂蛹、禾虫焗蛋（禾虫又名沙蚕，生长在水稻田里的一种虫子，颜色黄红绿交替，长着密密麻麻的疣足）……发现我自顾自讲得兴高采烈，身边已空无一人——吃虫子的人，总是孤独到没朋友。所以，我可以打赌，即使在鲁迅和许广平恋爱过程中，鲁迅答应尝一点龙虱，但他最后多半是一口也咬不下去的。但敢吃龙虱的热烈奔放的南方姑娘许广平，却以一份笃定与勇敢，以一种前驱的姿态，在流言四起的环境里，向沉闷压抑的世界、向年长十七岁的老师鲁迅，写下了自己爱的宣言："合法也罢！不合法也罢！这都于我们不相干，于你们无关系，总之，风子是我的爱！"

南方的果园

在清风徐来的窗前，手执书卷，静静地读。"一月，下大雪。雪静静地下着。果园一片白。听不到一点声音。葡萄睡在铺着白雪的窖里。"这是汪曾祺先生《葡萄月令》中的一段文字。雪给大地盖上软绵绵、厚墩墩、白莹莹的天鹅绒被，让果园稳稳地入睡，让葡萄躲在窖里冬眠。这美好的一切，好像在失落的世界的另一端，静谧，清净，梦幻。只有朴素的心灵才能谛听到天籁，听到自然万物次序更迭的足音。在寒凝大地的北方，在风雪呼啸的冬日，想起南方的果园了。南方的果园，长的不是苹果、梨子、樱桃、柿子、葡萄，长的是荔枝、龙眼、柑橘、橙子、柚子。南方的果园，好像四季都睡在夏日的酣梦中，散发着雨后浆果汁液绽破的甜香，惹来蜜蜂纠缠，嗡鸣一片。相比之下，北方的果园，四季转换分明。当春风如胯下的烈马，甩开冬天的缰绳，呼啸着从原野上浩浩荡荡而来，北方果园里的杏桃梨李，一树树繁花似锦，铺天盖地，绝不要枝枝叶叶的遮掩，说开就开。与北方果园春天浓烈的声色与气味相比，南方果园要温婉和从容很多。

在护林人的眼里，每一棵树都有自己的表情和体态，每一棵树开口想说的话，他都心领神会，却又秘而不宣。他解密的钥匙是各种铲耙锹剪，枝干想去往的方向、花芽悄悄孕育的想法，都会被仔细聆听。父亲就曾是这样的一个护

181

林人，蜿蜒的园中小径曾盘桓过他的半生。果园的守护者看到的每一棵树，都有自己风中的窃窃私语、雨中的交头接耳，甚至还有身后嗤嗤的偷笑、夜深时的一声叹息。护林人如爱护孩子般疼爱每一棵树，绝不厚此薄彼。到了果树们要交作业的时候，有些果树结了很多果子，有些果树结得稀稀拉拉，但孩子们总是各有各的性格，只能顺应它们的天性。结了果实的树提着它累累的果子，那些没有结什么果子的树，也没有丝毫的自卑，它们就提着自己的茂盛的叶子，提着落在树上的月华星辉和露珠的闪光。北方的果园，在四月之前没有任何一种应季水果，而南方的果园则不同了，一年到头，都能吃到应季的水果。一月的木瓜、香蕉，二月的草莓、金橘，三月的杨梅、枇杷，四月的桑葚、菠萝，五月份上市的荔枝，多是三月红等早熟品种，六月才是荔枝的最好时节，糯米糍、妃子笑、桂味等味甜香浓的优良品种开始上市，七月进入水果天堂，芒果、黄皮、番石榴、柠檬、莲雾、火龙果、龙眼，鲜果缤纷，果香撩人，八、九月的百香果、菠萝蜜、鸡蛋果、释迦、甘蔗、山竹充满了亚热带风情，进入冬季还有杨桃、柑橘、脐橙、橄榄等陆续上市。一注注蓬勃的绿色泉水，从大地深处永不衰竭地喷涌而出，在一棵棵果树的身体里，搭成一架架绿梯子伸向树顶，那些琳琅的果子沿着梯子搬运，就这样一层一层在枝叶间错落有致地安放。

花叶，枝条，蜜蜂，鸟雀，树丛间溅落的点点光斑，萦飞着的粉白蝴蝶，都在诉说着同一个果园。月光清冷的晚上，果园一片寂静，护林人好像能听到哗哗流动的树汁，听到树们欢快的歌声。此时，谁也不准走进这片果园，因为果树要入睡了。只有风儿能进来，因为只有风儿才能想去哪里就去哪里，它无影无踪，来去自由。风儿在果园里轻轻吹拂，但风儿是不吃果子的，它只是喜欢摸一摸、摇一摇，所以，护林人也就不管调皮的风儿了，任它在果园里游来晃去，和果子们玩耍。护林人的心情就和父亲一样复杂，他爱护这些果子，不想让它们早早地被摘下来，他想爬上高树，沐浴着如水流泻的月光，坐在树上慢慢等待，直到青涩的果子转为艳红。

芋——一种让人惊呼的植物

芋头，很多人吃过，但不是都有机会亲眼见到山野水泽长得一派泼辣的巨大芋叶。"芋"的名称怎么来的呢？据《说文》所载："大叶、实根，骇人，故谓之芋。"意思是说中原人第一次见到芋的大叶子时，惊呼出声"吁"，所以才称这种植物为"芋"。

芋头原产于马来西亚、印度和中国的炎热沼泽地区。古老的芋，其实是一种全身都有毒的植物，执着的人类为了能够吃到它富含淀粉的根块，硬是经过了上千年的栽培，把它驯化为一种无毒的品种。从小到大，祖母和父亲都提醒我不要采、碰野生芋，林中遇见的野生芋比人工芋要大得多，人工芋头一般叶柄加上叶片，长度在两米以下，而那些野蛮生长的野芋，可能会长到四五米，这种野芋不要说食用其根茎了，在水分充足的情况下，野芋叶片会有汁液滴落，这汁液也有毒性，因此野芋连叶片也不能触碰。

能够吃的芋头，都是人工培育品种，中国南北长期以来都进行栽培。最早有关芋的可靠文献记载为《史记·项羽本纪》："今岁饥民贫，士卒食芋菽。"意即荒年期间，兵士以芋和大豆果腹充饥。项羽的根据地在"楚地"，当时应该已经有芋的栽培。由于芋最喜高温湿润，栽培习惯愈向南也就愈盛。在各种葱茏的蔬菜中（芋头应该既属于粮食，又属于蔬菜），芋头应该是其中身形最

第三章 潮湿的精灵

魁梧的吧？这个物种最大的嗜好是喝水，只要有足够的水，芋叶能长到什么程度，你都难以想象。北方之所以看不到特别惊人的芋叶，在于水量不够，不能保证芋头的需水量，所以长得又瘦又小。

汪曾祺曾经在《人间草木》中写过这样一件事，1946年夏天，他离开昆明去上海，途经香港。因为等船期，滞留了几天，住在一家华侨公寓的楼上。这是一家敝旧的下等公寓，住客都是三教九流跑码头的人。那时的汪曾祺，是个前途渺茫、流离颠沛的年轻人，带来的钱，买了船票，已经所剩无几，在香港这里又是举目无亲，连一个可以说说话的人都没有。有一天，他忽然发现了一个奇迹——一棵芋头！楼上的一侧，有一个很大的阳台，阳台上堆着一堆煤块，不知是谁把一个芋头随手扔在煤堆里，它竟然活了。没有土壤，更没有肥料，仅仅靠了一点雨水，芋头长出了几片碧绿肥厚的大叶子，在微风里高高兴兴地摇曳着。汪曾祺这样写道："在寂寞的羁旅之中看到这几片绿叶，我心里真是说不出的喜欢。这几片绿叶使我欣慰，并且，并不夸张地说，使我获得一点生活的勇气。"

从把芋叶称为"奇迹"看，当初汪曾祺见到芋叶伞柄时，肯定大吃一惊，深感震撼。由此我想到更遥远的事情。公元1097年，苏东坡以琼州别驾的虚衔贬昌化军（今儋州市中和镇）安置，生活之苦难，更超过黄、惠二州。东坡父子无室可居，处境十分凄凉，当地百姓见状，十分同情，得知苏东坡在桄榔林中建房时，大家一起动手搭茅屋，仅一个月时间，三间茅屋落成，尽管周围荒芜，蚊蚁滋生，环境恶劣，但诗人总算有了自己的家。由于茅屋处在"竹身青叶海棠枝"的热带乔木桄榔林中，故东坡自命为"桄榔庵"。父子二人在庵中"食芋饮水，著书以为乐"。遥想当年，苏氏父子谪居的桄榔林中，应该有芋头种植，芋叶招展。

说起来，苏东坡食芋，应该从广东惠州时期就开始了。苏东坡有一篇《记惠州土芋》的小文，记载绍圣三年（1096）除夕的前两日，他与一个叫吴远游的朋友夜聊甚晚，肚中饥饿，一番搜刮下来，发现家中还有一些芋头。吴远游将芋头去皮，用湿纸包裹，再在火上烘烤。苏轼吃起来感觉甘甜清香，口

感软糯细腻，于是写文记录吴远游的做法。苏东坡提出"惠州富此物，然人食者不免瘴"，"此非芋之罪也"，他这篇小文推荐的吴远游创意煨芋头法，让惠州人找到了芋头的正确打开方式，告别了"和皮水煮"这种单调的烹饪方式，从此芋头糕、芋头粄、炸芋头等成为惠州的特色美食。

不过，惠州芋头还没有吃够，绍圣四年（1097），苏轼第三次被贬。这次是天涯海角的儋州。天之涯的海岛，大宋疆域的极限，这里天气炎热，毒虫遍地，瘴气袭人，在北宋时是鲜有人烟的蛮荒之地。当时的海南岛，"连岁不熟，饮食百物艰难"（《与侄孙元老书》）。因为粮食不能自给，当地的百姓更多是食用薯米（即薯类切碎成粒）、山芋等充饥。苏东坡初期在海南儋州谪居的饮食生活，可以用"无米之炊"来贴切形容。苏东坡之子苏过，研究出一味煮芋头——"过子忽出新意，以山芋作玉糁羹，色香味皆奇绝。天上酥陀则不可知，人间决无此味也。"孝顺的小儿子苏过为了改善父亲的生活，突发奇想，将当地人充饥的山芋糁烹制成羹。苏东坡品尝后大喜过望，这道山芋羹被他赞为："香似龙涎仍酽白，味如牛乳更全清。莫将北海金齑脍，轻比东坡玉糁羹。"芋头做羹，糯软清香，玉脂粉柔，想来很适合晚年苏东坡的牙口，更何况在精细烹制下，还有千里随侍父亲的儿子的一片孝心。

从汪曾祺到苏氏父子，他们都曾一路向南，在热带、亚热带的南方，亲眼见到过漫山遍野碧绿生猛的芋叶。他们也仿佛芋叶一样具有充沛的生命力，总是高高兴兴就着微风摇曳，看似云淡风轻，根部却在不停地膨胀着，静静地灌满了白色的琼浆玉液。

当芋叶疯长起来，大片的叶子厚实着呢，一片叶子随随便便就长到一米多高，坚挺的杆，支撑着柔韧的叶，风吹过，阔大的芋叶也随风舒展，就像一把绿色的大伞，在风中摇摆起舞，露珠雨滴在叶子上滚来滚去。其实，芋的一生很简单，它的需要也简单，只要有水，只要有泥土，在哪里都适应，都能长好。在水土底下自由生长的感觉，只有芋知道。

想念雨水的气味

雨水节气了。一岁四时，春夏秋冬，二十四节气，每个节气均有其独特的含义。雨水节气的含义是降雨开始，雨量渐增。立春之后，东风解冻，天一生水，散而为雨。如果此时此际，我在南方地区，大地已是一幅早春的景象，日光温暖，春雨蒙蒙，田野青青，鹧鸪声声。但如今我在北方，北地气温刚刚回暖，举目四顾，还是草木萧瑟，枯黄凋零。漫长冬季的身影尚未走远，一粒粒蛰伏的种子，多年生植物的根部，还沉睡在干旱坚硬的泥土深处。突然想念雨水的气味了。怎么描述这种气味呢？将雨未雨的时候，那种气味就扑面而来了。隐约雷鸣，阴霾天空，大自然似乎有某种力量在凝聚。在地上的人们不注意的时候，某种力量突然苏醒。这是云团里隐藏着的季节的神秘，正等待着一场酣畅淋漓的释放。在雨来临之前，由于空气湿度的急剧攀升，空气中会弥漫着一股特别的味道。那是一种潮闷、湿润的气息，在空气中翻腾着，昭示着一场风雨即将到来。雨终于下起来了。雨丝扑在脸上，清清凉凉，又带着令人舒适的痒，仿佛可以将疲惫的灵魂洗涤透彻。梅雨季节的南方，从里到外都是湿答答的。淅淅沥沥的雨点滴在屋檐上，落在窗前像是水帘，街上行人打的伞有着各样的颜色，黑色的、紫色的、红色的、黄色的……草木被清洗得鲜嫩晶莹，树叶、草叶上幽幽的青绿清香，在雨水的浸泡下越发浓烈。当雨落下来的时候，坠落的雨滴会将地面的气味分子带到空气中。如果在树林茂密的乡野郊区，你会闻到来自草木植被的特殊清香；而如果在城市，则会闻到混凝土和沥青的味道。这些被雨水冲刷而带出的气味，会因环境不同而改变，有时甚至能在雨中闻到岩石、金属的味道。在我的童年记忆中的雨水气味，都是浓烈的草木气味，因为我的家乡小城，山高多雾、绿水萦绕，是一座森林覆盖率达75.27%的国家森林城市、国家园林城市，雨滴从天而降，从天空到大地的这段旅途中，沾染上的是所在自然环境的气味。

另外，当雨水打湿土壤，放线菌的活性会被加速（放线菌主要能促使土壤中的动物和植物遗骸腐烂），土壤中贮藏的纷繁芜杂气味，会随着水分子的蒸发而逃逸到空中。这种气味平时只隐藏在土壤中，是无法在空气中闻到的——这也是"雨水的气味"的一部分，不能简单说是泥土的气息，有多少种复杂的地层微生物环境，就有多少种微妙的土壤气味。如此想来，每一场雨，或大或小，都是如此深刻，因为每一滴雨水都敲打在泥土的深处，让地层下的无数蕴藏之物，惊心动魄地被唤醒。而且，雨水与土壤的缠绵，是一个非常漫长的故事。当一场雨来临，雨水降在大地上，60%—80%会被植物吸收、在日照下蒸发、在地表面流走。剩下的部分，则会渗入地下，往土壤深处开启一场探险之旅。我们喝下的每一口清澈甘甜的泉水、深井打上来的井水，都可能来自千百年前，古人所见证的一场雨。经过了土壤沙石的深层过滤，经历了地下漫长的黑暗，我们喝到的泉水、井水，其实是隐没在地层之下，穿越时光的雨，被滤净而甘甜的雨。除了以上的气味，当大雷雨过后，空气总是特别清新，而且有一股淡淡的鲜草味，闻起来好像有丝丝甜意，那是空气中低含量的臭氧所散发出来的味道。在森林里、瀑布下、海边、河川，都可以闻到这样的气味。想起童年的雨天记忆，总是有一种湿漉漉的甜美和温馨，因为南方经常有雷雨，雷雨过后，空气中就产生了少量的臭氧，它能净化空气，杀死细菌，因此雷雨后的空气总是特别的新鲜。大雨过后，出门逛一圈，清新怡人的空气游走于鼻腔，那叫一个清爽。想起小时候撑起小雨伞，穿着雨靴跑在一个个水洼之间，不管雨水是否溅湿衣裳。想起雨后走过池塘，总会听见响亮的蛙鸣声，呱呱声此起彼伏，像是在举办一场神秘的音乐会，欢乐异常。淅淅沥沥的雨声落在耳边，听起来更像是欢快的奏乐声，在为无忧无虑的童年歌唱。儿时的我，立在绵密雨幕中深吸气，一丝隐约的甜意随着呼吸进入胸腔，带来的总是一种幸福喜悦的情绪。西安什么时候下雨呢？南方的春天，春雨绵绵，有时一下就是大半个月，儿时的记忆中那"滴答滴答"的雨水声，此时此刻，如同就回响在耳边。伴随着虚空中的雨水声，思索着一些旧日的事情，试着重过一遍旧日的欢乐，一瞬间，我似乎站在了沾有雨水的草坪上，青草的味道氤氲在我周围。微风吹得草叶尖一颤一颤，将晶莹的水珠抖了下来，落在潮湿的土地上，雨水的气味，挟着时光，扑面而来……

第四章　南方之南

烟波之上的渔父

自从《庄子》中的《渔父》篇的问世、屈原《楚辞》中渔父形象的塑造，渔父成了浪迹江湖的智者、隐士、高人的象征，从此，渔父这一题材为后世众多的中国文化人所喜爱，渔父形象开始走上了文艺创作的舞台，迸发出不同作者对其理解、借鉴、再创作的魅力。

从"渔翁夜傍西岩宿，晓汲清湘燃楚竹。烟消日出不见人，欸乃一声山水绿。回看天际下中流，岩上无心云相逐"（柳宗元《渔翁》），到"一棹春风一叶舟，一纶茧缕一轻钩。花满渚，酒满瓯，万顷波中得自由"（李煜《渔父》），到"渔父醉，蓑衣舞。醉里却寻归路。轻舟短棹任斜横，醒后不知何处"（苏轼《渔父》），以及后来我们非常熟悉的《三国演义》的卷首词《临江仙》：

> 滚滚长江东逝水，浪花淘尽英雄。
> 是非成败转头空。
> 青山依旧在，几度夕阳红。
> 白发渔樵江渚上，惯看秋月春风。
> 一壶浊酒喜相逢。

古今多少事，都付笑谈中。

其中的渔父形象，无一例外都展现着虚静无为、返璞归真的道家哲学思想，清高孤洁，避世脱俗，笑傲江湖。他们早晨汲取的是清澈的清江水，烧火做饭用的都是翠绿的、曾经浸透过娥皇女英泪水的楚竹，他们的生活环境是那么清静雅洁，处身于青山绿水之间，就像那山上的白云一样随意飘浮，无欲无求，悠然自得。滚滚的历史洪流，淘尽了多少英雄的丰功伟绩。一个个王朝兴亡盛衰，悲恨相续，只有大自然是永恒不变的，青山隐隐，绿水长流。长江边白发的渔樵们，看惯了这些历史的沧桑变化，古今的英雄事迹都付于他们的笑谈之中。

其实，江边渔父，有这么自由自在、无拘无束、快乐逍遥吗？文学中的渔父形象，不过是诗人自我的写照，透露着他们寄情山水的思想，也寄寓着他们政治失意的孤愤。想象自己跳出红尘，摆脱羁绊，去做一个烟波之上的闲散的渔夫，是诗人在灰暗的现实中找不到出路之时，向腾风凌云的幻想去索取的一点自由吧？

作为一个在大河边长大的人，我知道真实的渔父的生活。作为真实的劳动者，他们的生活是艰辛的，即使秋冬之际，水寒风烈，他们也要下水捕鱼，否则一家的生计可能就没有着落。旧时珠江各支系生活着数以万计的流动渔民"疍家"——疍家人是生活在广东、广西、福建、海南和浙江沿海一带以船为家的渔民，属于同化汉族，是一支独特且濒临消失的民系。有人说疍家人世代栖居于水上，恰如浮于饱和盐溶液之上的鸡蛋，长年累月漂在海上，故得名为"疍民"。又有说是因为早前他们居住的舟楫外形酷似蛋壳；而疍家人自己则认为，他们常年与风浪搏斗，生命难以得到保障，如同蛋壳一般脆弱，故称为"疍家"。疍家人驾船在江海里过激流险滩，在风浪中讨生活，在船艇上度过一生。他们是海上的吉卜赛人，没有部落，没有田地，唯一的财产就是船，生死皆系于舟海之上。他们在船上出生，生前既不在岸上居住，死后也不在陆地埋葬，最终由船将冰冷的尸身运往葬身之地。活着的时候，船是他们的生计，是安身之所，是家——他们随意地迁徙流动，直到找到合适的锚地。

江河湖海，也许是人类最后一块狩猎之地。即便在科技如此发达的今天，它依然凶险、残酷、变幻莫测。渔父们以狩猎的方式，在潮汐起伏之间，在烟波深处这片野性难驯之地，一次次出击，努力获取那些绝妙风味，由此，一网网、一篓篓的河鲜海鲜，陆续运到岸上，装点人间烟火，这也给渔父们送来了生计和温饱。"在某种意义上，所有事物都在互相残杀。捕鱼就是要了我的老命，可是它同时也养活我。"在海明威的《老人与海》里，这么直白地描述着江海和人类之间奇特的依存关系。江河湖海，就是渔父们的战场。有人说，沧桑二字，前者是江海，后者是家园。这些顶着风吹日晒、奔波在苍茫江海上的人，与万顷碧波相比，是那样渺小，任由沧桑写在脸上，生活压弯脊梁。这样的渔家生活，即使有乐，也是苦中作乐，眼前潮水起落，身后浮沉半生，即使偶有渔获之丰，但终归身处边缘，一生贫贱艰难。

从小我就喜欢到江边看疍家渔船，他们的渔船夜来系在岸边大树上，随着早晨的潮水漂浮动荡——充满活力的顽皮潮水，嬉戏、击打着渔船的两舷，犹如揪住小船的鼻子，开着激烈的玩笑。但船上的渔民早已习惯这种浮舟的生活，丝毫不受影响。他们早晨于船头洗漱，中午在船舱里休息，晚饭桌摆在甲板上。身边还有忠心耿耿的大黄狗，朝着路过的陌生人示威。他们的饭食，基本上都是自捕的鱼虾之类。我看过他们做饭，只用热油煎熟，不放任何作料。他们几乎不用其他烹饪方法，油煎或白灼，仅此而已。疍家人热情纯朴，看到一个小孩子眼巴巴看他们做饭，就给我一把煎好的小鱼。这些小煎鱼对渔民来说，既是佐菜，又是零食，随时可以吃上几条，补充能量。我记得小时候吃过的疍家小鱼，因季节、时令、水域有不同的品类，不放任何调料，只有河鲜的本味，肉质软嫩，鲜美极了。

岸边看船，有载货的，有载人的，有迎亲的，有送葬的，喧腾起来又沉寂下去，渔民摇着橹，吱嘎吱嘎响，向风浪中去，从风浪中回。趁着夜潮打的活鱼活蟹，透明的看得清五脏六腑的大虾，刚从河里摸的田螺，赤条条浑身都是肉和刺的黄鳝，时常有人直接到水岸边，找渔民买河鲜。鱼篓中的河鲜，青鱼眼球凸出来，拿手抠鱼鳃，黏糊糊的，鱼鳃翻开，鲜红鲜红。有些大鱼特别生猛，到处乱蹦，甚至直接蹦到甲板上，开了膛摘了五脏，放到盆里还会游着逃命。船上的渔民会帮着拾掇鲜鱼，他们手法麻利极了，对准鱼头扑打下去，头往后面一撕巴，清水里一过直接扔盆里，一阵腥气飘过去，鱼就拾掇好了。他们也会用一种特别的缚法，把一条活鱼用草绳打结成一条弓鱼，让买鱼人直接拎着回家。

小时候的我并不知道，漂浮在舟船上的他们，过着的是被排除于正统之外的"另一种人生"，我只看到他们在历史与时间之外坚韧地活着，似乎自得其乐。他们那么忠实朴素地生活，担负了自己的那份命运，从不逃避为了求生而应有的一切努力。他们并不知道自己的生活，进入了诗词歌赋，进入了名画书法，他们只知道生活就如一只小船，顺水而流，随遇而安，以一种沉静的姿态，流向它该至的地方。也许，人的无奈和平凡在于，越是看清真相，越是不惧琐碎和艰辛，坦然面对三餐一宿、岁短日长。这样看来，出没于烟波的渔父，天然就有一些隐士高人的风格。沧海横流，潮落潮起，他们所过的生活，天然就是人生的本色。

对渔父来说，拥有一条船，能够行驶于江海之间，就是一个自足的天地。在我们这个延续了数千年的农耕国度里，他们有着自己独特的生命体验与生存方式。沾舟泛泛，渔艇悠悠。黑鳗赤鲤，沉浮于绿水之中；白鹭青鸟，出没于烟波之上。江渚之上的渔家，在岸上人看来，有一种彻悟了人世常情的平稳与安静。渔父形象这种独特的文化意蕴，大概是西方文化中没有的吧？

渔 人

简嫃

一收网，

只网到一枚日头。

渔人想提着去市集估个好价钱，

日头说他不值一壶酒呢！

还不如等天黑了，

捕银铸的星子们。

渔人信了，

在深夜撒网，

又逮到躲在海腹的那枚日头。

地下世界的召唤

　　昨天晚上做梦，不知为什么梦见了世界末日。好像是核战争之后的场景，大厦倾颓，到处是断壁残垣，一座座人类城镇被毁灭。住在高楼里的人们，焦虑着怎么回到地面；在地面的人，又焦虑着怎么躲到地下去；而躲进地下的人们，又焦虑着何时重见光明。巨大的核爆蘑菇云升起，外泄的辐射尘随着大气飘散到整个北半球。此时，还是躲在地下的人们最安全。他们在地洞中摸索前行，走着走着，一脚踏进了连通的地下岩溶洞穴。洞内各种岩溶景观千姿百态，洞中地下暗湖水量充沛，碧水长流，清冽甘美，幽深莫测。河中有鱼，溅溅有声。

　　醒来，我想起了童年时代的防空洞探险经历。小时候的我好动、野蛮、勇敢、天不怕地不怕，与一群儿时的伙伴，在一次次的入洞探索中，几乎走遍了一座山城错综复杂、弯弯曲曲的地下迷宫。每次我们的探险小分队入洞，都会碰上出发前难以预料的各种状况：有时是进去之后，走一个小时也走不出来，最终失去了方向感，被九曲十八弯的地道完全弄晕了，最后，居然在城市的另一端某个地窖钻了出来；有时是透过大手电筒或蜡烛的依稀光亮，发现写在洞壁上的各种标语留言，吃剩的铁皮罐头，甚至杂志被褥，表明在我们之前就有好奇的人类来过；有时是碰到了各种在黑暗中的洞穴生物，由于梧州的防空洞

历史建设较早，又废弃已久，许多地方坍塌比较严重，早已恢复了自然野外形态，成了洞穴生物们的家园，蛇虫鼠蚁，爬行的蜘蛛，穴居的蝙蝠，还有不明野生动物出没……游荡在梧州地下纵横密布、互相连通的庞大防空洞体系中，我意识到了地下世界的幽深神奇与不可思议。

我太熟悉那种通往地下世界的感受了，深入迷宫般的洞穴，那里有无尽的黑暗，也有完全不同的生命。在一些坍塌已久的防空洞下面，我见过惊人的植物根系，以凶猛的野性姿态，如脱缰的野马，跑脱了一样四处蔓延。这些爆发的生命力深藏在地下，它们挥动着细小的爪子，用力地挠着挠着，还在往更黑、更深的地方拼命地钻下去。它们在地面的姿势是多种多样的，可以是低矮的灌木，也可以长成几十米高的参天大树。在看似单调的土地下，自然的生命一直在千军万马地沸腾着。进入过地下的世界，才知道这些地层下活着的物件，它们在隐蔽中大睁着眼睛，活着，呼吸着，等待着，就像一根根炼金术士在房厅里埋下的满藏子弹的柱子，而我们生活在大厅当中，从来没有留意过脚下那些缓缓移动的痕迹，也不会感到来自下方轻微的振动。

想起在《猫头鹰在黄昏起飞》这本访谈中，村上春树自我剖析"如何成为小说家"的秘籍。他认为作家首先要有"祭司才能"——村上春树指出人的意识出现得很晚，而无意识历史要长得多，在无意识世界里人们依据什么活着呢？村上介绍说远古社会有祭司，或有行使祭司职责的部落首领那样的存在。这种人的无意识比其他人敏锐，能够像避雷针接收雷电一样把自己接收的信息传递给大家。而作家与此有相通之处。如果把无意识比作一座房子的地下室或地下二层，那么作家就应该具备进入地下二层的能力，即具有祭司或灵媒那一性质的能力。

我琢磨为什么村上说的是"地下二层"，因为就地下世界而言，第一层可能还保持一定秩序，到了第二层，则有可能已趋向混乱和不可预测。在我的探洞经历里，漫长洞穴的不同区域特征是不同的。入口区域靠近洞穴入口，凉爽而黑暗，如果就在洞口附近待着，凉飕飕地吹着小风，哪怕一身鸡皮疙瘩都起来了，你也还不至于失去方向感和稳定感。再往里面是阴影区，那里又冷又湿，只有微弱的光线。一些蜘蛛、甲虫、蜥蜴住在这里，时有蝙蝠低低地从头顶掠过。如果继续往深处走，你会发现真正黑暗的地方，那是洞穴的深处，那里又黑又冷，几乎没有空气流动。

小时候，我们进入地下世界，都是保持队形在黑暗中穿行，前后招呼着，不敢单独遗落任何一个人。走在前头的人，会拿着一根燃烧的蜡烛，蜡烛灭了就得赶紧往回走，证明空气有了问题。还好梧州的防空洞体系，是民国时期修建的人防工程，施工水平很高超，洞内每隔一段挖有通气洞，通气洞多是斜道式，也有少数因地面地形复杂而建成竖井式的。通气洞从洞内通到地面，形成高低差，使空气自然对流。所以，在防空洞里一层一层摸索着往下走，我们从来没有遇到过缺氧问题，甚至因为梧州本身处于喀斯特地貌区，来自风、水和时间的雕琢，使得岩石在地质变化过程中被溶蚀，形成溶洞，不少人工开凿的防空洞本身就利用了天然溶洞，许多洞穴异常复杂，形成网状结构，走着走着，可能就会进入溶洞，而地下河流也经常通过这些溶洞。那种感觉是峰回路转，柳暗花明，别有洞天。但一切的意外，都不可能在"地下一层"发生，得到达更深处的"地下二层"，一个幽深嶙峋的分岔才可能意外地出现。

真希望我也具有这种进入"地下二层"的能力。想起一位可能最被低估的中国当代艺术家，一辈子生活在陕西农村的库淑兰。她的代表作《空空树》，在我的理解中，就是进入了"地下二层"的、具有灵媒性质的作品。研究旬邑民歌的学者称，这首歌谣原本描绘的是地穴式窑洞烟囱冒烟的情景，但库淑兰将其变成了一棵粗壮而中空的黑色巨木，其中飞舞着无数黄蜂，并在空白处装饰着各类动物和花枝图案，犹如圣洁的生命之树，充盈着生机与活力。在我的探洞阅历中，这样一棵空空树是有自然原型的，它并不是向上长的树，而是深深地向下生长的根，与最混沌神秘的原始艺术一脉相通。

像许多艺术家一样，库淑兰因一场意外而开启了自己的天启时刻。1985年某天，同往常一样，库淑兰挪腾着一双小脚上山采药，却不慎跌入五米深的

土崖之下。在断断续续昏迷了四十天后，她清醒的第一件事，就是拿起了剪刀开始剪纸，并自诩为"剪花娘子"的人间化身，掌握了世间的所有剪纸秘技。从此，在创作和为人上，库淑兰都达到了一种出神入化、天马行空的自由境界。我觉得高坠生还的库淑兰，就好像是进入了另外一个世界。她好像触碰到了人类文明最原始的根柢部分，好像入洞后进入到了最黑、最冷的洞穴最深处。在那个人迹罕至的地方，有着另外的生态系统。所有抵达此处的人，某种程度上都挣脱了现实生活的环境，跑向了更远的未来或者过去。

为什么我近来一直做入洞的梦呢？一些花开在高高的树上，一些果结在深深的地下。梦境是告诉我要去寻找什么吗？可是要寻找什么，我自己也不清楚。只能在行走中，用自己的脚步叩击大地，就像地质队员手中的小铁锤探听地下宝藏那样，去探听大地的耳语、呼吸和深深的隐秘，对于进入地下世界一路上遭遇的种种，我只能一面行来，一面自问自解。

中国人的
草木香

在两广地区，人们除了爱喝老火靓汤，还有中草药熬的凉茶也是离不了的。不同的凉茶有不同的味道，有的凉茶味道是很苦的，喝完满嘴的中药味。如果北方人来到两广，对凉茶这种广府文化是很难理解的，他们常常第一次见到这种凉茶的时候还以为是茶水来着，结果喝完后一脸嫌弃的表情。冰糖菊花茶可能是他们最容易接受的一味凉茶了，但如果端上来的是一碗黑乎乎的浓稠中药汤，由岗梅、淡竹叶、五指柑、山芝麻、布楂叶、金沙藤、金樱根、木蝴蝶、金钱草、火炭母等十味中药配伍组成，他们敢二话不说，仰头一口气喝下去吗？其实上面说的，就是传统凉茶王老吉的标准配方啊！从小到大，走在故乡小城的大街小巷中，与凉茶铺不期而遇并不是什么难事。它们通常小小的，甚至有些简陋，或占闹市一角，或居于偏巷的一隅，店铺的柜面上摆放着已经盛好凉茶的小碗或杯子，顾客可以点好当场一饮而尽，也可以让老板给打包后带走。这样的凉茶铺，通常沿墙分门别类摆满了林林总总的，你叫得上名字的，或者叫不上名字的，各种干晒捆扎的中草药。斑驳墙壁上的挂历和钟表嘀嗒着历史的光阴，盛有凉茶的保温瓶上磨损出一段段旧日往事，淡淡的药香弥漫在凉茶铺的每一个角落。凉茶是南方居民的日常饮料，每天都要喝上一两杯。凉茶配制技艺通常以家族世袭传承下来，很多凉茶铺的独家配方历经数代

人的传承，成为"镇店之宝"，吸引着新老顾客慕名而来。五花茶养肝明目，二十四味专治热症，夏桑菊茶生津润肺，清开灵茶治疗感冒……这些都是南方比较常见的凉茶种类，当然还有各种生僻的种类。因为父母早年都在林场工作，谙熟各种山间草木，故而我家里也偏爱熬制各色凉茶。在园林局工作的父亲，下班时常常背回一捆他上山采摘的草药，或苦寒去火除湿，或甘凉清热除郁，或甘凉清热润燥。对我来说，从小饮用中草药汤就如家常便饭一样。

家里堆放和晾晒草药的小阳台，一走近，总是一阵香息拂面吹来。那时家里老屋是砖木结构的，一楼采用红砖砌筑，二楼楼板、屋架等用木结构，人字形斜屋顶多搭出一个小阁楼，在二楼的小阳台上，年代久远的木栏杆、木楼板色泽呈暗褐色，上面密密麻麻晾晒着各种草药，有的平铺在楼板上，有的倒悬在房梁下，有的搭挂在栏杆上。不外乎各种植物的茎、叶、花、果、根，生出来的气味也是各种各样的，有的散发着草籽气，有的裹着野菊味儿，有的是嫩树叶气味，有的是柑橙的香气，有的略带土腥味，有的弥散着一股浓烈的茫野之气，难以描述的草木的辛辣青生之气。一想起在那个小小的空间里散发着的草木清香、泥土的腥气和山野里自然的、溢满阳光的芬芳气息，我就会瞬间穿越回到童年时代。父亲采摘回来的那些根根草草，有的煲成了自制凉茶，有的熬成了老火炖汤，有的烧成洗澡水用来泡浴，有的制作成香包，放在了枕边，以及衣柜、书橱里。有一年父亲带回了许多金秀大瑶山灵香草，灵香草为广西特产香草，可以医治伤寒、下痢、鼻塞、头痛、腹痛、腰肾痛等病，还可以防腐防虫，是原生态植物驱虫之王，替代卫生丸、樟脑丸的最佳防虫驱虫产品，使用时都是用来保存衣料、文物、书籍档案等，起到显著的防腐、防虫之效用。这种小草喜欢生长在云雾缭绕的深山老林阴湿处，生长时没有丝毫香气，但一经干燥后就越来越香，能保持二三十年之久，其独有的香味，久存不散。记得如果我带了家里的衣物来北方，无论是去教室、挤公交、坐出租车，还是在电影院的前后排，常常有人们互相询问怎么有一股药味，是谁服用中药了。其实，是那一缕灵香草的气味穿越了大江南北、时光悠悠。

不要说那些名字带个"香"字的中药是香的，比如：乳香、麝香、香薷、藿香、香加皮、丁香、小茴香、木香、香附、沉香、檀香、青木香、九香虫、降香、苏合香、安息香、甘松香等，有些不带"香"字的中药，同样气味好闻极了，比如白芷、豆蔻、桂皮、薄荷、紫苏、杜若、杜衡、佛手、玉兰、佩兰、山柰、艾草、白芍、赤芍、合欢、排草、茅草、金银花、石菖蒲、生苍术、白花椰等等。从小到大，我喜欢这种或浓或淡的药香，这种中药的清香，混合了大自然的各种气息，萃取了天地之间的天然的精华，它不仅是中国几千年传统文化的厚重沉淀，更是自然之中纯粹、质朴的气息。草木掌握着人类生命的秘密，倾听草木的声音，寻找遍布山野的草木的灵魂，把它当成生命的一部分，让自身散发出百草之香，内敛而克制，淡薄又悠远，这是中国人刻在骨子里的性情。很多的草木生长在我们身边，一直在暗中保护着我们，培植着我们的心性。世事的动荡，政治的喧嚣，人生的沉浮不定，都可以被自然的宽广温和糅进草木香中。一草一木一花一叶上，依附着自然的灵气，让满室氤氲淡淡的药香，是人类接受植物对自己的洗礼。秋雨绵绵，在这样一个最易产生怀旧情绪的季节里，莫名地就想起了曾经伴随我葱茏岁月的那些药香。还想在衣袖间再挥出草木的香气，还想在胸腔间唤回喝凉茶的那种妥帖温柔之感。

2016
02. 11

生为岭南人

生为岭南人，骑楼、水塘、龟苓膏、龙母庙、茶船古道、龙舟竞渡、老火靓汤、粤语老歌、传统街巷、特色商铺、古迹宗祠遍布，民居依水而建，或窄门高屋，或镬耳高墙。这些都是我生命中挥之不去的印记。

中国历史悠久，跌宕起伏，文化包罗万象，很难说哪一种文化是正统。好比目前全国官方语言都说普通话，但其实普通话和北京话都是胡音，乃是满族人的遗产。真正的汉语应该是客家话。在秦朝战乱之际，客家人南移，有的甚至远走海外，却至今保持了上古华人的习惯，是真正的中国人。之后中国不断扩张并受到胡人的侵犯（如五胡乱华）和联姻（从古至今一直有之），因此现在北方人或多或少都有些胡人的血统。每次中国动荡，都会有华人南移。中国历史上至少有过三次大规模南渡，即晋之南渡、宋之南渡、明之南渡。所以，闽南两广其实对中国传统的传承比北方要好，最明显的例子就是语言。闽南话其实是河洛话，也就是唐朝时中国的官方语言；而广东话其实是唐音，也就是宋朝的官方语言。读古籍及诗歌时，用这两种语言比普通话要押韵得多的原因也就在此。

从小在广东话的语言环境中长大，连学校的教育也基本使用的是粤语，主要收听收看的都是粤语电台或电视台，基本不太看普通话的节目，包括属于全国人民的春晚。在粤语这种生活方式中浸润的成长之路，注定与中原文化是完全不同的另一面貌。粤语不仅是岭南文化的载体，而且是维系华人华侨的纽带，是连接两广与港澳以及东南亚华侨的重要桥梁。从这个意义上说，在全国范围内，几乎已没有什么方言的影响力可以和粤语媲美。在全国千城一面、地方语言被普通话格式化的今天，在城市景观日新月异、文化旧貌急剧变为商业新颜的今天，粤语几乎成了岭南文化的最后立身之处。随着岭南地区如广州、深圳等大城市的城市化进程加速，新移民、"新客家"大量涌入，北方文化迅速渗透和浸染，使得岭南文化的发展空间萎缩，无形中加剧了粤语圈的文化焦虑，以及像我这样的南人北迁的粤语圈离散现象。

在我的家乡，作为二三线城市，外来人口流动相对较少，地方文化根基深厚，传统力量极为强大，当地人把煲汤视为生活最高享受，把凉茶视为包治百病的良药，在一盅两件的茶楼文化中浸泡。居于西江流域中心地带的梧州，从当初秦始皇设郡县开始，到汉代成为岭南最初的广府，潜藏积淀着灿烂的历史文化。从秦汉起就是"海上丝绸之路"的交汇点，是海路登陆的驿站、门户和中转枢纽，作为岭南古郡，更是海外佛教传承东渐的重要城市。当地人有重商的传统，讲求实用、实干、实效。

从语言就可以略知一二。粤语惜言如金。许多词语在普通话中是双音节的，在广东话中则缩为单音节，如"我明"就是"我明白"，"尘"是"灰尘"，"眼"是"眼睛"，"吓"是"吓唬"，"相"是"相片"，"睬"是"理睬"，"蚁"是"蚂蚁"，"蟹"是"螃蟹"，而在一些虚词上省得就更狠了，只要不影响理解，能省则省，如"百二"是一百二十，"万七"是一万七千，"这辆车很漂亮"说成是"架车好靓"，"那场火扑灭了没有"则成了"场火熄未"。当地人不喜欢虚文假饰，但求经济，连口水都不愿意浪费，对于讲话滔滔不绝却不着边际的人，称之为"口水多过茶"。这种经世致用的岭南文化对我影响终身。

后来的后来，同学年少，江湖星散，我们出发去远方，是为了寻找梦想。

家乡古色古香的骑楼，雕刻了岁月的痕迹。这些剪影般的风景，落在自己生命的最深处，并成为自己的生命形态，成为天涯孤旅中的一个温柔之乡，寂寞人生中一个情感家园。对于好读历史古籍的我，岭南之南，还平添了一份酝酿在历史中的风流遗韵，让我人在北方，时时凭风南望。

当生活把个体放在宏大的背景和空间之下，个体离家越行越远，才会如同戴着老花镜一般离得远、看得清，才会怀念家乡所赠予的一切。有时候，家乡最重要的，是那份温暖、安定的感觉。让一颗无论在外漂泊多久的心，都有依附的地方。没有人能杀死故乡，除了你自己。故乡不仅仅是户口、地名，那揪心的，是记忆和精神寄托。想起苏东坡写过的那首词《定风波》：

> 万里归来年愈少，微笑，笑时犹带岭梅香。
> 试问岭南应不好？却道，此心安处是吾乡。

最后一句，时时让漂泊的人念念不忘。南方的阳光肆无忌惮地洒在脸上，是一种痛快淋漓的灼热。一次又一次，沉醉于这片浓郁而绚烂的色彩，生命可以重新在这里燃烧。

大降温中回望南方

据说从本周起，西安最凶残的大降温要来了，西伯利亚霸王级寒潮将挥师南下，将有一股强冷空气来咱西安"放大招"，最低气温会达到零下十二摄氏度，到达这种温度量级，把刚煮好的热水往室外挥一挥，可能会立即变成雾气或者冰沙。有人调侃说，这周与下周的西安天气，能出来见面的都是生死之交，能出来工作的都是亡命之徒，能出来约会的绝对都是真爱。

吓到了，心脏要被冻成血豆腐了！"三九四九冰上走"，可能对于北方人来说是常识，这本就是一年当中最冷的一段时间。可这对于一个南方人来说是什么体验呢？在电话中和老家的父母絮语，那千里之外的父亲还穿着短袖白衬衫呢！塞外黄沙弥天扬起、寒凝大地之时，南方的小城依然睡在春夏的酣梦中，散发着雨后浆果汁液绽破的甜香，惹来蜜蜂纠缠、嗡鸣一片。郁热的南方，在深冬时节仍是八月的果园，街上穿着清凉的少女，仍然交映出一片桃红柳绿的绚烂光景。夜来一轮晕黄的月，不过是蜷在少女闺阁窗台上的温柔小猫。

中国地大物博，有着东西南北不同的民俗与民情，不同的心理与性格——如北方人的粗犷，南方人的文雅；北方人的豪爽，南方人的细腻；关东大汉自不同于绍兴师爷，塞北姑娘也有别于江南妹子。文学风格上的差异也非常明

显，中古时期北朝民歌质朴雄豪，南朝民歌轻盈婉转。"天苍苍，野茫茫，风吹草低见牛羊"，南朝民歌哪来如此恢宏大气？"低头弄莲子，莲子青如水。置莲怀袖中，莲心彻底红"，北朝民歌又何曾有这般温婉清丽？连中国的拳术，也自来存在南拳与北拳的分野。北方拳术与北方的气候山野类似，大开大合，讲究力量与劲道，威猛有余，比如八卦掌、八极拳、长拳、形意拳等。而南方拳术则犹如南方的环境，更讲究技巧，也较为阴柔灵巧一些，代表拳术即咏春拳。早在宋代，中国画家就已很聪明地发现了南方天气的好处：烟波浩渺，水汽蒸熏，不比北方怪石嶙峋、山树干涩。他们在笔下，以烟云掩映树石，充分发挥水墨融合、墨色晕染所形成的效果，云山墨戏，烟峦缥缈，水墨氤氲的温山软水，从此迷蒙了也润泽了半壁中国画坛。

我在北回归线上的一个小城市长大，家乡五岭绵延、三江环绕，位于两广接壤之处。碧绿的桂江水与浑黄的浔江水，汇流形成一条混血的鸳鸯江。两江交汇处，一浊一清、泾渭分明，恰似戏水鸳鸯，相互依偎、相互拥抱、长相厮守、难舍难分。河岸边生着高大茂密的相思树，树分雄雌，红豆点点，此地盛产多情女子、乒乓球国手和世界跳水冠军。记得少女时代，常常在河边草丛中捡拾红豆，据说攒够了一定数量的红豆，生命中的情缘就会到来。不知为了遇见后来命中注定的人，要攒多少颗红豆？家乡人讲粤语，十八岁以前完全生活在粤语环境中，不过后来我的普通话已洗脱了口音，再加上长得跟人们印象中的广西人不同，一般人都会猜我是江浙一带的。小城山环水绕、位于群山起伏之中，出门抬头就是山，几乎一座山就是一个森林公园。我的童年就是和父亲从一座山到另一座山上，他率领团队从山顶到山脚改造林相，使原来只长马尾松的单调的山，变成一座座花木缤纷的公园。他种了一辈子花，后来成为我们那个小城的园林局局长。身为花匠的女儿，我耳濡目染，似乎对各种草木也如数家珍。

我的南方，郁郁葱葱的亚热带雨林。花开在树上，树长在水里。紫荆常年不败，木棉花火红地绽放，芒果熟透了一个个坠落到地上。层层叠叠的花瓣上，颤抖着成熟的香气，飘散在多雨水的夏季里，过分地缠绵，更加一点润湿。我来自那温郁的南方，那儿的月色，那儿的日光，与北国是如此的不同。春风吹开了百花，燕子痴恋着绿杨。合眼睡在季节如梦的歌声里，是林叶和夜风的私语吧？那温暖我似乎记得，又似乎已经遗忘。

也许，一个人的品质是在童年生活中就确立了的，从此，某种气质一生挥之不去，即使三千里河山阻隔，踏上了北上的不归路，像一只长大的鸟离开那个曾经孵化它的窝。人都喜欢自己未能拥有的东西，北方的青天朗日，与烟雨南国的潮湿、晦暗、婉转、蕴藉是多么不同，我带着文化差异造成的神秘感，喜爱着北方还有北方的人们。但是，还是常有不自觉流露的柔情，犹如南方的雨季，随时随地可以从衣服中挤出一把水来。

无霜无雪的南方，无惊无恙的成长，四季的转换平滑无痕。浆果般的少女面临命运的采摘。一点甜香，四溅在手，然后，谁的唇齿间会永远记载那种刹那献身的味道？千山之外，海水正蓝。回不去的南方，即使一张机票，我就可以降临南方的机场，但只是徒然回到曾经喜爱的地方，我绝不可能重睹它们，因为它们不是位于空间中，而是处于时间里。因为重游旧地的人，已不再是那个曾以自己的热情装点那个地方的儿童或少年。

南方之百越

"百越"之说始于春秋战国时期，秦相吕不韦主持编写的《吕氏春秋》载："扬、汉之南，百越之际。""扬"即"扬州"，在今江苏境内的长江北岸；"汉"即"汉江"，发源于秦岭南麓，东南走向注入长江。也就是说，汉江、长江以南都是"百越"之地。后来，东汉班固的《汉书·地理志》说："自交趾至会稽七八千里，百越杂处，各有种姓。"这里的"百越"之地是指"交趾"到"会稽"之间的地区。"交趾"在今越南河内一带，"会稽"在今江苏境内的长江南岸。以上两种说法大致相似。从各种史籍得知，"百越"就是居住在中国南方的很多少数民族氏族部落。"百越杂处"就是很多种族交错杂居，"各有种姓"又道出这些种族并不是一类。百越的百是多数、约数，而不是确数。百越是对南方诸族的泛称。蒙文通先生《越史丛考》一书认为，百越民族中按习俗、方言的不同可分为吴越（包括东瓯、闽越）、南越、西瓯、骆越，岭南地区多为南越、西瓯和骆越。此说得到了广泛的认同。

因为有位于广东与湖南交界处的岭南山脉的阻隔，在战国时期即使是离百越最近的楚国也没能统治百越。秦始皇统一六国后，误判了形势，其统辖的80万大军兵分两路，30万北上抗击匈奴，50万南下戍守五岭，征服百越。因此造成了中原地区的军力空虚，以至于"陈胜、吴广起义"以及"楚汉双雄"

横扫中原，导致秦朝迅速灭亡。秦始皇二十八年（前219），令尉屠睢指挥50万大军，分五路南下，进攻今两广地区的南越和西瓯，贸然深入到民风彪悍的南蛮之地，秦兵遭遇了前所未有的劲敌。在三次力征百越的战争中，秦军前后起码折损30多万人。当然顽强抵抗的百越也遭受了惨重的损失，在战争中，起码有近40万百越人或死或逃亡到东南亚。一项最新的研究成果证实：遍及太平洋和印度洋的南岛居民，是世界上分布最广泛的族群，其范围西至非洲的马达加斯加岛，东至南美智利的复活节岛，南至新西兰，北至我国台湾，直接源于中国大陆的百越民族。可见百越人南迁的步伐并没有止于陆地，而是扬帆远航，直达蔚蓝大海最深处。因为，越人的特长是"习于水斗，便于行舟""越人以船为车，以楫为马，往若飘风，去则难从"。当然，南岛居民离开中国沿海向南迁徙，可能从一两万年之前就开始了，但历史上中国大陆只要兵连祸结，战火不断，民不聊生，为了谋生计，维持家庭生活，改变个人或家族的命运，躲避战乱，闽粤地区的老百姓就会一次又一次、一批又一批地，乘槎浮于海、江海寄余生，"下南洋"或称"过番"，如其先祖一样，踏上漫漫海上流民路。

古代百越民族多聚邑结寨散居于山川要塞、深林丛竹之中，溪涧冲谷之间，而且数目众多，有自己的民族语言和生活、文化特点。虽然在今天已经找不到一个名字叫作"百越族"的民族或族群（正如没有一种草叫"百草"，没有一种官叫"百官"，没有一种货物叫"百货"，"百越"犹如"百草""百官""百货"等概念，当然也就没有一种古代民族叫"百越"），不过，百越文化事实上却透过种种不同的方式，在很多不同民族的文化里面留下了种种痕迹。

例如，在南方，母系继嗣及相关习俗仍然保留在密集的丛林里。南方之南，祭祀的不是龙王而是龙母，不是玉帝而是妈祖。隋初岭南俚族女首领冼夫人，历仕梁、陈、隋三朝，世为南越首领，跨据山洞，有部落十余万家，被岭南诸郡共奉为圣母。她带兵打仗，南征北战，保境安民，使岭南在南北朝动乱时期得以偏安一隅，避免了战争的破坏，维护了岭南的稳定，促进了南疆地区经济文化发展。周恩来曾赞誉她是"中国历史上第一位巾帼英雄"。中国南部边境出现的这种女性至上的蛮夷之风，想必大大激怒了北方孔孟之道下的贵族男子。这种张扬热烈的土著蛮女，为压抑女性的汉文化所少见，自然令人侧目，引人想象。9世纪唐宣宗时期有女蛮国进贡者，她们梳有高高的发髻，戴金饰帽子，璎珞被体，称为菩萨蛮。这大概便是《菩萨蛮》词牌的由来。女蛮国有可能是今天缅甸境内古代罗摩国。尽管存疑，但这个曲调无疑大为流行并保持到晚唐，散发着某种异域的热度和狂野的颜色。

例如，在南方之南，有所谓的"洗骨葬"，或称"二次葬"的葬仪。在中国长江以南各地，比如说江苏、浙江、福建、广东、台湾的汉人，以及很多少数民族，比如说壮族、藏族，都有这种习俗。事实上，一直到台湾的鹤佬人和客家人也都还采用这种丧葬仪式，在土葬数年后开棺取骨，然后将全副骨骼一一置入一称为"金斗"的陶瓮当中。我记得从小长到大，陪伴我的两只小猫三只小狗，在十几年岁月流逝自然老死后，父亲都是采取"洗骨葬"的方式，先埋入高山密林草木幽深之处，作一特殊标志，以备日后寻找。三年之后，亚热带地区遮天蔽日的风雨交加，蛇虫横行，蚂蟥遍地，原始森林的阴暗和寂静中，疯狂恣肆的草木怒长，足以腐烂尸身，将血肉脱尽，此时再起土捡骨，洗骨迁坟，置于瓮或木匣内，重新安葬。直到今日，我国的许多地区和民族依旧流行洗骨葬。其实这是百越之旧俗。

还有，在百越族被汉化以后，其所使用的很多字词，却依旧遗留在不少民族的语汇当中。百越语为黏着型，不同于汉语的单音成义，有人认为越语与今壮侗语系的语言十分接近。

当年秦始皇派屠睢为主将、赵佗为副将率领五十万大军平定岭南。屠睢因为滥杀无辜，引起当地人的顽强反抗，被当地人杀死。秦始皇重新任命任嚣为主将，并和赵佗一起率领大军平定越地，经过四年努力，公元前214年，岭南总算顺利地划进了大秦的版图。而公元前209年陈胜吴广起义之后，四方诸侯、豪杰互相争夺，中原陷入战乱。岭南方圆数千里，足以自保，秦将赵佗拒绝回中原平叛且趁机自立为王，将两广地区及现越南北部称为"南越国"。这是一位天高皇帝远的南越王，很多人为如何评价他伤脑筋，其实大可不必，单是做到保境安民，已经善莫大焉，何况赵佗和辑百越，安抚越族，促进汉越同化，最后大义归汉，分明是一代雄主。从此，岭南正式列入中国统一的版图。赵佗在开发边疆、传播文明方面，是引导岭南百越部落从原始氏族社会迅速走向文明时代的文化先驱和伟大政治家。岭南越人的生活习惯、社会风俗与中原汉人是大不相同的。如果汉人歧视越人的不同习俗，就容易挫伤越族人民的民族感情。于是赵佗带头尊重和顺从越人风俗习惯，例如他公开宣称自己是"蛮夷大氏老"，还脱掉汉族的正统官服，采用越人的服饰。赵佗创建南越国，使岭南社会经济实现飞跃式的跨越发展，至今两广老百姓仍普遍称善南越王赵佗的历史功绩。

汉高后五年（前183），赵佗封族弟赵光为苍梧王，建立苍梧王国，并修建苍梧王城。此为我的家乡梧州建城之始，也是广西有文字记载的建城之始。当年南越王赵佗曾经到广信（古代两汉时期的交州首府，取"初开粤地，宜广布恩信"之意。位于现今广西梧州与广东封开一带）巡视，并把"龙精宝剑"赠予苍梧王赵光。南越国灭亡后，赵光便把宝剑藏于西江南岸的山脉之中，每到夜间，宝剑便会吐出冲天光芒，又顷刻熄灭，此乃梧州八景之一"火山夕焰"的典故。从此，人们便把西江南岸藏剑之山称"火山"。我就是在南越王宝剑夜来耀光的地方长大的，梧州这座古城已有将近二千二百年历史了，是岭南最早接受中原文化熏陶的地方之一。

身为南越之女，我想，那些历史上操蛇洗骨、出没水道、骁勇善战、慷慨悲歌过的百越祖先，他们静静地躺在我的血液里，在等我死的时候再死一次。融进血液，就得让它流动，让它澎湃，在最深处紧紧拥抱。百越族的血统对于我来说，是一种精神上的流贯、慰藉与自豪。

南方之疍族

华夏文明往往被认为是"农耕文明"的代表，中华儿女以长江、黄河为原点孕育了稳固的"大陆族群"，耕作垦殖，生生不息。殊不知，中国也有七千年历史的"海洋文明"。典型代表就在广西、广东、海南、福建一带的海洋族群——疍家族群。在南方的水上，有这样一群鲜为人知的特殊族群，他们以渔为业，浮家泛宅。他们于风浪中度日，生命犹如蛋壳般脆弱，因此被称作疍民、疍家人。他们是中国水上的"吉卜赛人"，逐潮往来，江干海滋，随处栖泊，终生漂泊于水上。作为一个相对独立的族群，有着许多独特的习俗。

疍家人从何而来？一说疍家人是早期南方汉族人后裔，被官军所迫，逃入江海河上居住，以捕鱼为生，此后世代传承；一说为古越族或古黎族等南方水上民族受陆上民族排斥，多年来漂泊于海上形成的一种特殊民体。我更倾向于后者，疍家人更可能属于"以船为车，以楫为马，往若飘风，去则难从"的熟习水上生活的百越遗裔。

在中国历史上，疍民是个受歧视的群体。古代，疍民的户籍为"贱"，生活条件恶劣。从元朝到清朝很长的一段时间里，疍民备受欺凌，他们没有部落，没有田地，以海为生。"疍民"不能上岸居住、置立家产，不能读书识字，不能与岸上人家通婚……民国时期，广东省民政厅颁布了《严禁压迫疍民恶习》的政令，指出应消除歧视，反对欺压。然而，对于陆上的人来说，歧视和欺压已是积习难改。直到新中国成立后，有十多万水上居民分到了土地，才舍弃了水上捕鱼的生活，他们中，有的变为农民，有的从事工、商等各业；余下的十万人左右，仍继续从事渔业生产。随着疍民的上岸，对疍民的歧视才有所消弭。继续从事渔业生产的疍家人数也在不断萎缩。

"这样一个弱势族群，历史上与岸上居民之间是否也曾相爱？其中一部分疍民怎样向岸上悄悄发展，演变成为具有新的生活方式的'两栖疍民'，也许中国的人鱼传说，正是埋藏着大量历史密码的文化暗喻。"我记得这是我评点周星驰电影《美人鱼》时写下的一段话，人鱼与人类的相杀相爱，其实是中国历史上疍家世族与岸上居民的血泪史的折射。

我唯一的姐姐，嫁给了西江上的疍家世族，他们家族世代出没风浪，以打鱼为生，在陆地上没有住所，全家栖身于一叶小舟之上，新中国成立后由政府安置上岸落户。黝黑、体格健壮，是疍家人典型的特征。由于长期捕鱼劳作，疍人都有着一副好身板，我的外甥女才十来岁，已经是浪里白条，可以横渡江海，因为"疍家"被她的长辈们反复提起，不习水性，简直是"非我族类"。姐夫经营一个船码头，业务既有各种公私船艇的维修、停泊、运输、竞技，也有在摇摇晃晃的渔排上吃疍家饭的游玩项目。要问疍家饭是什么味道？当然是靠山吃山、靠海吃海。从前渔船船身狭小，炉灶自然不可能很大，所以，疍家的食单上少见炒、炸之类需要武火的菜肴，更多的是类似蒸、煮、炖的套路，其胜在各种海鲜河鲜的食材新鲜，没有大烹大炒，全部还原最新鲜的原味，鱼虾、螺贝、黄鳝、海瓜子、血蚶、生蚝，肥美鲜嫩，入口即化，烹调小鲜，一个鲜字在于近在咫尺的滋味，随时临河捞取，鲜得水灵灵的，如朝花初露。赶海讨海，临河捕捞，通过这些原料新鲜、做法简单的饭菜，我隐约能看见一千多年来疍家人被主流社会遗弃，与狂风巨浪搏斗的身影。

与海为伍，与船为伴，以舟为家，以渔为生，给疍族披上了一抹吉卜赛气质，你可感伤身为游民的动荡与颠沛，亦可领会成人生的诗意与辽阔。疍族，

就在这种对命运的歌吟和不受制于命运的希冀中结束和开始一代又一代的人生。对于现代国人，这种天高任鸟飞的流畅，这种免户籍之扰的自由，其实会令很多人羡慕。疍家是一个海上游牧的民族，自然会产生与农业社会不同的生命情调。在他们看来，天之涯、海之角，不会只在中国大陆的尽头，也不在海南岛的最南端，这只是中国北方农耕民族对于世界尽头的想象而已。对于疍家人而言，他们将继续驶往更远的天涯、更远的海角，流浪的魂魄纵身一跃消失在那片波涛汹涌的无尽蔚蓝。方向在哪里？根据季节观星望月，举头一轮苍白而瘦弱的月亮，在天庭的路上也在流离漂泊。七千年来，多少海洋国家和民族兴亡更迭，而只有中国的疍民，始终漂泊于海上，堪称世界上唯一的"蓝色族群"。所以，我从不认为中国文化中没有海洋基因。海洋是生养疍家人的摇篮，是维系疍家人的纽带，更是他们最有安全感的家，甚至不少疍家人有"晕陆"现象。我想，在华夏各族之中，深邃海洋的蓝色秘密只有疍族才通晓吧！

风吹海浪、夕阳下撒网、唱咸水歌、漂浮海上、生活自给自足曾是疍家人的专属生活，可随着现代化的冲击、水质污染等因素，疍家人已无法用传统的生活方式来维持生计。在宏伟的国家工程与民生的凄凉困苦之间，我更倾向于后者，我想疍家作为一个特殊族群，在中国社会和经济的剧烈变化中正在逐渐适应和调整。无须担心，农业伦理是人已经定居以后跟土地之间的依赖关系。当不存在土地依赖关系的时候，生命处于荒凉的流浪当中，这个生命必须不断活出极限，不断爆发出火焰。浪滔滔，人渺渺，千古风流浪里摇的一个勇悍族群，从来就不缺乏那种生命搏斗的精神。

南方蟑螂与原初大地

　　前两天，一条关于南北方蟑螂大小的微博蹿上了热门榜，看博主对两者的形容，画面感扑面而来，立马在网络江湖掀起了一场北方蟑螂和南方蟑螂的大论战。所谓一方水土养一方小强，据说来到南方的北方人，没有一个不对南方蟑螂产生敬畏之心！哎哎，看评论把人看得瑟瑟发抖，南方蟑螂简直不要太可怕！到底南方蟑螂是不是油光大少爷、空中小飞侠？作为一个来自古"蛮夷"之地的南方人，我必须得站出来说几句了，我就是从这个"虫瘴横行之地"来的，对虫子最有发言权！以前也写过壁虎、蚯蚓、蛇什么的，这次就写写蟑螂。

　　在草木荟郁的南方，我从小对蟑螂的认知就是拇指大小乌黑油亮展翅飞翔，有些很久没有打开过的抽屉木盒什么的，有时一拉开就会呼呼往外冒蟑螂，红得发黑的大蟑螂以嚣张的态度，从你面前大摇大摆地从容爬过。你说，生活在小强们活蹦乱跳、四处出没的地方，当它们出列上街甚至当空起舞时，还有那闲工夫故作娇羞状尖叫什么的吗？我通常二话不说上去就把虫子给一脚踩扁了，这是一件很平常的小事情，纳闷好多人为什么怕得不要不要的。什么北方人到蛇虫出没的南方，得"笑着活下去"，其实习惯就好，这不就是家门口的惯常风景吗？作为南方人从小就要学会的技能之一，就是要有动态视力，随时发现身边会动的小虫子，拿起手边随便什么物件，小心翼翼地靠近，然后快狠准地迅速拍死它。从小到大家里养猫养狗，通常在我家收拾小强们的，是好管闲事的喵星人和汪星人。它们发现蟑螂后，会猛扑过去抓起来玩好久，玩得半死不活的，就整整齐齐地摆上一排，向主人展示自己的战利品，这时候我施施然地拿着簸箕笤帚去打扫就可以了。

看看这回恶搞南方蟑螂，把它们说成了飞天神武大将军，个子大、繁殖力强、移动迅速、能上天、能装死，还能主动出击，不少北方人亲测，南方蟑螂能上天！多少北方大汉都在南方领教过它们的厉害、受到了强烈惊吓。多少网友纷纷表示，南方的蟑螂，全国的汉子都有点承受不住，从广州到厦门，从南宁到海口……北方人的尖叫声遍布在南方很多城市！

说起来我从小就不怕虫子，那是童年时代的小小玩伴。我可以一整个炎热的下午，蹲在墙根下的金银花藤中看一只七星瓢虫的图案，一只叶子下的西瓜虫都能让我开心半天。到河边的滩涂地，高大苗壮的野蒿连绵起伏，长得密不透风、恣肆狂乱，空气中晃动着如小型龙卷风般蠕动的大群大群的小花虫。

经常发现摘下的树叶上、草秆上挂着的白色虫蛹，里面有一只过去的毛毛虫、未来的小蝴蝶，从一枚细小的卵长成一只软绵绵的毛毛虫，经历漫长的蜕皮、化蛹、破壳而出，不停扇动翅膀，直至翅膀变得干燥而坚硬，舒展开之后，才有一只蝴蝶展开彩翼、翩翩飞翔。

每逢夏季，我便沿着蝉的似乎永无休歇的厉声鸣叫，到树林里找夏蝉丢弃的小房子。蝉的生存方式很独特，当它从幼虫变为成虫时，奇迹般地从原有的身躯中出走，完整地保留下一个躯壳，栩栩如生地停留在树干上。

我还特别喜欢看墙上的蚰蜒（就是俗话说的"鼻涕虫"）那一套细腻的求爱仪式——刚开始是两条蚰蜒彼此慢慢地追逐，接近之后，它们彼此缠绕，用嘴衔住对方的尾巴，进而纠缠摇摆，形成很多美丽的式样，同时身体还会放出珍珠色的光来。

还有小小的萤火虫，那是一盏盏清凉似风的小灯笼，那是明明灭灭、影影绰绰的小幽灵，三月出幼虫，经六蜕成蛹，雄虫蛹羽化后才漫天飞舞，这个时候已经是阴气开始逐渐弥漫的秋季了，萤火虫那抹淡淡的光仿佛无处可归的游魂似的，在夜晚的浓暗中不停地徘徊。

　　所谓穷山恶水之处，瘴气蚊虫妖冶，其实就是大自然的生态环境好，万物皆悠然而生。尤其在终年常绿的岭南之地，草木虫鱼，四季都在和风甘露中活着，戾天跃渊，欣欣向荣。如果心足够大，那你在南方看到的毛毛虫也会比别处看到的更大；如果你相信自然的善意，那满山的草木都是大自然对我们的馈赠。如果眼里含着童光，越黑的夜晚，就越能看见大自然的神秘。在黑夜里，可以和昆虫一起跳舞，和鸟兽一起唱歌，参与一场森林嘉年华。只要走得远、走得幽，一个人敢往草木深处闯，所遇蹊跷和神奇也就越多。有时，我宁愿把自己看作草木虫鱼的一类，"悠然皆生，而不知其所以生；同焉皆得，而不知其所以得"，像庄子所说，如草木虫鱼一样顺着自然所赋予的那一副本性，自由自在地生活下去。绝不计较生活应该是什么，绝不追究生活是为着什么，生活自身就是方法，生活自身也就是目的，不在生活以外另求生活方法，不在生活以外另求生活目的。时而幸运丰足，时而受灾祸侵逼，这都无伤天地之和。一个人在草木深处坐痴了，就觉得自己不是一个人，有时是一只瓢虫，有时是一条河流，有时是一块石头，有时是一只山果。这也许与"天人合一"的心境有关，与早年我所体验的大自然的完整性和纯净度有关。我庆幸我见过原初的大地，比如今的儿童幸运。如今，现代人与一只野生萤火虫相遇的概率，已小于日全食。

　　其实，人为什么要害怕虫子呢？那是如此微小的生命体，小虫微弱，和鸟兽的张扬不同，其性谦怯，其态隐忍，故生命触须极细，对时令、天气、晨暮、地形的体察极敏，所以虫子的鸣声，极其细微幽邃，凡悟其语、知其音者，耳根须异常清静，心灵须有丰富的褶皱与纹理，方能共鸣。在更高生命体看来，我们人类也无异于小虫吧？从成人的角度看来，那些小儿童也像大肉虫子一样在摇篮里滚来滚去的。等我们走过漫长或短暂的一生，回归泥土，托体

同山阿，在黑暗的地母的怀抱里，我们也被万千小虫所啃噬，在天地的公正无私中，进入下一轮的生命周流、生生不息。如佛经所云，"一滴水有八千虫，人身有八万虫"。我们所面对的，根本就是一个由亿万兆虫子聚合而生的世界吧？

山河大地，树木花草，虫蛇野兽，都是法侣。

南方之南
植物凶猛

　　所有的动物和植物，它们的生命都来源于太阳，如果地球没有太阳的照耀，那它就只剩一个漆黑的躯壳，什么也不会生长，变成一个死气沉沉的星球。既然一切地球生命力都与太阳相关，那么，在阳光格外充足与强烈的地方，动物和植物们，自然也充满了四溅的活力，甚至可以表现出一股子凶猛的野性。动物的野性容易看到，植物的野性不易领略，但是，如果你在南方之南，就可以淋漓尽致感到植物之凶猛来袭。

　　在南方，竞相生长的草木，可不是一副漠然的表情，它们有的天真烂漫，有的热情奔放，有的愤怒乃至忧伤，哪种表情都是可以辨认的。它们还会弄出无穷的响动。白昼的烈日和暴雨下，疯狂生长的植物，一股扑面而来、按捺不住的躁动气息；夜深人静时，侧耳细听，似乎能听到它们蔓延枝丫、抽条长叶地呼呼疯长，滋滋作响。到处是遮天蔽日的大树，到处都是丛生的植物，阳光与雨水相交织，大自然馈赠慷慨，草木竭力生发，稍不留心，它们就长了一天一地。

　　凤凰木、火焰木、紫荆、刺桐、木棉、合欢、桂花、白兰、广玉兰、南洋杉、水松、阴香、六旺树、油加利、木麻黄、棕榈树、铁杉树、芒果、榴莲、菠萝蜜、大王椰子树，还有二三十种品种不同的榕树，形态各异的各种竹子，

全都一树浓叶繁密、花果累累，将城市掩映在一片郁郁葱葱的绿色里。还有三角梅、鸡蛋花、扶桑花、夹竹桃、半枝莲、大花美人蕉、车前草、海石竹、红千层、白千层、铃兰、白穗花、龙船花、蟛蜞菊、虎耳草……数都不数不过来的大量热带、亚热带植物，所有野性的生命力都不可能被压抑、被幽闭，只会这里那里呼呼地蹿出来，裹挟着一股浓烈的草莽之气，迫不及待地喊出每一个自然生命的所思所想所求所愿。

大多数南方的植物，几天不修剪，就有点认不出模样了，因着异常原始的物性，异常优越的自然条件，它们的生长不可能太规矩，长乱了、长疯了、长炸了之后，一身凌乱错杂、色彩斑斓的，如一只只野生动物般散漫自得。好像知道生命短暂虚幻，所以要在消逝以前纵情生长。这些肥绿高大、遮天蔽日的植物，野性张扬，桀骜不驯，如一匹匹满腔嘶鸣高高跃起的烈性马，其爆棚的能量感，甚至有时给人带来的不是别的，而是惊吓。

有些植物的性情一点儿也不温柔，比如榕树。除了我们众所周知的，榕树能够独木成林，它也是有名的绞杀者。植物的绞杀，是指一种植物寄生在另一种植物身上，然后将其绞杀致死。榕树气根丰富，易于寄生。它绞杀的对象大多是棕榈树、铁杉树等。绞杀过程一般是这样的：一只小鸟飞到榕树上取食种子，然后又飞到其他树上排泄，未被消化的种子就留了下来（有时候，风也会把种子带到寄生树上）。这样，榕树种子就在寄生的树上发芽了，长出许多气根来。一开始，初初寄生的榕树只是伸出几根小小的枝条，柔弱无力，小鸟依人般攀爬在一棵高大的乔木上。随着气根不断分枝，渐渐长粗，越来越繁密，气根沿着寄生树慢慢爬到了地面，扎入泥土中，吸取营养。当榕树逐渐成为大树时，它的根和茎整个地包住了寄生树，压迫并阻止了寄生树内部养分的供给。寄生树最终因养分贫乏而死亡、枯烂。寄生树被绞杀后，它的尸体就成了营养土，继续被榕树充当食物，直至完全消失。绞杀完成后，原来的寄生树已经不见，只剩下榕树的树干和气根了。此时出现在你眼前的，是一个蛮横有力的猪笼状植物体，当你看到密密麻麻的榕树根织成的空洞时，只能震惊于自然界这种巨大而又无言的力量——绞杀。

还有那些粗壮而又不屈生长的藤类植物，它们遵循着自然界的规则安排，肆无忌惮地任性地生长，所到之处布下天罗地网。比如葛藤，蝶形花科的藤本植物，在山林坡地上、水滨湿地边、城市公园里的无人区、路边的砖石角落里、民居旧屋的缝隙间，到处都有葛藤的身影。葛藤有着看不见的爆发性的内在生命力，就像是一个不定性的自然界里的坏孩子，管束好了，才能品尝到葛藤根煲出的靓汤、葛藤粉冲出的透明粉芡，饮到可解酒的葛藤酒。当管束不好的时候，葛藤就如脱缰的野马，跑脱了一样四处蔓延，欲望不息，仿佛没有尽头。

草木自有草木的生长方式，草木自有草木的光彩芳华。它们也有各自不同的性情，它们的节奏和道路是我们不能完全掌控的。草木的欲望，有时候显得粗鲁、专横，像火山爆发；有时候又微妙、羞怯，似乎沉默而克制。生命的本质也许仍然是漂泊的，虽然人类的影响因素也在深深地介入自然，但我们仍然无法完全控制草木生命的起源和结束，当风吹动一粒种子，谁知道它将停泊在哪儿，又从哪儿开始生长？没有一种植物不想按照自己的本性肆意生长。在南方，面对那些烈性、百变、灿烂又饱满的植物们，你会深深意识到，这种草木生长是连贯、有感情且不可预测的，有草木自己的逻辑，任何人工规划在这种野蛮生长面前，都不免会显得苍白。举目四顾，你面对的是一种如此复杂和旺盛的生命活力，在生机蓬勃中又有一种流动的魅与欲。

郁郁葱葱的亚热带南方，花开在树上，树长在水里，紫荆常年不败，木棉花火红地绽放，三角梅轰轰烈烈开了一路的紫红，芒果熟透了一个个坠落到地上，连绵起伏的山林和野地，铺展到天边的一望无际的绿苍苍、浑茫茫……我就是在这样的环境中长大的，我愿意自己依然保持着人类原始的那种与大自然、与大自然中的植物动物们的统一性，与植物和动物们一样，在大地母亲的腹背上生息，按照自然本性，舒展地生活。我希望自己也如这些南方植物一样，在一种庞杂混乱、自由搏击的现实中，竭尽全力地生长，迸发自己的一切

创造力去投入到生存竞争中，不偷懒，不犹疑，坚定坚决，毫不含糊。

　　南方之南的阳光与雨水，从海上掠过，点燃了万物葱茏的欲望。一边大雨滂沱，风雨更迭；一边阳光普照，万物生长。大地上生长的每一棵树、每一丛草，都散发出生命的气息。生机是这么直白而一览无余，一切有生之物，都受着自身生命力的驱使而欢快地腾跃。

热带南方的回忆与想象

　　已经处暑了，这个节令，意味着暑天停止或者结束，从此天高云淡、露浓于野、飒飒秋风送爽。但这只是在北方。在四季温暖如春的南方，在那些热带或亚热带的地区，那里只知春夏，不识严寒，一年到头都骄阳灿烂，闪耀着不知疲倦的灼烈光芒，只是偶尔地，被登陆的热带风暴的狂风骤雨所打断。台风是性情多变的不速之客，那是水汽与云与雨一心一意的眩晕合作，是由旋转前行的水汽风雨狂呼大叫而铸成，是百万龙吟虎啸，是漫天狂放不羁……

　　潮湿、迷人、眩晕、热烈、汗水混合物以及蓬勃的热带植被，这就是南方之南。如果你走进一片亚热带或热带雨林，枝蔓零乱穿插、相互纠缠，光影明暗深浅相互交错，随处可见浓厚的阴影。你看到的是参天古老的巨树、落满枯枝败叶的小溪、被昆虫的密集叫声占据得满满当当的树林。浓密的南方森林，有一项最特殊的性质，它似乎融在一种比空气更为凝滞的事物之中，能穿透的阳光都呈绿色，声音也无法传得很远。外面炽热的阳光，使劲地从层层叠叠的密叶缝隙中挤进来，被水雾折射后，把这热带雨林照射得光怪陆离。萦绕飘浮升腾的水雾中，万物都在疯狂生长。整个丛林雾蒙蒙、湿润润的，绿油油的肥厚的阔叶，苍翠欲滴，润如翡翠。雨林是说由于南国极热，热地热天，海热洋热，天空中云水积积，时时有雨飘落，植物恣肆生长，茂密繁盛，是谓雨林。

多少悠然流逝的日子里，岭南之南，群山蜿蜒，拂青耸翠，我在雨林的草木深处独自徜徉，可以闻到各式各样浓郁的香气，可以看见茂密的绿树与叶子上不停跳跃的金子样的阳光。细叶榕、大叶榕、阔叶榕都探出浓浓密密的气根，如同飘着长长的髯须，棕榈树、槟榔树、椰子树、橡胶树、香蕉树、木瓜树，还有各种各样叫不上名字、缠绕藤蔓的野树，树上鸟儿喞啾喞啾地嬉闹，鸟鸣声几乎连成片。树上有花常年不败，果熟透了一个个坠落到地上。

在终年不见雪的南方，那时候，我从没想过有一天，我会来到北方的霜冷露浓、冰天雪地之中。从西伯利亚南下的呼啸北风吹来，脸如刀割，头身僵住，如被堵住呼吸，举目四顾，万木枯黄……

据说欧亚大陆最北面的人口最喜好奶食，南面的人口不好奶食，而中间地带的人口介于二者之间，是相对少量的奶食者。人类从奶食中获取的最重要营养物质是钙，北方人需要大量的钙以弥补太阳光照不足，以防止软骨病的发生，所以他们习惯食用奶制品，奶食给予他们高大的骨骼、浅肤色与浅发色；而南方的热带人有充足的日照，可以不用奶食而通过植物食物获取所需的钙，他们是深肤色和深发色。从小在南方长大的我，至今喝不惯牛奶，有着一头浓密黑发。在北方生活多年的我，没有了明亮炽热的热带阳光的亲吻，早已不再是棕褐色的皮肤。游走于两地，我既羡慕那些高大白美的北方姑娘，同时，回到家乡的时候，又以全新的眼光去打量那些只有热带的美丽山水才可能孕育出来的棕色少女，她们好像热带盛夏的果实，流溢着甜蜜的汁液。

高更百年前的关于塔希提岛的经典画作，常常在我眼前呈现开来：海港风帆，青天丛林，太平洋的风带着阳光一起到达，海水的颜色就像一块印染的绸布，清澈涤荡又变化万千，如黛远山与云雾和山岚做着躲躲藏藏的游戏，海底的珊瑚礁和珍奇鱼群在蓝天的映照下触手可及。色彩斑斓的热带植物，水边窃语的棕色少女，这是为了安抚情绪而生的天涯海角，这是一片享乐主义式的沃土。这里四季温暖如春，物产丰富。衣食无忧的人们常常无所事事地望着大海远处凝思，静待日落天亮。这种对热带的梦幻想象，让我的心陶醉于虚幻之中，让我年复一年，可以安然生活于"无边落木萧萧下"的北方的严酷苍茫。

有一个想象中的热带南方，可以抵达和回家，是一件幸福的事，何况那里没有台风登陆，只有阳光跟着太平洋上吹来的风一同到来，波荡着的海水的颜色由幽深到清亮。

南方的尤加利树

　　小时候的梦想，是长大以后当一名植物学家。也许是因为耳濡目染，父亲在园林局工作，管理遍布梧州市的各个山地森林公园。他本人就是一本行走的南方草木辞典，走在山间地头，各种南方的野草闲花、奇树古藤，稍一过眼能说出学名，对植物品性和功效，如话家常，娓娓道来。

　　记得小时候出过疹子，父亲上山采药，摘回来一大枝新鲜的尤加利叶，投入冒着热气的热水中，让我浸泡洗浴，水汽蒸腾中顿时散发一股清冽的香味，味道凉凉略带冲鼻的樟脑味，清新而具有穿透力。洗过尤加利药浴，原先一身疹子很快就好了。父亲说，尤加利树叶对皮肤出疹有抚慰作用，能清洁和消毒皮肤。浴后皮肤留下的那种淡淡的原野香气，让我从此爱上了尤加利树。

　　高大的尤加利，原产于澳洲，而今成功地移植到世界各地。大约是1890年，尤加利树由意大利人引荐来到中国。据说，当时是送给慈禧太后观赏的。算起来，到中国也有一百多年的历史了。中国的广东、广西和云南，如今大量种植尤加利树，是尤加利精油全球主要产区之一。在我们当地，尤加利树也叫桉树，这种树身材高大，生长快速，十多年就能长到七八米高。叶子的颜色类似做旧的复古灰质，不似别的叶子翠绿鲜艳，而是一种低调优雅的灰绿色，随意插在清水花瓶里，就有一种清冷又骄傲的调调。整枝晒干插在花瓶里也好看，旧旧的灰绿色和浪漫随性的形态，也给人一种摄人心魄的美。对于许多插花达人来说，尤加利是一种单枪匹马上阵也能掌控整个画风的植物。你只需要为它准备一只好看的花瓶，就能营造出不同的效果，不管是单枝放入瓶中，还是整束随意地填满花瓶，都有一种随性且浪漫的意趣。

在古文明时代，如果人们受伤了、出血了，只要把尤加利的叶子捣烂敷在伤口上，那么伤口很快就会愈合，而且疼痛的感觉也会减少很多，人们觉得这是上天恩赐给他们减少痛苦的神物。所以，尤加利的花语是"恩赐"。数世纪以来，尤加利精油一直是澳洲原始部落所使用的天然良方，也是薄荷膏中常用的成分。在现代社会，从叶片中蒸馏得到的尤加利精油，对咳嗽、咽喉感染、感冒等症状有很好的作用。前一段流感高发时期，我经常将尤加利精油稀释后喷洒在空气中，可以净化空气，清洁呼吸系统。

如果你到过南方，在高山上放眼望去，湛蓝的天空下，一片起伏的山脉在阳光下散发闪闪的幽蓝光芒，很有可能，那就是一整片高大茂密、站得笔直的尤加利树林。记得小时候在尤加利树下玩耍，从来不会遇到蚊子，因为尤加利树有一种扑鼻而来的强烈气味，具有天然的驱蚊作用。那种气味绝不是小清新所能接受的，很多女孩子闻到后会惊呼：天啊，好呛人！但也有很多人迷恋浓烈的尤加利味道，如此清凉又明净。那种强劲的松木与桉油香，入鼻有清凉的刺激感，就像一股强劲的风吹入，从鼻腔到肺部，感觉像是被一把刚从雪地里抽出来的铲子铲了一遍，通透又清冽，令人精神一振。

如今远在北方生活的我，回望南方的山河，忆念南方的草木，不知为什么，关于尤加利树的印象，总是和父亲的点点滴滴叠印。木质洁白、叶片灰绿的尤加利树，在故乡的连绵山脉上，还是站得那么笔直，好像一个粗壮健硕的工匠男人，长风过处，冷香扑鼻，给人带来畅通感、力量感与安全感。

在南方之南

　　在南方之南，阳光、云彩变化迅疾，山间和田地里的植物、庄稼、花朵生长得热烈，流动着喜悦的能量。大自然慷慨地给予你生命中需要的一切。

　　在南方的故乡，鸟雀齐鸣，阳光充足，蕨类植物疯狂生长，路总被树枝浓叶低垂遮住。在南方，有那么多的河，那么多的桥，那么多的榕树，那么多的小巷。在南方，穿过骑楼，走过渡口，在菜市，在花市，你看到那三三两两的南方姑娘，娇小的身材，棕色的皮肤，风日里长养，触目为青山绿水，一双双明眸清澈如水晶。当北方寒凝大地之时，南方的小城依然睡在春夏的酣梦中，街上穿着短裙的少女仍然交映出一片绚烂的光景。即使在隆冬时节，南方的生活依然是一个有颜色、有生息、有动静的世界。

　　在南方，什么食材都可以拿来煲汤，通过长时间熬制，最终汤水变成乳白色，各种味道在其中融汇沉淀。如果你问问那些巧手煲汤的主妇，她们会淡淡地说，味道不过是时间与努力的结果，这就是南方的日常生活方式，没有什么特别值得称道与张扬的。要说南方的特色美食，在盛产水稻的南方，几乎每一个地方都有一道标志性的美味作为对米这种植物的敬意。我必须以一种谦卑的方式赞美米粉、河粉、粉利等等，它们都是将米洗净后磨成粉，加水调制成糊状，上笼蒸制成片状，冷却后划成条状而成。这种不含任何动物纤维的美食，是我对南方最无法割舍的情愫，没有之一。与北方人的味觉厚重不同，使南方人着迷的味觉，没有大烹大炒，全部还原最新鲜的原味，鱼虾、田螺、野菜、瓜叶，肥美鲜嫩，入口清甜。一个鲜字，在于近在咫尺的滋味，随时临河捞取、园中采摘，鲜得水灵灵的，如朝花初露。

越往南去、越是离赤道近的地方，越有着热烈潮湿的空气，照耀棕榈树、椰子树的阳光，连绵无尽的江河湖海，活色生香的生活氛围、个性和欲望。总觉得在我的南方故乡，有着永无止境的春夏，流不尽的大江大河。当强烈的阳光照射在水面上时，波光涟漪的曲线，闪烁在平静的碧绿水面，你的眼睛里跳动着无数炫目的随风摆动的交错线条。在这里，人们沉浸在光与水营造的迷幻空间中。被熏风太阳吹晒得懒洋洋的，有点出离现实的恍惚，有点空虚。南方有很多这样动人的小城，虽然袖珍，可是生动，一景一物都透出迷茫。我喜欢那迷茫。迷茫意味着这小城是有秘密的，匆匆过客根本无从得知，只有深切沉浸其中，才能领略一二。懂得就是懂得，愿意留下就留下，这小小的南方之城，秘而不宣的事情越多，越有一颗饱满而湿润的灵魂。

我的南方，永远慷慨照耀的阳光，郁郁葱葱的亚热带雨林。花开在树上，树长在水里。紫荆常年不败，木棉花火红地绽放，芒果熟透了一个个坠落到地上。轻轻地敲着键盘，我书写着我的南方，心中荡漾的柔情犹如南方的雨季，随时随地可以从衣服中挤出一把水来。

南方的轻盈

相比于北方，南方让人感觉更加轻盈。没有历史的重负与文化的层层包裹，这让南方有一种平凡的轻盈的抒情意味，一种对于沉重王权的偏离。

为什么南方是轻盈的呢？因为南方在远方，在远离权力旋涡中心的地方，天高地远，海角天涯。南方在平静中燃烧，长街窄巷弯弯曲曲，小桥流水精巧伶俐。水边柳丝如烟处，一座座粉墙黛瓦的小屋，屋旁几枝桃花嫣然一片，紫燕在空中轻灵地掠过，檐下那只翠绿的雌鸟，正准备搭巢产子。在南方，没有"天苍苍，野茫茫，风吹草低见牛羊"的恢宏大气，只有"低头弄莲子，莲子清如水。置莲怀袖中，莲心彻底红"的轻盈婉约。

北方的皇上定天下，南方的才子传诗篇。北方民族都是雄心壮志的征服者、勇敢和纪律严明的战士，而慵懒的南方民族，只想马放南山，刀枪入库，在燕语呢喃、草木芬芳中低斟浅唱。北方，白马秋风塞上，一山一水一圣人。南方，千山千水千才子，杏花春雨江南。

在沉重和轻盈之间，我愿意选择轻盈。要那沉重的皇冠做什么呢？

你看看南方呀！南方的青翠土地，平原深处那些饱满的谷穗，生生不息的粮食和花朵。细雨中的日光，春天的轻寒，秋千摇碎大风，堤岸上河水游荡，一只白鸟来自遥远的青天而停落在檐下和枝头，以阳光之翅展示它遥远的美丽。在南方，一年四季，大街小巷里都有碎花裙，那么轻盈飞扬，简单娴静，与世无争，与田园和自然为伍，每天都是绽放的状态。这是谁家的女子？蜻蜓点水般婀娜走来，走进弯弯小巷的深处，她的足音一声声轻敲在青石板路上。她微微低垂的额头上，写满了似水的娇羞，偶尔几根发丝缠绕双眸。沿着青幽幽的石板路，她渐渐走远了，天空落了细雨，她似一朵雨中荷花，散发着淡雅的芬芳。

我想念我南方的故乡，鸟雀齐鸣，阳光充足，蕨类植物疯狂生长，路被树枝浓叶遮住。在鲜花盛开的荔枝树上空，轻盈的月亮流溢着清辉，一条若隐若现的小路，在碧绿的密林深处闪烁白光，不知道它将通向何方。夜深了，月亮静静融进水波里，落进河水里。而在更辽远之处，黑暗的岛屿撞碎着海，撞击着沙滩，深蓝的夜，一点点入侵了海螺的壳。

真想如燕子一样飞回属于我的熟悉的南方，那些花草也飞回童年弯弯的小巷中，回到曾经意图回返却最终遗失的空址，那里有曾经属于故乡的戏文，也有美丽的河滩和无数的桥，在我的心中，它们都那么鲜活，像游动的小鲤鱼，像江中岛屿，有一种朦胧、昂扬、新鲜的质感。

其实我已经离开南方很久了，但南方依然轻盈地一直伴随着我。为什么南方是轻盈的？当生活给予人重压的时候，去往远方的想法，去往另一种生活的念头，让人们拥有了轻盈的能力——在千山万水的翻越中，在与不同风景邂逅的可能性中，南方永远是给予希望，而不是夺取希望的那个地方。

千山之外，海水正蓝。南方永远都在产生新的渴望，永远都在人们心中播种渴望。

中国古代文笔塔

在我的故乡广西梧州市，一座有着二千二百年建城史的岭南古城，其西江南岸的锦屏山上，有一处市级文物保护单位——允升塔。允升塔原来并不叫允升塔，而是叫文笔塔，还叫文星塔。

梧州文笔塔建于清道光三年（1823），占地面积41平方米。由郁林刺史恒梧和梧州当地乡绅购材兴建，塔高7层，约36米，六角形，砖木结构，塔门圆形，各层置3方窗3圆窗，一铁梯从塔内直通塔顶。塔落成时叫文笔塔。清道光四年（1824），两广总督阮元巡视梧州时为塔题额：一层"秀发梧江"，三层"观文成化"，五层"光射斗牛"，并作诗："云山郁蒸，江水澄凝。得此高塔，势欲上腾，梧冈吉士，从此其兴。"意思是，这里建了一座纪念文昌神的高塔，必定人才辈出，像鲤鱼一样腾空而上跳龙门，从此仕途坦荡。取其意，遂定塔名为"允升"。无论名为文笔塔，还是允升塔，都是风水文化的产物，寄托了梧州人民的美好愿望：借此塔保佑当地人才辈出、文运振兴，读书人能够功成名就、青云直上。同在西江南岸，不远处铁顶角山巅，与文笔塔遥相呼应的另一座高塔，名为炳蔚塔，一样为风水塔，也是青砖结构、七层六角，其得名取义《易经·革卦》："大人虎变，其文炳也；君子豹变，其文蔚也。""炳蔚"亦含有彪炳显赫、茂盛繁荣、荟萃聚集之意。

文笔塔大概是中国分布最为广泛的古建筑之一了，中华大地处处有文笔塔。文笔，文笔，自然与读书有关。文笔塔，状元塔也。在靠科举考试获取功名的古代，学而优则仕，每个地方都希望多出一些文人，而不是整天打打杀杀的，民风彪悍，百姓愚蒙。文笔塔是风水中的一种符号，一种具有特定象征作用的符号。建文笔塔，锁水口、镇山川、蓄文脉、出人才，寓意魁星高照、以昌文运。它寄托了人们对以文育民、以文兴邦的美好愿景。文笔塔大多为七层，也有五层的，有的塔身为砖木结构，层层重阁，塔身内外题诗藏画，雕梁画栋，流光溢彩，中有旋梯环绕而上，可登塔远眺，将全城的景色尽收眼底，也有的塔体为青石砌成的实心石塔，不可以登顶。所有文笔塔都是塔身由底向上逐渐收缩，顶部较小，长条状，似笔头。远远望去，凌空拔地而起，犹如一支巨大的文笔挺立于天地之间。

文笔塔的建造目的全在于一个"文"字，即兴文运。文运之所以不兴，人们往往归咎于当地风水的缺陷。塔则被认为可填补当地在风水上的空缺，谓之补地气。因此文笔塔的选址，就特别讲究风水。凡是文运不通、不发科甲的地方，均可于甲、巽、丙、丁四方位上择其吉地，立一文笔塔，高过别的山，即发科甲。在所有的建筑中，文笔塔是最具亲和力的一种。这其中寄托着平民百姓的一种普遍心愿：尊孔崇文、以文压武，通过修建文笔塔改变风水，振兴文运，祈愿后人落笔成章、金榜题名。

另外，所谓"宝塔镇河妖"，修建文笔塔也有"镇邪"的说法。在那些山环水绕、河流湍急的地方，尤其是水舞太极的大拐弯处，水急汹涌，涡旋暗流，一年四季，时有人口溺没，群众认为此处有水妖邪神作怪，于是地方贤达牵头、大家捐钱，请人在此处岸畔的高山上，修塔镇山压水，以保佑一方群众平安。比如梧州三江之水浩瀚出粤，如此焉能聚金生财？在风水中，水为财也，从风水的角度需要锁住水口，平衡地运。于是前人在山川地理要害之处，以一座直插云天的文笔塔，镇住地方格局。橡笔倒影，如一条缚住水龙的长索，一江横影，默默地起着镇江的作用。除了镇住习习阴气，平水患、保平

安，也镇守住当地的天地精华、山川瑞气。

很多地方的文笔塔，还与古长安的大雁塔相关。据古籍记载，从唐朝到五代时期，到京城考中进士及第的士子，即可享受在长安慈恩寺大雁塔上题名的荣耀，以此昭示天下。故"雁塔"古时就成了文人金榜题名、前程远大的代名词。所以，很多地方的文笔塔也被称为"雁塔"，是为了激励学子们勤奋学习，企盼多有"雁塔题名"的人才出现。因此，文笔塔所称"文笔"，其实是"状元笔"。之所以在高山或水滨造此笔意，是为了在日出时，长长的笔影纵横大地，投影恢宏，让这来自高处的神圣书写，护佑着一方的文运亨通。

塔又称浮屠（梵语"佛陀"的音译）、浮图、塔婆等，原本为佛教圣物，直到隋唐，"塔"才作为统一译名沿用至今，最初是用来供奉舍利、经卷或法物的。从明代以后，塔的功能发生了根本的变化，由原来埋葬佛骨（舍利），变成了点缀风景、平衡地运、昌盛文运的建筑物。文笔塔从佛教中借来，换以文笔之名，为神仙中主管功名利禄的文星而建，有"重教兴文""修文偃武"之意。这山川之中如椽巨笔的设置，是出于"以文压武"，以息古时当地常有的械斗之风，同时也是"尊孔崇文""儒佛归一"的绝妙例证。建文庙，兴儒学，教化子孙后代和一方百姓，这毕竟是中国人根深蒂固的民族基因。

神州大地上，曾经有一座座的文笔塔，在水滨泽畔的高山上，因地制宜，依山而建，线条修长，体态轻盈，高拔秀挺。每天太阳出来照在塔身，塔影会投映在江河或池沼中，一如笔锋在砚台之中饱蘸浓墨，在天地之间挥毫书写。古时候那些进京考试的学子们临行前都要登上这文笔塔，以求"考运"。一座座文笔塔，是各地激励莘莘学子勤奋读书、报效国家的精神家园，是人们从企盼"文化兴邑"作墨，为教化愚蒙，兴盛文运，而向上苍祈祷的象征物证。

在我的故乡，蓝天白云之下，滚滚东流的西江之侧，就有这样一座巍峨的文笔塔，雄踞高峰，直冲云霄。若从山麓仰望，恰如一支挺拔于天地间的神笔，呼光唤影，挥毫泼墨，书写着历史沧桑、岁月芳华；若在远处举目远眺，笔杆巍巍凌空而起，挺拔俊秀，笔尖耸指苍穹，塔身隐没在烟波雾霭之中，恰似一支欲奔月宫的箭矢，大有一触即发之势。人们从塔中拾曲径楼梯向上攀爬至塔顶，临江窗上俯瞰四野，苍梧秀色，皆入眼帘。塔体每层翘角处挂满了一串串的铃铛，每当有风吹过，便会发出叮叮当当清脆悦耳的声音。塔内层层开窗，窗边有画，花鸟虫鱼，色鲜形美，栩栩如生，梦笔生花，让人流连忘返……

鼠曲草中的民族伤心史

在南方，每到春天，清明前后，田间地头，有一种开着黄花的小草，叶片灰绿色且长满银绒毛，远望去白茸茸一片，如初雪飘起的景象。这种全株密被白绵毛的小草，在欧洲亦是名贵白草，其属名源自拉丁文的"拯救"之意，是一种非登上阿尔卑斯山的高处不容易采撷得到的名贵的小草。中世纪药草志中曾这样记载："如果某人的花园中长着鼠曲草，那么他得不死。"这句谚语说明了鼠曲草的药用疗效，以及在西方人心目中守护天使的角色。在中国，这种小草叫鼠曲草，还有鼠耳草、黄花白艾、追骨风、绒毛草等不下四五十种别名。名称里虽有鼠，却与鼠全无关系。之所以有一个鼠字，是因为其叶形如鼠耳，又有白毛蒙茸似之，所以就和老鼠沾上了关系。

鼠曲草，二年生草本，在中国南北皆有，南方尤多。因南方四季如春，即使是寒冬腊月，鼠曲草也照样生长，漫山遍野，村前屋后，随处可见这种长着白色茸毛、开着黄花的野草。在西方以拯救为名的鼠曲草，在中国是山坡、路旁、田边的低贱野草，年年自开自落，无人珍重。鼠曲草是一种菊科植物，味道微苦，能够清热解毒、去除肺热、止咳平喘，春季开花时采收，去尽杂质，晒干就是一味中药。但这种小草为我们民族利用得最多的，是作为野菜入馔。

鼠曲草可供入馔作为食俗，最早的记载见于梁代宗懔的《荆楚岁时记》

中："是日（三月初三），取鼠曲菜汁做羹，以蜜和粉，谓之龙舌䬺，以厌时气。"鼠曲草有种独特的香味，唐代诗人皮日休有诗句"深挑乍见牛唇液，细掐徐闻鼠耳香"，作了很生动的描述。清人顾景星在《野菜赞》中说鼠曲草"二月生，叶如鼠耳，和米捣作饼。北人寒食尚之"，说明在清代北方还存有吃食鼠曲草的习俗，但如今已不多见。而南方食用鼠曲草的民风至今不改。《台湾府志》载：三月三日，采鼠曲草和米粉为粿，以祀其先，谓之"三月节"。农历三月三日，一般都是在清明节前后。所以有些地方鼠曲草也与清明节联系在一起。在福建莆仙，一到清明节，家家户户要用糯米和鼠曲草磨成粉蒸制"清明龟"。这种"清明龟"用粉皮包馅，以龟形木质模印制。清明节那天，人们备酒馔、果品、"清明龟"等祭品上山扫墓、祭奠。将鼠曲草舂烂，糅和米粉做成鼠曲粿，也是潮汕一种很重要的食俗。周作人在《故乡的野菜》中也提到鼠曲草，说浙东绍兴一带叫黄花麦果，吃法是"春天采嫩叶，捣烂去汁，和粉作糕，称黄花麦果糕"。在四川，鼠曲草被称为棉花草，也常被用来蒸馍馍。日本人也吃食这种野草，1922 年，鲁迅在翻译爱罗先珂童话剧《桃色的云》时所写的《译者附记》，后改题《记剧中人物的译名》中，就提道："七草在日本有两样，是春天的和秋天的。春的七草为芹、荠、鼠曲草、繁缕、鸡肠草、菘、萝卜，都可食。秋的七草本于《万叶集》的歌辞，是胡枝子、芒茅、葛、瞿麦、女郎花、兰草、朝颜，近来或换以桔梗，则全都是赏玩的植物了。他们旧时用春的七草来煮粥，以为喝了可避病，惟这时有几个用别名：鼠曲草称为御行，鸡肠草称为佛座，萝卜称为清白。"看样子，日本吃鼠曲草的讲究和中国南方人是一样的。

从两广、江浙、福建到台湾，我发现很多地方把鼠曲草作为清明祭品，用来上山扫墓、祭奠先人。尤其在传统文化习俗保留得相对完整的潮汕地区，清明食用鼠曲草的民风至今不改。在潮汕种类繁多的粿品中，鼠曲粿产生的年代最为久远，有龟与桃两大类型的形制：龟粿主要是用于祈寿，桃粿则用于消灾。鼠曲粿是潮汕特色小食及祭祀用品，是人神共飨的美食。为什么吃鼠曲粿

会形成清明时的习俗呢？我想找到答案。问过很多潮汕当地人，原来，鼠曲草可采摘于清明前后，所谓应时令而食。除此之外，还有一个很重要的原因，就是汉民族一段绵绵长恨的伤心史。

相传南宋末年，元兵入侵潮汕，百姓流离失所，饥寒交迫，只能以野菜充饥。饥民在无意中发现了鼠曲草，这种野草既能充饥，还有特殊的香味，又无毒，便把它采来食用。后来，发现这种野草可以掺入大米磨成浆做成粿，便称为"鼠壳粿"。为了纪念过去的艰苦岁月，每到春节前夕，家家户户都忙着做鼠壳粿。我分析认为，不是饥民在南宋末年发现鼠曲草可以食用，而是宋末朝廷兵败于潮州，把诸多中原文化带入了潮州。潮汕地区众多姓氏宗族，追根溯源，其始祖均始于宋末朝廷南迁。在大宋王朝面临倒台的危机的时候，潮汕地区给予了宋王朝最后的支持，但这也给潮汕地区带来了可怕的灾难，当元兵最后在潮汕一带征服宋王朝之后，立即对整个潮汕地区展开了大屠杀，这是元军因为潮汕人协助宋王朝对抗元朝军队并且帮助宋朝最后一位皇帝赵昺逃离元军屠刀，元朝军队对潮汕人的惩罚。

在元军攻克大宋北部，兵临临安城下之时，陆秀夫带着南宋最后一位皇帝赵昺南迁，一直到了大地的尽头潮汕一带。而当时的文天祥在同元军抗衡之时，由于宋帝南迁，临安沦陷，已同朝廷失去了联系，文天祥便一路打探追寻南宋小朝廷的踪迹，来到了潮汕地区的潮阳一带，同时在潮阳当地招兵买马，图谋复国。可是元军也是一路追至，最终双方在潮阳小北山麓一带（今谷饶）展开血战，但由于双方兵力过于悬殊，宋军大多战死，为国捐躯，战后当地民众收埋宋军忠骨，而文天祥则带领残部一路退至海丰，最终被俘。而此时的陆秀夫已经带着小皇帝赵昺逃往崖山（今广东新会），元朝大军紧追不放。公元1279 年，宋朝军队与蒙古军队在崖山进行了大规模海战，崖山海战直接关系到南宋的存亡，因此也是宋元之间的决战。战争的最后，宋军全军覆灭。南宋灭国时，陆秀夫背着少帝赵昺投海自尽，许多忠臣追随其后，十万军民跳海殉国，惨烈无比。此次战役之后，赵宋皇朝陨落，同时也意味着南宋残余势力的彻底灭亡，蒙元最终统一整个中国。这是中国第一次整体被北方游牧民族所征服。有相当部分学者认为这场海战标志着古典意义华夏文明的衰败与陨落，有"崖山之后无中华"这一说法。崖山海战使得一脉相承数千年的中华文明由此产生断层，其影响之深远延续至今。之后明清的文明形态跟之前大不相同。潮汕地区为什么传统文化习俗保留得这么完整？因为，潮汕地区是南宋最后的过渡期，很多大难不死的遗民在潮汕落户了。有人说不是在新会南宋最后陨落吗？其实当时，逃往新会的主要是护驾军队，眷属都留在潮汕，比如陆秀夫的眷属大多留在潮汕。新会抗元战役打了一个月左右就灭亡了，而且是全军覆没。所以，潮汕的文化遗产与传承比之更为深厚。

又是一年春来，这已是崖山海战之后的七百四十年了。逝者如斯夫！当年的腥风血雨，已经被南中国海的海风吹散、浪涛卷去。只有离离原上草，一岁一枯荣，野火烧不尽，春风吹又生。年年清明前后，一双又一双采摘的手，到处寻找毛茸茸的鼠曲草，摘回来和米粉搅拌做成青团，在祭祀祖先的供台上，与香烛酒肉杂果摆放在一起，要撤祭之后才能食用。为什么潮汕人特别信神和宗族崇拜？也许因为岭南少见如此大的兵革之祸，元兵追宋帝沿途杀戮，激起民众反抗暴力、保家团结之意志，宋末抗元之役，甚至至元整个朝代，潮汕大地梗民多见，抗击风起云涌，前赴后继。此外，宋室之亡，风流云散，也唤起潮汕人潜藏已久的中原情结，亡国之感尤烈，潮汕人鲜见敢对祖宗不敬者，祭社之隆重程度远近闻名。

记得童年时代我也曾采摘过鼠曲草，这种小草的生长周期较短，春分过后，清明前后，一丛丛白色茸毛的鼠曲草，谦虚地掺杂生长在乱草之间。但在这谦虚里没有卑躬，只有纯洁；没有矜持，只有坚强。它们是那样弱小和卑微，但始终不肯放弃应尽的努力，不卑不亢地迎风招展着，默默地成就自己的死与生。水稻田里的鼠曲草更嫩，一折就断了，像采茶叶一样。山坡上的鼠曲草长得更长，根茎更老到，要用上指甲掐下，小孩的手没有力道，我往往连根拔起，拿回家再洗干净。那时候只有春天野外奔跑的无忧无虑，长大后才知

道，原来这一丛柔弱的平凡小草，也承载着沉重的黍离之悲。这种大悲哀诉诸人间是难得回应的，只能质之于天："悠悠苍天，此何人哉?"苍天自然也无回应，只有让一缕忧思融入清明时节的冷雨纷纷。

故乡的锁龙三局

　　我的家乡梧州是一座有二千一百多年建城史的城市，是粤语的发源地之一，岭南文化（广府文化）发源地之一，珠江流域上著名的千年商埠，海陆丝绸之路最早对接点。从地形上分析，梧州处于岭南主要山脉会合之地。西江北面为五岭延伸而来的余脉，大江南面为岭南十万大山的支脉，从南到北延续。两边巨大的山脉，气势磅礴，仿如千万条苍翠矫健的青龙，在梧州群龙聚首。故梧州有"岭南龙都"之称。《水经注》中赞曰："九嶷盘基苍梧之野，峰秀数群之间。"从水文上分析，红水河的下游浔江、漓江的下游桂江，在梧州汇合之后，浔江的浊流与桂江的清水同时流动，合成珠江水系的最大干流西江，在梧州两江合流之处，一浊一清、一急一缓，泾渭分明，俗称鸳鸯江，分明是遣龙治水、气贯阴阳之所在。

　　古人认为，梧州山连五岭，水汇三江，八桂之户，实为灵秀所聚之地。因此历代均有不少风水师在梧州寻龙探穴。相传有一著名风水师，探到梧州南蛇岭为一条极具灵气的龙脉，其上彩云聚合，紫气东升，堪与日月同辉。对于笃信风水之说的封建王朝，这可是件不得了的大事。

　　为了防止南蛇岭龙脉的"龙遁水逃窜"以"反王"，梧州被设置了锁龙三局：

第一为锁龙桥。明万历三十七年（1609），在梧州府城东一公里处，建成一座著名的风水桥——锁龙桥，取捆绑逃龙之意，以镇"反王"。锁龙桥经历了三百多年风雨后，完成了它的历史使命，于20世纪50年代初期建造中山路时被拆除。

我家旧宅在梧州河东区云盖山下，云盖山毗邻的另一座山峰是阜民山。梧州八景之一的鳄池漾月，即在阜民山脚下。据《苍梧县志》载："鳄鱼池在府城东，明时韩雍改名嘉鱼池。"鳄池是一个大鱼池，池水是桂江从力木桥流入，通过环城渠再流入池内，然后经锁龙桥流入西江。由于历史变迁，"鳄池漾月"这个景点，近代开始就已经永不存在了，它只是作为一个历史的事实留存在史籍当中，留在人们脑海传诵的记忆之中。从方位判断，当年的锁龙桥，离我家旧宅并不远。遥想锁龙桥新建成之时，数条粗大铮亮的长长铁索，在桥上往复盘绕，寓意缚锁蛟龙。铁索首尾系在桥头一巨大铁柱之上，治金为柱，长锁蛟龙，以求可镇得蛟螭之害，勿使城池治没、江波泛溢。桥身上也许刻有一石雕蛟龙，仰面朝天，似欲出之状，而远处的西江波涛汹涌，水声一如隐隐龙啸。

第二为系龙洲。系龙洲位于梧州城东3.5公里的西江江心之中，四面环水，洲边流水冲激，溅起阵阵浪花。每逢春夏之交，洪水泛滥，然而不论洪水多大，系龙洲从未被淹没过，所以又称"浮洲"。桂江自北而来，浔江自西而至，在梧州聚集于西江，形成三江汇合的磅礴之势。三条水龙盘身错尾，纵横交叉，龙首均向着系龙洲。系龙洲就像民间舞龙时领头的龙珠，吸引着群龙在此竞夺。宋代时龙洲砥峙位列梧州八景之一。1921年孙中山先生曾登岛视察过系龙洲。要知道，梧州是广西833条河流水量的出口处，西江河段集合了广西境内河流85%以上的水流量，是黄河流量的五倍，水流浩荡向东。为什么无论雨季或台风过境，再怎样水位上升、洪水滔天，系龙洲这个位于西江江心的小沙洲，始终不被淹没呢？有人认为系龙洲分明是风水格局中的水口禽星，专门收蓄水气。禽星与其他水口砂一样，有着关拦水口、不使生气散漫无收的作用。广西三江之水，浩瀚出粤，系龙洲这一境口之小洲从中拦截，流水方有回旋之势，某种程度上羁系住了广西三江出境之龙。

第三是允升塔。允升塔俗名文笔塔，又名猪笼塔，位于南岸锦屏山上。锦屏山亦名火山，因有"埋剑吐芒宵烛汉，藏珠浮映夜辉山"而得名。相传在秦末，南越王赵伦藏剑于此，每到傍晚七点到九点就腾起红火，烧得火光冲天，站在对岸看，漫天红光，这就是梧州八景之一的"火山夕焰"的故事来历。允升塔建于清道光三年（1823）。塔高7层，约36米，六角形，砖木结构，每边长3.9米。清两广总督阮元为塔题额：一层"秀发梧江"，三层"观文成化"，五层"光射斗牛"，并赋诗曰："云山郁蒸，江水澄凝。得此高塔，势欲上腾。梧冈吉士，从此其兴。"遂名为允升塔。之所以又名猪笼塔，据传是因有地师所言，要压制"反王"，宜在南蛇岭对面的灵气宝地火山上建一"猪笼"以罩"龙头"。允升塔所选位置，即为扼制龙脉的最佳风水宝地，故塔又称猪笼塔。

故乡的锁龙三局，不知到底是封建执政者要扼制南干龙之龙气上冲，要困龙于梧，还是因为传统风水中"水"主财，聚水为财，流水生财，因为梧州三江之水尽出东粤，注定要成为穷乡，所以梧州人想尽办法要锁住水口、留住财源，于是便有了系龙洲、锁龙桥还有猪笼塔。我不太认同于后者，因为梧州到处有龙的痕迹：龙皇山、龙母庙、系龙洲、龙泉冲、龙山里、龙骨冲、龙脊等等。水都梧州因水而立，因水而产生独特的江河文明。水不在深，有龙则灵。水文化所浸染陶养的梧州人，为什么要系龙、锁龙、镇龙？可能有人说，洪水横流，平地水浸，蛟龙在传说里被认为是发水的，兴风作浪，为害人间，所以居民可能会有锁龙之举。可是，在梧州完全不存在这种社会心理。梧州作为广西的水上门户，是一座每年必遇洪水的城市。洪水上街，街道成为内河这样的场景，在这里每年几乎都要发生两到三次。在沿街的骑楼建筑廊柱上，可以看到一排排用来系船的铁环，在二楼和三楼，当地居民还开设了一个个面朝大街的水门，供洪水来时进出，梯子和小船成了市民和单位的必备生活用品。

多少年来，面对汹涌的洪水，梧州居民一直从容而淡定，因为，梧州居民从来就与水相亲、以水为财。年年泛滥上街淹城浸屋的西江洪水，梧州人也不呼为洪水，而称"西水大"，从未把涨大的西水视为洪水猛兽，倒像年年来访的老朋友。朋友来了，就让个地方，称为"搬西水"。西水上街，梧州变成水上街市，照样繁忙热闹。当然，这些都是市区修建防洪堤以前的事情了。自从2003年和2004年，梧州河西、河东两座防洪堤相继竣工投入使用后，市区开始把洪水隔绝在外，基本告别了每年必经数次的"水浸街"的局面。旧时的满街小艇穿街入巷，楼上的水门打开，一把竹梯照样上落，从窗口吊只竹篮下去就可以买到一碗热腾腾的艇仔粥，这番景象早已一去不返了。

说到龙脉结穴所在的南蛇岭，记得小时候我常在南蛇岭这个地方玩，南蛇岭不高，却状若蛇身盘旋，形成了一个锅形的山谷。南蛇岭是梧州最高峰白云山的一条山脉，位于西江北岸，登上西江南岸的锦屏山隔江察看，此山状如出洞的大蟒蛇，凶猛异常，故名南蛇岭。其蛇头正对着滔滔西江，在风水学上谓之"入水化龙"，而且是一条猛龙。离开家乡多年，听说龙脉所在的南蛇岭，2006年在山体滑坡和泥石流灾害发生后，梧州市政府已将其改造地貌给填平了。南蛇岭原先所有房屋都被拆除，只孤零零还屹立着一座牌坊，上有蒋介石题写的"儒将风献"四个大字。步行上山，能看到一座忆翠亭。再往上是一个占地约一千平方米的陵园，坟茔四周栽种松柏，墓后大理石碑上刻着："北定中原，忆当年智勇兼雄，屡以神奇成伟绩；西临蜀会，冀此日艰危共济，那堪驰骤失元良。"墓园的主人是叶琪，生前为国民政府陆军上将，曾任国民革命军第四集团军总参谋长，毕生追随孙中山先生，为国民革命立下汗马功劳。1938年叶琪将军意外坠马逝世后，亲人据其遗愿埋葬于此，蒋介石派代表送来亲笔题字的匾额和挽联。叶琪墓和牌坊现为梧州市市级文物保护单位。至于叶琪将军为什么不归葬他的故乡容县，而非要在梧州的南蛇岭入土为安，谁也说不清楚。

夏至：北回归线的节日

　　明日即是夏至，一年中白昼最长的日子即将到来！夏至这一天，太阳直射地面的位置到达一年的最北端，几乎直射北回归线。对于北回归线及其以北的地区来说，夏至日也是一年中正午太阳高度最高的一天，这一天北半球得到的太阳辐射也是全年最多的。那为什么夏至不是一年中最热的日子呢？因为我们平时感受到的热其实不是太阳照射的，而是地面反射给大气的，是地球被浓密的大气层所包裹的缘故。近地面才是我们的直接热源，夏至日的时候虽然地面吸收了很多热量，不过等到它完全释放出来需要大概一个多月的时间，所以要到夏至一个多月后的三伏天才热翻天。北回归线——太阳直射点在地球上最北的界线，又名夏至线，大约在北纬23°26′（一般可估算为23.5°）的地方。在中国，北回归线这一条重要纬线，自西向东穿过云南、广西、广东、福建（海域）、台湾五省区。我出生的地方广西梧州，就是一座骑在北回归线上的南国小城，在北纬22°58′12″和24°10′14″之间。我的家乡只知春夏，不识严寒，百花吐艳，遍地流芳，全年平均气温21.2℃；7月最热，月平均气温28.2℃；1月最冷，月平均气温12.2℃。南北回归线与赤道线，是天文三线。冬至夏至、春分秋分，是时令四点。天文三线与时令四点，是中华先贤所创造的重大的、基础性成果。天文三线与时令四点是如何发现的呢？是立竿测影发现的。

早在二千五百多年前的春秋时代，中国人就已经用土圭（在平面上竖一根杆子）来测量正午太阳影子的长短。根据立竿测影，日影最长点是冬至点，冬至点在南回归线上；日影最短点是夏至点，夏至点在北回归线上；日影的中间点是春分点与秋分点，春分点与秋分点在赤道上。冬至与夏至，实际上是阴阳两极。阴阳两极可以用十二地支的子午两支来表达。阴极在子，阳极在午。一寒一暑，一阴一阳，规律地循环在两极之间。冬至夏至，阴阳两极，是太阳循环往复巡天运动的两个端点。

阳尽阴来，阴尽阳来，这个无限循环运动，对于南北回归线地区而言，就是太阳在南北回归线之间的南来北往。当萤火烁烁、繁星点点、夏虫吟吟、蛙鼓阵阵的夏至之时，太阳就如金色候鸟一样翩然归来了。夏至是太阳的转折点，这天过后它将走"回头路"，阳光直射点开始从北回归线向南移动，北半球白昼将会逐日减短。夏至日过后，北回归线及其以北的地区，正午太阳高度角也会逐日降低。北回归线经过地球上 16 个国家和地区，多属沙漠和草原地带，如北非的撒哈拉沙漠、阿拉伯半岛的阿拉伯沙漠、印度巴基斯坦的塔尔沙漠、北美的墨西哥沙漠等，出现了所谓"回归沙漠带"。而经过中国却是另一番景象。这一带林木繁茂，郁郁葱葱，雨量充沛，物产丰富，人们称之为"神奇的回归绿带"。皆因位处亚欧大陆东南端的北回归线地区，受海风的影响而降水丰沛，所以形成了苍翠欲滴的热带季雨林和亚热带常绿阔叶林，出现了与整个回归荒漠带截然相反的景观。在中国，北回归线经过台湾、广东、广西和云南 4 个省、区，已建有 11 座北回归线标志塔，由东向西分别是台湾花莲（2 座）、嘉义，广东汕头（2 座）、封开、从化，广西桂平、武鸣，云南墨江、西畴，中国是世界上建有北回归线标志塔最多的国家。在这 11 座北回归线塔中，我去过广东封开北回归线塔，小时候父亲带我去的。封开县位于广东的西部，毗邻广西梧州，开车过去就 50 公里左右的路程。中国大陆最早的北回归线标志在封开，那是一座貌似埃菲尔铁塔造型的回归线标志塔，塔高 15 米，屹立在滚滚东流的珠江之滨，塔身下部由钢筋混凝土浇灌而成，塔身上部用不锈钢焊接而成。塔身由 4 条斜柱支承，面向南方，正对"离"位，4 根斜柱分置于巽（东南）、艮（东北）、乾（西北）、坤（西南）四方。四棱各有两块羽翼飘出，任何位置观看，均显示"北"字。顶端为一个直径 6.21（表示 6 月 21 日夏至日阳光直射北回归线）分米的铜制圆球，中空，上下有对应垂直圆孔。在塔内向上望，能看到顶部的圆洞。据说夏至日 6 月 21 日北京时间 12 时 34 分太阳直射塔顶，透过球心可窥视太阳，人立其中，没有影子，几分钟之后太阳便南移，一年一次。可惜我与父亲去的时候并非夏至，所以没有亲身检验过。

　　我还去过台湾花莲县的北回归线标志塔。那是 2015 年 10 月，我带队一个 20 多人的企业家团到台湾环岛游商务考察。我们离开台北，搭乘捷运到达花莲，途中参观太鲁阁峡谷风景区，然后我们的大巴沿太平洋海岸一路开往台东。台湾共有 3 座北回归线标，花莲县的北回归线标志碑有两座，较早的一座建在瑞穗乡舞鹤村，还有一座就是静浦北回归线标志塔。我们经过的是花莲县丰滨乡静浦村的北回归线标志塔。这个标志塔位于海岸旁，濒临太平洋，在环岛公路旁边，正是旅游团必经之地。所以大多数赴台观光的旅游团常在此驻足观看、拍照留念。我们赴台已是 10 月下旬，也无缘看到每年夏至正午时分，太阳光从北回归线上空垂直照射，在一刹那间才能看到的"立竿不见影"的天文现象。印象中，只记得静浦北回归线标志塔屹立在太平洋之侧，高约 20 米，圆柱形、灯塔状，一柱擎天，通身刷成白色，在苍翠的群山、蔚蓝的大海映衬下，格外醒目。标志塔的南北两面，上刻"北回归线"字样，圆柱中间有纵向狭长细缝，北回归线正从这里通过。当时，我们都争相去两脚跨踏塔底中央的石板，因为如此便可一脚在热带，另一脚则在亚热带（北温带），别有一番地理上的感受。

　　北回归线是热带和北温带的分界线，我生长在北回归线上的小城梧州，北纬 22°58′12″和 24°10′14″之间，也是一脚在热带，另一脚在亚热带。据说生活在热带地区的人，为了躲避酷暑，在室外活动的时间比较多，所以性格不受拘

束。生活在寒冷地区的人，室外活动较少，需要长时间在封闭的空间与人朝夕相处，因此养成了较强的情绪控制能力。回想我的童年时代，的确很少安于一室，而是漫山遍野、上树下河地疯跑，在热带、亚热带的骄阳似火和暴雨如泻下，度过了无比自由奔放、充满冒险精神的童年。历史上，在北回归线上发生过许多奇异现象，著名的百慕大三角、埃及金字塔、撒哈拉大沙漠，都在回归线附近。也许，因为这些地方都跨踏热带与亚热带，充满了躁动不安、好于幻想的性格。

在我的家乡，大江横流，山泉湍湍，一片片绿油油的稻田中，人们弯腰在赤日炎炎下栽秧、投苗，期待稻花与鱼儿一同丰收。夏至这天，巡天的太阳走到这里，便不想往北走了，光芒万丈的金轮凌空转动，在北回归线上小憩。今天的我，虽然早已定居在北纬33°39′和34°45′之间的古都西安，一个冬季时寒风凛冽、冰天雪地的地方，但在每天初醒的时候，如果此刻在窗外，一片绿叶与另一片绿叶之间，飞出一串鸟的歌声，我会恍惚如同身处北回归线恣肆生长的蓊郁草木中，分辨不出这是哪一年的仲夏，我好像正走进并融入漫天倾泻的金子一样的阳光中，在北回归线上与太阳神和热带季风一同醒来。

夏至快乐！北回归线迎来一年一度的节日！

第四章
南方之南

燕燕南归

从婺源到上饶，从上饶到广州，从广州到梧州，踏上南归省亲的路途。

就像赵雷那首《南方姑娘》中所唱："思念让人心伤，它呼唤着你的泪光。南方的果子已熟，那是最简单的理想。"无比思念我的南方，我的故乡梧州，于是燕子寻旧巢而归去。古时候，女子回娘家叫"归宁"。古人遣词造句，向来简洁、精准，意蕴万千。比如"归宁"一词源自《诗经·周南·葛覃》："害澣害否，归宁父母。"归，是回归，宁是安宁。我觉得，归宁二字，比平常所说的"回娘家"意蕴更真实、更贴切。真的是"归宁"，每次回老家在父母面前，便感觉时光静好，爱意融融，一切的烦恼都霎时遁去，心也无比安宁幸福。

分花拂柳，燕燕南归。燕的归来，以千山万水为脚力成本。燕的心境，又有多少人能揣度与知晓？然而，家乡父母已垂垂老去，风烛残年。我深知，"燕子归来衔绣幕，旧巢无觅处"这一幕注定要在未来某天上演。届时，那寻寻觅觅的徘徊、声声断断的哀鸣、空空怅怅的彷徨，又将寄与谁呢？故乡，是我的祖辈居住埋骨的地方，也是生我养我的地方。这块土地上的一草一木，皆关我情；它的每一种变化，也与我相关。当有一天，你发现自己在远嫁之地生活的时间，已比在出生之地、父母之邦生活的时间更长，当每次归宁之时，你又发现了故乡日新月异的陌生面貌，此际的心境又何从描述？如今我的故乡，与中国绝大多数地方一样，正在格式化，进入全新的陌生的时代，无力也无权阻挡这种变化的到来，只期待这一变化过程，能够不那么粗暴而残酷。作为一个逃离了故乡，根却永远扎在这块土地上的人，唯有靠回忆来抚慰自己被切断根须的痛楚与无奈。

生为女人，注定要在母亲手上诞生，以模糊而辛劳的形象，与男人共同撰写历史。生为女人，注定依恋家园终究又逃脱不了婚姻这一宿命的笼罩；流落他乡，家园的恍惚旧影又时常勾起内心作为女人本能的伤怀。婚姻是一场豪赌，从某种程度上说，嫁人，就是嫁给了一种命运，嫁给谁都有赢有输，无论如何都是生活方式的改变。每个女人都很孤单，远嫁的那一个更孤单。总是在多少个恍惚的深夜，梦魂悠悠飘荡，无情明月，有情归梦，在梦里跋山涉水走了无数的路啊，回到那儿时幽闺。

中国诗歌史上第一首送别诗，被誉为"泣鬼神"之作，是《诗经》中的《邶风·燕燕》。早在《诗经》年代，人即以燕事比喻送嫁："燕燕于飞，差池其羽。之子于归，远送于野。瞻望弗及，泣涕如雨。"燕燕，是一群鸟。差池，是不齐之貌。这不是一群鸟在天际齐飞，安详而悠远的态势，而是上下参差、有点慌乱之状，是惊飞、急飞。有人远归，有人长送，这是送嫁时依依不舍的场景。人已走远，心亦挖空，泪如雨下，生离死别。只因，当年的远嫁，山长水阔，会合无缘，真的是死生契阔。在重男轻女的社会中，尤其是靠男孩来维系家族血脉、养活年老父母的社会中，儿子比女儿更重要。女儿最终要嫁入夫家，成为泼出门的水，远嫁一去，可能就一去不回。嫁出去的女儿泼出去的水，女儿连继承父亲财富的权利都没有，所以她们几千年以来唯一生存的机会就是靠嫁人，嫁给一种命运。出嫁这一天，就是凤泊鸾飘的开始。

想起《红楼梦》中远嫁的探春，昭示其命运的曲子是《分骨肉》："一帆风雨路三千，把骨肉家园齐来抛闪。恐哭损残年，告爹娘，休把儿悬念。自古穷通皆有定，离合岂无缘？从今分两地，各自保平安。奴去也，莫牵连。"贵为王室宗亲的女子尚如此悲凉哀怨，又何况其他。在《红楼梦》中，探春的判词是：才自精明志自高，生于末世运偏消。清明涕送江边望，千里东风一梦遥。那幅画是两人放风筝，一片大海，一只大船，船中有一女子掩面泣涕之状。我的解读是"千里东风一梦遥"，探春远嫁之后是必然不能回来的，和父母家乡距离很远，只能是在梦中相见了，也只有靠梦这种载体，探春才得以与家人相聚，因而让人分外伤感。

说起远嫁，不禁又想起汉元帝时，宫中女子王昭君主动请求去匈奴和亲，前后嫁给两代单于，是为中国历史上民族融合的一段佳话。据《后汉书》记载，她入宫数年，都没能见到皇帝，正积悲怨，有机会摆脱深宫的凄凉，享受尊荣和爱情，本应该是幸事。但自南朝以降，历代文人都怀着同情，一个劲地替王昭君洒泪。如杜甫有"一去紫台连朔漠，独留青冢向黄昏"，王安石有"一去心知更不归，可怜着尽汉宫衣"，姜夔词"昭君不谙胡沙远，但暗忆、江南江北"，等等。王昭君以一弱女子挺身而出，自请远行，就此结束一百五十年的铁血战争，并为以后留在中国的匈奴人融入农耕文明创造了条件。但所有这一切，古人都不去写，他们全部的注意力只集中在其远离故土这一点上。一直到明代，名诗人李攀龙的《和聂仪部明妃曲》还在感叹："天山雪后北风寒，抱得琵琶马上弹。曲罢不知青海月，徘徊犹作汉宫看。"当代流行歌曲《青花瓷》中隐含的一个故事正是"昭君出塞"，词中种种迹象表明这一点，比如"去到我去不了的地方"，去不了的地方，是王昭君身处的西汉朝或当朝的北匈奴。"隔江千万里"，昭君远嫁之苦的故事为世人一代代传唱，历代诗词歌赋中充满了对她流落海外的惋惜之情。在安土重迁的中国人看来，王昭君远离骨肉亲情，远嫁番邦，即使贵为王妃，也算不得什么，因为，远离家乡故土是很凄惨的。

女性出生的那个空间，因为她将出嫁，从一开始就不是她的家；女性结婚后生活的那个空间，其实是陌生的、别人（丈夫）的家，她是一个无根的后来者。这种因结婚迁移而出现的空间断裂，使女性在本质上无"家"。对女人

来说，只有丈夫的家、儿子的家、父亲的家、兄弟的家，从来没有"我"的家。如果，她们曾有过一个似乎属于自己的"家"的话，那就是儿时的闺阁。曾几何时，也是风光年少，无忧无虑。那时，还没有卑微，还没有不甘，更没有恨。还不识"天地有情尽白发，人间无意了沧桑"，还是一派"岁月静好，现世安稳"。

燕燕南归，踏上归宁省亲的路途。希望一路上火车都准点，希望漫天风雨不要打扰。归宁，归宁，开我东阁门，坐我西阁床，脱我战时袍，著我旧时裳。

玫瑰谢了，玫瑰谢了

如早嫁的姐妹飘落，飘落四方

我红色的姐姐，我白色的妹妹

大地和水挽留了她们熄灭了她们

她们黯然熄灭，永远沉默却是为何？

姐妹们，你们能否告诉我

你们永久的沉默是为了什么

长发飞舞的黑眼睛姑娘

不像我的姐姐也不像妹妹

不似早嫁的姐妹迟迟不归

如今我坐在街镇的一角

为你歌唱，远离了五谷丰盛的村庄

——海子《长发飞舞的姑娘》

南方的潮湿

　　只有在南方生活过，才会对潮湿二字有深切的领会。山水皆绿的岭南，即使在万里无云的晴朗日子，清晨或下午，也常常会无端端地落一场微雨，有如天空的微泪。而在雨季的日子，霏霏不绝的黄梅雨，朝夕不断，旬月绵延。每天放学或下班回家，曲折穿过屋檐交错的迷宫似的长巷短巷，雨里风里，梅雨湮湮，淋湿的小鸟躲在屋檐，淋湿的行人一跃而过路边的水坑，从头到脚、从里到外都湿漉漉的，连思想也都是潮润润的。早春的小雨，入骨阴冷，时而淋淋漓漓，时而淅淅沥沥，天潮潮，地湿湿，清冷的潮气濡湿了衣裳。到了梅雨季节，无穷无尽的雨缠绵不去，灰蒙蒙的温柔覆盖着听雨的人，家里墙上渗水，石板地也潮湿，街道上在朦胧雾雨中来来往往的车辆人物，全都消失了清晰的轮廓，路上水洼中倒映着许多黄色的灯光，一波一波荡漾着。长夏来了，气候炎热潮湿，人在这样的季节里总有点迷糊，像一个误入原始森林的人，终于在潮湿的、藤蔓纠葛的丛林里迷失了方向。当夏天最潮湿的风把一个人团团包裹，任再高冷的人都要为这黏腻腻的热而俯首称臣。在多雨的九月，大部分的日子都陷在阴雨中，雨滴飘落在臂上、脸上、发上，丝丝缕缕、圈圈点点，皮肤感受着那痒痒的雨的抚触，扑面而来的水雾凉意，屋里屋外都躲不开。你喜欢把前额贴在潮湿的、散发着秋天气味的树干上，感受着这属于九月的潮湿。在南方，冬天也常常下雨，南方的雨巷没有雪，只有冬雨料峭。冬雨，从天空而洒，天低云暗，风紧雨浓，觉得自己在时间之中茕茕孑立，形影相吊，四顾茫茫。

一点一滴地回望，那片潮湿的故土，从夏季燥热潮湿，到秋冬阴郁湿冷，四季都是湿漉漉的。厚滑的苔藓无所不在，在酷热或潮湿阴冷中滋生的爬虫，时不时在某个角落、某块石下、某处草丛突然出现。郁郁葱葱的亚热带雨林，花开在树上，树长在水里，被浸润在一片潮湿当中的南方小城，石板路、雨伞、拱桥、流水，一切都统一成一种对立的格调：水灵，沉郁，单纯，暧昧……万物静默着，却又欲语还休。潮湿黏腻的感觉，像蛇一样爬上身体。天边总有云层在暗暗涌动，火烧云之后一场暴风雨顷刻降临。人处于一种不太稳定的状态，有时荷尔蒙一触即发，有时瞬间心如死灰。南方是什么所在？是浓得化不开的绿，下雨下雨下不完的雨。一种凶猛而又躁动的草木气息，一种被笼罩着逃不出这个地方的感觉。既然生在南方，今生今世，便背负着一个南方的命运，潮湿、鲜艳，不管不顾地盛开，在所有下着雨或酝酿着下雨的夜晚。有时翅膀淋湿了，哪儿也去不了，在潮湿的气息里，却更加思念着什么，想伸出手轻轻触摸……

第五章　谁在马不停蹄地离开

2022
07.28

时钟的断章

所有的时钟，都有一张时间的脸。早上六点整，笔挺立正，守候日夜的交班。八点二十，弯下的眉，耷拉下来的嘴，刚刚上班，一副睡不醒的样子。十点十分，一张快乐的脸，嘴角笑的弧度左右对称。两点四十五，伸一个小小的懒腰。三点钟，伸着腿，坐在地板上，该喝一杯下午茶了……

曾经见过一个钟表的品牌，它的设计师本是一个配饰设计师，做表是因为自己很喜欢猫头鹰，所以每一个表都配有一个猫头鹰玩偶，而且每个表在九点到十二点之间是没有刻度的。设计师的意图是人的一天都很忙碌，早上九点到十二点很忙碌地做事，晚上九点到十二点是属于自己的时间。它在提醒生活中其实有一个九十度的空白角，是应该留给自己的。

小时候一直不理解，父母为什么可以那么早起床，长大后才明白，叫醒他们的不是闹钟，而是生活和责任！哪有什么岁月静好，只不过有人在替你负重前行。为人父母之后，一个个睡眼惺忪的早晨，不耐烦地按下鬼魅般纠缠不休的闹钟，然后很快就挣脱被窝的诱惑鱼跃而起，因为早起的光明已开始勾勒匆忙，勾勒上有老下有小、不得不承担的匆忙。

结婚多年的中年夫妻，就如同闹钟里的秒针与分针，各自忙碌着，偶尔重叠，也只是瞬间的，单调而机械，年复一年。中年夫妻之间，激情的火花熄灭后，往往只剩下亲情，这似乎是大家的共识，如果再有恩情，那就是锦上添花的奢侈了。假如按这种"标准"来评估闹钟般的婚姻，在规则内行事，各有分工，各有节奏，朝同一个方向努力，虽然单调，但不越轨，虽然不热烈，但很稳定，有这样的婚姻状态，真的应该谢天谢地了。但显然，很多人还是不很满足，因为这种夫妻关系，更像经济共同体，闹钟光滑的表面，太空洞了，没有细致的纹路，更不用说有什么别致的花纹，只有日夜运行的长短针。

人的命运有时很像闹钟，指针必定会在某个地方触发闹钟，不以我们的意志为转移。每个人都有自己的时钟，在我们降临人世的时候，它也跟我们来到了这个分秒必争的世界上。这个时钟在嘀嘀嗒嗒地转圈，我们也在一点一点地长大。当时钟不能再转圈，我们也会停下脚步。我们总想了解它、掌控它，使其为我们的意志和命运所用。然而我们永远无法掌握时间这一奇特的维度世界。无论我们对时间的能力有多少认识，它都能呈现扭曲、混乱、困惑等性质。

时间抓起来是黄金，抓不起来就是流水。人们匆匆忙忙，被嘀嘀嗒嗒的时钟所催促。从这个角度看，世间最残酷的现实就是镜子和时钟。我们能做的是什么呢？不过是让心灵如时钟般细致地记录日复一日生命的流动，沉浸于每一刻钟光阴移动在我们四周引起的微细妙变。"活在当下"也许是唯一能掌控时间的现实方式。

后来还是
很孤单

觉得自己是生性疏离的人，从小就是这样的个性。

从小在父亲的森林公园里漫游长大，幼时就很孤僻，不爱热闹，常常一人蹲坐在大树下面看蚂蚁、听鸟鸣，在池塘边捞蝌蚪，时而还自说自话，和花草对话，在没有人与人交接的场合，充满了生命的欢悦，那么散漫又陶然。

童年的经历，也许会奠定一个人一生的底色。幼时就习惯了孤单，后来还是很孤单。随着我的成长，近几十年的中国社会也在发生巨大变化。传统中国的宗族社会，个体都要生活在有着共同价值的秩序团体中，而且个体只有在这种团体之中，才能找到这个社会共有的价值与基础。但现在，人们从故土（包括家族）抽离出来，流动已成为常态。这种抽离，伴随人际关系疏离的代价。你可以自由选择你的生活态度，或者凡事都抱有无所谓的态度；你可以自由选择你的婚姻，或者不再结婚；你可以选择脱离家族，依旧可以找到依靠、依旧活得精彩。但是选择的结果，都将是你自己的，没有人为你负责。你是你生命中孤独的承担者。社会的变迁，又叠加着技术的变革，现在是互联网时代，也是所谓"宅"的时代，人和人越来越疏离。互联网越发达，人类越成为孤岛。本来我就有点疏离型人格，不喜欢社交生活，不愿意依靠他人做任何事，不太愿意与他人产生交集，所有情绪习惯自我消化，生活在当下时代，地

261

理迁徙成为常态，大家族走向离散，好像更活成了一颗"原子"。

举目四顾，身边太多太多的人，都活成了一颗颗原子——"原子化"的个人。习惯于打开手机点外卖刷视频，对网红产品了如指掌，却不认识一门之隔的邻居。在大公司上班，与同样行色匆匆的人，每天进同一座大楼，上同一部电梯，却从不四目相对。为什么这个时代，猫变得这么重要，被很多人喜欢？或许并不只是因为猫，更大的原因是，在越来越疏离的现代城市生活中，猫的存在提供了某一种精神慰藉。因为家中有一只猫的存在，人的孤单不会变得那么强烈。

孤单的人，不是无人陪伴，而是孤单已经变成一种习惯。他自设坚固结界，以保持他的世界不受侵扰。他一个人站在生命的茫茫荒原上，有无数人从面前走过，但他不愿加入人群的行列。他想要保留自己这样的个性，无论什么结果都欣然接受。

此刻是春天，盛大的春天里，散布着无数小小的孤单的人。盛大的春天是看不见的，看见的只是盛开的花朵。一朵一朵，很快就全开了，开得到处都是，漫山遍野。春天只有一次，每一朵花都只有一次生命，孤单的人，淹没在这五彩缤纷中间，小小的，同样也只有一次生命。生命的花只开一次，便永不再开。花期分秒流逝，时间向前疾走，花开得越多，人就越孤单。春去秋来，寒来暑往，后来还是很孤单，一种无人可诉孤单。孤单像月光，像空气，不可捕捉，却弥漫得到处都是，在这个春天，以及未来的一个个春天。

> 我想起了海滩，田野，
> 眼泪，笑声。
>
> 我想起建造的家——
> 又被风刮走。
>
> 我想起聚会，

262

但每一次聚会都是告别。

我想起在孤单中运行着的星星，
黄鹂成双成对，落日慌乱地
在愁闷中消隐。

我想要越过茫茫宇宙，
到下一个星球去，到最后一个星球去。

我要留下几滴眼泪，
和一些笑声。

——卡尔·桑德堡《思绪之束》

第五章
谁在马不停蹄地离开

仍是旧时碧波

唯有门前潘塘，仍是旧时碧波。

千里归来，池苑依旧，家门前的一泓碧波，还是那么清澄澄地随风轻轻荡漾。

从小生活在潘塘这个幽静的地方，背景是这一片平静而微有碧波的湖面。湖水清亮，蒹葭翠绿，岸边杂花生树，不时从河面深处传来清脆的悠扬的鸟鸣。春天，看芳草初生；夏天，在湖边纳凉；秋天，南方之南草木不凋，空气湿润，时常有绵绵秋雨；冬天，在四季如春的岭南，只有偶尔寒潮南下之时，湖上才会有一些寒风凛冽。白昼之时，一泓湖水在灿金艳阳之下宛如碧玉凝冻；夜晚之时，则是苏轼说的"遥想纳凉清夜永，窗前微月照汪汪"，一轮明月相伴，湖上几点微灯，湖水装载着整夜闻得到的各种香味，静卧在清寂的永夜里。

在这个有着各种名湖大川的世界上，潘塘只是一个三四线城市的市区小湖，名字质朴，默默无闻。但对于我这个沿湖而居的人来说，这小小一方池塘，远近、光影、视角的变迁，似乎可以幻化出万千物象。当你爱上一个事物的时候，如果爱得很深很深，这个事物在你的心里会变得越来越大，最后，你可以在其身上看到一整个宇宙。难道不是吗？这泓湖水比城市楼宇的变迁，不知要古老多少万倍。岁月浩荡绵邈，洗劫一场场盛衰，不动声色。若是考虑进化的历史，那么池塘里的每一种生物，哪怕一只蜻蜓，也代表着一段数以千万年计的古老历史。蜻蜓体内还有无数的细菌，亦带着各自的历史与生存的目的。看似一个渺小的生命，却是一个世界嵌着一个世界，这小小一方池塘，岂不是一个宇宙？

潘塘，这个南方之南的小小湖泊，好像永远春水丰盈，湖面倒映着柔美的白云。多年来走南闯北，我走过那么多的地方，但好像没有看到过哪一片湖水可以与潘塘的明净清澄相比。潘塘的湖面，平静得如同碧绿的琉璃，平滑干净，没有丝毫灰尘。在这样的水畔湖岸生活久了，脸上都漾动着树丛中粼粼的波影。

归来的游子放下手中的行囊，老父老母为我遥指湖光水色，絮絮地说着，哪里新栽的樱花，哪里新种的桃花，湖上那一架轻盈如虹的小白桥，数月前刚被市政重新粉刷，焕然一新。虽说潘塘有了一些变化，但湖还是那湖，水还是那水，明净如故，静看人世变迁。一块石头上的青苔，一缕池塘飘来的荷香，一方新月如眉的清澈天空，都是旧时模样。

正在与父母闲话家常，南方夏天的雨说来就来，湖上瞬间黑云翻墨、白雨跳珠。一场暴雨之后，湖上的蓊郁草木释放出各种香味，翻腾的湖水终于安静下来，潘塘重建了平静的镜面。清风徐来，整个池塘漾起美妙的浅浅涟漪，一切又回归成一片沉静的安详。走出家门，从湖岸走近水边，我掬了一捧水，放在鼻尖下，慢慢地闻一闻，它的味道像石头、叶子、荇藻。它把清凉沁进我的掌心，惊醒了骨头。我听见它们在我的手心之处窃窃私语，然后从指缝间悄然流走。哦，这转瞬即逝的美妙之物，究竟是什么？

在北方的黄沙蔽天中，我如此想念家门前的一泓碧波，仍是爱着那一片深碧——多少年来，唯一能够安慰我的颜色。在水边、在湖岸，生活久了，每个日子，都会染上无穷碧：一池塘的深碧、浅碧。棕榈树上的天空，大榕树下的小岛：我对家的记忆由阳光、由月色、由平静的水塘组成。

动荡年月，千里归来，唯有门前潘塘水，春风不改旧时波。一切无明烦恼，在门前碧琉璃般的池塘中，被我放下水，像纸船一样，飘然远去。

小小的
阁楼之上

某个城某条街某一条小巷

某一个晚上某阁楼微微灯光

某个人默默关上某心房某扇窗

没有跟谁说晚安

　　在开阔的北方平原上，很少可以看到阁楼。因为北方大地上，所建的屋宇多为平房，四四方方的平房顶，开阔稳健，坦坦荡荡，便于攀登，易于修缮，可以晒麦子、晾玉米，孩子可以在上面跳掷腾挪。平原上的屋脊，大多没有起伏。只有在南方，阴雨连绵，淅淅沥沥，为了排雨，全是尖顶高耸或人字倾斜的屋脊，加上房屋多建在山坡上，房屋顺着地势起伏，于是屋脊一律飞檐斗拱、钩心斗角。在那个还没有千篇一律房地产开发的时代，岭南民居中，老百姓自建房很少有平房，大多是二层三层的小楼，楼顶一律起伏，人字坡斜耸在屋顶上。楼层之上的高低平仄的小阁子，就是阁楼。

　　我出生和成长的老屋就带阁楼。顺着楼梯攀爬到阁楼，高低不平的室内房顶，像外面起伏的屋脊，这个小小的空间几乎伸不开腰，所以常常用来堆放破旧杂物，作为一个实用的储物间。老屋的那一个小小阁楼，包裹着我儿时无法

打开的神秘。梯子是我攀爬阁楼时最用心的，没人可以获知我在梯子上的感觉。阁楼上黑漆漆的，从几片明瓦里透出几束光，打落在那几个大大的杂物箱子上。每次下梯子的时候，我总是会惶恐，生怕梯子突然不见了，或自己突然掉下去。于是，每一次下梯子，都抓得特别紧。因为不太通风，也疏于收拾，阁楼里常常散发着陈旧的味道。有时夜深人静，阁楼里会传来一些窸窸窣窣作响的声音，不知道那阁楼里是躲着老鼠、猫、虫子，还是一些不曾见过，但一直住在我脑海里想象的精灵。

我一直恳求父母将阁楼整理出来，我希望阁楼成为专属于我的小小天地。即使每天要由小而陡峭的木楼梯爬上去，还要掀开一块木板。即使一到南方缠绵的梅雨天，阁楼上就有雨天滴滴答答的漏水，墙壁上贴着的报纸开始晕出一团一团的水渍。即使在晴朗的夜晚，阁楼上方的几片明瓦会漏进来月光，水一样地流淌和溢满阁楼。可是父亲说不行，他告诉我这座建于民国的老屋并没有想象中的结实，我每天爬上爬下住进阁楼会有安全隐患，而且阁楼太低了，无法放下书桌在那里做作业，那里的光线也太暗，对视力不好。于是，住在阁楼上面，只能成为我存在于儿时心灵的一种虚幻的生活。

常常在走过各种曲折小巷时，我会仰着看那些高高低低的阁楼的形状，猜测一个个阁楼里幽暗昏惑的故事。当我想一个人静静待着的时候，就会登上小梯子，爬到阁楼里。起伏的阁楼上，有窄窄小小的窗，从那里我可以看到楼下老人孩子和小狗小鸡在嬉戏，有人从长长的小巷中大步走过，左顾右盼，人们在楼下做着各种零碎的事情，我轻而易举地就把一条长巷里的这些生活状态尽收眼底。各家的吵嚷声，伴随着炖汤的热气，伴随着老屋旁边那棵两米高的紫珠树散发的异香，顺着楼梯，传了上来。如果乌云摇醒了漫天痛哭的暴雨，我会坐在那扇小窗前看着外面的雨水。雨水把很多东西隐藏起来，本就狭小逼仄的阁楼不会引起别人丝毫的注意。我会突然觉得自己已经被遗忘在阁楼里，被遗忘的还有那些微不足道的陋巷女儿的童年和记忆，那些雨水无声而寒冷，孤独深不可测。如果是阳光明亮的日子，我会努力推开那扇窄窄小小的窗户，把身体靠在窗框上，但又不敢出去太多，外面就是瓦片的屋顶，开着一蓬蓬的瓦松花，瓦楞中有杂草丛生，有麻雀和鸽子停在上面，窗户一打开，鸟群就扑扇着翅膀飞走了，哗啦啦地在眼前飞过。我会在阁楼的霉味和幽暗中待很长很长时间，直到傍晚炊烟袅袅，父母在屋里屋外、小巷的这头和那头，一直大声地喊我的名字，我才悄无声息地从阁楼下来，如猫一样突然从房子的某个角落中冒出脑袋。

　　阁楼的生活是另外的生活，是一些脱离了日常琐事和约束的生活，是一种古怪的、蜷伏于窄小倾斜空间的生活，是一种从无限的角度来观察和置身事外的生活。我们永远不可能有这样的生活。不知道有多少人有过在幻境与现实中穿梭的经历，某一个时刻，人会感到短暂的恍惚、失忆，忘了身处何处，忘了自己是谁，他们渴望将自己带离现有的生活，进入另一条轨道，变成另外一个人。也许你们也和我一样，会抬起头看那些斜耸在屋顶上的人字坡，想拥有一座自己的阁楼，要是能住在那上面，肯定很有意思！一间小小的阁楼，一扇朝北的窗，可以望见星斗。

等待一场滂沱

　　西安市气象台 2016 年 6 月 17 日 10 时 30 分升级发布高温橙色预警信号：预计未来 24 小时西安城区最高气温将在 37℃ 以上。烈日炎炎，炙烤着大地。火辣辣的骄阳直射下来，让人有一种喘不过气的感觉。艳阳高照，季节就这样抛洒着世界的真实。

　　这时节，最想等一场大雨如约而来。想搬个小板凳，带上一颗无牵无挂、悠闲自若的心，去空山等雨。想看到遥远的天边，乌云从远方赶来，四下寂落，山林静立，只待最后的倾泻而出。泛雨窗外，絮雨穿肠，骄傲孤远。聆听着雨滴亲吻大地的声音，倾盆大雨里，每一滴水都有生命。大雨簌簌落下，却是夏天的雨，扑面而来，畅快而去。雨水洗过的视野，连走路都显得妩媚。雨后的天空，明朗通透，斑驳的云朵把天空装饰得活泼泼，好似跳动的音符在演奏着一支明净悦耳的曲调。雨后的世界是那么的干净清爽！

　　少年负笈北上，从南到北漂流，感受过南方的雨，也领略过北方的雨。

　　北方的春天，像男人一样豪迈。风是胯下的烈马，甩开冬天的缰绳，呼啸着从原野上浩浩荡荡而来。虽然有沙尘暴式的粗野，但是绝对没有一丁点儿忸怩作态。即便是长安道上的白玉兰，荒山坡上的野杏花，也绝对不要枝枝叶叶的遮掩，说开就开。雨，是少了一点，却是如此深刻，每一滴都敲打在泥土的深处，让每一粒种子撕心裂肺地难以忘怀。

南方的雨，则是缠绵不休，纷杂而悠长，雨量过于充沛。常常一开门，就是滂沱的大雨，在眼前形成一道道雨帘。较远处已经形成了雨雾，却依然是清澈通透，酣畅淋漓。檐下不断线的雨丝，在地面上砸成惊心的粉碎。黑夜的雨，浓浓，浓到像墨，正如在孤独的深渊，深深，深到红楼隔雨相望冷。窗外淹没城池的阵阵骤雨，弥漫着身心创楚的味道。

我的家乡几乎年年洪水。1994 年 6 月 19 日，受 1994 年 3 号强热带台风影响，广西全区普降大到暴雨，局部地区降了特大暴雨，江河水位急剧上涨。作为广西各支流下泄主干道的水上门户梧州市，水位猛涨，洪流漫溢，全城被淹，一片汪洋。19 日 6 时，广西梧州市洪峰水位 25.91 米，超过警戒水位 2.62 米。这就是破坏性特别大、百年不遇的 "6·19" 洪水劫难，一座城池几遭没顶之灾，地面标识一无所剩地被河流淹没，并往下游即浩浩荡荡的珠江下泄，而雨仍在河面急剧地倾泻不止。每一年洪水频繁的梧州，当水位接近 25 米并仍在上涨时，我那三江环绕、鸳江秀色的故乡，街道上一层的住户就会全部搬空，全城惶惶，处于一级战备状态。当此际，往往是一年之中台风最频繁登陆的雨季，终朝不竭的骤雨，一场又一场袭击全城，伤透人心。

半壕春水一城花，烟雨暗千家。每当在电视新闻里看见各地的洪水报道，我就会想起常常因为洪水而停课的少年时代，想起学校的操场成为一片汪洋，班里最调皮的同学将卸下的旧门板变成汪洋中的一只筏子，来来往往练习当摆渡人。那时我总是会暗暗祈祷，岭南云飞，西江日晚，烟波满目思悠悠。千古名城古苍梧，息壤何在？休彼淫雨。那些家家贮备食物、搬空一楼、窗系小舟以度雨季洪灾的年月，我永远记得。在雨夜的疾风骤雨中，一次次醒来，遥望窗外模糊的无际的雨，似乎听到远远某处的叹息与呼喊。再也没有比孤独的无依无靠的呼喊声更让人战栗的了，在雨中空旷的黑夜里，心如久雨催涨的大河。大雨之中，谁深深地感到孤独？有一首我当年写的诗《滂沱》：

廊外已淹没城池

阵阵骤雨

不厌其烦，千针万缕地

缝缀天地

劈空而来的凶猛呼喊

一片片被大风撕裂

然后抛向各处，不知所踪

风雨中的城，假象弥漫

深一脚浅一脚

一段归家路谬误丛生

最是混沌的时刻

无数漂流与碰撞

我们一生越过多少

这样的时刻

却从未得此一悟

全幅的宇宙之心

　　我当然知道，雨来还是不来，在人工降雨技术实施之前，根本不是人类所能够决定的。雨是写不出的诗，它们自己的文字、自己的心情、自己的纷飞，不在乎观众的看法。不会为谁提前来临，不会为谁提前离开。是雨是晴，都得接受，这就是大自然。记得小时候背《千家诗》，诗集后面附录的"笠翁对韵"让我痴迷至今："天对地，雨对风，大陆对长空。山花对海树，赤日对苍穹。雷隐隐，雾蒙蒙，日下对天中。风高秋月白，雨霁晚霞红……"大自然的风雨虹霓、万千变幻，无一不美。人生要顺随自然，在白天、在黑夜，在风里、在雨里，在春夏秋冬的组合里，在心情的变化中，脱了红裙子换上黑裙子，剪了及腰长发变成齐耳短发。"春有百花秋有月，夏有凉风冬有雪。若无闲事挂心头，便是人间好时节。"风云追逐，天地变幻，草木律动，海水摇荡，一切世间天人阿修罗，皆有其自在运动的轨迹。只要用心去体察万物的心，江上清风、山间明月，春花绚丽、冬雪宜人，得失之间，荣辱不惊，这样的人生才会处处无不是好时节。

在骤雨过后的池塘中，那些趿趿跳动的青蛙，为什么要叫个不停？它们究竟有什么值得欢唱？这些小生灵的歌声，不仅只是表明它们在池塘举足轻重的地位，不仅是为吸引一个伴侣，而且是出于自发的欢喜与乐趣。那是经过长时间的炎热之后，因得到清凉和湿润的欢乐颂，是出于它们自身存在的欢喜，无论这种存在是多么的短暂，它也是存在于普通生活中的那种欢乐的表达。在进化的过程中，是否欢乐也有着某种生存的价值呢？我想是的，我以为那些忧郁的受惊吓的物种注定要迅速地消失的。没有欢乐就不会有勇气，而没有勇气，所有其他的美德都是无益的。

> 有时刮风下雨
>
> 有时烈日当空
>
> 雨可以越下越大
>
> 阳光也可以越来越猛烈
>
> 这样的风云变化
>
> 从不会被我们准确预料
>
> 去看外面，去看外面
>
> 一滴水里的彩虹
>
> 一阵风的轻柔
>
> 一棵草的妩媚

晴天雨季，像一道河年年流过
散着步，像小小的鱼
穿游在路旁高大的水藻间
自由摇摆，吹吹水泡
一面思想，一面游戏

夜雨数红豆

　　吟诵着王维那首流传古今的《相思》，以红豆生南国起兴，暗引后文的相思之情。语极单纯，而又富于形象。满腹情思始终未曾直接表白，却句句话儿不离红豆，把相思之情表达得入木三分，极为明快，却又委婉含蓄。大唐盛世，这首婉曲动人的《相思》，是梨园子弟爱唱的歌词之一。据说天宝之乱后，著名歌者李龟年流落江南，经常为人演唱它，听者无不动容。夜雨霖铃，想起我遥远的南国家乡，一夜秋风起，满树红豆落。如果此时我在鸳江之畔、蝶山之峰，我肯定跑去草丛间捡拾红豆去了。

　　南国树有情，一株株高大苍翠的红豆树，在雁过声声、霜寒露冷的季节，随风摇落粒粒丹朱，红透青阶。这些碧血染成的相思子，都是生在豆荚中的，累累如缀珠，豆荚绽破，倾泻一地相思。点点滴滴，染透秋色，岁岁拾复生，结荚何时止？记得那时高中校园中，有好几株年年结子的红豆树，每到深秋几番风雨后，我就会在放学之后，在草地上、树荫下，俯身弯腰，寻寻觅觅。每每拾得，如获至宝，拈来纳玉瓶，暗把痴心寄。

　　红豆是大自然孕育的珠宝，结实鲜红浑圆，晶莹如珊瑚。玲珑玉骰嵌红豆，入骨相思何时偿？传说古代有一位女子，哭夫于树下而死，化为红豆，于是人们又称呼它为"相思子"。唐诗中常用它来关合相思之情。而"相思"不限于男女情爱范围，朋友之间也有相思的，如苏李诗"行人难久留，各言长相思"。《相思》这首诗也不是王维为所恋女子而写，而是他赠给李龟年的，无疑为眷恋友人。

在手掌上摩挲把玩红豆，鲜红如血，坚硬如骨，如从地底提纯而来，也许，这让当初土地都为之一阵剧痛战栗。想不到柔情的南方，能生长出如此坚硬的红豆。累世情缘，谁捡起，谁抛下，谁忘前尘，谁总牵挂。忆当时年华，谁点相思，谁种桃花。人间离别易多时，见红豆，忽相思。然而，最懂相思，也最惹愁绪。其实，遇见的人终会遇见，离散的人终会离散，不复相见的人死生不复相见。有情有义之人一生缠绵，在这红尘里辗转一路，遍体鳞伤。

据说鱼的记忆只有七秒，七秒之后它就不记得过去的事情，一切又都变成新的。所以，在那小小鱼缸里的鱼儿，永远不会感到无聊。我宁愿是条鱼，七秒一过就什么都忘记，曾经遇到的人，曾经做过的事，都可以烟消云散。可我不是鱼，人世间来去匆匆的相逢与离别中，无法忘记牵挂的苦，无法忘记相思的痛……

昔年采撷的红豆，静置枕边或书案，偶尔默然凝望，仿佛唐诗里的句子跃动在眼前。少年时为红豆而写的诗篇，早已扔在猎猎风中。掌心的余温被秋风吹去，看着光阴的脚步一点点挪移。秋意浓，离人心上秋意浓，一杯酒，情绪万种。今日于灞柳驿醉酒之后，在秋雨绵绵、蒹葭苍苍的冷峭中，略略微酌相思的味道，还是柔肠百转，难以释怀。古人云相思令人老，殊不知相思亦使人幽，尤其当着落叶纷飞时节，寻寻觅觅、冷冷清清，任多少深情独向寂寞。

一重山，两重山，山远天高烟水寒，相思枫叶丹。人生的春夏秋燃尽之后，就到了尽头。如此匆匆的我们，如此匆匆的岁月，这就是人类自身一首永恒的秋赋，长相思，永别离。在这样寂寞的夜里，也只有数数红豆，凭凭阑干，柔了夜雨，浓了相思。

那一道追赶我的闪电

　　昨晚，写完那篇《我对机器意识崛起的理解》的文章后，时间已是凌晨两点了，正常关机，一天圆满落幕。可今天一大早，打开电脑，就出现意外了。电脑开机后，系统突然崩溃，出现了蓝屏，有可能是软件冲突，也有可能是硬件故障。因为要去渭南陕化煤化工集团讲课，我就搁下不管了。等回家以后，发现电脑开机连蓝屏都没出现，是彻底打不开了。送到交大电脑城进行诊断修复，被告知是电脑系统稳定性崩盘，使得电流瞬间过载，烧坏了主板。就这样，电脑彻底崩溃了，无论是软件还是硬件。不知道我到底遇到了什么鬼？好像是一道追赶我的闪电准确地命中了我。

　　在我生活的环境中，电器总是特别容易出现各种故障。如果说是家中新旧电器经常坏掉，那么有可能是家里电线老化了，得检测家中的线路问题。但并不是这样，经过的很多地方都会遇到这种情况，有时我去到什么陌生场所，那里也会突然无缘无故地跳闸断电，或电器出现什么故障。记忆中修电脑是家常便饭，北大时期，经常女汉子一枚单手提着巨大的主机，直奔中关村电脑一条街，现在则是经常跑交大电脑城进行维修，已吐槽无力，见惯不怪。

　　不知道为什么，从小我就是特别招惹闪电的人。经常在雷雨天气，无论在户外还是家中，看到空中招来的闪电束在眼前炸裂的瞬间，可以用肉眼和感

官，在一刹那间看清闪电的耀眼与绚丽。在台风登陆频繁的南方夏季，有时甚至看到的是球形闪电，通常都在雷暴之下发生，就是一个呈圆球形的闪电球，直径大约是在十五到三十厘米不等，也就是小皮球大小，光亮无比，在屋顶倏忽掠过后，震耳欲聋的一声沉闷炸雷才随后响起。

记得小时候，我特别担心自己被闪电击中（是不是有点杞人忧天？），我研究过各种逃避雷电的方法，比如：远离山峰、树木和水体，寻找一个峡谷或低洼的地方，甚至还练习过所谓的"防闪电姿势"——双脚并拢，抱膝蹲下。在世界范围内，每一秒约有一百次闪电发生。虽然大部分闪电都是在云层内发生的，但是的确有少数闪电能到达地面。这些从云层中逃逸的闪电要来捕捉你，每一次都没有预期、没有防备，在家中、窗前、树下、河边，眼睁睁的闪电就劈了下来，击中离我身体不远的不同地方，视觉上看起来有好几米宽，并且有连续多次闪击。据说闪电从云层中高高冲下时急需找到一个"与之相连"的东西，主要候选的就是孤立和尖锐的物体，比如树木、电线杆，还有孑然一身的人。我个子又不高，在多雷暴雨的南方，有的是葱郁挺拔的大树和其他更高的对象，所以不应该是我被闪电选中进行"相连"，除非我的人体电磁场比较强烈，因此形成可能的静电干扰。记得童年时代的我，常常孤独地思考自己为什么被闪电"选中"这个问题，淹没街道的狂风暴雨带来仿佛击碎身体般的创楚。

中国文化认为遭遇雷暴击中，是良心不安、犯下过错，这曾让童年时代的我承受巨大压力，不断地自我叩问。后来，我逐渐释然，明白了这样一个事实：在天地之间的壮丽舞台上，闪电就是闪电，那是无法追问的，谁能说出世界是什么？世界动荡不定，因此无法读懂，风向转换、电闪雷鸣，那巨盘无形地转动，变化万千。闪电从天空蜿蜒而下，那是一条神奇又震撼的天路，连接着大地和夜空。后来，十八岁以后，我离开了南方，从而将一个又一个风雨交加的夏夜，狂怒咆哮的暴风雨的声音，留在了身后，走向了北方的青天白日、晴空如洗。闪电成为我留在童年的原始恐惧。

有时，还会在梦中回到过去的南方，那长久地、缓慢地、庄严隆重地，在头上集合拢来、堆积拢来的深浓低垂雨云，紧密罩住我正在行走的红砂土小丘，在一阵云团的翻滚中倾泻泼下一场骤雨。一道闪电掠过天际，那最富有吸引力的光，比想象的更快，突然落到我面前，又突然逝去，消失不见。一瞬之间，闪电光亮，雷霆暴作，源于自然，归于自然。在时间本身也来不及计算的最短促的一刻，在极亮极快的一闪里，在最响最暴躁的一声霹雳里，向着雷雨深处，向着天旋地转，我似乎依稀看到了什么，混沌又模糊的面容。生存的暗房骤然被照亮，瞬间展现了许多隐瞒着的真相，似乎只有电闪雷鸣可以照出它，那个我无法描述的存在深渊。

被浪费的时光

　　很多家长不想让孩子学艺术，因为在求艺这条路上，无法成名成家的人是多数。如果以世俗成功为衡量标准，这条路性价比不高。绝大多数人都成不了伟大的画家，也成不了伟大的音乐家。这是一条大浪淘沙的残酷之路，可谓"一将功成万骨枯"。艺术的路是少有人走的路，父母都怕自家孩子剑走偏锋，名利拼不出头，后半生走火入魔。所以学什么艺术啊，又浪费钱又浪费精力。

　　有这么一个学艺半途而废的故事。英国作家毛姆的长篇半自传体小说《人性的枷锁》，叙述了主人公菲利普从童年时代起的三十年生活经历，刻画了一个青年的痛苦、迷惘、失望、挫折和探索，以及逐步摆脱种种枷锁，寻找生命意义，走向成熟，获得精神解放的历程。菲利普因为喜欢绘画，曾赴巴黎学过两年。直到有一天，菲利普目睹自己的一个朋友普莱斯，因为自身画作的平庸、因为穷困无助和绝望而自杀。普莱斯执着追求自己理想的结局让菲利普不寒而栗。于是菲利普去找了当时巴黎的一个绘画大师，后者看了他的作品后，说他这么画下去，以后可以靠这个吃饭，但是成不了大师。经过了一次次的挫折和改变，菲利普渐渐脱去了年轻气盛。之后，菲利普放弃了职业画家这条路，选择去当医生。他伯父问他，在巴黎那两年是不是就算浪费掉了？菲利普自己不这么觉得，他说："我学会了怎么看人的手，以前我从来没真正地看过。我还学会了看天空下的树木和房屋，而不仅是看树木和房屋。我还明白了原来影子不是黑色的，而是彩色的。"

菲利普是在巴黎学画两年之后，才最终意识到自己在艺术上资质平平，不会有所建树，于是改变人生走向，回到英国，并决定去伦敦学医。如果以世俗成功为衡量标准，他的巴黎求艺两年，根本是虚度时光，实在太不划算了。但好在人生不是只有性价比。菲利普后来所拥有的眼力，他细腻的感受力，是学画生涯给他的馈赠。那两年习画时光，他是心甘情愿的，是发自内心地热爱。追随兴趣的美好在于，人会感受到他之前未曾感受过的奇伟瑰丽。即使这两年真的是虚度，能从浪费时间中获得乐趣，那就不是浪费。

少年时，我也曾有过十年习画之路，也是因为一个前辈的忠告而止步。今生今世，一放下，就不进则退，再回首，已是旧欢如梦。最终没有走上艺术的道路，我不怪任何人的阻挠，主要赖自己年少时还没有进化成强悍的怪物。我从来没有为此而抗争过，不是因为我天分不够，更不是因为没有基础，而是我彼时不够偏执。我有时在想，假如没有那位前辈的劝退，我背着画架的人生，就算走得跌跌撞撞，浪迹天涯、风餐露宿，是否也会是另一种滋味和风景？最起码，没有某种无以名状的欠缺感时常萦绕心头。即使画得平庸，那又有什么关系呢？做事只为享受其中的过程。艺术创作有娱人的部分，但出发点，是为了自娱。学画之后，我的双眼重生了，看到了不一样的世界：以前的秋天就是黄色，习画之后看，是各种层次的黄；以前看树叶是绿色，习画之后看，是各种层次的绿。而且对于景深、层次都会自动在脑子里分析。抓到一只天牛，放在手心仔细观察，也会发现天牛的花纹很好看，触角很优美，想把它画出来，想把天牛的美放大。感觉到天地万物，无一不值得观赏。所以，十年习画，即使只是培养了一点业余爱好，无论从升学角度看有用没用，投入产出值得不值得，我热爱过这件事就足够了。感受过那种因热爱而不眠不休的心流体验，会让一个人一生都有内驱力。

每一种人生，都是我们自己选择的结果，选择了就只有决断和承担。在

"存在"的无限可能的背景下，人却只能有一种选择的人生。因此面对任何选择，人们总是瞻前顾后，不很甘心。但一个人一生只会有一种命运。回顾所来之路，我也和《人性的枷锁》中的菲利普一样，尽管选择过程很纠结也很痛苦，但从未怨天尤人，而是愿意对自己的选择负责。如果用幸福与否的标准来衡量，菲利普的一生未免千疮百孔，但也许可以用幸福之外的标准来衡量。幸福和痛苦一样，都不重要，这二者正如生活中的其他所有细节，都只是为了让人生的图案更加丰富。我也从少年经历中真实地体验到，艺术创作是一项入门门槛很高的技能，是一道窄门。少年的灵魂仍处于绵软状态而未固定于一个方向，身上类似价值观和生活方式那样的因素尚未牢固确立，当时的我，并不知道自己心之所向。如果让现在的我与当年的我隔空对话，我一定会告诉那个懵懂的小女孩：年轻的时候，总是要戒急用忍，扛不住再忍忍，再逼自己一把，把人逼进极限的是那颗"偏要勉强"的赤子心。

对艺术的敏锐，来源于观察、体悟、哀愁、愤怒……靠的是和更高频率的世界共振，寻找精神的出路，挖掘自己的灵魂，通过画笔也好，音符也好，文字也罢，在描述人类的心灵深度上，万法归一。所以，其实我现在不也走在这样的道路上吗？经历过漫长的蛰伏，经历过山重水复，经历过许多日日月月被辜负被浪费之后，从记忆里拎出，拍拍上面沉积的灰尘，感叹原来那是最好的时光。

流动的感觉

在河流边长大的人，没有人不喜欢流动的感觉。

河流的风景是流动不息的，河水时而青碧，时而湛蓝，时而黄浊，夕阳西下时刻，则成了半江瑟瑟半江红，河水的颜色并非一成不变，会受多种因素的影响。河流飞溅着洁白的浪花，九曲十八折地从大峡谷中流来又一泻千里地流向大海。早晨，万物都在阳光中显出它们本来的面貌。河水在光斑中流动，这是一种不间歇的流动，当黑夜暂时覆盖它时，仍能听到河水清晰的流声，预备着迎接晨光的再次显现。春季野花夹岸，绿草茵茵，一派春光烂漫中，逶迤而过的河水有说不尽的妩媚。秋季河水共长天一色，来水淑玉，去波弄珠，五色斑斓的丛林夹峙两岸，五彩的树林、灌木丛、河滩上金色的草滩农田、水中嬉戏的水鸟，编织出一幅美轮美奂的图画。只要曾无数次站在江岸，凭水而立，默默地看江河奔流向海，那鲜活的、流动的自然风景，就是一种日积月累、潜移默化的教育，那种自然的教育将沁入灵魂，从此潺潺、滔滔、汩汩、淙淙，奔流在一个人的血脉之中。

我觉得流动的感觉，就像是春天的感觉，苏醒的、萌动的、探头探脑的，一种深情款款却又不是凝固而是自由奔涌的旺盛生机，柔情像羽毛一样在四周飞舞。流动永远不是达成了完美自洽。相反，有缺憾、有渴望，才有流动，才

有生生不息的创造，就像大自然与全世界每时每刻都在创造新东西一样。如果没有了流动，这世界不过是一潭死水。

想起海明威对巴黎的描绘："巴黎是一个流动的圣节。"这是海明威对年轻时在巴黎居住的一段美好时光的回忆。"圣节"也有翻译作"盛宴"的，无论是哪一个，我喜欢海明威在前面使用"流动的"这个形容词。他的行文那么流畅，也许这与英文容易形成长句的特点有关，但读着读着就会觉得是一个饱含炽烈情感的人在一口气不停地演说，而他流泻出的情感自然而然地攫取了你的心。二战以前的巴黎是一个众所周知的艺术之都，在塞纳河畔，巴黎的左岸，汇聚了来自全世界的艺术家、作家。这些狂放不羁的才子们总能在那里的咖啡馆找到慰藉和娱乐。巴黎的精神，正在于这种盛大的、色彩斑斓的、具有无限可能性的"流动"。由此我知，一座城市的精神，应该是"流动"而非静止，应该是动态而非静态。当你企图用一束词组、一句标语提炼城市的精神，哪怕是最精深、最包容的文字，所表达的意义终归有限，流动的城市精神，如流水不腐，流向无限的未来。以有限约束无限，不是归于徒劳，就是破坏了可贵的无限性，将城市的未来限制于封闭的胡同。

生命的真正状态，就是一种自然、流动、变化甚至是多变的情感，我们每个人生活在这个世界喜怒哀乐，情绪的变化，情爱的流动，都证明我们不是工具，我们是活生生的人。生命就是代谢的持续性变化，这种变化正是生命的本质。无论组成生命的分子是什么，都无法跳出流动的原则。时间的流动中带来了生命千姿百态的不确定性。

其实，我们已经来到了流动社会，流动社会是社会发展的必然，正是流动才促进了社会的快速转型和发展。在流动社会里生存，第一条规则就是要学会应对变化。灵活性、适应性和持续不断的自我发展，是流动社会珍视的价值。停滞不前则会被淘汰。如今，曾经束缚于固定的人地关系之上的巨量人口正在960万平方公里的国土上流动，他们不再附着和附属于土地、户籍、单位等要素和框架。从某种意义上说，社会的现代化过程便是这种巨大流动性不断冲破旧的枷锁，使"一切坚固的东西都烟消云散"的过程。

我也是这社会流动中的一员，与其他人同在这条巨大河流的行色匆匆中，这条巨流河由我自己和我的亲友以及我所见过的每一个人所构成，因为每个人都被时代的洪流所裹挟。所有的波浪和整个的河水都在渴望之中奔向目标，奔向许许多多的目标……河水化为蒸气上升，变成雨露下降。变作流泉，化作小溪，成为江河，重新再变，再度流动……在这流动中，从社会个体到社会群体，从生活空间、社会身份到职业归属、经济状况、生活方式、价值取向等都在不断发生变化。你听到时代巨流河的水声了吗？生生不息的那条河的水声啊——苦与乐的声音，善与恶的声音，哭与笑的声音，成千累万的声音，数以亿计的声音。

看清那个流动状态的自己，保持人生美丽的流动吧！时间永久地自我更新，它不惧空间羁绊，再造想象的疆域与视野的宽度，永恒地指向未来。在时间的流动中，我们始终在迈向生活永不停滞的旅途，翻山越岭去往远方，不断与过去告别，每天迎接新的挑战。

旧日的码头

　　我的家乡广西梧州，位于桂江、浔江和西江的汇合处，素有"水上门户"之称。往东下航可达广州、香港、澳门，溯浔江西上可通南宁、百色、柳州，沿桂江北上可至桂林。梧州港具有一百多年历史，建设规模是华南地区仅次于广州的第二内河大港。梧州河道集广西水流量的 85% 以上，扼广西内河水运之咽喉。河多，码头自然就多。梧州沿着河岸，有着大大小小的码头。我的童年记忆，有同学父亲是码头的搬运工人，有同学哥哥操作码头的高架起重机（好像也叫岸吊），还有同学亲戚是梧州港澳航线商用船上的水手，长年跑船，经常能带回来一堆花花绿绿的新奇玩意儿，在班里好一番炫耀。那时候，一放学，作业不多，父母不管，一群调皮的同学会跑去一些小码头玩，从街面上往河边走，码头附近小摊小贩、店铺杂耍，总是熙熙攘攘的。走下码头，台阶一级一级地延伸至河面，可以看到码头上船来船往，甚是繁忙。有的码头宽，有的码头窄；有的台阶平缓，有的台阶陡峭。那些小码头，大型船只不多，通常水质还可以，有延伸到河中的平台，我那些善水的同学们，最喜欢到码头边游野泳。一个猛子扎下去，扑腾几下，越游越远，在水中你追我赶。炎夏酷暑时节，河水清凉无比，他们要游到天黑才靠岸，忽然在水中冒出头来，一手扶着石板，一手抹着脸上的水，长长地吸一口气，水漉漉地跳上码头。那些水边虚度的时光是多么美好啊！

　　记得在我小时候，水运还很兴旺的年代，大型码头每天停靠的船只很多，有几十上百艘大小船只在那里停靠，大多是商贸货船，也有少数客船。那宽阔平缓的三条大河，经年展示着千帆竞逐、百舸争流的壮观景象。而对于少年时代的我来说，码头是迷人的逗留之地。宽广无际的天空，上下翻飞的水鸟，变幻奇特的云层，色彩斑斓的落霞朝晖，高架起重机的长鼻指天，还有充满故事的告别与归来的人，上船的上船，登岸的登岸，这一切组成了一个奇特的棱镜，可以让人大饱眼福，永不厌倦。帆船向前俯冲的身躯上，交织着无数的帆索，长浪使它们轻柔地飘摇着，在人心灵里引起节奏感和美感。柴油船的气味，是我最熟悉不过的码头的气味。什么是码头的气味？性感的柴油味与河水的味道。这两种气味融在一起，河水湿湿的腥味，与她朝夕相处的老旧船只的柴油味，像熟络又配合默契的一对乐团搭档。在每一个年久月深的码头，你都可以闻到这种混合的气味。我最喜欢坐在码头平台上或支肘在防波堤上观望着往来的船只，看着这些出发去远方，充满力量去奋争、去历险和致富的船只，心里有一种神秘的憧憬的快乐。那时的我，那么渴望快快长大，做一个世界的水手，奔赴所有的港口。夜来，人群散去，码头才算是静了。风儿在河面上游荡，潮水拍打着码头的石砌平台和条条护木。所有过往的船，你都看不清它们的名字，但你又觉得所有的灯都似曾相识。静静的码头，幽幽的夜灯，清风吹得满河波光粼粼，漫天欲坠的星斗如果实，潮来潮往的水声灌满耳朵，远处的锚响如断续的钟声。这深夜码头，静得像被母亲的手抚睡，灯光在水面拉成金的塔楼，夜航船的黑影，像鹰一样，像风一样穿过……

　　曾经，故乡的码头，船如梭、人如潮，上上下下，离去归来。如今，许多码头已经废弃了，因为故乡又新建了许多大型集装箱码头。徘徊在昔日的旧码头，身边没有一个人，你发现，这里竟成了你一个人的码头——不，还有很多起起落落的雀鸟，这也是雀鸟们的码头。你的手里，好像还紧紧攥着那张旧船票，河水还唱着一如既往的古老歌谣。踏在码头上的一步步台阶上，你不得不走得慢一些，因为湿滑的苔藓似乎有意要捉弄你一把。当你终于走完这高高的台阶，告别这被遗弃的码头，回头一看，此刻的码头，一轮红红的落日，正快速沉入河底，余晖收尽，暮色四合。

时间是码头

它收留我

停泊满载的渔获

原来是你我拥抱的失落

时光深处的气味

昨天写了一位恋香的嗅觉型诗人戴望舒，觉得气味这个话题还没有写完呢！虽然前面也写过德国作家施林克的"气味小说"《朗读者》。

一直觉得，维持一段弥久不忘的记忆，若是仅仅依靠视觉是远远不够的。造物主赋予人类多种感官，让我们有机会获瞻存在的种种幽微与壮丽。在人的"五感"中，嗅觉最微妙、最复杂，最来自远古本能，也最具有"感觉取向"，恍兮惚兮，飘忽迷离，往往难以用语言描述。在人类记忆的山巅水湄、在时光的巷道深处，气味其实比一切感觉更持久、更深刻。

普鲁斯特在《追忆似水年华》中曾言："即使物毁人亡，即使往日的岁月了无痕迹，气息和味道（唯有它们）却在，它们更柔软，却更有生气，更形而上，更恒久，更忠诚，它们就像那些灵魂，有待我们在残存的废墟上去想念，去等候，去盼望，以它们那不可触之的氤氲，不折不挠地支撑起记忆的巨厦。"这段话无疑是对气味与记忆的缠绕关系最好的解释。气味会在形销之后长期存在，即使人亡物毁，久远的往事了无陈迹，唯独气味虽说更脆弱却更有生命力，虽说更虚幻却更经久不散、更忠贞不渝，它们仍然对依稀往事寄托着回忆、期待和希望，它们以几乎无从辨认的蛛丝马迹，坚强不屈地支撑起整座回忆的家园。

即使今天人类已经可以用化学分析的手段来精确测定某种气味的分子式和浓度比，我们依旧无法去准确地向别人讲述某种气味，因为气味是感觉取向的，气味与记忆的关联往往与情绪有关。它引发的回忆也总是情绪化的。你偶然闻到一缕桂花幽芳，当年的那个人的面貌也许已经模糊，你已经记不起你们交谈时的每一句话，但是那种"你已乘风去，满腹相思都沉默，只有桂花香暗飘过"的情绪仍然如此真切。记忆里的场景会褪色，然而气味，尽管隐秘幽微，很多时候甚至让人意识不到它的存在，却始终缠绵悱恻，不离不弃，只需要一秒的呼吸吐纳，旋即触发记忆微妙的机关。

气味总是会不经意间勾起人的回忆。很多人闻到一种烟味，就会想到他们已经去世的老爷爷；闻到一股樟脑味儿，就会怀念起遥远的家中，母亲收贮四季衣物的大衣柜。我们很多时候并不能用文字去描述气味，而它却与我们所经历的事情自然而然发生了关联。通过气味，我们能够回忆起更幼年时候的事情，而通过文字我们却很难做到这一点。因为气味不需要语言。时光落下了很多事，还有很多人，像大地上的蒲公英们一样，随风飘散在天涯，只留下了记忆中的气味，以及好像还可以触摸到的温暖和忧伤。

我记得童年时代独自在南方的山林中游荡。在阳光下，到那无人的树丛里去。周围都是马尾松，微微含着松脂的气味。我缓缓地走着，沿着落满松针和柏叶、倒着朽木的苍郁小路，就这样走下去。这种感觉，是树根深入土地的甜美，是树枝在风中摇曳的甜美。明快、自由，在没人的地方，那个自闭孤傲的少女，神色遥远，静静开放，于沉默中理解草木性情。

我记得少年时代如此喜爱月夜，每每在如霜如雪的月光中举袂迎风，仿佛自己也要成为一缕婉转的气流。总固执地相信，月光是有气味的，那是一种流水一样细致、幽深的气味，如果有一天失明了，光凭嗅觉，也能毫无错误地辨别出夜莺啼叫的月夜——那些洋溢润泽气息的朗夜。一个又一个有月亮的晚上，倚在窗前，将火热的脸颊贴在栏杆上，在藤萝的深浓花荫里有萤火在游，用细细的笔写深宵的日记，在一页页深蓝浅蓝的泪痕里，有着谁都不知道的语句。

我记得大学时代独自穿州过省去游历天下。只有在旅行的时候，才意识到自己平素活得是多么不完整。沉重的背包压住肩膀，抬头天空阴沉，大片乌云线条柔和。我来到了海边，海面上飘过的是阴沉天气里，像大提琴一样微微忧郁的稀少浮云。大海，和与她朝夕相处的老旧船只的气味，像熟络又配合默契的一对乐团搭档。那么性感的柴油味与大海的咸腥味道。暴烈狂放的海浪，窃窃私语又绵绵不休的海浪，永无休止的喧嚣与摇荡。人为什么总是渴望去看各种各样的风景呢？我想，大概是，每个人都会有这么一段"失重的时间"，需要在陌生的他处一次次确认吧！旅行可以意外惊醒那些平素被我们淡忘的感官。孤独的处境会让人关注那些细微如尘的东西，对气态的物质也会有敏锐的感觉。那些新到达的所在的光景和气味，让人感受到比平时更加强烈的情绪起伏。如同天地初开，我们如饥似渴地接收着新世界的一切，世界似乎突然变得分外明亮。

喜欢气味相投的人，一个人对另一个人的接纳或抵触，很多时候，也是因为那看不见摸不着却能够闻到的气味。气味也是一个人的场。如果你能融入这个人的场，身心愉悦，你们就能共处。如果你排斥这个人的场，你们就只能是平行线，无法交集。一个人对气味的记忆是根深蒂固的，而一个人最初接触的气味，则会决定他以后的气味辨识，接纳的往往是同一种，抵触的也是同一种。

想起夏天，就会想起很热很热、挥汗如雨的感觉，驱蚊后留下满屋子的檀香的气味，以及夏季午后暴雨的气味，大地散发出泥土和植物的腥气，十分辛辣。尤其当一场暴风雨发生在长时间干旱之后，你就会闻到那种奇怪、清新、朴实的味道，那种你必须愤怒才能体味到的刺激的味道——有没有暴风雨气味的香水？一年四季追寻花香，雪后蜡梅、春日桃花、夏日清莲、秋叶霜菊。发现一切白色的花朵，都是散发淡淡幽香的，茉莉、玉兰、栀子、玉簪、昙花……它们的香气各成体系。寂寥的人，还会时常嗅闻自己手指的气味呢！因

为它记录着她所做过的一切细节。

　　　　　薰衣草气息的迷恋者，
　　　　　只喜欢清刚明健的味道。
　　　　　像是毫无窒碍的甘冽的早晨
　　　　　那种紫色的气味，明亮清新。
　　　　　在吸入的瞬间，
　　　　　将人带到不可知的远方。

一去江湖远，但求归心宁

　　本来，岭南故家远，举目白云深，再加上工作繁忙，家事牵绊，一再定下归期，又一再不得已临时取消。好不容易，在这个国庆假期，我终于回家省亲了。去家千里外，归宁道路纡。归来还是旧时庭院、往昔巷陌，只是，相扶将出来迎接的老父母，在似水流年中又更苍老了一些。开东阁门，坐西阁床，脱战时袍，著旧时裳。钗裙犹未改，岁月忽已晚。为什么在千古远嫁女子的心中，娘家永远是尘世的一束光，照亮着风雨迢遥的女儿们的念想？也许因为，熟悉的父母家中，匣子藏着旧的故事，风铃响着暖的记忆。青藤老树，野草瓶花，还是儿时印象。一间装得下回忆的老屋，那里盛满了岁月静好、人世安稳。老屋门前路，远去何悠长，从此路远嫁他乡，也从此路返回故乡。无论千山万水走了有多远，回望老屋，它雍雍穆穆的身影，永远矗立在风雨沧桑之中，烟火深处，再见如故，是心中永远不变的依靠与归宿。

　　老家的屋檐下有一串风铃，风一吹就能听到悦耳的声音，让一室之内顿时有了灵动之感。风铃细碎的窗台上，清脆的碎响声一出，仿若回到了无忧无虑的少年时代。那些叮叮咚咚的透明的声音，我在儿时常常灌满了耳朵。当湛蓝的夜跌落在世界上，那一串串摇曳的风铃声，好像碎成了千百颗粒，在朦胧的暮色中点燃漫天的星光。想起周杰伦的歌曲《千里之外》中的两句"屋檐如

悬崖，风铃如沧海"，当听到锈涩的风铃在檐下细语，一时竟有沧海桑田之感。脑海幻化的光波记录每一个动人的瞬间，下一秒却变成了一张张黑白的默片。一些事物既熟悉又陌生，不断浮现，又不断消逝、淡褪。眼前一片广阔无垠的天地，却竟是不知何去何从的落寞。也许，这就是女子归宁的感觉吧！门帘虚掩，锁住了无数旧日画面：炊烟下，呼唤袅袅，饭桌上的菜肴热气腾腾；有人倚门回首，低嗅青梅；有人当窗理云鬓，对镜帖花黄……然而，不经意中，在往昔之我和今日之我的中间，已竖起数千个夜晚，如同数千堵高墙，而时间的大海就像我们中间的魔法一场。细碎的风铃声中，你如同穿过薄暮在往后退，退向那开始被黄昏抹掉往事的地方。年岁里的变换有如白驹，惊鸿一瞥，如此匆匆，只能向此匆匆浮生，暂借几天归宁之日，承欢父母膝下，慰藉养育深恩，再找寻一下砖隙瓦砾间，还细碎藏着的那些儿时。有一间老屋，有一群亲人，让人心心念念。一去江湖远，但求归心宁。

消夏的妙方

　　时值农历六月，一年当中最热的时候，大火飘光，炎气酷烈，晴时阳光煮沸，阴时大雨瓢泼。关于三伏天这种高温高湿的"蒸笼"模式，古人是怎么形容的？宋代戴复古在《大热五首》中写道"天地一大窑，阳炭烹六月"，把高温环境比作是熊熊燃烧的陶瓷砖瓦窑；唐代范灯则在《六月》里写道"六月季夏天，身热汗如浆"，用"汗""浆"这样的字眼描绘人们在高温炎热天气里的难熬状态。对现代人来说，空调、电扇、冰箱、冷饮等都是盛夏必备品，以解炎炎夏日的焦灼难耐。在古代，没有现代化制冷设备，在这大暑时节，古人怎么纳凉解暑呢？我们智慧的祖先们，同样也有他们消夏的奥秘与乐趣——

　　他们到水边去。唐代高骈有一首《山亭夏日》："绿树阴浓夏日长，楼台倒影入池塘。水晶帘动微风起，满架蔷薇一院香。"说的就是这种纳凉法。夏天太热了，山间的风亭水榭成为纳凉胜处。水榭边还栽种有一架繁花点点的蔷薇，坐在蔷薇架下，看日光从蔷薇之中漏出，看楼台倒映在池塘中，看风吹帘动，蔷薇飘香，心也在暑热之中慢慢静下来。临水纳凉，如果水中有荷，荷花飘香，蛙声阵阵，那就更妙了。在和风翩翩的岸边，闻着荷花香，品着莲子嫩，呷一口微绿淡茶，这样的暑天生活，简单惬意，闲适悠然。水边凭栏，看风乍起，池中荷叶翻起层层碧波，满目的"接天莲叶无穷碧"，满鼻的"荷花

夜开风露香"，满耳的"青草池塘处处蛙"……微风拂面间，闭眼花香扑鼻，睁眼俯视，田田荷叶，鲜碧浓密，一朵红莲悄然出水。此情此景，意趣横生，自然而然也凉快了。因为喜欢水边纳凉，"大暑赏荷"成为古人过三伏天的习惯，大暑节所在的农历六月也被称为"荷月"。

他们到树荫下。俗话说得好，"大树底下好乘凉"，这正是古人避暑的经验总结。哪怕是一丛肥绿芭蕉，也能撑起一盖荫凉，屋里热，那就出来"乘凉"吧！坐在芭蕉树下看书冥想，感受夏天的风掠过胸口，只有一个字：爽！如果是长松修竹，浓翠蔽日，那么更是夏天的风口，有翠树秀竹围绕，那能不凉快吗？在一树浓荫下，听知了的鸣叫震耳欲聋，闻枝头日渐丰满的果香，看三三两两的鸟儿穿梭掠飞，在雨后的树下，还偶有清凉的水珠随风摇落，将树下淡淡的宁静打乱。夏风裹挟着热气，阳光白晃晃的，晒得人一阵阵地眩晕，但来到碎影斑斑的树荫下，一切都变得慵懒而恬静，只有一片沁人心脾的阴凉。炎炎夏时，哪怕生活在市廛，只要庭院寂静，高树蝉鸣，天气虽热，也感觉清爽。至于逃暑外出，躲进山水间，坐到山顶松荫下，那就更凉快了。阳光从松针缝隙里洒到眼皮上，点点金光闪烁，满山苍翠里，只听见松涛在大风中起伏，如同潮水此起彼伏。

他们到凉席上。古人每到五、六月，暑气隐隐欲作，就要把家里的凉席找出来，用清水拭净了，铺在床上。凉席，夏季为凉爽而铺垫的竹席、草席或藤席，其中最凉快的当属竹席。记得台湾作家张晓风有篇散文《炎凉》，说到凉凉的竹席："一年里面第一次使用竹席的感觉极好，人躺下去，如同躺在春水湖中的一叶小筏子上。清凉一波波来拍你入梦，竹席恍惚仍饱含着未褪尽的竹叶清香。"是的，竹席祛暑降温、凉爽宜人，古人用"冰簟"来形容清凉的竹席，还送给它一个相当到位的称呼"夏清侯"。炎夏之中，有了这一领清簟，人就可以沉淀下来、静定下来。虽然仍旧是热，没有一丝风的夏夜，颈窝里薄薄微汗，但躺在凉席上，焐热左边覆翻右侧，梦里也透出一丝新凉。人在席上，竹席中散发的萜烯芳香物质，有自然放松安神的效果，难怪夏天到了人也逐渐慵懒混沌起来。睡在竹席上，似乎还能听到竹子摇曳竹叶发出的沙沙声，与凤尾森森、龙吟细细的青翠竹林，好像还千丝万缕地牵连着。竹席表面生凉，清凉的触感，沦肌浃髓而来，独特的草木气韵悄悄袭入梦乡，氤氲梦境，在梦中，高耸入云的青青翠竹遮阳蔽日，清风习习而来，雾白、竹绿，仙气缭绕。

对古人来说，有水的地方就有细风，有树的地方就有阴凉，竹屋、竹床、竹凳，他们在光滑的竹席上轻摇竹扇，靠着瓷枕或玉枕，好像置身于碧沁沁的竹林深处。他们盛夏酷暑，吃不下什么东西，就"沉李浮瓜"，将夏果沉入冰凉水缸、幽深水井，和现代冰箱一样有制冷效果。他们熬煮绿豆汤、酸梅汤、莲子汤，清热解暑，消滞祛湿，喝了一碗又一碗，一口温热一口清凉。他们每年大寒季节，凿冰储藏，因为这时的冰块最坚硬，不易融化。冬日凿取的冰块，藏于地窖之中，待炎炎夏日取出，既可降暑，又可制作冷饮。

酷暑难耐，倦了精神，伤了情绪，疲了身心，还有什么消暑法子呢？古人还有一项雅趣就是读书消夏。"书千卷，文百家。坐苍苔，度长夏。""南窗梦断意索寞，床头书卷空纵横。"说的都是用读书静心和安神，以缓解夏日燥热。记得那首北宋蔡确的《夏日登车盖亭》："纸屏石枕竹方床，手倦抛书午梦长。睡起莞然成独笑，数声渔笛在沧浪。"蔡确在夏日游亭之后，躺在纸屏遮挡的石枕、竹方床上，看了一会儿陶渊明的诗（"卧展柴桑处士诗"），感到有些倦怠，便随手抛书，酣然入梦，恍然听到渔笛数声，如身在沧浪烟波。如果他睡前不是读渊明诗，恐怕也难以做到这般"心静自然凉"。《小窗幽记》中也这样写道："盛暑持蒲，榻铺竹下，卧读骚经，树影筛风，浓阴蔽日，丛竹蝉声，远远相续，蘧然入梦……"由此可见，心态可以改变状态：夏读书，日幽长，澄心凝思，心思邈远，身外的暑气自然消退。

一书在手，愈进愈深，独自行走于这净洁幽深之境，天地无边静穆。在无边静穆里找到自己独特的存在，感受山川万物的气脉流入身体，感受茫茫时空中天降甘霖。一本好书，消磨一个下午，这是我能想到的最佳消夏妙方。

回到故乡，我放慢了节奏

国庆长假返乡，两地切换间的感受，不仅是从千万人口的特大城市回到了一个百万人口的小城市，还是从一种高速运转的快时间，回到了一种充满生活质感的慢时间。

老家广西梧州，古苍梧郡、古广信县所在地，岭南文化发源地之一，扼浔江、桂江、西江"三江总汇"的水上城市，至今已有二千一百年建城史，是六堡茶、龟苓膏的原产地。虽然随着内河水运的衰落，梧州这个百年商埠，近些年在经济方面有些停滞不前，经济总量硬是在一千亿这个门槛已徘徊了好几年，似乎不再有当年光彩夺目的光环，但是，从一个历史文化名城的角度，梧州依然拥有它独特的魅力。

在这里，人们慢条斯理地吃，人们安然地工作，人们平淡度过每一天。一年又一年，时间和这座老城，和三江奔腾的河水一起慢慢流向下游。从西安的绵绵秋雨中穿着薄毛衣离开，下了飞机，走出机场，已然置身于梧州35℃的高温天气中了。这里好像长夏还没有过完，秋凉依然没有一点预兆，也没有一丝微风。闷热将人窒息，时光的流动仿佛也变得缓慢。在四季潜换的模糊地带，南方之南的人们，依然带着梦幻般的眼神，在日头下慵懒而散漫地走着。冗长的白昼，看不到尽头，街上穿着清凉的少女仍是交映出一片绚烂的光景。

当玫瑰色的云朵缓慢地向暮色中的山脚飘去,当月亮再次从波动中慢慢地滑行过来,一切自由生长的精神,仿佛都得到默许,展翼翱翔在星光斑斓的穹苍之下。

在这里,没有四处都在砍树、挖路,耀武扬威地用白笔肆意在巷弄人家的墙上画圈,圈里写个斗大遒劲的"拆"字,推土机像把电推子一样,瞬间就把处处旧居推了个干净痛快。在这里,没有那种特别急三火四、脚步匆匆的人,被抽打着去追赶物价房价,去撕咬、去搏杀、去卷得轰轰烈烈,天天绷紧一根弦,时时计算着大盘指数多少点、存准多少点、个税多少点……梧州这座城近年来不算凶猛的"发展",并没有冲垮它的居民们自幼为自己准备下的从容老去和缓慢生活,人们脸上没有对未来不确定的惶恐。有的,是慢而舒缓的生活节奏,微小而充满惊喜的细节之处,人人都乐在自己的"小日子"之中。在凡事讲求效率的当下,这里的人们可以花上整个上午的时间饮个早茶,一盅两件、三杯四盏,虾饺烧卖,细细品味。老街坊见面彼此问候:"今朝,饮佐茶未?"南国的早茶所满足的,从来不仅仅是口腹之欲。"一杯在手,半日清谈"才是这文化的核心。在这里,不必争分夺秒,囫囵吞枣地把食物塞进口中,只为摄取足够的能量,迅速卷进日常的下一个涡轮。"饮啖茶,食个包,坐番低慢慢倾"(喝口茶,吃个包,坐下来慢慢说),慢下来体味生活的质感,处变不惊、进退有度、安常处顺,这才是岭南之地传承久远的生活方式和习俗传统。

回到故乡,我终于可以放慢节奏了。曾经,我习惯了大城市马不停蹄的生活节奏,每天加班熬夜不吃早餐,电脑手机从不离手,上班通勤常堵路上,在时代的加速度中身不由己被裹挟着前行。回到故乡,回到这座四时花开的小城,我发现故乡的人们是如此恬淡与慵懒,他们喜欢享受,悠游自在,做什么都"慢半拍",他们不疾不徐、波澜不惊地游走在小城的每一个早晨和黄昏。梧州实在是一座漫不经心的城市,物价房价都还很亲民,所以,人们的日子过得虽然不华丽不优雅,但也不凌厉不粗糙。人们可以四处游荡,唱歌跳舞,树

下休憩无所事事，水边垂钓纵日闲谈，反正生命里可以只有简单的追求，反正有四季如春的气候、丰饶的物产，一座小城，山环水抱，一江春月，柳暗花明。

作为在小城出生和成长的人，全中国可能有几千个几万个这样的小城，踏着缓慢的八字步被时代抛在了后面。我曾经认为，在这里生活的唯一目的就是你能"一眼就看到六十岁"，光是这一点就足以让人落荒而逃。当年，我就是千千万万落荒而逃的小城青年中的一个。但现在，随着年龄和阅历的增长，我开始学会以更广阔的心态来理解每一种生活方式。也许，对于故乡梧州来说，缓慢从容未尝不是这座城存在的证据和依傍。什么是快乐？如果说西方的快乐在于一个"快"，那中国人的快乐，恐怕在"乐"字上。"快"是内啡肽充脑的速度。然而，不知所起也不知所终的快意，始终是为中国人所警惕的。"乐"却是缓慢的，是一切都在自己掌控之内，是一点点沁入肌理的舒适。缓慢的生活之"乐"的背后，经久起作用的东西，很可能是沉淀下来的这些——至少包括这些——儒道佛等中国传统文化的内核，里面有太多让人"乐生"的生命智慧。这内核未因时局动荡、体制变异、政权更迭和意识形态而破裂消失，还依然根深叶茂地保留在民间社会中。其保留最深厚的地方，可能不在生存压力巨大、陌生人流涌动的现代大城市，也不在天翻地覆变化与人口不断迁出的农村，而恰恰在变与不变中有相对稳定的民间根基的小城镇。多年之后我才明白，我当年要落荒而逃的小城镇生活，其实也拥有恒定的价值取向、道德自觉和内在平静，这使得生活其中的人们能够在时代的洪流中安然生活。要说起来，人的烦恼主要源于自己不可控制的东西。明白什么是自己可以控制可以追求的，什么是自己无法控制也无须追求的，生活可能就会更安然一些。理解到在我的故乡，还可以把手伸进历史的灰烬中，摸到并未冷却的余温，并借由这余温重建一脉传承的内核，我开始喜欢故乡小城岁月漂洗过后的颜色，喜欢它在时代的喧嚣之外静静唱着的歌。

在如火如荼的现代化竞争中，梧州是相当停滞的。也许，对于这座山环水绕的国家森林城市来说，青山绿水就是最大的资源，不发展就是最好的发展。当其他城市在一次次出其不意的刺激下而变得亢奋不已的时候，当其他城市在资本逻辑的驱使下而变得冷漠坚硬的时候，梧州却还在缓慢从容的节奏中，细细雕琢着属于自己的时光。

　　回到故乡，我学会了用不同的视角和眼光去看这个世界。大的小的事物、每一种现象我都很有兴趣，天光云影、日落月升、花花草草、猫狗虫鱼，还有街上的行人、市井的烟火……看看这些缓慢而自然的变化，体会中国人自古以来的"乐"，多有意思啊！一碗热豆浆，五分钟喝完与十五分钟喝完的区别是滋味，你给味蕾时间，味蕾才会给你真滋味。同样，你给心灵时间，生活才会给你真正的滋味。还是要慢一点。只有慢下来，这个世界美好的景色，才帷幕一样为我们缓缓拉开，才会一幕接一幕，为我们演绎无限人生的韵致。尘世的欲望太迷离，飞舞的红尘太纷乱，不要心急火燎追赶一切，否则到最后，我们反而被我们扔在身后了。

用记忆找回来的村庄

　　我出生在一座小城里，而父亲出生在叫香港的那座城里，他并没有太多乡村生活经验传递给我。母亲也是在一座小城出生长大，从小奔跑在市集和街巷中，她也没有经历过锄禾日午、汗滴泥土的生活。不过，据说祖父来自一个叫作莲花山的广西村庄，祖母来自一个叫作翠亨村的广东村庄，所以，说起来我也是有村庄的人。虽然那是两个遥远的时空彼岸的村庄，但说起来，村庄的确和我有相关的部分，乡村的小河一直在我的血脉里潺潺流淌。

　　过去，村庄生长在大地上，长在河边，像大地上结的一个葫芦。我想象着那大地结出的美丽葫芦——属于我的村庄，小小的村庄，村子四周到处都是绵延起伏、高耸入云的群山。村里的一栋栋砖木结构的农家屋舍隐没在幽暗的绿树丛中。几条湍急欢乐的小溪，流经成行的树荫，滋润着村中农舍周围的土地，卷着从树上落下来的花朵和树叶，流入附近的一个个碧绿池塘。南国的蓝天晴日下，无尽的山坡上，无尽的小草和无尽的野花，在风中悠悠舞动。

　　我的村庄很远，田野很远，但为什么关于村庄和田野的记忆还很鲜活？炊烟和村路仿佛触手可及，还有大片大片的水稻和甘蔗，到处生机勃勃。虽然我在城市出生，但村庄的影子长长的，从祖辈到父辈到我，那淡淡的影子一直延伸着。是的，我已不在村庄了，但村庄在我身上仿佛有什么印记似的——即使这个村庄的印记，历经三代，已经瘦了一圈又一圈。

人们背过身去，背向村庄，出发走了那么远的路，但好像一直背着村庄在旅行，走不出村庄影子的边际。也许到最后，我们都要回归到一座山、一条河，或一个平原，甚至更细小的东西：一个谷仓，一口井，一棵树，一只小鸟，一片叶子。只有村庄才能代表真正的原乡，那是个奇妙的所在，她是地理上的，也是心理上的，她是过去，也是未来，她存在于时光深处，也存在于心灵深处。

这个时代具有吞噬一切的胃口。因为，它要见证的，是这个时代最重要的主题，是席卷一切的变革和发展。这几十年，几乎所有中国人的故乡，每个村庄，每座城市，都发生了"炸裂"式的发展。地理上的故乡已不可辨，故乡彻底成为"故"乡，隐入心灵深处。回到故乡小城，我也常常在最熟悉的地方迷了路，所以，把那个被时代的变化轮番冲刷的故乡，继续往上溯，最后，我们找到的都会是一座静静的古老村庄吧？就像一条奔流的河，它有一个不起眼的源泉，每一个城市中人往上溯三代，我们的根脉都在乡村。麦子和苞谷的村庄，水稻和香蕉的村庄，万里无云的村庄，雨水笼罩的村庄，村庄里有难产的母羊、吐舌头的狗、悠游的水牛，村庄里有萤火虫闪烁飞舞，村庄的屋檐下亮着祖祖辈辈的灯火。

在我生命诞生的河流之上游，有一个狗吠的村庄，有一座绕着菊花的茅屋篱舍。这么想想，真让人安心。隔着迢遥的山河，踏出一行去看望村庄的足印，用我游子的乡愁。我仿佛看到，远处绿茸茸的草地上，牛儿在吃草；池塘边，村里的姑娘们正在汲水。落日好像点燃了一万个柴火垛，月光洒在铺着细沙的河滩上，栖息在村中幽暗的树丛中的林中鸟——多愁善感的夜莺，开始唱起一支忧伤的歌儿，整个村庄就像是诗人的梦境一样。其实，此时此刻，我正站在城市十余层楼的高处远眺，眼前是这些疯长的楼群，而我的村庄已经荡然无存。我巢居在城市的钢筋混凝土森林之中，城市繁茂如大树，根须下面，是要不断记忆才能找回的、无数默默无语的村庄。

回不去的故乡

我们这一代人，大概都有这种相似的感受：走在背离故乡的道路上，我们再也回不去了。才搬出老宅或离开乡村，不过十几二十年而已，可如今住在大城市的人，一般都回不去小城市，无论那里人情多温暖；住在小城市的人，也都回不去乡村，无论那里风光多诱人。人在环境中被嵌入，被环境吞没，按环境指引的方向思考，以环境允许的方式释放欲望。好也罢，坏也罢，反正回不去了。以发展、以未来、以更好的名义，背井离乡的我们，内心的各种秩序被太仓促、太轻易地重新规划，摧毁，重新建起，然后，再也回不去了。

我逐渐地相信了这世上一切都是缘分一场。对我来说，十八岁上大学离开父母后，从此，故乡只有冬夏，再无春秋。工作之后，故乡更是只有冬，再无春夏秋。这个"冬"，常常是红通通、闹哄哄的，因为通常只有春节前后几天。于是，每隔一个冬，再见到的父母，脸上的皱纹又深了几痕，两鬓也新添了银丝缕缕。如今我在父母身边的日子少之又少，我多么希望他们与我一起生活、共度岁月，可是他们又不习惯北地的气候、饮食、语言与民俗，出门四顾茫茫，没有一个朋友，打开电视没有广东话节目，菜市场也买不到他们习惯的南方蔬菜……西安的空气污染指数越来越高，它的城市尺度越来越大，交通状况也令人生畏。我真不知道如何挽留年老的父母，我不能强留他们过他们所不喜欢的生活。我也渐渐明白了父母来西安陪我，那是为了一份亲情与另一份亲情的告别，虽圆了儿女情，却终究是人生中的不尽意，他们会觉得终究是辜负了那片哺育过他们的土地。

不愿强留父母为了儿女的缘故寄身异乡，让他们在人生的后半场不得不与魂牵梦绕的土地告别。于是，我们只有隔着千里河山相望，忍受着心中柔情与思念的来往碾压。我恨自己半生漂泊，离乡别井，换了一个地方又一个地方，在这个世界上离父母越来越远，看父母的次数越来越少，和父母说话越来越疏离。随着年岁增长，我常常陷入日暮望乡的惆怅。偶尔有几天空闲，飞机高铁，千里返乡，陪父母小住几日。茶余饭后，总要殷殷地打听一些亲朋故旧的近况，但事实上许多人在我心中早已面目模糊。说起来，我在异乡居住的时间，早已超过了在故乡生活的时间。岁月已在我与故乡之间留下了一条鸿沟，我为这种阻隔感到懊恼万分，再也不能回归童年时的关系，彼此相依相偎，彼此亲密无间。

我不想安慰自己，人生本就是这样的。一代代年轻人离开了故乡——自己人生的起点和原点。多年之后，说起千山之外的故乡，好像只是拥有幼时的寥寥回忆，可那个地方确实是故乡，父母子女两代人跨过岁月的洪流共同经历过的地方。多年前那条流淌在家门口的河流，这么多年过去，在心中已冲刷出或深或浅的沟壑。而多年前就已搁浅在心灵之岸的童年伊甸园，已成为再也回不去的梦中之地。

这样的故事，不仅仅是属于我的故事，它也是属于许许多多背井离乡人的故事，是中国当代社会进程的一个缩影。无论你在帝都的 CBD 工作，还是在某个工地搬运砖石，我们都是望乡的孩子，可原乡已经回不去了。一个急剧发展的社会，关于家园的梦想，一次次被匆匆割刈，每个人都被时代裹挟而行，有所丧失，有所承受。

只有在午夜梦回的时候，可以看到在时空的对面，有一片无边无际的金黄稻田。稻花香里，点着灯的老屋，铺着乌黑瓦片。门静静地虚掩，一个你住在里面，梳着童年的羊角辫……

故乡的桥洞

出生在岭南水乡，落日桥头，滩岸水鸟，渔舟返棹，流水人家，这些水乡的景物，自然而然成为灵魂文身的起点，成为一种根深蒂固的眷恋。

故乡多河、多桥，从上游到下游，从这条河到那条河，那么多的桥，一道又一道，轻盈地跨越河面。河水，潮来潮往，阴晴不定，可以怒涛拍岸，也可以柔美多情。烟波之上的桥，四季有着变幻的面貌。春天的桥，架在碧绿的河水上，岸边，是盛开的一树树花，如火一般的刺桐花，如霞一般的紫荆花。夏天的桥，迎接着一场场暴雨的冲刷，激浪之中，有蛋壳般漂浮河面的小船，凶险万分地，终于靠岸了，泊到了桥洞之下。秋天的桥，俯瞰着迅猛暴涨的浑黄河水，如果台风过境，暴雨持续，河水超过警戒线，桥洞便消失在水底下了，污浊奔流的河水会漫上街面。冬天的桥，站在枯水期的河面上，有种孤零零的感觉，显得异常安静，这种安静有种墨绿的幽深感，一场冬雨无声降下，整座桥被浸润在一片潮湿当中，冷雨夹杂着寒气，沁入骨髓。

记得儿时，故乡的河上，还生活着许多传统的疍家渔民。一艘艘鱼排和船屋，在河面上漂漂浮浮，他们世世代代生活于江河，随潮往来，捕鱼为业。他们赖以生存的小船，夜晚来临时，会泊近岸边，在桥下常常会看到疍家的船，有人会到桥下找他们买新捕到的河鲜。在小孩子的眼中，疍家人与水共生，早晨于船头洗漱，中午在船舱里休息，晚饭桌摆在甲板上。身边还有忠心耿耿的大黄狗，朝着路过的陌生人示威。他们与这江河风浪，好像早已融为一体。

在波光粼粼的水乡，走过野草丛生的平缓河滩，你会发现许多供船只泊岸的小码头，一叠石阶斜落到水面，你可以走着走着，就把一双赤脚浸入河水的沁凉中。沿着河滩奔跑，看见雪白的芦花，看见绿玉的翠鸟，看见渔夫在一只倒扣的旧船边织补渔网。四面八方的河流，岿然不动的石拱桥，石桥底下有桥洞，很多的年岁里都成了附近小孩们的秘密基地。水涨水退的桥洞，青苔总在没有阳光的角落滋生。当风雨漫天时，岸边的小舟兀自横陈，整座石桥被雨水浸得清透温润。当风平浪静时，架在江河之上的拱桥，好像是许多圆形组合起来的，因为无风而止的水中映衬着倒影，与桥组成了一轮轮圆圈，好像是在回环旋转，却又不失坚固和稳定的感觉。这个时候的石桥，静默着，却又欲语还休，如一张泛黄的老照片、一首简单的诗，抑或是一幅黑白水墨画。

当儿时的我，有机会坐上一只小船，在水面上航行一段，我最喜欢的，就是驶进一个个桥洞了。坐在船上，要把手搁在船舷上，听水声橹声，听来往船只的招呼声，转头看四周的景物。在两岸的柳坡、田野之中，小船曲曲折折地前进，沿途有应接不暇的风景，重叠翻飞的水鸟，一座又一座姿态各异的桥，五彩斑斓的山坡野花。离桥还有一段距离，从远处，就可以看到有人撑着伞缓缓走在彩虹一般的拱桥上。当船进入桥洞，光线一下子暗下来了，如同暮色苍然。桥洞是神秘的，经过了它，谁知道将看见些什么？当船悠然驶过了桥洞，光线复又亮了起来。但在河道不远的前方，一个新的神秘的桥洞又将显现了，水面上那如半轮月亮似的桥洞啊！

多年过去，家乡已在时间里变了一番模样，旧街拆了，建了高楼，马路也变宽了，不再有野草丛生的平阔河滩，河道上建起了巨大的闸坝发电，当年带动城市发展的内河运输已经式微，故乡梧州，这个依水为生的城市，不再如曾经的那样船来船往、水运繁忙。终日游荡的疍家渔民，式样古朴的座座石桥，都慢慢消失了。对我来说，家乡已经太遥远了，北上生活那么多年，我早已适应了北方冬日里的天干地燥。但儿时水乡绵长的生活记忆，还是在我身体里贮藏着一份淋漓的水汽。轻轻打开手掌，那纵横的掌纹似密布的水道，其间游动着无数解语而多情的鱼儿，让人能够梦回少年时代的画卷。是的，那些感受过大地之美的人，能从中获得生命的力量，终其一生。当有风吹过我的发，飘于天际，一切一切，恍惚重新看见。但在刹那之后，我便从桥原来的一端，回到桥的另一端，世界由另一个世界，变回了眼下的世界。

307

西西弗斯故事的另一种解读

　　家族中有兄长经营一个占地两千亩的砂岩采石场，昨天坐车去参观，看到了以前从未见过的场景——用露天开采方式开采和破碎建筑石料用砂岩。由于现在河沙紧缺，多地严令禁采，现在建筑上采用的沙子主要是机制沙。这个矿场出产的主要石材是青石，属于石灰岩类。原料破碎过程是这样的：由振动给料机均匀将原料喂入粗碎设备，对原料进行破碎，根据加工原料硬度的不同，粗碎可选择颚式破碎机或者锤式破碎机，细碎后的石料经由振动筛进行筛分，筛分出所需的12、13石子（目前基础建设普遍使用的石子规格）和不同规格的沙子（出料规格为1—5mm的建筑沙）。经制沙机处理之后的机制沙粒度均匀，可以筛选分级为粗沙、中沙和细沙。为提高成品沙的质量，尤其是洁净度方面，在制沙流程结束后，还要配置专门的洗沙设备，对沙子进行清洗。

　　在这个机械轰鸣繁忙作业的采石场，看到石块从给料到破碎到筛分，所形成的一整个循环的破碎过程，观看这个人类和石头不断搏斗的过程，不禁让我想到法国诺贝尔文学奖获得者加缪写的《西西弗斯的神话》。西西弗斯触犯了众神，诸神为了惩罚他，便要求他把一块巨石推上山顶，而由于那巨石太重了，每每未到山顶就又滚下山去，前功尽弃。他的命运就是周而复始地每天重

复进行着一件似乎没有结果的劳作。西西弗斯的人生是够荒谬、够悲惨的，但是他有一天想明白了，自己的命运的确很荒谬，但是只要他意识到这个荒谬，他就战胜了这个荒谬，他就成为一个永远不能被打败的英雄，因为他人生的意义不在于结果，而是他能够向这个荒谬的命运永恒抗争。加缪得出的结论是："人一定要想象西西弗斯的快乐"，因为"向着高处挣扎本身足以填满一个人的心灵"。

在今天，其实西西弗斯的故事还有一种新的解读——假如西西弗斯将石头推上的是一条碎石制沙生产线，那么无论这石头是花岗岩、玄武岩、萤石、石灰石，还是沙页岩、珍珠岩、白云岩、石英石等其他矿石，这些石头会在一次一次的滚上滚下中消磨殆尽，西西弗斯必将在最终获得解脱。石头那漫长的生命，在人类看来几乎没有尽头，但事实上并非如此。在亿万斯年造山运动中形成的高迥山石，被人类捣弄摆弄一番后，还不是会成为小小沙石，成为齑粉尘埃，最终化为乌有吗？在希腊神话中，西西弗斯是科林斯的建立者和国王。他甚至一度绑架了死神，让世间没有了死亡。所以，西西弗斯可以不断重复、永无止境地做推石上山这件事——诸神认为再也没有比进行这种无效无望的劳动更为严厉的惩罚了。可是，西西弗斯推上山顶的那块沉重巨石，一遍又一遍从山巅滑落，等于在进行着一次又一次的破碎，其结果只能是从大石头到小石头，最后成为石沙石粉，乃至磨损至消失。这不会是永恒的苦役，因为石头也不可能是恒久不变的存在。

坐在矿山的山顶上，看着下面的露天采石场中，如玩具车般大小的近百辆正在作业的工程车，不禁感受到人的渺小。但看看已经被开膛剖肚、分崩离析的巨大山体，想着西西弗斯那一颗往复滚动、遍体鳞伤，最终彻底崩坏的石头，我又感受到石的渺小。那些古老的石头，有的将被粉碎后拉走，封装到人类的钢筋混凝土建筑物中，有的会在洗沙时被水浪卷走，有的会在一阵大风刮过时飞沙扬砾、尘土翻腾，有的则会永远留在原地。每一颗小小的石头，都有着悲欢离合、变化无常的命运。

梧州市地处广西东部丘陵地带，市区地貌属侵蚀丘陵地形，山体由寒武系和下第三系的砂岩、砾岩、泥质粉砂岩及页岩组成，地形明显受岩性和构造制约，砂岩、砾岩成岭，页岩和泥质粉砂岩成谷。也就是说，我脚下的山头，是寒武纪时期所形成的地层，距今有五亿四千二百万年到四亿八千八百万年。坐在一座五亿四千万年的石头上，我发了一下午的呆。石头是什么？可以下一个定义吗？你可以说石头就是那个东西。它是什么东西？它有一定的形状吗？不一定。它坚硬？机器可以碎石，水滴可以穿石。什么是石头？堆聚的石头，和草木组成了山，而山的本身还在更远的山里。每一种颜色里有光，每一座山里睡着矿脉。矿脉深处的石头保持着沉默，安于时间所带来的一切。

　　后来，黄昏辽阔起来，当然，在之前它一直如此。当天空缓缓旋转粗糙的群星，我从采石场回家了，捡回了几颗小小的石头。它们仰面躺在窗台上，冷冷的。人世的灯亮了起来，貌似从永恒中抽取的这些石头碎屑，拿在手心，略有些沉甸甸的，带着大地深处的某种味道。

丢失了的钥匙

　　生活中的我，经常忘东忘西的，有时，是事情太过繁杂而乱了头绪，有时，是过于专注某事而心无旁骛。丢了什么别的不要紧，丢了钥匙就比较麻烦了，所以我总是把所有要用到的钥匙，用五颜六色的线绳或配饰，把它们全部串起来，一大把叮叮咚咚的，这样目标显著，不容易弄丢。

　　拿着一大串钥匙的我，就像一个责任重大的仓库管理员。可即使这样，被锁在门外等待救援的糗事，还是时有发生。一把钥匙开一把锁，不是那把钥匙就打不开门，每一个齿，每一条沟，每一个细微，都要相吻合，每一处都要精准匹配。当找不到那把对应的钥匙时，你烦躁、无奈，火烧火燎的，急得跳脚，有种想一头撞在一扇门上的委屈。这个时候，那么想得到一把万能钥匙，打开那把绞尽脑汁也开不了的锁——咔嚓。

　　现实中弄丢的钥匙可以重新去配，或者在书包、在口袋、在什么意料之外的地方，突然给找出来了。但是，在一个人的生命情感中，那些丢失了的钥匙，一直打不开的门，何其多也！记得导演王小帅在《薄薄的故乡》一书中说："我突然发现，从父亲嘴里说出的故事，虽然都和我有关，我却一点印象都没有了，而我讲述的东西，在父亲那儿也是一头雾水。我突然意识到，世界对于我们每个人来说就像一个门，每一个人都有他自己进入它的方法，而开启

第五章
谁在马不停蹄地离开

这个门的钥匙其实就是你自己。"

　　父亲与他习惯和眷恋的世界一同老去，那个老去的世界，只有他有一把钥匙，可以开启时光隧道回去。而漂泊远方的孩子的陌生世界，也是留在故土的父亲所进入不了的。尤其在中国当下如此剧烈而巨大的变化中，父母和子女，如分隔在大河的两岸，彼此相望，子女是回不去故乡的人，父母是去不了远方的人。他们处在不同的世界，虽然血肉相连，生物学的驱使让他们在骨子里无可奈何地深爱，但彼此之间，就像诗人顾城有一首短诗《小巷》所写："小巷／又弯又长／没有门 没有窗／我拿把旧钥匙／敲着厚厚的墙。"

　　每个人心里都有很多间房子，所有的钥匙自己握着。偶尔有人能打开几间看看，就成了朋友。再有人打开多几间，并且在里面小住，就是恋人了。父母也许能够打开贮藏童年记忆的小房间。而终其一生，能打开全部房间的，只有自己。

　　想到天底下所有丢失了的钥匙，默默地，躺在不为人知的某个角落，风雨腐蚀，锈迹斑斑，灰尘覆盖，那种感觉真是寂寞如雪。

　　谁不曾渴望过呢？有那么一个真切地存在于这个世界上的人，他／她和你相隔千里，看似永远不会有交集。可是你们偏偏如此巧合地经历了彼此的生命，懂得彼此的心情，成为彼此的锁孔与钥匙，变成严丝合缝的两块拼图，灵魂与命运因对方而完整。

　　又或者，就如获得布克奖的印度作家阿拉文德·阿迪加在其小说《白老虎》中引用的那句诗："你寻找钥匙多年／但门一直是开的……"一个永远期待的灵魂在门内，一个永远找寻的灵魂在门外。也许门并没有紧闭，只是虚掩；也许钥匙就在窗台上，钥匙在窗前的阳光里。

谁在马不停蹄地离开

大年初六，大江南北又开始大幅降温，悠悠雪花、霏霏细雨，又飘舞在人们返程的路上。让我们再尝一口过节的酒，再听一遍最美的那一句："你回家了，我在等你呢！"再看一遍故乡，从南到北，从西到东。拿着长途客车票、火车票或飞机票，我们中的大多数人，都会理智地打点行李，告别父母乡土，而不会像那个大年初三的返京山东男子，在火车站告别八十多岁的空巢爹娘时长跪不起、涕泪交加。因为，我们知道，这个世界每天都有太多遗憾，谁让我们生于这样一个不断告别、所爱流离的新时代。

什么时刻最容易触动中国人的乡土之思？首先是节日，如果中国人不能在春节回家团圆，如果西方人不能在圣诞节回家，都会引人掀起浓浓的乡愁，写成热血的诗章。其次是秋天，因为秋天是摇落的季节，最容易让人想到回归本原，还有最可靠的亲情的温爱。再次是黄昏，因这是一天劳作完成、聚居休憩的时候，百鸟归巢，千兽入洞，自然是"遍地英雄下夕烟"了。此时，如有一客子天涯孤处，独登楼头，一定伤感。最后就是月夜了。"床前明月光，疑是地上霜。举头望明月，低头思故乡。"在中国文化中，明月是人的朋友，是人一切美好感情的最适切的见证。它的阴晴圆缺让人想及与故乡故人的离合聚散；它没有偏私地普照遍盖，让分处各地的人，同生远念，共怨遥夜，竟夕相思，进而感到"青山一道同风雨，明月何曾是两乡"的诗意的安慰。

我也要离开南方的小城了。岭南的天气几无冬季，春节后春意就一天天盎然起来。岭南的春风，吹在梦的季节，糅在心里是一阵阵南国的温情，细细软软的风，丝丝缕缕地吹来，有山的味、海的味、椰的味。南国春早，风吹花开，春色荡漾中，早已艳红簇拥，绿荫浓庇。舍前杨柳垂垂，丛丛桃花盛开，高大的椰树列队在河堤上挺拔耸立，宽肥的芭蕉叶随风摇摆，青涩的一串串小果实已悄然隐藏叶间，荟萃了一春芬芳。千里之遥的长安，却正是春寒料峭、乍暖还寒、最难将息之时。

南方的小城，阴雨的冬天也没有北方冷，不需要臃肿的棉衣去遮盖身姿。春来多雨，更是淅淅沥沥、缠缠绵绵，雨歇后，柔和的阳光浮在绿树上，那种氤氲朦胧让人有一种莫名的忧伤。"小楼一夜听春雨，深巷明朝卖杏花"，说起来总似梦中情景。多少年来，我多少次梦见自己还在那个南方的小城。拐进一个街角，又拐进一个街角，再拐进一个街角，就像《红色角落》里理查·基尔从一个四合院跳到另一个四合院。晚风无力垂杨嫩，目光忘却游丝绿；酒醒月痕底，江南杜宇啼；痴魂销一捻，愿化穿花蝶；帘外隔花荫，朝朝香梦沾。

在四季的风中，梳理着长发，安慰着时光。也许南方姑娘会爱上北方。岁月风干了执着，何必再把回忆紧握？太多都散落了，散落太多好难过。想想，还有更达北方之北的南方姑娘呢！汉元帝时，宫中女子王昭君主动请求去匈奴和亲，前后嫁给两代单于，以一弱女子挺身而出，自请远行，就此结束汉匈一百五十年的铁血战争，并为以后留在中国的匈奴人融入农耕文明创造了条件，这样的见识与勇气，足以媲美唐文成公主。但是，所有这一切古人都不去写，他们全部的注意力只集中在昭君远离故土这一点上。一直到明代，诗人李攀龙的《和聂仪部明妃曲》还在感叹："天山雪后北风寒，抱得琵琶马上弹。曲罢不知青海月，徘徊犹作汉宫看。"可见古人乡土意识的强烈，诗词曲赋不写王

昭君的彪炳青史，只为她的远嫁塞外而千古嗟叹。自南朝以降，历代诗人都怀着同情，怜惜这位一生许给塞外牛羊的女子。如杜甫有"一去紫台连朔漠，独留青冢向黄昏"，王安石有"一去心知更不归，可怜着尽汉宫衣"，等等。

对王昭君，我常有感同身受的意味。不说其他，单说饮食一项，人的胃是七岁之前的饮食决定的，所谓乡愁，大多时候只是某种童年的味觉。由南方的稻米果蔬养育长大的王昭君，于建昭六年（前33），头戴红暖兜，身穿红斗篷，经秦直道纵穿鄂尔多斯草原，北上漠北匈奴皇廷之地，直达相当于今天的俄罗斯贝加尔湖地区，从此穿胡服、吃胡餐、说胡语、唱胡歌、从胡俗。一曲琵琶，此后长城万里无烽烟，鸣镝无声五十年。王昭君的生活环境是"穹庐为室兮毡为墙"，日常饮食是"以肉为食兮酪为浆"，我想，即使她的心是愿意的，她的胃恐怕也不会答应，南国的稻米香、桃花鱼、桃李柑橘、采花毛尖，乡愁会从舌尖上漫溯而来，在枯涩得近乎麻木的味蕾上绽放出怀乡的忧郁。虽然肩负着汉匈结好、四夷宾服的历史使命，但内心深处，她依然是泼墨山水画中的江南女儿，一定会凭风南望，"居常土思兮心内伤，愿为黄鹄兮归故乡"。

今天，已不需要中国姑娘们，以巾帼之身，灭烽烟战尘了，但远嫁他乡仍是免不了的。记忆中那家乡的一蔬一饭、一啄一饮，在被岁月发酵后往往形成经久回味的芳馥，于只身远游的路上，时时诱发"不如归去"的念头。也许，一夜又一夜，穿过细雨中的某条街道，故乡在心底里是那么漫长的旅程。穿过如雪如霰的月光，怕旅途太远忘记家乡的模样，怕岁月曲折不会再相见。那种时刻，会发现自己在一个叫"B-612"的星球上。要问这个星球在哪儿？嗯，就是任何人都找不到的地方，那么孤独。

一个一生都没有离开过故乡的人，是无法体会如潮水般涌来的乡愁的。可能，正是通过这种不断的远离，才在心里无限地接近故乡。如黎巴嫩诗人纪伯伦的一句诗："只有孤独地迷失上千次者，才能回归故里。"

大年初六，此时此刻，谁在马不停蹄地离开？南下北上的路途，东去的流水。

你是我捧在掌心的雏菊

那一刻，世界只剩下无言山水

长长的背影，一瞬回眸

在灯火阑珊处

南国春早，泼地草绿

枝头似写给情人的诗

洋洋洒洒是爱意繁茂

又似只有自己读懂的回忆录

每一片段都沾满光芒

你是随风远航的白帆

消融在逐渐四合的暮色里

独留下无法消融的惆怅

河流的女儿

　　我的故乡梧州，被三条日夜奔流的大河所环绕。浑黄的浔江，它的上游是红水河，浔江湍急，水流滔滔；碧绿的桂江，它的上游是漓江，桂江旖旎，波光粼粼。碧绿的桂江水与浑黄的浔江水最终在梧州汇流，遂形成鸳鸯江，两江交汇处，一浊一清、泾渭分明，恰似戏水鸳鸯，相互依偎、难舍难分。随着两江合流，河面变得极其宽阔而舒展（江心的一个小岛，全岛面积都有十二平方公里，上面可以修建机场），浑然合成为澎湃壮阔的珠江上游——西江。虽然在地理上，西江被看成珠江水系的最主要支流，但其实，珠江的水量远不如西江，因为珠江水系在广州一带分流，形成很多入海口。三条大河加起来的水域面积，约占梧州总面积的 10% 。虽然只是小小分量的 10% 的水域面积，却是两广地区的黄金水道，八桂大地 80% 左右的河流水量——有大大小小七百余条河奔腾汇聚于此。众水湾怀的梧州，称之为"水城"并不为过。

　　生在水边、长在水边，作为水边的女儿，我了解河流。我了解河流和世界一样古老，比人类血管中的血流还要古老。虽然我已在北方生活很多年，但那些在南方水边度过的日日夜夜，让我的想象永远系于寂静的河流与盛满光芒的水：它们象征着回忆里无以言传的喜悦，这回忆总能唤起我心灵的敏感，并在我的笔下不断重现。美丽的河流充满了千姿百态、万种风情，不同的天气可以遇见不同的河流。晴天能见度高，一望无垠，我可以看到河流混浊的胸脯，被落日染得一江金黄。阴雨天烟雾缥缈，两岸山色空蒙，也是别有一番风韵。河流的面孔，隐藏在雨的蛛网后面，她的笑容若隐若现、若即若离，她的嘴唇在纱幕后面，以低沉的嗓音说话。河水有时高高地涨上岸边，有时低低地退到河心，涨落只在一夜之间。大江东去，奔流到海。河流从容飘荡，有自己的脾气，时而温柔，时而凶暴。大地倚在河岸，水声轻说变幻，从来不是你我所能把握。

我被故乡的三条日夜奔流的河流长养且教习长大，从小到大，触目为青山绿水，一折折青山如屏，一湾湾绿水如琴。古老的、幽幽的河流，安抚我的灵魂变得如河流一样深沉。自从生命中有了这宽广的河流，河流的源头连接着历史的深处，汩汩漫涌上来进入我，似乎将缓缓地穿越我的一生，并流向下一个年代。我能够深深领会到河流中所蕴含着的人类永恒的情感。被一条大河所纵贯、所渗透，这样的历史感已然包含着一种人类彼此间的联系，一种共同命运的承担。那么自然而然，河流就是我生命的写作的源泉。有了这源泉，朝朝暮暮灵魂绕着飞翔的思绪越过一重重江河山峦，最终驻足于方格子的小小房间里，一夜又一夜奔腾不息。你发现，每次写到酣畅淋漓之时，你的心就如久雨催涨的大河，地面标识一无所剩地被河流淹没，并冲往一个黑暗的地方，而雨仍在河面急剧倾泻不止。那种奔腾汹涌，那种川流不息，你根本无法阻挡。那滔滔水声，波澜起伏，不时按动藏在你脑袋某处的秘密开关。

离开故乡，走到遥远的歧路上。熟悉的河流，重重的青山，那些人物和土地，都已完全改变。某个夕阳满树的黄昏，某场灯光斜映的细雨，某片晨雾迷蒙的草地，像神话一样可亲，故乡的大河，从所有的事物中浮现出来。你好像看到脉脉无语流淌过的金色河流，天上飘浮的云，水中漂流的叶片，在呓语般地对话。你好像看到了一座轻巧跃在河上的桥梁，桥的阴影被河流的起伏掀动着，潮湿的风带着浓浓的水息扑面而来。你好像看到了流水在河心小岛前舒缓地滑过，沼泽里芦苇长成一道道曲折的屏障，有野鸭子和别的水鸟停在沙洲

318

上，那片从上游某个山麓或柳岸冲下来的野花，在钢蓝色的水面浮成斑斓的一层，当暮色四合，一种青色的暮霭弥漫着四野，连翻滚的波浪也涂着青青的光……

多少人问过我：你到底想要什么？你将去往何方？说实在的，我自己也不知道。一些人喜欢热烈，而我偏爱沉静。一些人喜欢聊梦想，而我只是坚持初心。一些人努力让人生看起来无比励志，而我努力只想让我的人生看起来自然而然，就像河流一样，按着天性，自然流淌。在无目的性的自由奔腾中，总是可以无拘无束，任意漫延，蜿蜒百折，最终来到激动和浩渺的海洋。那就是我最终要去往的地方吧？此时此际，深蓝的海，还在千山之外，小河的我，还在群山中不知疲倦地穿行，在有的地方受困盘绕，在有的地方冲决而出，有时笨拙，有时徒劳，有时勇敢，如同孩童的求知与探索，在不断地积累着力量，试图掌控自己生命的走向和节奏。每条河奔向大海的方式不一样。长江劈山开路，黄河迂回曲折，轨迹不一样，但都有一种水的精神。我还在奔流过程中探索属于我的方式，期待着明天可以越流越宽阔，走出群山，走向远方。

常常在梦中，置身于南方空气溽热的夏夜，河水温润，唱着千百年来一如既往的歌。我浮躺在缓缓流动的河水里。远处的城市与村落静谧无声，夜空的颜色是一种神奇的湛蓝。月光与星光倾洒在河面之上，从某一个瞬间开始，我的毛孔仿佛被无声地打开，整个人的重量开始变轻，觉得自己变成了河面上的一片树叶、一条小鱼、一只出入水面的灵巧水鸟。我知道，那是我在梦中与我的大河在嬉戏。河流两岸的蕨草，戴着绿色的束发带，芦苇间不知谁的一只手，把一颗星星投进水中，我与我的大河嬉戏得那么快乐，从流漂荡，任意西东……

渐远的阡陌之美

　　"阡陌"，广袤田野上南北走向和东西走向分布并且相互交错的田埂。纵者（南北方向）称为"阡"，横者（东西方向）称为"陌"，田间小路交错相通，就叫作"阡陌交通"。小时候，我见到的阡陌，是水稻田地里的小道土埂。这些窄窄的土路，一头系在村庄的衣襟上，另一头伸向田野腹地，逶迤而去。它们是田野间的网，纤细灵巧，四通八达。春天，注满了水的田垄，在阳光照射下，如一面面泛着闪闪银光的镜子，农人开始栽秧、投苗，期待稻花与鱼儿一同丰收。春去夏来，草木渐深。有一只鹭鸶停落水田中，悄悄小立，然后，又振翅飞去。此时的田地里，能看到青青水稻摇曳又欢腾的样子。夏日的手一抚过，稻田褪去了春日里的青色，活泼起来，颜色深了许多。伏天里，稻子抽穗，稻花清扬。稻田色泽渐深，日渐明艳的颜色，像是一场来自水稻的狂欢。终于，片片浩荡的金黄色，在田埂边上猛烈地燃烧起来，阳光肆无忌惮地洒下来，是一种痛快淋漓的灼热。要走向水田深处，就要沿着一条条阡陌。阡陌像田野的许多毛细血管，一条一条，在某一处戛然而止，在某一处又突然蜿蜒而出，在某一处突然相交会合，又在某一处分流揖别。走在阡陌之上，如走在大地的横盘上，有时，又如走在大地的迷宫中。路在脚下延伸，软软的泥路，雨后会泥泞不堪，深一脚浅一脚。路边有蓬勃生长的艾草、野蒿，仰着小

小笑脸的小黄菊、蒲公英。路上会碰到牛粪，硌到石头，可能会遇到一只狗、一群鸡或几只猫，或者在你身后，跟着不知从哪儿来的狗、鸡、猫，你走一路，它们就很有兴趣地尾随一路。傍晚的水稻田里有成群飞舞的红绿蜻蜓，在已近黄昏的时候，走在寂静无人的田间小路上，天空安详而宁静，晚风徐徐，吹来凉爽。闭上眼睛，能听到旷远的天地间传来各种鸟的鸣叫，能闻到草木清香的悠荡，能感受到远山、水田的血脉无声无息流入你的身体，你好像站在离造物主最近的地方。

长大后，来到北方，我见到了麦田的阡陌。一畦畦的麦田，被纵横的阡陌进行了规矩的分割，看似分离，其实又是相偎相依的，它们连在一起，连成一片，在麦苗茂密疯长的地方，是看不出这种似有似无的分割的。好像有一双巧手，用阡陌的线条将麦田纺织成了厚厚的毯子，覆盖着开阔无垠的平原。一阵风吹过，随风而起的是一个个的波浪，绿色的波浪，在蔚蓝的天空下翻滚。到了一年麦黄时，北方的麦田也是大片大片金光闪闪，麦地里的天空，浸泡着麦谷的香气。麦田中间，有时还会有个稻草人，仰视着天上的鸟雀，静静地倚于麦田深处。在北方的田埂上，我遇到过什么呢？我见过两只野鸡忒棱棱从野地里飞起，还有一只棕黄的野兔嗖一下，划了一道弧线，从麦田的埂脊上矫健地飞跃而去。一望无际的麦田，白鹭翔飞的稻田，都有纵横交错的阡陌，细细地勾勒着大地的景观。无边无际广阔的麦田和稻田里，如果有一个人在阡陌上走着，远远看过去，人影总是那么孤零零的。阡陌上的人，就好像大地的描红簿上，一个几乎可以忽略不计的小小墨点。现在，人们已不容易深入体验阡陌之美了。被传统浸染过的、被百姓生活浇灌过的"街头里巷""阡陌田间"，不只是空间概念，更是时间概念。陶渊明的《桃花源记》里描写的"阡陌交通，鸡犬相闻"，属于一个时代，一个人们生活在乡村之中、大自然之中，被家禽家畜，被按部就班的春夏秋冬所怀抱的时代。现在，许多中年人还有乡愁，还记得儿时的田野草原、阡陌邻里，但当他试图回去时，却发现徒有乡愁，乡村已难觅旧貌甚至踪影。那些阡陌呢？都不在了，被大马路、被厂子给一口吞了。更年轻的在城市成长的一代，生活所触及的大多是书本、墙壁、屏幕以及间接的经验。在钢筋混凝土的城市里，他们很难理解真正的阡陌。他们在城市文明的这一头，阡陌在农耕文明的另一头。

最是客途秋恨

有一支粤曲，曾经在很多香港影片中响起，比如在电影《胭脂扣》中，影片甫一开场便听到金陵酒家厅房传来一阵歌声，是梅艳芳饰演的如花在厅内唱一曲南音："凉风有信，秋月无边。亏我思娇情绪好比度日如年……今日天各一方难见面，是以孤舟沉寂晚景凉天。你睇斜阳照住个对双飞燕，独倚蓬窗思悄然……"在歌声的萦绕中，张国荣饰演的风流公子十二少拾级而上，他情不自禁被如花的歌声所吸引。这支曲子是一首自嘉庆年间开始流传的地水南音，名为《客途秋恨》。南音是广东说唱的一种，运用特定的音韵格律，以既说且唱的方式讲故事。《客途秋恨》可算是南音中最广为人知的曲目，讲述了这样一个故事：恩客缪莲仙在青楼与妓女麦秋娟邂逅，但缪莲仙一直未能为麦秋娟赎身，最后麦秋娟撒手人寰，缪莲仙只能独在人世嗟叹。《胭脂扣》安排如花唱《客途秋恨》作为剧情发展的重要开端，既符合二十世纪三十年代风月场的时代背景，亦以此曲的故事暗示如花和十二少爱情故事的凄惨结局。这首曲子由梅艳芳的女中音字字吟来，苍凉而深沉，是绕梁三日、百转千回的悲剧的暗示。带着某种旧时女人古典之美的梅艳芳，让我们相信她就是那个"如梦如幻月，若即若离花"的痴情风尘女子如花；有着某种没落贵族颓废之美的张国荣，让我们相信他就是那个"誓言幻作烟云字"，除了谈情说爱不谙

第五章
谁在马不停蹄地离开

世事的情痴公子十二少。

《客途秋恨》在岭南地区一直广为流传、家喻户晓。从小到大，我在不同场合无数次听过这首歌曲，因为身边有太多爱听粤曲、爱唱粤曲的街坊长辈。即使未必喜欢这种地方曲艺，也难免耳中常闻粤曲声音——"耳畔听得秋声桐叶落，又只见平桥衰柳锁寒烟……闻击柝，鼓三更，只见江枫渔火照住愁人。几度徘徊思往事，劝娇唔该好咁痴心。风尘不少怜香客，罗绮还多惜玉人。你话烟花谁不贪豪富，做乜你偏把多情向往小生。况且我穷途作客囊如洗，掷彄缠头愧未能。记得填词偶尔写个段胭脂井，含情相伴你对着盏银灯。你细问我曲中何故事，我把陈后主个段风流讲过你闻。讲到兵困景阳家国破，歌残玉树后庭春。携着二妃藏井底，死生难舍，难舍难舍意中人。闻听此言多叹息，重话风流天子更重情真。但系唔该享尽奢华福，就把锦绣江山委路尘。你系女流也晓个的兴亡恨，不枉梅花为骨血为心……"《客途秋恨》曲词委婉，带有浓郁的南粤音韵，看似简单实则讲究精致，南音还是十分有深度的。其婉转的浅吟低唱，可与我们幼时背诵唐诗"朱雀桥边野草花，乌衣巷口夕阳斜"形成呼应，都在诉说着离散时代的孤旅漂泊。听着听着，就让人听痴了，一份个人的身世沉浮与历史的沧海桑田，悄然涌上心头。对我来说，这首曲子使人有一种迟暮老人追怀昔日花间往事的遥远之感，就如陆游四十年后再进沈园追忆唐婉的不胜低回、无尽缠绵。

很多年过去了，我早已离开南方，留在北方生活工作。但只要再听到一曲《客途秋恨》，就会油然想起我的南方故乡，有一种强烈的对故乡的失落感。在时代的迁徙中，很多人踏上了客途。可就是这客途，最终成为许多人的定居之所。人生是一本太过仓促的书。有时候，仓促间还来不及细读，一切就早已雨打风吹去了。有时候，一转身，就是一辈子。客途上的旅人，都有一个回不去的故乡，魂牵梦萦的仍是当年，羁留他乡空回首，秋来如何不遗恨？对我而言，故乡以两种不同的方式得以凸显：一方面，梧州在某种空间（南方小城，西江之畔）和时间（我十八岁以前的岁月）上静止着，作为一种有效的参照

物和目击者，确证着我的"在"与"不在"；另一方面，它又流动不息，穿越众多人事纷纭和离合聚散，与我一起经历一次又一次出走，体验生命的辗转与无奈，始终在我心里。它好像在时时提醒我，眼前的城市，只是一段无根之浮城，只是一个客途，终归还是要踏上返回故乡的道路。然而，当我长途跋涉回到故乡，又会发现我曾经怀念和珍视的一切，早已经物是人非，无法抵御时空的侵蚀，变得陌生而遥远了。正如法国作家普鲁斯特在长篇小说《追忆似水年华》中说的："我们徒然回到我们曾经喜爱的地方，我们绝不可能重睹它们，因为它们不是位于空间中，而是处于时间里。因为重游旧地的人不再是那个曾以自己的热情装点那个地方的儿童或少年。"

为什么故乡是这样的东西，人们逐渐走近它，却会发现就要到达的那一刻它不见了，那个你心中的故乡，早已化作岁月中的山长水远、杳杳渺渺。苍茫回首间，想再看一眼年少的自己、熟悉的故土，已经不能够了，而行走的"客途"终不免成为"归途"。人生真是奇怪，愈亲的愈远，愈远的愈亲。或许，故乡正是因为错失，才引得我们频频回望。常常在脑海中响起这一曲熟悉的《客途秋恨》，提醒着我作为客人的身份——什么是身份呢？身份不是凝固的、静止的，而是永远处于一种流动的状态吧？北上那么多年，作为一个外来客，在一个陌生的环境里，曾经的艰难和不易的处境，早已轻轻翻篇了。但有时觉得，面对这片天地，依然被当成外来者打量和审视，我依然是城墙的客人，曲江的客人，渭河的客人，秦岭的客人。往大的地方想，我们人类也都是地球的客人，我们是草的客人，是树林的客人，是鸟兽的客人，是江河的客人。难道不是吗？但这"客途"也最终成为我们的"归途"，成为我们此生的安住之所。每逢日暮之际、深秋之时，忆起自己作为客人的身份，想起人生中无处不在的错过，仿佛听到古筝、秦琴、洞箫和椰胡婉转的调子里，有一把苍凉的声音在娓娓吟唱："凉风有信，秋月无边……"

翻看一张
旧照片

父亲给我发来一张儿时的老照片，那是胶片时代冲洗出来的黑白照片，已微微发黄了。相隔着数十年的岁月，那些熟悉却陌生的印象一一浮现在眼前，此情此景，瞬间打开无数记忆的闸门，满满的回忆，邈远的往昔……

这张照片中的我，还是上幼儿园的年纪，在某个春天，和父亲一起登上了故乡的一座高山。这座山当地人叫火山，并不是真有火山喷火，而是因这座山面西，每当夕阳照射，山就像火焰在燃烧，全山通红，似火光冲天，十分壮观。梧州火山之所以有灵火晚烧，传因秦末南越王赵佗"藏神剑于山阿，故深夜腾光"。自宋代起，此处即有"火山夕焰"之名，位列梧州八景之一。火山位于波涛滚滚的西江南岸，与城区隔江相望。父亲那天要带年幼的我登山览胜，自然是要坐渡船过江的。记得下了渡口，还要走一条长长的隧道，到了南面山下，还要穿过古风村边连片成林的荔枝树，此处出产有名的火山荔枝，每年四月即成熟，人们认定是此山的地热造成的。我记得那南面山坡上还长满了漫山遍野的杜鹃花，想来一丛丛的杜鹃花曾让我在林间久久地停驻流连，以至头发衣鞋都沾上了许多草叶泥土。

登上山巅何所有？山上有一座七级宝塔。清道光三年（1823），当时的人们为了压制火神和水龙——水汇三江的梧州被视作南龙即水龙腾出之地，在毗

邻的锦屏山顶建了这座七级宝塔。塔名允升塔，塔高数丈，七层六角，塔身层层开窗，塔顶六角攒尖。青山白塔，与大江映照，当地人又把这座塔称为文笔塔。我不记得孩童时的我，是否曾登上塔顶，放目四野，将苍梧秀色收入眼帘。那天渡船过江、翻山越岭，我应该走了好远好远的路，但看照片上丝毫没有疲惫的样子，是好奇小兽打量世界的兴致勃勃，是突然被大人叫来照相，一手拈衣角、一手搭在父亲肩头，被摄入镜头的青涩内向。照片里的父亲，登山如履平地，白衬衫纹丝不乱，头发乌黑浓密，那么斯文而英俊。看着照片，我才猛醒，父亲也曾年轻过，原来这就是从前的父亲。

看着旧时的自己和旧时的家人，真有一种说不出的味道。旧照片里站着的那个矮小的、穿着旧衣改做的家常裤子、扎着两根小辫子的小女孩，原来这就是从前的自己。无忧无虑的童年与成年的冷寂突然相叠，儿童的稚嫩与中年的沧桑骤然重合，而她们不是源自同一个身体、同一个生命吗？这样的事除非你不能体验，否则一旦唤起，它将蕴积起人生挥之不去的幻灭感。

在不经意间遇到这张旧照片，虽然影像有点模糊，但我的记忆却很清晰。蒙尘的老照片，是曾经时光的标本，我静静地看着、想着，一串串回忆早已成了一条河。这片时光的标本，它不是宇宙中被凝固的百分之一秒，而更像一个熟悉的人，在为你讲出千言万语、万语千言。相片中的人依旧模样鲜活，沿着这条关于回忆的线索，可以看见往昔所经之路。我也曾苦苦追问，时间都去哪儿了？只要翻看过老照片，也许，会找到这样一个答案：时间都到照片里了。

旧照片虽已发黄、变脆，却包容着一些生活的事件。只要我穿透浮光掠影，就能重温被父亲宠爱呵护的短暂幸福。手指轻抚过这帧旧照片，我在沉浸中不知今夕何夕，直到檐头的一串风铃响，或是倏然而至的北风摇窗，才把我惊醒，一时间怔忡惝恍，不知是什么让自己失魂落魄，然后在蓦然闪现的意识中爬梳搜罗、寻寻觅觅，却只发现那荒寂空无的真相，向我昭示着时间的一去不回。黑白照片，一寸寸地黄了光阴似的，斑驳着，让我怀旧，并且终于知道，好多儿时的日子，已像那渐渐沉下去的黄昏里的夕阳，沉下去，沉下去了。我只能在怅惘茫然之际，沦陷于无能为力的、平静的绝望。

　　人生，说漫长也漫长，说短暂也短暂。我们以为的漫长，回首起来却如夜半的钟声一样短暂。想起王家卫电影《阿飞正传》中有句台词，"该记得的，我都记得"，是张国荣扮演的阿飞临终前在穿越雨林的午夜列车上说的。我但愿自己临终也能说出这样的话。我相信，曾经发生过的事情不会忘记，最多是一时想不起来而已。而当你一旦想起来了，失落过的大段大段的时光就会追赶上你，毫不留情地撞击你、摇撼你。

　　在广袤的人的世界里，我们默默存在如杂草丛生，却各自暗藏深不可测的故事。那些过往的时光片段，明亮的、灰暗的，曾深爱的、曾恨过的，都像夜空里的星星，在我们各自的宇宙中闪着光亮。一个个有意义的瞬间，聚集成了今天的我们。翻看旧照片，翻看自己成长的一道道年轮，看一丝丝皱褶里，记录着一个个故事。此时此刻，风寒的深宵，遥远的车声，城市显得寂静荒凉，有种半生遥遥而过的恍惚感。那种感觉，是非常非常的寂寞，和永恒寂寞的人生一样寂寞。